大漢光武

卷一 少年遊（上）

酒徒 著

蒹葭蒼蒼，白露為霜。

才進入八月沒幾天兒，寒氣就開始盛了起來。棘陽城西的官道旁，樹葉被秋霜染得就像一團團跳動的火。每有秋風吹過，落葉便如同桃花般從半空中繽紛而降，灑得行人滿頭滿臉，卻急不得，惱不得，更不忍心揮手去拂。

官道盡頭的城門口兒，今日擠滿了看熱鬧的百姓。更有縣宰岑彭，帶著縣丞陰宣[注一]，縣尉任光以及捕頭閻奉、李秩等若干地方上的頭面人物，畢恭畢敬地等在了城外的接官亭前。

他們今天要接的，卻不是什麼達官顯貴，公卿綉衣，而是一隊盔甲鮮明的武夫。共二十四人，個個胯下都騎著高頭大馬。走在整個隊伍最前面的領軍人物，是一位虎背熊腰的壯漢。身高足足有九尺開外，古銅色的面孔上，生著一雙牛鈴鐺大小的眼睛，顧盼之間，目光如電。

緊跟在領軍者身後的，則是一名猿臂狼腰的少女。膚色略微有點兒重，眉毛和五官，卻如象牙雕琢出來的一般清晰。目光明亮，又不失靈動，隱隱還帶著幾分調皮。若不是腰間斜掛著一把三尺長的環首刀，絕對讓人想不起她那個「勾魂貔貅」的綽號，而是更願意將她當作一個鄰家小妹，偷偷地帶入少年人的夢鄉。

「馬子張，那個就是鳳凰嶺的鐵面獬豸馬武馬子張！」看熱鬧的人群中，有人低低的交頭接耳。疲憊的眼睛裡，閃著不知道是欽佩還是羨慕的神彩。

「馬三娘，勾魂貔貅馬三娘[注二]，原來生得如此漂亮！」還有人踮起腳尖，目光痴痴地在狼腰少女身上反覆流連。

馬子張、馬三娘，這對兒兄妹的名字，在棘水兩岸可是家喻戶曉。最近兩年當中，不知道有多少貪官污吏的腦袋，掉在該兄妹手中。官兵入山去征剿，要麼被兄妹兩個領著在林子裡頭轉圈圈，最後累得半死卻一無所獲。要麼直接鑽了兄妹兩個布下的陷阱，被山賊們殺得屁滾尿流。就連宛城屬正梁丘賜[注三]，都在他們手裡吃了大虧，被打得抱鞍吐血而歸，找名醫調養了小半年才勉強能下地行走。

如今，馬氏兄妹和鳳凰嶺的一眾當家好漢們，終於厭倦了刀頭舔血的日子，決定下山接受招安了。對他們聞名已久的百姓們，當然要湊上前看個熱鬧。一則瞅瞅這馬子張和馬三娘兄妹倆，究竟長著幾條胳膊，居然能做出如此多的大快人心之舉。二來麼，也算是跟傳說中的英雄豪傑道個別，從此兄妹兩個披上了官袍，想必跟平頭百姓就是兩路人了。大傢伙兒再受了官吏的欺負，也就甭指望他們出來主持公道。

「哎，可惜，可惜了！」城門口兒看熱鬧的人群裡，有一個生著瓜子臉兒的半大小子，嘆息著搖頭。彷彿閱遍了世間滄桑一般，滿臉欲說還休。

「豬油，你又在泛什麼酸？」另外一個生著寬寬額頭的少年擠上前，喊著半大小子的綽號奚落。「即便馬家三娘不受朝廷招安，你舅舅也不會准許你娶一個山賊做婆娘。況且她至少比你大四、五歲。真的要娶回家裡頭，一天收拾你四頓，保準比你妗子還狠！」

「你懂個屁！」被喚作豬油的瓜子臉半大小子臉色微紅，扭過頭，振振有詞地反擊，「誰說我想娶她了？欣賞，這叫欣賞懂不懂？美人如花，你再喜歡看花，還能把漫山遍野的花全摘

注一、縣宰，新莽官名。王莽篡位後，為了顯示自己的淵博，將縣令和縣長，統一該稱為縣宰。

注二、獬豸、貔貅，都是漢族傳說中的神獸。獬豸能辨忠奸，專吃天下奸佞。貔貅分雄雌，雄為貔，雌為貅，巡視天地，鏟除妖魔鬼怪。

注三、屬正，王莽時代官名。由郡兵都尉改稱。

回家裡頭去？我方才只是可惜，從此山花移進了庭院，縱使朝夕灌溉不斷，從此卻不再復舊時顏色！唉，嘖嘖，嘖嘖！」

一邊說，他一邊搖頭。言語作派，再加上那一身書生打扮，愈發令人覺得怪味撲鼻。登時，把另外兩個剛剛找過來的少年熏得直皺眉，側開身體，齊齊用手在鼻子前來回搧動，「酸，酸，真酸！行了豬油，你別給自己找藉口了。誰不知道你打小時候的夢想就是給自己找個姐姐。」

「嗯，如此說來，差五歲也不算多。剛好每天管著你，供你吃，供你喝，幫你洗衣服鞋襪，再時不時拿刀鞘抽你屁股！」

「你，鹽巴虎，你才想娶個姐姐呢！」綽號叫做「豬油」的少年被揭破了心事，頓時惱得面紅耳赤，揮起拳頭，朝著自家的同伴亂打。

「惱羞成怒，惱羞成怒！哈哈，我終於明白，什麼叫做惱羞成怒了！」另外三個少年都沒有他強壯，隨便招架了幾下，便哧溜一聲鑽進了人群。一邊跑，還不忘記一邊回過頭來大笑著補充：「惱羞成怒，然後就想殺人滅口。朱祐，瞧你這點兒出息。幸虧你沒資格出仕。若是讓你做了朝廷的官兒，不到三天，衙門裡就找不到活人了！」

「鹽巴虎、劉三兒、燈下黑，你們仨有種別跑！」瓜子臉兒朱祐氣得火冒三丈，手握拳頭緊追不捨。轉瞬間，就跟著三位同伴的身影衝進了棘陽縣城內，將城門口正在上演的招安大戲，毫無留戀地抛在了身後。

少年人心思簡單，體力也充足。追追打打，不知不覺，就跑到了城內的高升客棧門外。正對著街道的二樓窗口，有兩個良家子打扮的青年正在舉杯對酌。其中身穿白袍的一個聽見樓下的嬉鬧聲，立刻探出半個身子，大聲喝斥：「劉秀、嚴光、鄧奉，你們幾個不好好溫書，準備把人丟到長安去嗎？」

「哎，哎！」跑在最前方的寬額頭少年，連聲答應著停住了腳步，「我們，我們剛溫習了一段，然後去城門口去透了透氣。這就回去，這就回去！」

「我們去看鳳凰山好漢了，他們今天下山接受招安！」綽號是「鹽巴虎」的少年，也停下來，擦著鼻子尖兒上的油汗，大聲補充。

「是豬油拉著大夥去的，他想看看傳說中的馬三娘長什麼樣！」第三個跑過來的少年膚色很深，綽號想必就是「燈下黑」，把臉兒一揚，大聲嫁禍。

話音未落，朱祐已經後邊追到。聽三位同伴居然敢在大人面前編排自己，愈發羞惱難耐。揮起拳頭，朝著距離自己最近的嚴光脊梁骨上便砸，「好你個鹽巴虎，就知道拿我當幌子。先前是誰說，秋色更勝春光，錯過便是辜負來著？」

「我是看你心癢難搔，才替你找了個藉口！」白面孔少年嚴光迅速轉身，一邊招架一邊倒退著雙腳跨過客棧。「子曰，知好色則慕少艾！豬油，你就別裝了。剛才若不是劉三兒拉了你一把，你差一點兒就撲到勾魂貔貅的馬蹄子下面了！」

「胡扯，你又不是我肚子的屎，怎麼能看到我在想什麼？」朱祐不肯認帳，繼續拎著拳頭緊追不捨。

「汝不是嚴光，焉知嚴光不知道你的心思？」寬額頭少年劉秀不肯讓嚴光一個人吃虧，轉過身，跟他雙雙「迎戰」朱祐。

「別鬧了，都回去讀書。今天不把《詩經》裡頭的小雅卷背下來，全都不准吃晚飯！」二樓窗口，喝斥聲又起，頓時令四個少年人都失去了繼續打鬧的心思，偃旗息鼓，灰溜溜地各自回房間用功。

「這四個壞小子！」白袍青年將身體坐回，衝著身穿青色長衫的同伴笑著搖頭，「就沒一個讓人省心的，才多大，就知道跑出去看女人了！」

「看了也白看！」藍衫青年仰起頭笑了笑，不屑的撇嘴，「那馬家三娘子，豈是尋常人能降服得了的？跟她哥哥馬子張落草這半年多來，將前去征剿的將官不知道宰了多少個。誰要是把她娶回了家，萬一兩口子起了口角，呵呵……」

說著話，揮手為刀，在半空中虛劈。讓周圍的其他酒客忍不住齊齊縮頭，脖頸後陡然生寒。

對自家同伴的高論，白袍青年卻不敢苟同，搖搖頭，笑著反駁：「夫妻之間，又怎麼能真的動刀動槍？況且，那馬三娘也不是一味的殘忍好殺。至少在這十里八鄉的父老眼中，她跟她哥哥兩個，恐怕比衙門裡的官員還要良善一些。只是此番受了招安，卻不知道岑縣宰將如何安置她。」

「還能如何安置？怎麼也不會讓她留在衙門裡頭做一個女捕頭！至於他的哥哥馬武馬子張，殺了那麼多當地大族子侄，唉……」藍衫青年搖搖頭，對馬三娘兄妹受招安後的前景，心裡頭分明是一萬個不看好。

然而，此刻二樓酒客頗多，他又不想將話說得太明。沉吟了片刻，壓低了聲音感慨：「這岑君然，不愧是太學子弟。才做了縣宰不到四個月，就能逼得馬氏兄妹下山接受招安。」

白袍青年，同樣不看好馬氏兄妹的前途，也跟著搖了搖頭，笑著說道：「也好，從此之後，新野、棘陽等地，也算落到個安生。」

「但願那馬子張能受到了朝廷羈絆吧，他那烈火般的性子……」

「他若是能受得了，當初就不會一怒之下，拔刀斬了帶隊催糧的前任縣丞……」

話音未落，耳畔忽然傳來一陣淒厲的號角聲，「嗚嗚嗚，嗚嗚嗚，嗚嗚嗚……」宛若臘月裡的白毛風，瞬間把寒氣送進了人的心底。

「好端端的，吹哪門子畫角？」白袍和藍衫青年同時按劍而起，從窗口探出半個身子，舉目朝號角聲起處遙望。

目光所及處，只看見數以千計的百姓，正如同受驚的牛羊般，四散奔逃。而緊貼著城門內側的院子裡，則有大隊大隊的兵馬跳了出來。舉起明晃晃的環首刀，將城門口堵了個水泄不通。

剛剛進入城來的鳳凰山賊，被殺了個猝不及防。想要掉頭衝出城外，哪裡還來得及？一眨眼功夫，就被吞沒在了一片凜冽的刀光之中。

「好個岑君然，好一個甕中捉鱉！」藍衫青年眉頭輕輕一皺，旋即便想明白了城門口正在發生事情的來龍去脈，左手握拳，重重地捶在了窗櫺之上。

「你我都忘記了，被馬武一刀劈掉那個縣丞姓甄！」白袍青年的目光投在城門口處，咬著牙補充。

很顯然，所謂招安，從一開始就是個陷阱。馬子張當初殺掉的那個貪官姓甄，出自本朝一門三公的甄家。其族中長輩，恨不得將馬氏兄妹挫骨揚灰，怎麼可能容忍二人去做新朝的將官，繼續活著打甄氏一族的臉？而縣宰岑彭，又怎麼可能有勇氣，冒著得罪當朝大司空甄豐和大司馬甄邯的奇險，為馬家兄妹去爭取一線生機？

城門口，刀光依舊在湧動。一個高大的身影忽然撕裂重重包圍，像受了傷的猛獸般，咆哮著撲向了縣宰岑彭。一個修長的身影，也緊跟著跳了起來，半空中貼著刀光翻滾，靈活如傳說中的山鬼。在他們身後，則是七八名渾身是血的漢子，倒下，站起，站起，倒下，每個人都不知道被砍中了多少次，卻死死護住了自家首領的後背。

縣宰岑彭，也早已不是先前那幅彬彬有禮模樣。一手持著鈎鑲[注四]，一手持著長刀，迎住馬武，寸步不讓。在他身後，則是早已關閉的城門，黑漆漆的門板上，濺滿了鮮紅色的血漿。

「卑鄙無恥！」藍衫青年的面孔迅速變成了鐵青色，按在劍柄上的手背，青筋突突亂跳。

棘陽城很小，高升客棧距離城門也不算遠。站在客棧的二樓，他能將城門口處的戰鬥，盡收眼底。

馬子張和他麾下那些山寨頭目們，果然如傳說中一樣勇悍。雖然身陷絕境，卻沒有一個選擇屈膝投降。而是立刻下馬列陣，互相掩護著，向官兵發起了反擊。

人數在山賊二百倍之上的官兵，被馬子張等江湖好漢殺得節節敗退，好幾次，都讓出了城門洞。全憑著縣宰岑彭自己手持鈎鑲死戰，才確保了城門不被馬武兄妹奪取。

而棘陽縣丞陰宣，則偷偷地帶領著一群家丁，爬上了距離城門最近的一所民宅房頂。每一名家丁手裡，都持著一把怪模怪樣的東西。邊緣處，隱隱有寒光閃爍。

「弩機，陰家居然動用了弩機！」白袍青年猛地一縱身，隨即，又緩緩落回了屋子內。白淨的面孔上，寫滿了憤怒與惋惜。

弩機乃軍國重器，按律法，民間不得持有。然而，這份律法，卻早已管不到世家大族。

此時此刻，陰府家丁手裡所持的，正是連軍隊中都不常見的蹶張弩，俗名大黃，射程高達一百二十步，五十步內，足以將任何鐵甲洞穿。

馬氏兄妹武藝再精湛，身後的弟兄們再忠心，也擋不住亂弩攢射。已經可以預見，當陰府的家丁扣動扳機之時，就是馬氏兄妹人生的終結！

白袍和藍衫青年不忍心，卻沒有勇氣出言提醒，更沒有勇氣出手相助。他們所在的劉氏和鄧氏，俱為地方大族，雖然不像甄、陰兩家一般顯赫，卻也枝繁葉茂。如果他們兩個此刻壓制不下心中的衝動，在不久的將來，家族內必將血流成河。

不約而同地，二人都閉上了眼睛。憤怒地等待著那慘烈一幕的降臨。然而，就在此刻，房頂上，突然響起了兩個稚嫩的聲音：「縣宰大人，小心誤傷縣宰大人。你們怎麼能動用弩箭？」

「別射，萬一射歪了，就是玉石俱焚！」

聲音不算高，也未必能讓城門口的人聽見。卻把白袍和藍衫兩位青年嚇得亡魂大冒。「劉秀，鄧奉，你們兩個找死啊。趕緊下來！」從窗口探出大半個身子，二人扭著脖頸，用極低的聲音怒叱，「下來，趕緊下來，別給家中惹禍！」

「我們是不放心縣宰大人，才出言提醒！」寬額頭少年劉秀吐了下舌頭，蹲身從房檐另外一側溜下了梯子。

「我們是義民，義民。」深膚色少年鄧奉低低地強調了一句，也跟在劉秀身後逃之夭夭。

「等會兒我揭你們兩個的皮！」白袍青年氣得哭笑不得，揮著拳頭威脅。

注四、鈎鑲，漢代的一種特殊兵器，盾牌與護手鈎的混合體。需要高度的使用技巧。與環首刀配合，可出其不意卡住對方兵器，然後將其殺死。

「他們倆中氣不足，應該沒幾個人聽見！」藍衫青年再度翻回客棧二樓，啞著嗓子自我安慰。

喊出去的話，肯定收不回來。如今之際，他們只能寄希望於劉秀和鄧奉兩個的聲音太低，穿不透城門口處酣戰的嘈雜。

想到城門口兒正在發生的惡戰，白袍和藍衫，瞬間又記起了先前陰氏家丁背著大黃弩朝民居屋頂攀爬的情景。趕緊再度扭頭朝城門洞前張望。卻只看到，一片斑駁的血跡和數十具模糊不清的屍骸。馬武和馬三娘兄妹，連同縣宰岑彭，都已經不知去向。

「抓馬子張！」

「抓馬子張，別讓他跑了！」

「所有人聽著，不許收留馬子張，否則，與賊人同罪！」

「抓鳳凰山賊。有舉報者……」

一片囂張的喊聲，忽然從城門口處響起。緊跟著，就如潮水一般向四下蔓延。大隊大隊的官兵，在當地小吏和衙役們的帶領之下，挨家挨戶，開始搜索逃走的鳳凰山賊寇。看見可能與賊寇相關的東西，如錢幣、綢緞和銅器，則順手抄進自己兜裡，替百姓們「消災解難」。

「軍爺，軍爺行行好，我家早就斷頓了，就指望這點兒……」

哭聲和哀求聲，也緊跟著炸響。聽在耳朵裡，令人無奈而又絕望。

「別打，別打了。我給，我給……」

「這傷，這傷是剛才在城門口被人砍的，我，我真的不是山賊，真的不是，啊！……」

幾處濃煙冒起，火苗緊跟著爬上了天空。

不知道是官兵還是馬武的餘孽，在民宅中放起了大火。數名獐頭鼠目模樣的傢伙，拎著短刀在巷子裡穿梭，很快，就令恐慌和混亂席捲全城。

「不好，有人要趁火打劫！」白袍青年猛地打了個冷戰，縱身翻出了窗外。

他做事向來果斷，從不瞻前顧後。雙腳剛一落地，就立刻撲向了院門。同時嘴裡大聲斷喝：「關門，不要讓任何人進來，小心遭受池魚之殃！」

「關門，趕緊關上大門，無論是官兵還是地痞流氓。殺紅了眼睛的人不會講任何道理！」藍衫青年緊隨其後，也手按劍柄從窗口跳下了二樓，一邊追，一邊大聲提醒。

客棧的院子大門口，掌櫃和夥計們正不知所措。聽到了二人的話，趕緊七手八腳地去挪動厚木打造的門板。

大新朝的官兵，可不是一般的「驍勇」。每回去征討賊寇，無論獲勝還是戰敗，總能砍回遠遠超過自身損失數量的人頭。而官府為了保持將士們的銳氣，向來不問這些人頭的真實來源。哪怕其中混著白髮老嫗和垂髫小兒，也一概記功不誤。

官兵、地痞、山賊，無論落到哪一方手上，尋常百姓都沒有倖免之機。剎那間，先前趴在二樓窗口看熱鬧，以及在客棧一樓閒聊的酒友們，就被嚇得六神無主。有人哆哆嗦嗦朝桌子下鑽，有人拿著荷包朝四處藏，還有人，則昏頭脹腦地衝到了門口，準備搶在被官兵洗劫之前，逃回自己家中避難。無意間，將剛剛開始合攏的客棧大門，又給推得四敞大開。

「別跑，都別跑，小心被當做土匪的同夥！都滾回去屋子裡頭老實蹲著！」白袍青年抬起腳，將幾名失去了判斷力的酒客，一一踢回了院子當中，「現在跑，你跑得過弩箭嗎？官兵戰死了那麼多，不多砍幾個人頭冒功，怎麼跟上面交代？」

「啊——」

「娘咧！我命好苦！」

「歹勢了，這回死定了……」

眾奪門而出的看客們如夢方醒，淒聲慘叫著，又掉轉身朝客棧裡頭鑽。恨不得化作一群老鼠，打洞入地，讓誰也尋找自己不到。

白袍青年恨其不爭，卻也拿他們沒辦法。猛地一跺腳，將佩劍拉出鞘外，高舉在手裡，朝著客棧當中所有人斷喝：「在下春陵劉縯，與妹丈新野鄧晨，俱是本朝良家子[注五]。諸君若不想死得稀裡糊塗，就趕緊拔劍跟我一道守住大門！」

他生得鼻直口方，打扮也乾淨利索。白衣飄飄，劍光如雪，登時，就令所有人的目光為之一亮。

「可是春陵小孟嘗劉伯升？」二樓另外一個窗口，有個方臉酒客探出頭，大聲詢問。

「正是！」劉縯自豪地仰起頭，笑著回應，「敢問兄台名號。」

「潁川馮異，願助兄一臂之力！」方臉酒客大笑著躍窗而出，三步並作兩步來到大門口，與劉縯並肩而立。

「巨鹿劉植，願與三位仁兄比肩而戰！」另外一名矮壯的漢子，提著寶劍，從一樓大步上前。

「山谷張峻……」

「荊州許俞……」

「宛城屈楊……」

陸陸續續，從二樓窗口和一樓衝出四五名相貌不同，打扮各異的漢子，拎著寶劍，跟鄧晨、馮異等人站成了一排。

漢家男兒向來好勇任俠，良家子佩劍出行，蔚為數代之風尚。郭解、劇孟[注六]等布衣之俠，更是甚受民間推崇。連太史公遷，都忍不住為其單獨立傳。雖然朝廷不時出重手打壓，但俠義之士在關鍵時刻，依舊能一呼百應。

是以當劉縯報出名字之後，立刻得到了馮異、劉植、張峻等人的全力支持。原因無他，「舂陵小孟嘗」這五個字，已經足以證明劉縯的性格與人品。若非平素仗義疏財，敢作敢當，就不可能博得這個雅號。而一旦今天他把大傢伙兒朝陰溝裡帶，首先砸掉的就是他的名聲，對於一個沒有任何官職的布衣之俠來說，這後果簡直比殺頭還要嚴重。

「大哥，我們也來助你一臂之力！」下一刻，四個少年擎著半尺長的短劍也從客棧一層衝出，誓與劉縯和鄧晨等人共同進退。

「滾，我跟你姐夫還沒死呢，輪不到你來出鋒頭！」劉縯毫不客氣抬起左手，按住自家小弟劉秀的頭頂，一拉一撥一推，將後者如同陀螺般轉了個圈子，然後一腳踢在了屁股上。

「啊呀……」劉秀被哥哥弄了個措手不及，踉蹌數步，直接跌回了客棧大堂裡。

注五、良家子，古代中原地區對清白人家子弟的稱謂。只要出身乾淨，沒有犯過罪，不是奴婢、娼妓和巫師等「賤民」的孩子，都稱為良家子。有佩帶武器和出仕資格，類似於古代希臘的自由民。

注六、郭解、劇孟，都是西漢有名的俠客。司馬遷曾經在史記中為他們做傳。

「哈哈哈哈哈……」馮異、劉植等人被逗了哈哈大笑，學著劉縯模樣，抬腿將鄧奉、嚴光和朱祐三個半大小子，也一一「踢」回了大堂。

四個少年都生得滿目清秀，舉止亦單純可愛。雖然沒有如願幫上小孟嘗劉縯的忙，卻在被趕回大堂的瞬間，令院子內的緊張氣氛，一掃而空。

新野鄧晨看到機會，立刻揮了下胳膊，笑著說道：「寬額頭的那個，是伯升的幼弟。黑臉那個，是我的侄兒。平素在家裡都是慣壞了的，說話做事無法無天，魯莽之處，還請各位兄弟多多擔待。」

「無妨，無妨！」馮異笑了笑，輕輕擺手。

「我們這麼大年紀的時候，還不如他們呢！」

「可不是麼，幾位小兄弟俠義心腸，令人佩服都來不及，怎麼會怪罪？」

「劉兄和鄧兄儘管放心，我等……」

其他幾位豪俠，也笑著大聲回應。

「如此，就多謝了！」鄧晨繼續向眾人拱手，然後想了想，大聲補充道：「實不相瞞，伯升兄和鄧某，都算是官宦之後，在地方上還算有些薄面。等會若有小股亂兵來攻，大夥儘管放手施為。若是有當官的前來責問，伯升與在下自會出面去跟他們理論是非！」

不似劉縯那樣義氣任俠，他心裡，又多了一重縝密。知道先前劉秀和自家侄兒鄧奉在房頂上喊的那幾嗓子，雖然未必能傳到城門口，卻肯定被客棧裡很多人聽了個清清楚楚。所以，乾脆把大家夥兒都拉上同一條船，以免有人向官府出首告密，令劉、鄧兩家遭受無妄之災。

馮異、劉植等人聽了，只當他是在鼓舞士氣，紛紛笑呵呵地點頭答應。隨即，眾人環顧四周，將大門附近容易攀爬的位子，劃分成段兒，每個人提著寶劍，帶領客棧內的夥計們，專門負責一段。然後活動筋骨，舒緩氣血，靜等「惡客」到來。

不多時，果然有十幾個地痞，舉著火把，前來砸門。一邊砸，還一邊狐假虎威地叫嚷道：「開門，速速開門。裡邊的人聽著，我等奉縣宰之命，追索鳳凰山賊寇。若是膽敢拒絕搜查，與窩藏罪同論！」

「開門，開門，縣宰大人有令，闔城搜索山賊！」

「開門，開門，裡邊的人休要自誤！」

「爺爺數十個數，十、九、八、七……」

「放他們進來，然後關門打狗！」劉縯從門縫朝外看了看，然後低聲與大夥商議。

「好！」馮異、劉植等人毫不猶豫地點頭，然後緊握劍柄，重新走到大門前，圍成半個圈子。待所有人都準備停當，鄧晨上前，猛地一拉門閂。「轟！」木製的大門，瞬間被推出了一道三尺寬的巨大縫隙。外面正在用力向前推的地痞們被閃了個冷不防，一個個像滾地葫蘆般摔了進來。

「關門，動手！」劉縯大喝一聲，揮動寶劍，朝著距離自己最近的地痞腳腕抹去。對方原本指望能在客棧裡抓到一群老實聽話的待宰羔羊，哪裡會想到惹上一群猛虎？登時嚇得連聲慘叫，手腳並用，翻滾著向外而逃。

大門再度「轟」地一聲，被鄧晨帶著夥計合攏，拴緊。劉縯快步追上自己的獵物，先一劍刺穿了此人的大腿，再一劍刺破了此人的肩窩。令此人瞬間失去了行動能力，手捂著傷口，滿地亂滾，「饒命，好漢饒命。小的上有八十歲老母，下有……」

「閉嘴，否則，休怪老子殺人滅口！」劉縯大聲斷喝，立刻讓哭叫聲戛然而止。扭頭再看其他同伴，也差不多是一人一個，將捽進門來的地痞流氓們，盡數生擒活捉。

「爾等趁火打劫，本該交給官府梟首示眾。」巨鹿劉植粗通刑律，踩著一名腦滿腸肥的地痞，大聲補充，「但爺爺們有好生之德，不願讓你們自尋死路。先給你們個教訓，等外邊的混亂結束，自然會放你們回家養傷。可若爾等不知道好歹，非要大呼小叫招來同夥，哼哼，爺爺也不介意為民除害，看官府過後肯不肯給爾等張目？」

「不敢，不敢，好漢爺爺開恩，開恩吶！」

「我等有眼無珠，請好漢爺爺高抬貴手！」

「好漢爺爺，您大人有大量，就放過……」

眾地痞流氓都是欺軟怕硬的性子，知道這回踢上了大鐵板，只能老老實實地自認倒楣。

劉植也懶得折磨他們，徵得了其他幾位豪俠的同意之後，立刻吩咐夥計將這些地痞無賴綁到屋子外的廊柱上，以儆效尤。隨即，又看了一眼已經開始變暗的天空，低聲道：「將黑未黑之時，人心最是惶恐。宵小之輩，也最肆無忌憚。待天色完全黑了之後，反而人心思靜。我看那岑縣宰，居然有膽子讓馬武進城，想必也不是個單純靠賄賂得官之輩，肚子裡應該有些本事。先前被郡兵和地痞無賴們弄了個措手不及，等回過神來，想必會斷然採取措施，防止歹徒借機殘民自肥！」

「那就先堅持到天黑！」小孟嘗劉縯聽劉植說得頭頭是道，立刻笑著點頭。

「劉兄家中，可有長輩署理刑名？」鄧晨卻從劉植的話語裡，聽出了不同味道。拱了拱手，笑著詢問。

「正是！」劉植自豪地點點頭，拱起手來回應，「鄧兄喊我伯先就好。家父、家叔，都做過一任縣丞。小弟我自幼被他們帶在身邊，沒少看他們如何處理案子！」

「在下表字偉卿，見過諸位兄長！」鄧晨拱手還禮，順勢做了個羅圈揖。

「在下表字公孫！見過伯升兄、偉卿兄，和各位兄弟！」馮異立刻抱拳還禮，同時說出自己的表字。

「在下表字秀峰，見過……」

「在下表字若水……」

「在下尚未及冠，見過諸位兄長！」

張峻、許俞、屈楊三人，也各自上前，或報出表字，或跟大夥重新見禮。

七位布衣之俠，借著傍晚的霞光，踩著淋漓的血跡，談笑論交。乾淨面孔和眼神，令天空中的濃煙，頓失顏色。

不多時，門外又是一陣腳步聲響。卻是數名官兵，拎著從百姓家裡起獲的「賊贓」，氣勢洶洶地殺了過來。

帶隊的屯長[注七]見高升客棧內建築頗為宏偉，門前還有專供散客拴馬的石樁，立刻斷定裡邊有可能躲著一群肥羊。跟手下人打了個招呼，一馬當先衝到了近前。

注七、屯長，漢代低級軍職。具出土簡牘，軍中通常五人為伍，設伍長。十人為什，設什長。五十人為一屯，設屯長。百人為隊，設隊正。五百人為一曲，設軍侯，左官，右官。一千或者兩千人為一部，設校尉。地方部隊，郡兵則為都尉。再往上，就是各級將軍了。

「開門，奉旨討賊。拒不接受搜查，形同窩藏。窩藏山賊，與謀反同罪！」眾兵卒也搶起了輿子，不待屯長督促，就主動齊聲吶喊。威脅客棧的掌櫃，速速敞開大門由他們入內為所欲為。

客棧掌櫃被嚇得兩股戰戰，哪裡還有什麼主意？抬起一雙淚眼地看著劉縯，請求對方替自己做主。那劉縯心中早有章程，也不推辭，將身體與大門拉開了一些距離，大聲回應道：「敢問門外的將軍，是哪位大人的部屬？既然是奉旨討賊，怎麼未見跟賊人在野外廝殺，反倒討到了縣城裡頭來？」

「你，你管不著！」帶隊的屯長被問得老臉一紅，梗著脖子回應，「老子懷疑，有賊人躲進了客棧，你速速打開大門，讓弟兄們進去搜查。如果搜查不到，老子自然會帶隊離開。若是你等膽敢拒絕，哼哼……」

「拒不接受搜查，形同窩藏。窩藏山賊，與謀反同罪！」

「拒不接受搜查，形同窩藏。窩藏山賊，與謀反同罪！」

「拒不接受搜查，形同窩藏。窩藏山賊，與謀反同罪！」

……

眾兵卒輕車熟路，將威脅的話語反復宣讀。

「他身負皇命，我等若是堅持不開門，恐怕過後會被倒打一耙！」劉植受其父親和叔叔的言傳身教，頗為瞭解官場中的彎彎繞，猶豫了一下，抬頭向著劉縯提醒。

「看打扮應該是郡兵，背後肯定有地方官府撐腰。」山谷豪傑張峻也迅速朝外人偷看了一眼，然後低聲補充。

大新朝的常備軍分為官兵和郡兵兩類，前者歸朝廷直接調派，主要用來討伐大規模叛亂。後者則歸地方官府掌控，負責剿滅轄區內的山賊。論戰鬥力，郡兵比照官兵相差甚遠，但論禍害百姓的本事，卻令官兵望塵莫及。

「門肯定要開！」劉縯也知道在沒有足夠的理由情況下，不能硬頂。皺了下眉，點頭表示同意，隨即將目光快速轉向妹夫鄧晨和剛剛結識的夥伴馮異，「偉卿、公孫，你們兩個躲在門後，伺機而動。」

「好！」鄧晨和馮異兩個毫不猶豫地點頭，然後快步走到大門兩側，將身體貼著院牆站定。劉縯左右看了看，確定自己的辦法可行。便深吸了一口氣，將佩劍插回鞘中，快步上前，一把扯開了門閂。

「吱呀呀……」厚重的木門，立刻在夜風的吹動下，打開了一道窄窄的縫隙。門外的屯長早就等得心煩氣躁，立刻帶領麾下士卒急闖而入。待進了院子，對四周環境看都不看，將手中寶刀朝著靜候在大門正對位置的劉縯臉上一指，厲聲喝問：「你是何人？為何蓄意阻攔本將軍捉拿賊寇？」

「故濟陽令長子，舂陵劉縯，見過屯長！」劉縯不閃不避，拟了下手，微笑著回應，「先前有蟊賊趁火打劫，我等不得不小心提防，所以才將大門鎖死了，並非有意怠慢。得罪之處，還請屯長多多包涵！」

「你，令尊做過棘陽縣令？」聽劉縯自稱是官宦子弟，帶隊的屯長頓時氣焰大降，楞了楞，遲疑著確認。

「不是棘陽，是濟陽，去聲！」劉縯又笑了笑，非常耐心地糾正。

無論是棘陽令，還是濟陽令，都是朝廷的命官。無論是大漢朝的官，還是大新朝的官，其宗族勢力都不會太差。帶隊的屯長也出身於豪門大戶的旁支，豈不知其中利害？頓時，氣焰又自動降低了三寸，笑了笑，大聲道：「既然是官宦子弟，那仗義出手，幫助百姓對付蟊賊也是應該。先前遲遲不肯替本將，替本官開門，本官就不追究了。但是……」

目光忽然落在綁在廊柱上的眾地痞頭頂，他楞了楞，語氣瞬間又是一轉，「他們是什麼人？爾等為什麼要把他們綁起來？」

劉縯回過頭快速掃了一眼，迅速給出答案：「啟稟屯長，他們就是趁火打劫的蟊賊。先前被劉某和幾個同伴所擒，所以才綁在柱子上，等待天明之後也好交給官府處置！」

「噢！」屯長低聲沉吟，目光從幾個地痞身上掃過，最後落在了廊柱旁的贓物上，隨即展顏而笑，「不用那麼麻煩了，把他們交給本官就好。連同他們今晚趁火打劫的贓物！」

「劉某求之不得！」劉縯想都不想，立刻輕輕點頭。

「救命，劉爺救命——！」

「饒命啊，小人再也不敢了。小人上有八十歲老母……」

「冤枉，小人冤枉！小人吃完飯不過出來遛達一圈兒……」

眾地痞頓時嚇得魂飛魄散，扯開嗓子大聲求饒。天明之後被劉縯送交縣衙，按照他們幾個今晚所犯下的罪孽，頂多是打一頓板子然後充軍邊塞。而落到了郡兵手中，恐怕被砍了腦袋當作土匪的同黨上交的下場，是無論如何都逃不掉了。

帶隊捉拿馬武的屯長才沒功夫理睬地痞們在喊些什麼，立刻命手下弟兄上前，把幾個趁火打劫者「人贓並獲」。隨即，又扭過頭，笑著對劉縯說道：「你既然是官宦之後，自然不會跟那馬子張有什麼瓜葛。等會兒你和你同伴的房間，就不用查了。但本官奉命捉拿要犯，不能敷衍了事。其他人的房間，卻要仔細搜上一搜！」

「出門在外都不容易，還請大人好生約束手下，切莫過分相擾！」劉縯想不出拒絕的理由，只能側開身子，拱著手請求。

「好說，好說！」屯長連聲答允，隨即快速向身後揮手，「弟兄們，幹活了。招子都給老子放亮些，莫跑了馬氏兄妹！」

「知道了！」身後的隊伍中，響起一陣興奮的叫嚷。眾兵卒宛若久曠的鰥夫看見了裸女般，紅著眼睛衝進了客棧。三兩個呼吸之內，就將裡邊攪了個雞飛狗跳，一片狼藉。

「這，這是我去河內的盤纏。前面還有上千里路，軍爺，軍爺您不能全拿走啊！」

「軍爺，軍爺行行好。小的，小的就剩下這兩吊錢了，小的，小的店錢還沒有付啊！」

「別，別扒衣服。我，我自己拿。荷包，荷包在這裡，不在，不在，呀！」

「別打，別打，我給，我給……」

屈辱的哭喊聲，此起彼伏。客棧裡的遊子們，沒有勇氣反抗。只能逆來順受，破財免災。

「啊！」有名遊子掏錢的動作稍微慢了些，被一個伍長抬腳踹出了門外。四個郡兵如狼似虎般追上去，將此人按翻在地上，伸手在其胸前腰下亂翻。

「還請大人多少約束一下弟兄！」劉縯看得好生不忍，皺了皺眉頭，再度開口相求。

「好說，好說，弟兄們開個玩笑而已，放心，出不了人命！」屯長根本不想管，卻又不願意駁了他的面子，抬腿向前走了幾步，懶懶地敷衍。

「屯長，出門在外行走的，可都是良家子，身上帶著官府開具的路引！」劉縯追了幾步，聲音漸漸轉高。

良家子都家世清白，有恆定財產，且多習文練武，今後有一定機會被朝廷徵辟為官。所以在通常情況下，官府很少故意與他們為難。然而，那只是通常情況，自打大新朝建立之後，情況就一直比較特殊。而今晚帶兵追索馬武這位屯長，又急著弄一筆橫財來彌補當初買官的虧空，因此非但不肯領劉縯的情，反而扭過頭來，皺著眉頭厲聲呵斥：「你好歹也是官宦子弟，怎麼如此不懂規矩？什麼時候郡兵做事，輪到平民百姓在一旁指手畫腳了？要不是念著你年少……」

「啊——！」一聲尖叫，忽然從二樓客房響起。緊跟著，一個披頭散髮的女子，光著腳從窗口跳了下來，摔在了院子中乾硬的泥地上，血流滿面。

「娘子，娘子——！」一名書生打扮的人，哭喊著從窗口跳下。不顧自己被摔得鼻青臉腫，瘸著腿衝到女子身邊，大聲悲鳴，「娘子醒來，娘子醒來，咱家那幾件首飾不要了，不要了，就當丟了就當不小心丟了就是！」

夫妻兩個已經落到如此淒慘地步，那些趁火打劫的丘八，卻依舊不想放過他們。「噌噌噌」接二連三地從窗口追出了好幾個，一邊從昏迷中的女子手裡搶珠翠物件兒，一邊趁機在對方胸前上下揉搓。

「我跟你們拚了！」書生怒不可遏，揮舞著拳頭朝著兵卒們身上亂捶。只可惜，他的身板實在太單薄了一些，被兵卒們三下兩下就打倒在自家妻子身邊。緊跟著，又被打得口鼻出血，抱著腦袋縮成了一頭爛蝦。

「饒命，軍爺饒命。我家主人是秀才，州裡邊剛剛舉薦的秀才。」三名家丁打扮的男子衝出來，卻不敢將兵卒們拉開，只是圍在書生夫妻兩個身邊不停地磕頭。

「打的就是秀才！」郡兵們已經鬧發了野性，才不管被洗劫侮辱的對象是什麼身份。動拳頭的繼續動拳頭，扒衣服的繼續扒衣服，鬧得不亦樂乎。

「住手！」劉縯接連懇求了屯長幾次都只換回了對方的厲聲呵斥，實在忍無可忍，大喝一聲上前，抬起腳，將幾名無恥的兵卒挨個踢翻在地，「爾等到底是官兵，還是土匪？」

「放肆！」彷彿那幾腳全踢在了自家臉上，帶隊的屯長勃然大怒，「姓劉的，莫非你想包庇馬氏兄妹嗎？」

「不敢！」劉縯迅速轉頭，用身體擋住受傷的讀書人夫妻，沉聲回應，「劉某只看到官兵殘民自肥，卻沒看到馬氏兄妹殺人放火！」

「你，你……」沒想到一個致仕的縣令之子，居然敢三番五次跟自己對著幹，帶隊捉拿馬武的屯長怒不可遏。把心一橫，用刀尖指著劉縯的鼻子咆哮，「本官懷疑這對夫妻是馬武的同夥，要捉拿他們審問，你速速給本官讓開。否則，休怪本官治你個通匪之罪！」

「你說誰是馬武的同夥就是馬武的同夥，屯長大人，你真是好大的本事！」劉縯向前走了一步，如同掃去一根蜘蛛絲般，隨手將明晃晃的刀刃撥到一邊，「大新朝軍律，出征在外之時，殺良冒功，罪不容恕。若是你的人再不住手，劉某就是拚著去長安敲響路鼓[注八]，也要將爾等的惡行上達天聽！」

注八、路鼓，自周朝起開始設立於皇宮之外的重要設施。凡有鼓響，無論是誰所敲，當值官吏都必須將敲鼓之人帶到皇帝面前。魏晉時曾經取消，唐代又被恢復，改稱登聞鼓。

幾句話，說得中氣十足，擲地有聲。正在客棧內劫掠百姓的兵卒們聽到了，心中頓時一凜。紛紛停住手，站在大堂和二樓的圍廊等處，朝自家頭目身上觀望。

被這麼多手下眼巴巴地看著，帶隊的屯長頓時明白，今日自己不收拾了眼前這個小子，肯定無法下臺了。索性把心一橫，猛地舉起鋼刀，直劈劉縯的腦門，「大膽刁民，老子先殺了你！」

「啊——！」被劉縯擋在身後的書生慘叫著閉上了眼睛，淚流滿面。那一刀雖然沒劈到他的頭上，他卻是感同身受。如此近的距離，事先一點兒動向都沒有，自家恩公必死無疑。

然而，接下來傳進耳朵裡的咆哮聲，卻令他喜出望外。只聽見那屯長如同一頭瘋狗般，沒完沒了地大喊大叫：「你，你敢還手？啊，你，你居然敢，敢毆打本官。你不想活了！啊！啊啊啊！疼死我了。老子不殺你全家，誓不為人！來人，將這，這座院子裡的人，統統給本官拿下！本官肯定，馬子張就是被他們窩藏了起來！來人，快來人。把這廝替本官拿下，這廝以武犯禁！來人，快來人給本官幫忙啊，賊人是個練家子——」

書生又驚又喜地睜開淚眼，只看見，手持鋼刀的屯長，被赤手空拳的劉縯，打得鼻青臉腫，盔斜甲歪。而從客棧裡衝出來的那些官兵，則被先前跟劉縯一道的另外四名漢子用寶劍接二連三刺翻在地，血流如注。

「搬救兵，趕緊去搬救兵。馬子張在這裡，馬子張的同黨都在這裡！」帶隊的屯長不知道已經挨了多少下，頭暈腦脹，又怕又恨，扯開嗓子，大聲命令。

幾名相對機靈的兵卒聞聽，立刻如夢初醒。慘叫一聲，繞過攔路的漢子，貼著牆根兒衝向了大門。還沒等他們的雙腿邁過門檻兒，兩扇門板忽然就像活了一般，「呯」地一聲關閉。將跑得最快的兩個兵卒，齊齊頓時撞了個四腳朝天。

「哪裡走？」

「趴下免死！」

鄧晨和馮異合力拴住大門，轉身拔劍。一劍一個，將剩餘的兵卒大腿挨個捅穿。

「啊——！風緊！」院子內的其餘兵卒見勢不妙，既沒勇氣殺出去求救，也沒勇氣上前衛護自家屯長，紛紛掉轉頭，像老鼠般朝客棧裡亂鑽。而那客棧中劫後餘生的眾遊子，也徹底放棄了委曲求全的幻想，紛紛抄起桌子腿兒，擀麵杖和菜刀，圍攏過去痛打落水狗，轉眼間，就將兵卒們打得哭爹喊娘。

「趴下！」劉縯上步蹲身，伸長右腿來了一記猛掃。將帶隊捉拿馬武的屯長，掃得凌空飛出兩丈多遠，「啪」地一聲，摔成了滾地葫蘆。

「讓你的人棄械投降，否則，老子就活剮了你！」快速追了幾步，他一腳踩住屯長的後背，單手拉出寶劍，緩緩下壓，「別裝死，你老子數三個數。你從四開始，你慢一拍，老子就割你一塊肉，一……」

「饒命啊——」先前威風不可一世的屯長，像待宰的生豬般，大聲叫喚了起來，「饒命啊，壯士，本官，小人再也不敢了！小人上有八十歲老母……」

「二……」

「投降，爾等趕緊投降。王八蛋，莫非要害死老子！」

「饒命，饒命，小人上有八十歲老母，下有三歲幼兒……」正所謂，什麼將帶什麼兵。其餘還沒被放倒在地的兵卒們，一個個丟下兵器跪倒，如同預先串過詞兒般哭喊哀求，先前搶劫傷人時的驍勇，此刻半點也看不見。

「就這種熊樣？還指望爾等護衛桑梓？」對官兵的反應極為不屑，劉縯撇撇嘴，抬腿放開屯長的後背，轉身來到院子中，挺直了腰梁桿子大聲吩咐：「偉卿、公孫，煩勞你們兩個到裡面去，跟大夥兒錄一份證詞。把剛才所有事情原封不動記錄清楚。順便再把兵器和賊贓全都收了，把大夥兒被搶的東西物歸原主！」

「好！」鄧晨和馮異大聲答應著，昂首闊步走入客棧一層。

眾郡兵們哪裡還有勇氣阻攔？只能眼巴巴地看著自己剛剛搜刮來的錢財，又被擺在了油燈之下，任憑原主認領了回去。連帶著先前從別處搶掠所得，藏起來沒有上繳的體己，也盡數倒搭，雖然暫時擺在桌子上還沒人認領，可想要讓其再回到自家腰包，卻無異於痴人說夢。

更為可恨的是，那劉縯「搶」走了大家夥兒的兵器和錢財之後，依舊不肯罷手。想了想，扭過頭去繼續對他身邊四個「凶神惡煞」般的漢子低聲吩咐：「伯先、秀峰、若水，還有屈兄弟，煩勞你們四位去把所有官賊都帶到院子裡，集中看押，順便讓他們自己給自己包紮傷口！」

「好！」剛剛並肩應對了一場急變，劉植、張峻、許俞、屈楊四個，心中對劉縯早已佩服得五體投地。聽了他的話，絲毫也不覺得委屈，立刻答應著前去執行。

「多謝！」劉縯向幾位同伴拱手，隨即皺著眉頭開始思考接下來的善後之策。還沒等在心中理出一個頭緒來，身背後，卻忽然傳來了一個略顯孱弱的聲音，「沛國人朱浮，多謝恩公仗義相救！」

「你，你沒……」劉縯的思路被打斷，心中微惱。回過頭，見說話者是先前被自己救了那個書生，手裡還正扶著他的妻子，又趕緊換了副溫和的臉色，低聲問候：「你們夫妻兩個都沒事兒了，傷得重不重？趕緊上樓去找人燒了熱水洗洗，明天一早，便可以出門去請郎中。」

「多謝恩公掛懷！在下和拙荊所受的都是皮肉傷，應該不妨事！」書生朱浮攙著自家妻子，先畢恭畢敬地給劉縯施禮，然後用非常低的聲音補充，「若非恩公出手，今晚我夫妻兩個恐怕在劫難逃。然這夥官賊行事如此肆無忌憚，其上司恐怕也不是什麼遵紀守法之輩。所以，請恕在下冒昧，恩公定要早做安排，以免事後有人顛倒黑白！」

「的確，我現在最擔心的就是此事！」劉縯眉頭一跳，旋即臉上湧出了幾分喜色，微微躬身向對方施禮，「朱兄能見微知著，可有良策教我？」

「不敢，恩公叫在下叔元就好。」書生朱浮，一改先前被眾兵痞欺負得無法還手之時的窩囊像。先側開身體還了個禮，然後稍作斟酌，便低聲提出了解決之策，「看這些人的打扮，應該是郡兵。宛城一帶的郡兵，俱歸前隊大夫甄阜統領。甄阜乃是大司空之弟，其家族素有『仁孝相傳』之名。所以，今晚之事若想平安了結，只能從『光明磊落』四個字上著手。把一切都做在明處，讓長著眼睛的人都能看得見。」

「嗯？」劉縯楞了楞，剎那過後，便又笑容滿面地拱手。「叔元大才，劉某自愧不如。」

「不敢當。恩公行的正，走的直，妖魔鬼怪原本就應該退避三舍。」書生朱浮朝著劉縯會心一笑，側身還禮。「且容在下先去安頓了內子，再來替恩公仔細謀劃。」

劉縯笑了笑，輕輕點頭。「有勞叔元了，同舟共濟，你也別總是叫我恩公，在下春陵劉縯，字伯升！」

「久仰春陵小孟嘗大名，今日一見，果然英雄了得！」朱浮停步轉身，再度給劉縯施了禮，然後才又扶住自家妻子，緩緩而行。

「這才是真正的讀書人模樣，某些傢伙，雖是太學出來的，卻把書都念到狗肚子裡去了！」劉縯目送朱浮的背影進屋，白淨的面孔上，讚賞之色絲毫不加掩飾。

劉植在一旁看著暗暗納罕，悄悄地走上前，小聲詢問：「伯升，這個書呆窩囊廢給你出了什麼好主意，居然讓你對他如此客氣？」

「這人身子骨的確單薄了些，卻絕不是一個書呆窩囊廢。」劉縯朝著他詭秘一笑，卻不直接給出解釋。緊跟著，又邁動雙腿在院子裡走了數步，來到正對著大門半丈遠的位置站好，指著腳下，對客棧掌櫃吩咐，「老丈，麻煩你派人收拾一桌子酒水，擺到此處！今晚月色正霽，劉某想對月小酌幾盞。」

「這，是，小老兒這就去準備。」客棧掌櫃的三魂七魄，早已嚇得不知去向。楞楞地點點頭，木然答應。

如果不是劉縯今晚應對得當，他和他的客棧，肯定早已被輪番而來的地痞流氓和郡兵們搶成了一片白地。然而，如今地痞流氓和郡兵的確都被拿下了，他和自家客棧的命運，卻未必比被搶成白地好多少。

有道是，滅門的縣令，抄家的郡守，郡兵們吃了這麼大的虧，豈能善罷甘休。如果回去跟其上司顛倒一下黑白，仗義出手的劉縯和其他幾位公子哥能遠走高飛，他和他的高升客棧，卻在劫難逃。

「放心，劉某惹出來的禍事，劉某一個人扛。絕不讓你受到任何牽連！」將老掌櫃臉上的擔憂和無奈，盡數看在了心裡。劉縯笑了笑，和顏悅色地補充。

「唉，唉！」聽了這句話，掌櫃的臉上，終於有了幾絲人色。躬身行了個禮，哆嗦著說道：

「這，這哪是什麼禍事。恩公，恩公若，若不出手，不光小老兒，客棧裡很多人今晚肯定都，都沒了活路。小老兒，小老兒只是，只是擔心，擔心官府不講……。唉，小老兒嘴笨，不知道怎麼說。這就去，就去給恩公準備酒菜。恩公有什麼需要，也請儘管吩咐！」

「沒有了，你叫夥計們先搬一張大桌來擺在這兒！」

「唉，唉，就去，就去！」

雖然此時漢人請客設宴的習俗是一人一案，分案而食。但那只盛行於豪門大戶之家，在尋常客棧酒肆裡，卻早就流行起了圍著大方桌聚餐。因此，掌櫃老漢進入客棧內不多時，一張碩大的榆木桌案，就被夥計們抬了出來，小心翼翼地擺在了劉縯先前制定的位置。隨即，又有人迅速拿來了數個木製的坐墩，擺上了杯盤碗筷和酒水。然後畢恭畢敬地退到一邊，請貴客入座暢飲。

「麻煩幾位兄弟，幫我把大門打開了！」劉縯朝著夥計們點點頭，笑著吩咐。

「是！」夥計們不知道敞開大門對著街道喝酒是哪地方的習俗，卻誰也不敢多問，小跑著過去卸下門閂，將木製大門，合力推開。

「有勞幾位兄弟了！」劉縯從隨身荷包中摸出幾枚新朝的五十大泉，很隨意地擺在了桌子角上。然後，又指了指躺在地上裝死的郡兵屯長，笑著補充：「麻煩打桶冷水來，把屯長潑醒。劉某想請他吃杯酒，他一直在地上昏著怎麼行？」

「別，別潑！醒著呢，我真的醒著呢！」話音剛落，死豬般的屯長，立刻像詐屍般坐了起來。雙手左右搖擺得像一架風車，「李某有公務在身，不敢接受劉公子的宴請。這就帶著弟兄們離開，咱們雙方，後會……」

「呼！」一聲巨響，將他的後半截話語直接懟回了嗓子眼兒。劉縯將拍在桌案上的寶劍緩緩握緊，望著郡兵屯長，大聲冷笑：「好啊，屯長是想回去告劉某的黑狀不是？與其等著被你報復，劉某乾脆一不做二不休。來人……」

「饒命，饒命啊！」話剛說到一半兒，郡兵屯長已經嚇得面如土色，手腳並用向前爬了數步，雙手抱著劉縯的大腿淒聲哀求：「劉公子，劉爺不要誤會。小人，小人的確是公務在身。小人，小人發誓，出了這道大門之後，今晚所有事情統統忘掉。絕不告您的黑狀，絕不想辦法報復！」

「既然不想報復，就入座跟我一起喝酒！」劉縯抬腿，將其踢出四五尺遠，然後繼續低聲冷笑，「否則……」

「小的這就入座，這就入座！」郡兵屯長激靈靈打了幾個冷戰，迅速從地上爬起來，以前所未有的敏捷，坐在了劉縯對面，側臉所向，正是四敞大開的客棧大門。

大門外，火光將街道照得亮如白晝。

一夥又一夥地痞無賴和散兵游勇，懷裡夾著大包小裹，從街道上匆匆而過。看看客棧敞開的大門，再看看持劍而坐的劉縯和他對面畢恭畢敬的郡兵屯長，紛紛楞了楞，繞著圈子跑遠。

「嗯嗯，嗯嗯！」郡兵屯長咳嗽，瞪眼，皺眉，抓耳撓腮，除了不敢起身呼救之外，其餘手段全都使了出來，就指望外邊過往的同行，能發現自己並非在跟人喝酒，想辦法施以援手。

然而，外邊的同行們卻都忙著發財，誰也沒功夫多往他老人家已經占好的地盤裡，多看一眼。

「伯先、秀峰，你們倆也過來幫我陪客人喝上幾杯。」明知道屯長賊心不死，劉縯卻懶得理會，將頭迅速轉向劉植、張峻、許俞、屈楊四位，笑著發出邀請，「若水、屈兄弟，麻煩你們倆先幫屯長照料他的手下弟兄。等一會兒咱們再換班兒。」

見過熱情好客的，然而熱情到拿刀子逼著別人入席的，劉植等人卻是平生第一次看到。心中都覺得好生有趣，於是乎，紛紛笑著點頭，「好，多謝伯升兄。我等正口渴得緊！」

說著話，劉植和張峻兩個先提著血淋淋的寶劍走到桌案旁，一南一北，正對而坐。恰恰把正在偷偷轉動鬼心思的郡兵屯長，給看了個死死。

劉縯先朝著二人笑了笑，示意二人自便。隨即終於將目光轉向了滿臉是汗的郡兵屯長，笑著開口：「敢問這位屯長尊姓大名？是哪裡人，在哪位大人帳下高就？」

郡兵屯長又激靈靈打了個冷戰，拱起手，小心翼翼地回應：「不敢，不敢，小人姓李，單名一個妙字。乃，乃前隊大夫帳下棘水部第六曲第四屯的屯長，實際隸屬於都尉梁大人管轄。都尉大人是屬正大人的從侄兒，也曾經在長安進過學，跟棘陽縣宰岑大人乃是同窗。跟你們新野縣的張縣宰……」

正雲山霧罩地繞著彎子，嘗試能不能通過新野縣宰為中介，跟眼前這個姓劉的狠人攀上關係，降低其對自己的警惕性。客棧一樓門口，卻猛地跑出了一個半大小子，仰著滿是沾滿血跡的面孔，大聲喊道：「哥，不好了，我的房間裡頭……」

「怎麼了？你的臉怎麼了？誰打了你！」劉縯手握劍柄，長身而起，拔腿就要衝進客棧裡替自家弟弟討還公道。

「不，不是，是，是鼻血。我鼻子剛才出血了，天熱，太熱了！」半大小子劉秀抬手在自己鼻子上揉了幾把，臉上的血跡瞬間變得更濃，「我剛才在房間裡頭鼻子出血，把被褥全都弄髒了。你能不能上樓幫我……」

一邊重組言辭，他一邊用目光在屯長李妙和劉植、張峻二人身上逡巡，雙手還不停地在胸前擺動。然而，素來光明磊落的劉縯，卻沒感覺到自家弟弟的舉止有異，把眼睛豎起來，低聲打斷：「些許鼻血能耐著什麼事情，自己找東西擦一擦，過會就乾了！沒看見我正在陪著李屯長喝酒嗎？趕緊上樓溫書，別以為有了出鼻血為藉口，你可以趁機偷懶！」

「是！大哥！」劉秀無奈，只能怏怏地給自家哥哥行了個禮，轉身小跑著離開。

「小傢伙，馬上就要進太學的人了，居然還安不下讀書的心思。」望著自家弟弟的背影，劉縯帶著幾分炫耀輕輕搖頭。

「小，小兄弟馬上，馬上要去長安讀書了？哎呀呀，那可真不得了！」郡兵屯長正愁無法跟他套近乎，立刻滿臉堆笑地接過話頭，「能進太學讀書的，可都是文曲星轉世。像這棘陽的縣宰岑大人，便是從太學出來的大才。不過二十出頭，便做了一縣之尊。過不了幾年，恐怕就能坐擁一府，穿朱服紫了！」

「舍弟頑劣，怎麼能跟岑縣宰比？」劉縯心中看不起岑彭今日所做之事，聳聳肩，冷笑著道。

「比得上，比得上，絕對比得上！」郡兵屯長李妙沒聽出他話語裡的不屑，繼續啞著嗓子吹捧，「如今的太學，不比往年，都是天子親自授業。出來之後，便是天子門生，走到哪裡，別人膽敢怠慢。」

「你倒是會說！每屆一萬多人呢，天子怎麼可能照顧過得來？」聽他如此善祈善頌，劉縯臉上終於露出了幾分笑意，搖搖頭，低聲反駁。

古今第一賢能，大新朝皇帝王莽接受了自家外孫的禪讓之後，新政迭出。最得天下讀書人感激的便是，太學擴招。將原本只容納兩百人左右的太學，一舉擴招到了每屆萬人上下。四海之內，凡能熟讀《經》、《傳》[注九]者，差不多都可以入學就讀。

只可惜，此政雖「善」好，卻被心懷叵測之輩「誣陷」為收買人心，四方學士非但響應者聊聊，反而「多懷挾圖書，遁逃林藪」。

賢明天子聞訊，勃然大怒。立刻給地方牧守們下令，勒令他們，不拘一格，唯才是舉。並通過有司，頒布了對太學生的優惠：求學期間，其本人免除一切徭役和賦稅，衣食住行皆有國家供應。

如此一番折騰，像劉秀這種，原本屬前朝劉氏旁支的普通人家子弟，才有了入太學深造的機會。與朝中公卿之家的晚輩，一道享受天子親自解惑的恩德。只是，對於進入太學之後究竟能學到多少東西，就不得而知了。

但無論如何，前途能多出一份光明，終究是件好事。否則，光是憑「劉」這個姓氏，劉秀就得跟哥哥劉縯一樣，做一輩子布衣之俠。而劉縯雖然自己素有舂陵小孟嘗之名，往來皆為英雄好漢，內心深處，卻不希望弟弟將來也跟自己一樣，這輩子都困在鄉野間，隨便見到一個里正，都得畢恭畢敬地行禮。弟弟聰明，好學，又善良機變，他理應有更好的前途，更好的選擇。

「伯升有所不知，天子未必能照顧到每個門生。但天子門生，卻不是誰都欺負得！」看到

注九、經傳：詩經、左傳。這兩本都是古代太學的必修課程。

「大惡人」劉縯臉上，難得地出現了幾分溫柔之色。郡兵屯長李妙心中一動，趕緊繼續跟此人拉關係，「你看就這棘陽縣宰岑彭，他也不是出身於什麼高門大戶。可到任以來，全郡上下，誰人見了他敢擺上官架子。無他，天子在岑縣宰背後站著。掃了岑大人臉面，就等同於心中沒有天子！」

「哈哈，如此，就借李屯長吉言了！」劉縯被說得心中大慰，微笑著拍打桌案。

他的父母早亡，幾個妹妹和弟弟，全賴他這個大不了幾歲的哥哥，撫養照顧成人。所以在血緣關係上是長兄，實際上行的卻是父親之責。每當聽見別人誇自家弟弟劉秀前途無量，遠遠比誇讚自己還要心中舒坦一萬倍。

那郡兵屯長李妙，原本就是靠拍馬屁才爬上的位。此刻急著脫身，便毫不吝嗇將各種好話，成車成車地往外送。把個劉縯，聽得紅光滿面。不知不覺中，賓主雙方之間的氣氛，就變得融洽了起來。

「實不相瞞，今天李某並非有意得罪劉兄。」又拍了一會兒，看看火候已經差不多了。郡兵屯長李妙猶豫了一下，小心翼翼地說道，「實在是屬正梁將軍催得緊，而縣宰岑大人又……」

「來，李屯長，你我一見如故，且飲了此杯潤潤嗓子！」劉縯已經溫柔如水的目光，瞬間又變成了一把雪亮的鋼刀。越過高高舉起酒盞，筆直地刺向了李妙，刺得他瞬間亡魂大冒，冷汗淋漓。

「不敢，不敢！」屯長李妙苦著臉，將酒盞舉到嘴邊，哆哆嗦嗦喝了好幾口，才勉強乾掉。

「來，李屯長，在下也敬你一杯！」劉植在旁邊看著暗暗好笑，也跟著舉起酒盞，向屯長李妙發出邀請。

「山谷張峻，敬李屯長。祝屯長大人步步高升！」張峻也跟著舉盞相勸，臉上的表情充滿了戲謔。

從姓李的一開始滿嘴跑舌頭，他們就已經提高了警惕，就準備在適當機會，提醒劉繽不要被此人的花言巧語騙過。卻沒想到，劉繽把吉祥話照單全收，心中根本不為所動。令姓李的屯長除了將他自己累得口乾舌燥之外，一無所獲。

「乾，乾了！」屯長李妙欲哭無淚，欲逃無膽，只能繼續舉著酒盞相陪。

不時有新的郡兵，從被火光照亮的街道上快速跑過。見到客棧裡邊有個屯長打扮的上官，正陪著三個衣著整齊的公子哥兒喝酒，還以為李妙是在對所有人公開表明，他對高升客棧的祖護之意。紛紛側開身子，將腳步遠離大門，唯恐與客棧裡頭的郡兵同行起了衝突，耽誤了彼此的發財大計。

那客棧裡頭的其他遊子，先前還因為擔憂郡兵大舉前來報復，而忐忑不安。到了此刻，終於明白了劉繽打開了大門與屯長對坐喝酒的玄妙，佩服之餘，紛紛慷慨解囊，讓掌櫃吩咐後廚，把拿手的好菜盡可能地往院子裡頭端。巴不得這場酒宴，能喝到天光大亮才好。天光大亮之後，郡兵和蟊賊們搶累了，自然回去休息。大傢伙兒也能平安逃離生天！

正期盼間，二樓上，卻又傳來了幾個半大小子整齊的讀書聲，「有客有客，亦白其馬。有萋有且，敦琢其旅。」

「有客宿宿，有客信信。言授之縶，以縶其馬。」

「薄言追之，左右綏之。既有淫威，降福孔夷。」注十

……

雖然稚嫩，卻令半城煙火之下，平添幾分寧靜肅穆。

「小秀才，又在憋什麼壞水？莫非你真的活得膩煩了不成？」一個蚊蚋般的聲音陡然響起，隔著窗子，外面的人根本不可能聽見。卻讓屋子內的朗朗讀書聲，戛然而止。

說話的是一名少女，目光明澈如秋水，手中的鋼刀也亮若秋水。被壓在刀刃下的劉秀打了個冷戰，無可奈何地將平攤在桌案上的絹冊舉起來，端到少女的眼前低聲解釋：「這是詩經，考試必考的部分。上面的每一個字都清清楚楚，不信妳自己看！」

絹是上好的白絹，上面每一個字，都有嬰兒拳頭大小。只是，少女能分辨出字的數量多寡，卻分辨不出其中任何一個所代表的意思。頓時，原本粉白色的面孔，惱得鮮紅欲滴。抬手對著劉秀的腦門兒先拍了一巴掌，然後咬著牙低聲怒叱：「拿遠點兒，我嫌墨臭。有錢買絹書了不起是嗎？要不是你們這些豪門大戶拚命搜刮，四下裡也不至於到處都有人活活餓死！」

「呀，妳怎麼打人！」劉秀的腦門上，立刻出現了五根纖細的手指頭印兒。楞了楞，滿臉憤怒，「妳沒看見，我們四個人合用一本絹書嗎。況且這絹是我家自己紡的，字也是我從別人那裡借了書，一筆一畫抄下來的。怎麼到了妳嘴裡，就立刻成了為富不仁了？」

「這……！」少女被問得理屈詞窮，卻不肯認錯。將好看的杏仁眼一豎，繼續胡攪蠻纏，「你說是你抄的就是你抄的？小小年紀，就會吹牛？這上面的字好看的緊，即便是縣城裡專門給人寫訟狀的教書先生……」

「寫字好壞，跟年紀有什麼關係？」劉秀撇撇嘴，伸出手指在桌上的水碗裡蘸了蘸，隨即指走龍蛇，「薄言追之，左右綏之。既有淫威，降福孔夷。」

無論大小，風格和骨架，都與絹冊上的文字毫厘不差。

這下，少女的臉面，可有些掛不住了。將未握刀的左手往起一抬，就準備以「理」服人。旁邊的瓜子臉嚴光見勢不妙，趕緊低聲出言提醒：「馬三娘，妳是不是不想救妳哥了。我們這讀書聲一斷，樓下肯定要問個究竟。萬一……」

話音未落，樓下已經響起了鄧晨不滿的質問聲：「劉秀、鄧奉、朱祐，上面發生了什麼事情？你們幾個怎麼突然啞巴了？」

「沒事，沒事兒！」位置靠近窗口的朱祐趕緊轉頭，探出半個腦袋，大聲解釋：「剛才，剛才，剛才飛來一隻母蚊子，在劉秀額頭上咬了一口。我幾個，正在滿屋裡對付那隻母蚊子呢！」

「打開窗子，把牠轟出去不就行了嗎？嚇了我一大跳！如果讀累了，就趕緊熄了燈睡覺。別熬夜，明天一早咱們還要趕路呢！」鄧晨將信將疑，不滿地提醒。

「哎，哎！」朱祐連聲答應著，關好窗子，重新展開絹冊。

「有客宿宿，有客信信。言授之縶，以縶其馬。」嚴光、劉秀、鄧奉三個將身體向前湊了湊，再度齊聲誦讀。「薄言追之，左右綏之。既有淫威，降福孔夷……」

一張張年少的面孔上，充滿了促狹之意。

注十、原文出自《詩經・有客》，此處為劉秀借詩，向外邊的哥哥劉縯傳達暗示。

「你說誰是母蚊子？」少女馬三娘側著耳朵聽了片刻，忽然明白過味道來，從劉秀脖頸後收起鋼刀，快步來到朱祐身邊，抬手擰住此人的一隻耳朵，「你有種再說一遍？」

「哎呀，哎呀……」朱祐疼得齜牙咧嘴，卻連連擺著手提醒，「這離窗口近，妳不要命了？萬一被人看見，妳和妳哥都走不了了！」

「那我就先殺了你們四個壞蛋！」馬三娘被嚇了一跳，鬆開朱祐的耳朵，迅速後退。一不小心，碰得桌案晃了晃，燈油飛濺，頓時將雪白的絹冊污掉了大半邊。

「妳，妳這人怎麼不知道好歹？」劉秀心疼絹書，一把抄在手裡，取了擦臉的葛布用力擦拭，「剛才要不是我們四個機警，幫了你們兄妹一把。郡兵早就殺進來，把你們兄妹兩個兒剁成肉泥了！妳，妳不知道感恩也就罷了，儘管帶著妳哥離開便是，怎麼能又想求人幫忙，又拚命找茬兒？」

「是啊，不知好歹！」如同劉秀的影子一般，鄧奉也站起，低聲重複。「都說馬子張和馬三娘兄妹兩個真正的英雄豪傑，殺富濟貧，救人於水火。呵呵，呵呵呵……」

「我，我不是故意的！」馬三娘頓時被笑得恨不能找個地縫往裡頭鑽，跺著腳低聲辯解，「不就，不就是一本破書嗎？我，我賠了你就是！」

「賠，說得好聽，錢呢，妳有錢嗎？」劉秀看都懶得看馬三娘一眼，守財奴般擦拭著絹冊，說出的話來宛若刀槍。

這簡直就是明知故問！此時紙張剛剛出現，書籍多為竹簡編就，又笨又重，價格奇貴。而絹布所縫製的書冊，價格還在竹簡的三倍以上。所以，即便他和鄧奉、嚴光這種殷實人家出身的子弟，也得好幾個人合用一本書冊。而馬三娘此刻正在逃命途中，怎麼可能賠得出足夠的錢來？

沒錢賠，先前的話還說得太滿了，望著劉秀那高高挑起的嘴角，馬三娘忽然被刺激得忍無可忍。唰地一下舉起刀，向著此人的肩窩迎面便刺。

「叮！」先前站在劉秀身邊像個小跟班般的鄧奉，不知道什麼時候手裡多出了一支短劍，不偏不倚，恰恰擋在刀尖必經之路上。

「妳想拖累妳哥哥一起死，就繼續動手！」長得比大戶人家出來的嬌小姐還要白淨，性子先前也如同少女般斯文的嚴光，忽然就變成了另外一個人，手裡握著一把不知何時拔出來的短劍，冰冷的劍鋒戳在馬三娘的柳腰上，力透皮甲。

「馬，馬家姐姐，別，別衝動。他們幾個都不是壞人。我們如果想害妳，剛才大喊一嗓子就夠了，根本不用如此大費周章！」只有瓜子臉朱祐，還懂得幾分憐香惜玉。一邊拔出佩劍來架上馬三娘的脖頸，一邊連聲補充：「我們這樣對妳，也是迫不得已。誰叫妳一進門，就拿刀子逼著我們收留妳們哥倆，還逼著劉秀去騙他大哥上樓！」

「你……！」從綁匪瞬間淪落為人質，馬三娘又悔又氣，一雙杏眼裡寒光四射，「你們幾個有種，就現在殺了老娘。老娘若是皺一下眉頭……」

「呼啦！」劉秀手中的絹冊帶著風砸了下來，直奔她的面門。少女本能地閉上了眼睛，眉頭瞬間皺成了川字。

「啪，啪，啪！」絹冊從半空中收回，在劉秀的掌心處輕輕拍打。每一下，都如同耳光般，打得馬三娘面紅欲滴。

對方一個字都沒反駁，但剛才皺沒皺眉，她自己卻心知肚明。想要衝上前去拚命，腰間又是微微一痛，嚴光手中的利刃，已經瞬間戳破了皮甲和肌膚。

「妳別動，別亂動。我，我們真的不想傷妳，真的不想傷妳。」還沒等馬三娘自己喊疼，朱祐已經急得額頭冒汗。一邊將手中的利刃輕輕下壓，一邊迫不及待地威脅，「別動，真的別動。即便妳自己不要命了，也得為妳哥想想。咱們這邊打起來，樓下的人肯定會聽見！」

脖子上流下一道細細的血線，但更劇烈的痛楚，卻在心裡。馬三娘的身體猛然僵直，回頭望著床上昏迷不醒的哥哥，兩行熱淚順著面頰滾滾而落。

「妳別哭，真的別哭，咱們，咱們真的不想傷害妳！」朱祐最見不得女人的眼淚，尤其是一個正入了自己眼睛的美女。右手中的利刃趕緊抬了起來，左手掏出一塊潔白的絲巾，就打算替對方擦拭脖子上的血跡。

就在這個瞬間，馬三娘的身體忽然像靈蛇般扭動，悄無聲息地甩開嚴光的劍鋒，滑步，撤刀，橫抹，所有動作宛若行雲流水。原本被鄧奉用劍擋住的鋼刀，像閃電般架在了朱祐的脖子上。

「放下劍，否……」她瞪圓杏眼，低聲怒喝。話喊了一大半兒，卻又卡在了喉嚨中。

原本握在劉秀手中的絹冊，忽然變成了一把匕首，端端正正頂住了她的喉嚨。

「我再說一次，我們對妳毫無惡意。如果妳繼續恩將仇報，那咱們就乾脆一拍兩散！」匕首的鋒刃很冷，劉秀嘴裡說出來的話，與匕首的鋒刃同樣冰冷。雖然，此刻他與馬三娘近在咫尺，彼此都能感覺到對方的滾燙呼吸。

馬三娘沒有接茬，手中的刀刃，卻清楚地表明了她的態度。剛剛被她擺脫了的嚴光無奈，低低嘆了口氣，快步走到床榻旁，用短劍抵住了馬武的胸口。「馬三娘，妳沒有勝算。即便能打得贏咱們，也帶不走妳哥！」

「你，你卑鄙無恥！」少女頓時被抓住了軟肋，瞬間心力憔悴，手中的鋼刀無力地滑落，再度淚流滿面。

鄧奉手疾眼快，搶在鋼刀落地前，彎腰握住了刀柄。將其緩緩放在了桌案上，低聲長嘆：「嗨，何苦呢！早就說過，咱們不會害妳！」

「是啊，做人不能太沒良心。若不是我們幾個剛才故意替妳遮掩，妳和妳大哥，豈能平安躲到現在？」嚴光也跟著嘆了口氣，將刀尖緩緩從馬武胸前撤走。

「咱們不想將你們哥倆交給官府，妳也別想著殺人滅口，恩將仇報！」劉秀最後一個撤開匕首，冷笑著緩緩後退。

四周圍壓力陡然一空，馬三娘卻再也生不起敵對之心。掩面無聲抽泣，單薄肩膀顫抖得宛若雨中荷葉。

劉秀的話不好聽，卻占足了道理。無論少年們先前是情願也好，被迫也罷，都的的確確對馬氏兄妹兩個有收留隱匿之恩。兄妹倆但凡也有幾分做人良心，就不該一言不合，就拔刀相向！更何況，對方出言譏諷，也的確是因為她有錯在先。弄髒了別人的書籍也就罷了，還胡吹大氣，說原價包賠。偏偏口袋裡面空空如洗，根本翻不出一枚銅錢！

「妳，妳別哭了。那個，那個劉秀剛才說要妳賠錢，原本就是一句氣話。」朱祐被哭得心軟如酥，很快就忘記了先前的教訓，將絲帕遞過去，讓馬三娘自己擦拭眼淚。

這可真是哪壺不開提哪壺。馬三娘的眼淚戛然而止，一把搶過絲帕，在臉上胡亂抹了抹。然後咬著牙走到桌子旁，指了指被鄧奉繳獲去的鋼刀，咬著銀牙說道：「這個，行，行嗎？百鍊精鋼做打，足夠抵你的書錢！」

「這，這怎麼行！」朱祐趕緊快步追上，擺著手表示拒絕。「這是妳防身用的東西。」

「朱祐，書是我的！」劉秀狠狠地瞪了他一眼，臉色已經冷得如同鐵塊兒：「我是去長安做學問的，要一把殺人利器做什麼？」

「是啊，我們四個都是讀書人，要一把凶器做什麼？」鄧奉知道劉秀肯定另有所圖，陰陽怪氣地重申。

至於瓜子臉少年嚴光，乾脆抱著膀子看起熱鬧來。雖然什麼話都沒有說，但是那滿臉輕蔑的模樣，卻比任何語言都犀利，讓馬三娘徹底無地自容。

「我不管，我只有這把刀了，你們愛要不要！」抬手抹掉臉上的眼淚，她大步走向床榻，「不就是怕我拖累你們嗎？我走就是，又，又何必如此埋汰人！」

說著話，她雙臂用力，將自家哥哥馬武抱在了胸前。一轉身，大步流星朝屋門而去。再不肯多回頭看上一眼，也不肯向任何人示弱討饒。

「馬……」朱祐邁步欲追，卻被劉秀一把拎住了後脖領子，勒得直翻白眼兒。

「走好，走好，咱們可不欠妳的！」一直冷著臉看熱鬧的嚴光終於開口，字字如刀，「跟咱們和妳有啥交情似的，真稀奇，這年頭，居然還有強盜覺得肉票該幫自己的忙！」

「記得從正門出去啊，院子裡剛好有一群郡兵。把妳哥哥直接送到他們手上，也省得受零碎罪！」鄧奉最狠，衝著馬三娘的背影直接補刀。

「你們……」馬三娘即便再武功高強，畢竟只是個十六七歲的少女。登時被戳得心頭滴血，轉過頭，淚如雨下，「你們，你們不願幫忙就直說好了，嗚嗚，何必，何必這麼欺負人。不，不就是一本破書嗎，怎麼，怎麼也不能讓我拿命來償！」

「大聲點兒，妳哭得再大聲點兒，省得外邊的人聽不見！」劉秀冷冷地看了她一眼，目光中沒有半點憐香惜玉。「直接把郡兵哭進來，看妳抱著自己的哥哥，赤手空拳，拿什麼活命！」

哭聲，頓時戛然而止。馬三娘的臉色蒼白如雪，嘴唇顫抖，四肢和軀幹，一道哆嗦不停。

「想救妳哥，就把他放回床上去，然後過來，老老實實賠禮道歉！」劉秀又看了她一眼，話語依舊又冷又硬。「否則，就拿著妳的刀，好歹走投無路時，還能先抹了脖子！免得被俘後受盡凌辱，生死兩難！」

「你！」馬三娘氣得眼前陣陣發黑，卻一句反駁的話都說不出來。遲疑半晌，只好咬著牙轉過身，踉蹌著再度走向床頭。

朱祐看得好生不忍，掙開劉秀的拉扯，衝上前幫忙。馬三娘卻一把推開了他，咬著牙獨自一人將哥哥擺好，蓋上被子。然後緩緩走回書案邊，蹲身施禮，「幾位公子，民女剛才多有冒犯，還請念在民女救兄心切的份上，原諒則個。此事過後，是打是罰，民女絕不皺眉。」

一番道歉的話，說得僵硬如蠟。卻把朱祐給急得額頭冒汗，徑直衝到劉秀身邊，用力晃動對方手臂，「三兒，三哥，我求你了不行嗎？馬三娘都道歉了，她已經道歉了，你足智多謀，趕緊幫她想條生路！」

「道歉，需要這麼大架子嗎？跟討債還差不多！」劉秀心知如果今天不能將馬三娘徹底壓服，接下來自己心裡頭的計畫絕對不可能貫徹執行。故意不理朱祐的求情，撇起嘴，兩眼看向了天花板。

「你！」馬三娘頓時又被氣得心頭火起，轉身想走。然而，看到倒在床上奄奄一息的哥哥，心中所有怒火，頓時化作了一盆兜頭冷水。

咬著牙再度轉身，她緩緩來到劉秀身前三步，雙膝跪倒：「民女先前多有得罪，請幾位恩公寬恕！若是恩公能想辦法救我兄妹一救，今後即便做牛做馬，我馬三娘也絕無怨言！」

「三哥！」朱祐窘得面紅耳赤，手臂力道驟然加大，將劉秀直接給拉了個趔趄。「她，她都道歉了，她都給你跪下了……」

「又不是我要她跪下的，你急什麼？」劉秀又是好氣又是好笑，勉強穩住身形，回過頭朝著朱祐搶白道：「她這種魯莽性子，若是不肯改一改，我即便一百條妙計又能如何？還不是都得被她給弄砸掉，還白白搭上大夥的性命？」

「這？」朱祐被說得無言以對，只好鬆開劉秀的胳膊，紅著臉走向馬三娘，低聲勸說：「三，那，那個三姐，妳……」

「蒼天在上，我馬三娘發誓。從現在起，劉三公子要我做什麼就做什麼，如有違抗……」馬三娘也是被逼得走投無路了，索性把心一橫，搶在朱祐說出更多讓自己下不了台的話之前，豎起右手。

「發誓倒不必了。」劉秀微微一笑，低聲打斷，「妳去給我倒一碗水來。折騰了這麼半天，我還真是渴了！」

「你……」沒想到劉秀真的拿自己當丫鬟使喚，馬三娘被氣得杏眼圓睜。然而扭頭看到倒在劉秀床上昏迷不醒的大哥馬武，頓時肚子裡的怒氣全都消失不見。站起身，咬著銀牙走向牆角的水罐。小心翼翼地倒了一碗清水，然後儘量裝出一副逆來順受的小丫鬟模樣，緩緩走到劉秀面前，緩緩將清水捧到眉心處，「公子，請喝水！」

「妳真的肯按我說的去做？無論讓妳去做什麼？甚至做牛做馬也沒問題？」劉秀卻不肯接她的水碗，上上下下打量了她一回，歪著頭詢問。

銀牙咬在粉紅色的嘴唇上，痛徹心扉。肚子裡剛剛騰起的怒火再度變冷，化作一聲低低的回應：「嗯！」

「妳不會暫且低頭，等我救了你們兄妹之後，再秋後算帳呢？」劉秀依舊不依不饒，繼續歪著頭，目光裡頭充滿了玩味。

馬三娘肚子想的正是脫險之後，先將眼前這個可恨的臭小子大卸八塊。聽了劉秀的話，頓時心裡一緊，手臂微微晃動，差點把水全濺在自家身上。好在她平素練武練得刻苦，對肌肉的控制力遠超常人。搶在水灑出前的瞬間，迅速將水碗重新端穩了，然後低下頭，怯怯地說道：「你對我們兄妹有救命之恩，我報答還報答不過來呢，怎麼可能刀劍相向。你若是不放心，這樣好了，我可以再對天發一個誓，如果……」

「行了，每年發誓的人成千上萬，也沒見老天爺劈死過幾個？」劉秀笑了笑，上前接過水碗。「剛才不是我要逼妳，而是此刻情況緊急，不能讓妳再由著性子胡來。好了，這碗水，算是劉某向妳賠罪！」

說著話，猛然把手腕一翻，整碗的清水，全都倒在了自家頭頂上！

「啊——」整個過程的變化實在太快，眾人猝不及防，齊齊低聲驚呼。而劉秀自己，卻朝著目瞪口呆的馬三娘微微一笑，低聲道：「想救妳哥哥，主要還是得依仗妳。我覺得，如果沒有馬武的拖累，妳一個人，帶著追兵四處溜圈子，再順手去縣衙附近放上一把火，問題還不大吧？！」

「這？」馬三娘還沒從震驚中緩過神來，楞了半晌，才蹲了下身，低聲道：「當然沒問題，接下來需要三娘如何做，請恩公儘管吩咐。」

恨歸恨，但眼前這個半大小子，自打她入門以來，說話做事都從沒按過常理。令她在憤怒之餘，心裡未免就真的湧起了許多期盼。期盼對方真的能拿出什麼令人匪夷所思的妙計，助自己和哥哥逃出生天。

見她已經徹底服了軟，劉秀也不為已甚，點點頭，立刻開始給大夥布置任務，「時間緊迫，我說大概，嚴光，你來補充具體行動細節。朱祐、鄧奉，你們兩個一人去走廊裡盯著，一個去窗口繼續大聲讀書，同時監視外邊的動靜。我估計，用不了多久，就會有人發現這家客棧的情況不對，帶著人來營救那群兵痞！」

還甭說，他年紀雖然小，卻真的有幾分大將風度。很快，就根據大傢夥的特長，將在場所有人都調動了起來。

「有客宿宿，有客信信。言授之縶，以縶其馬。薄言追之，左右綏之。既有淫威，降福孔夷……」

朗朗的讀書聲又起，在這漫長而又混亂的夜晚裡，令人聽了之後，心裡有一種無法陳述的安寧。

然而，今夜注定不是一個寧靜之夜。讀書聲重新響起不多時，大門口，就傳來了一陣人喊馬嘶。縣宰岑彭，帶著縣丞陰宣、縣尉任光以及捕頭閻奉、李秩，以及數百全副武裝的郡兵，舉著鋼刀長矛和角弓，浩浩蕩蕩殺到了近前。

「李妙！」早就接到手下人密報的陰宣揣著明白裝糊塗，豎起眼睛，對著院子中央吃酒的幾個人厲聲喝問，「你就這樣捉拿要犯的。若是放走了馬武，今晚這個院子裡所有人，都難逃干係！」

「小人冤枉！」屯長李妙立刻滾下胡凳，手腳並用快速爬向陰宣和岑彭，「縣宰大人，縣丞大人，小的真是冤枉。小的跟他們幾個素不相識，卻被他們……」

「故濟陽令長子，舂陵劉縯，見過縣宰，見過幾位大人！」劉秀的哥哥劉縯對李妙借機逃走的行為視而不見，大大方方地站起身，向岑彭等人抱拳。

「潁川都尉之子馮異，見過諸位大人！」早就知道今日之事不好善了，方臉酒客馮異，手按劍柄走上前，與劉縯並肩而立。

「巨鹿縣丞之子劉植，見過諸位大人！」劉植依舊是一副滿不在乎模樣，抓起血跡未乾的佩劍，笑著向門口劍拔弩張的眾人拱手。

「山谷連率之子張峻……」

「荊州郡丞之侄許俞……」

「宛城屈楊……」

先前與劉縯並肩作戰的幾個豪俠們，紛紛走上前，在院子內站做筆直的一排。雖然人數還不如岑彭身後的兵馬一個零頭，但身上所流露出來的氣勢，卻堪堪與對方平分秋色。

「爾等，爾等既然都是官宦之後，為何要阻礙郡兵捉拿盜匪？」縣丞陰宣心裡接連打了好幾個突，說話的語氣立刻軟了下去。「還不速速退在一邊，縣宰大人和本官可以看在爾等年輕氣盛份上，既往不咎！」

「不敢，若是郡兵只是過來捉拿盜匪，我等出手相助還來不及，怎麼可能阻攔！」話音落下，劉縯卻不退反進。向前跨了半步，手指四周，大聲回應，「可縣丞大人請看，郡兵們手裡拿的都是什麼東西？這四下裡，到處冒起的火頭，又因為哪般？」

「按大新律例，若有盜匪入室打劫，良家子可仗劍斬之，有功無罪！」馮異也輕輕上前半步，不卑不亢地拱手。

「我等不敢與官府做對，但助官府擒賊安民，卻是各自的本分。還請縣丞大人明察！」劉植快速站在了劉縯的另外一側，慢吞吞地開口。

他和馮異兩個，都是在職官吏的後人，平素沒少聽家中長輩談論司法方面的瑣事。耳濡目染，就知道該如何自我保護。因此幾句話說出來，非但將「阻礙郡兵捉拿盜匪」的罪名盡數擺脫，並且直接拿著真憑實據倒逼了對方一記，對方的氣焰頓時又矮掉了一大半兒。

「李妙，你個蠢貨，你就這樣帶兵的？」縣丞陰宣被問得無言以對，只好將氣撒在自家爪牙身上。橫著走開數步，拎起屯長李妙的衣服領子，咬牙切齒地質問。

「大，大人……」屯長李妙從地上抬起頭，帶著滿臉鼻涕眼淚，低聲控訴，「他，他們幾個剛才……」

「給我退到一邊去！」縣尉任光，卻遠比陰宣有擔當。走上前，狠狠踹了李妙一腳，大聲呵斥，「這麼點兒小事都辦不好，你還嫌丟人不夠嗎？」

「這，這……，是，大人！」屯長李妙被訓得面紅耳赤，趕緊連滾帶爬閃到了一邊。三角形的小眼睛裡，寫滿了無奈與委屈。

縣尉任光，卻顧不上考慮他一個小小的屯長，到底委屈不委屈。轉過身，再度來到劉縯、馮異，和一眾豪俠們的對面，和顏悅色地補充：「郡兵都是臨時招募而來，裡邊出幾個害群之馬也在所難免。爾等沒有必要跟他們一般見識。趕緊收拾一下，各自去安歇吧！時候不早了，本官回去後，自然會按照律例處置他們，給大夥一個交代。」

「是啊，爾等散去歇了吧！沒必要跟他們一般見識！」縣丞陰宣趕緊順勢下台，紅著臉，輕輕擺手。

對面的幾個年輕後生都是在職或者致仕的官宦子弟，雙方從血脈上就自然生出幾分親切，沒有必要為了些雞毛蒜皮的小事較真兒。況且即便較起真兒來，郡兵這邊也討不到任何好處。幾位年輕後輩頂多是被罰些銅錢，然後由各自的長輩領回家去申斥。而棘陽縣這邊，恐怕就得有人出來承擔郡兵殺良冒功的罪責。

「多謝諸位大人寬宏，我等告退。綁在柱子上的，都是趁火打劫的地痞流氓，也請諸位大人押回去酌情處置！」有道是，伸手不打笑臉人。既然棘陽縣的縣丞和縣尉都主動做出退讓了，劉縯和馮異幾個，也不想把事情鬧得太大。相繼拱了拱手，笑著送上一份厚禮。

「啊，真的有地痞流氓趁火打劫？」縣丞陰宣立刻心領神會，揮揮手，就命令身後的弟兄們，去廊柱上解那幾個受傷的地痞，同時收攏他們各自腳下的贓物。等會兒回到縣衙，贓物照例要「充公」，而地痞流氓們，也可以算作馬子張的爪牙，把腦袋砍下用泥巴一糊，交上去後，還能另外多換回一份功勞。

他和任光兩個人的想法很穩當，對面劉縯等人也很「上道」，眼看著，一場衝突就要化解於無形。然而，就在此時，先前一直沒有說話的縣令岑彭，卻忽然開了口：「且慢，任光，你去問問李妙，剛才他到底搜沒搜這間客棧！」

「是！」縣宰有令，任光不敢不應。拱了下手，快步追到躲進陰影裡的屯長李妙面前，沉聲問道：「縣令問你，到底搜沒搜完這家客棧。你如實回答，切莫自誤！」

「沒，沒有，大人，小的還沒來得及上樓，就，就被他們，被他們給打翻在地了。小的……」屯長李妙立刻如見到獵物的青蛙般，瞬間蹦起三尺多高，扯開嗓子，大聲控訴。

他原本以為，縣宰岑彭聽了自己的話之後，會替自己申冤報仇。卻不料後者只是扭過頭，狠狠橫了他一眼，隨即，就將目光再度轉向了罪魁禍首劉縯，「劉公子，本官要搜查這間客棧，你是否還要阻攔？」

「不敢，還請大人約束手下，不要借機殘民自肥！」劉縯被岑彭話語裡的殺氣，逼得雙眉一蹙。隨即，搖搖頭，笑著讓開了道路。

馮異等人，也沒心思跟官兵開戰。各自撇了撇嘴，分頭散開。原本被堵得嚴嚴實實的客棧正門口，頓時暢通無阻。縣令岑彭板著臉輕輕揮了下手，帶領百餘名全副武裝的郡兵長驅直入。轉眼間，就將一層攪了個雞飛狗跳，隨即，又一群餓狼般撲上了二樓，挨個房間自己翻檢，根本不管裡邊住的是男是女。

客棧裡的旅人們，幾曾見過如此陣仗？頓時，又被嚇得捂嘴而泣。那縣宰岑彭，臉上卻沒有半點兒憐憫之色，繼續帶著幾個親信，一間屋子挨著一間屋子翻檢過去，絕不放過任何蛛絲馬跡。

「幾位兄弟勿怪，我家大人做事一向如此認真！」縣尉任光做事圓滑，見劉縯等人臉色越來越難看，悄悄向大夥遞起了小話。

不像天子門生岑彭，他出身於地方望族。對劉縯劉伯升的名頭早有耳聞。也知道自古官府都是同氣連枝，某些勢力不會因為路途太遠就搆不到棘陽這窮鄉僻壤。所以內心深處，非常不願意跟眼前這位小孟嘗發生什麼衝突。更不願意，把馮異、劉植等官宦之後，全都一併給得罪乾淨。

正寒暄間，忽然聽樓上有人大聲喝問：「血，你們幾個娃娃，速速如實招供，這血跡是哪裡來的？」

「鼻子，當然是鼻子裡淌出來的。你們，你們沒看見劉三鼻子撒著白葛，頭上還被冷水潑的濕淋淋的嗎？」一個尖細的少年聲音，緊跟著響起。雖然單薄，卻不帶半點兒示弱。

「壞了！」劉縯和馮異兩個嚇得亡魂大冒，齊齊將手探向了腰間劍柄。

就在小半個時辰之前，他們兩個可是親眼看到劉秀臉上的血跡。當時被劉秀幾句話給搪塞了過去，現在想起來，那些血跡，還有劉秀先前的讀書聲，分明是在向大夥暗示，有受傷的客人就藏在二樓，而他們，當時居然個個都聽而不聞，視而不見。

就在這個危機關頭，身後的天空猛地一亮，緊跟著，淒厲銅鑼聲和叫喊聲，再度響徹棘陽縣城。「走水啦，走水啦，縣衙門走水啦！當當，當當，當當當當……」

「快跟我去救火！」縣令岑彭猛地回頭，隨即嚇得臉色慘白，撒腿就跑。他是遠近聞名的孝子，自幼喪父，完全由母親一個人拉扯長大。因此，這功夫即便天塌下來，也比不上母親的安全重要，根本沒心思去分辨少年們所言是真是偽。

「救火，快去救火！」縣丞陰宣的宅邸，也緊挨著縣衙。此刻哪有閒功夫再管馬武去了什麼地方，將手一揮，帶著弟兄們跟在岑彭身後撒腿狂奔。

只有縣尉任光，不像岑彭和陰宣等人那樣方寸大亂。而是上上下下繼續打量了劉縯等人好幾輪，直到把劉縯看得手背上都冒起了青筋，才忽然鬆開了手中刀柄，朝著哥幾個微微一笑，隨即飄然而去！

「偉卿，替我招呼弟兄們，我去去就來。」目送任光離去，劉縯的臉色迅速下沉，強忍怒火向鄧晨交代了一句，手按劍柄，大步走向二樓。

「伯升……」鄧晨生怕劉縯衝動之下直接宰了那四個小子，本能地出言提醒。話到嘴邊兒，忽然又覺得自己此舉純屬多餘。

自家大舅哥劉伯升對小舅子劉秀向來視若珍寶，平素擦破個油皮兒都要心疼好半天，怎麼可能對其動粗？倒是侄兒鄧奉……，該打，待此間事了，一定要狠狠給他鬆鬆皮！

猛然想到，鄧奉先前假作用功讀書，實際上，也是跟劉秀一起，參與某些不可告人之事。鄧晨的心臟就開始發抽。若是剛才岑彭硬闖進去，在屋內發現什麼，今天在場所有人等，恐怕都要被這幾個野小子拖入火坑！該打，真的該打，不打爛屁股不足以向弟兄們交代！

正恨得牙根發癢間，兩耳畔，卻又傳來了馮異那敦厚的聲音，「偉卿兄，樓上到底出了什麼事？可有需要馮某效力之處？」

「不，不用了。幾個野孩子不肯用心讀書，荒廢光陰，伯升要上去打他們的板子！」鄧晨的心臟又是猛地一哆嗦，趕緊裝出一副雲淡風輕模樣，笑著搖頭。「唉，伯升也是，小孩子麼，就得有些生氣才對。若是天天除了吃飯睡覺之外就抱著書冊，那豈不成了書呆子？這輩子哪裡還有什麼前途可言？」

「是極，是極，書要讀，卻不能讀死書，更不能像某些人那樣，讀著讀著就讀沒了良心！」

馮異早就看出他神情古怪，卻也不戳破，笑了笑，大聲許諾：「今晚我等携手拒賊，是功勞也好，是過錯也罷，已經這樣了，肯定每個人都跑不掉。所以，偉卿和伯升兄若是有什麼需要幫忙之處，儘管開口。掌中三尺青鋒，任憑兩位兄台驅策！」

「偉卿兄，咱們幾人一見如故，有事儘管開口！天塌下來，大夥一塊擔著。」

「既然已經共同進退一回，當然要有始有終！」

「單憑兄台驅使！」

「一起，一起，兄弟齊心，其利斷金！」

劉植、張峻、許俞、屈楊等人，也順著馮異的話頭，笑著許下承諾。一張張年輕的臉上，寫滿了驕傲。

「多謝，諸位兄弟！」鄧晨聽得心頭熱血上湧，彎下腰，向眾人一揖到地。「今後若有用到鄧某之處，赴湯蹈火，絕不敢辭！」

他心裡非常清楚，大夥都已經看出了劉縯和自己兩個舉止的怪異。但是，誰也沒有選擇抽身而去，一個個，都主動留了下來，願意與自己和劉縯兩個福禍與共。

「偉卿兄何必如此多禮！」馮異、劉植等人齊齊側開身子，長揖相還。「樓下有我們哥幾個看著，你儘快上樓去吧。告訴伯升兄，不必苛責幾個孩子。讀書固然重要，但做人更重要的是，不能丟了良心！」

「是啊，書可以慢慢讀，但人心若是長歪了，就很難再糾正得回了！」

「只要不是把天捅破了，咱們幾個都能一起擔著！」

「速去，速去，這裡有我等……」

任光臨走前那詭異的笑容，大夥其實都看在了眼裡。劉縯匆匆忙忙上樓的舉動，大夥也都看得一清二楚。很明顯，就在劉縯帶著弟兄們跟郡兵周旋的時候，樓上那幾個半大小子，闖出了禍來。但郡兵已經打了，縣宰也已經得罪了，這個時候再說二樓發生的事情大夥一無所知，根本不可能有人會相信。所以，還不如乾脆一點兒，有啥事大夥一塊頂著。好歹到最後還能落個仗義名聲，不至於有始無終，最後落個兩頭不討好。

「鄧某謹遵幾位兄長教誨！」鄧晨紅著臉，用力點頭。隨即，轉身快步而去。唯恐自己動作稍慢，眼裡的淚珠當眾掉下來。

不多時，他已經來到劉秀等人的房間門口。伸手用力前推，只聽「呯」的一聲，緊跟著，又是一連串低低的慘叫，「哎呀，我的鼻子，我的鼻子，這回真的出血了！」

「怎麼回事？」鄧晨連忙低頭，只見自家小舅子劉秀跌坐於地，兩行鼻血，正順著嘴唇緩緩下流。「你，你怎麼鼻子真的出血了？」

劉秀手捂著鼻子，哭笑不得，「還不是你剛才推門撞到朱祐，他又一腦袋頂在了我鼻子上！哎呀，這血，這血還真的止不住了。嚴光，趕緊再給我取點冷水來。」

聞聽此言，鄧晨心中的惱怒和焦躁，頓時全都化作了憐惜，趕緊蹲下身，在劉秀的鼻梁上用力捏了幾下，低聲說道：「不行，光用冷水不行！恐怕得用白葛來堵一下才行，否則……。」

話音未落，劉縯已經一個箭步殺至，抬手推開他的肩膀，低聲數落：「偉卿，你別聽他裝可憐！今晚的賬，必須跟他們幾個算清楚！」

「啊？」鄧晨微微一楞，這才想起來，劉縯和自己相繼上樓的目的。趕緊將面孔板緊，裝出一副公事公辦模樣，沉聲附和：「對，你們幾個，今晚誰都甭想蒙混過關。伯升，剛才到底怎麼一回事？劉秀臉上的血，到底從何而來？」

「你自己去看！」他不提則已，一提，劉縯的臉色愈發陰沉。手指朝床榻奮力一戳，低聲斷喝：「小小年紀，居然自作主張窩藏起了賊寇。真是不知道死字怎麼寫！」

「啊！」饒是心中已經有所準備，鄧晨依舊忍不住驚呼出聲。連忙丟下劉秀，快步來到床榻旁，拉開帳子細看，只見一位身材魁梧的漢子橫在床上，雙目緊閉，臉色慘白如紙，渾身的血污已凝成黑色，「他，他是馬子張？他，他，他到底死了沒有？」

「若換做別人，恐怕早就死透了，這馬武的命倒是硬得很。」劉縯冷哼一聲：「估計是怕黃泉路上太寂寞，等著我們跟他做伴呢！」

「大，大哥，我們，我們也是被迫，被迫的！」劉秀、嚴光等人聽得此言，也知道今天闖下了大禍，皆侷促不安起來，手腳都不知道往哪裡放才好。「就在，就在郡兵第一次上樓的時候，馬，馬三娘忽然帶著馬武闖了進來。我們，我們打，打不過她。也，也看著他們兄妹著實可憐……」

「你們幾個小兔崽子啊？」鄧晨猛然回頭，咬牙切齒，卻不知道該怎麼責怪對方才好。眼下，哪裡是可憐別人時候？包庇賊寇，按罪當誅，剛才就差那麼一丁點兒，自己、劉縯和樓下剛結識的幾個兄弟，以及各自的家族，都會陷入一場巨大的無妄之災中！只消那縣宰岑彭闖進這屋，發現了床上的馬武，到那時幾個人真個就是黃泥巴掉進褲襠裡——不是死也是死了。

想到這兒，一股怒氣頓時直衝腦門兒，鄧晨撩起一腳，將自家侄兒鄧奉踹倒在地「去死！叫你跟著瞎起鬨！叫你跟著瞎起鬨！明天一早，就給我滾回家去！長安城你不要去了。再去，指不定還闖出什麼禍來！」

「叔父，叔父，這裡頭我輩分最小，根本沒人聽我的啊！」鄧奉被踹得好生委屈，又不敢頂嘴。只能抱著腦袋在地上翻滾，「他們都比我大，為啥你每次都只打我一個！」

「怎麼，我打你還打錯了？」鄧晨聞聽，心裡頭的怒火愈發洶湧而起，拎起兩隻蒲扇大的巴掌，朝著自家侄兒屁股上狠搧。

「罷了，回頭再找他們算帳吧！」劉縯做事極講道理，不忍繼續看鄧奉一個人受罰，上前半步，抬手拉住鄧晨，「這會兒就算打死他們幾個，也洗不清咱們窩藏賊寇，對抗官府的嫌疑！趕緊想辦法幫我把馬武挪走，否則，萬一岑彭去而復返……」

「岑彭肯定不會去而復返！」話音未落，劉秀已經快速接口。「眼下，客棧反而是最安全的地方！」

「小兔崽子，你還長本事了是不？」劉縯氣得忍無可忍，衝過去，抬手便抽，「不會回來！你怎麼知道岑彭不會再回來？你又不是……」

「岑彭是個遠近聞名的孝子，縣衙剛剛失過一次火，他絕不會再放心將老娘交給別人！」劉秀雙手高舉，一邊遮擋，一邊朝夥伴們身後躲閃，「第二，岑彭即便心裡懷疑咱們窩藏了馬武，也不會認為咱們敢把馬武留在這裡，等著他再次來搜，因此，咱們剛好反其道而行之。第三，我剛才隔著窗戶偷偷觀察，岑彭那個人心高氣傲，又是個外來戶。絕對不肯在手下人面前承認，他剛才上了別人的調虎離山之計……」

「你再說，你再說！」劉縯越聽越心驚，越聽火氣越壓制不住。雙手發力，將劉秀打得抱頭鼠竄，「你還真長本事了，都學會算計別人的心思了。你，我今天要不給你長個記性……」

只可惜，他空有一身武藝，卻被狹窄的房間所限，根本施展不開。兩隻大巴掌真正打在自家弟弟劉秀身上沒幾下，反倒令嚴光、朱祐二位，吃了不少「掛落」，每個人都疼得齜牙咧嘴。

「伯升，想辦法處置馬武要緊！」鄧晨在旁邊看不下去，橫著插了一步，將劉秀擋在了自己身後，「你剛才說得對，打死他們幾個，也洗不清大夥身上的嫌疑。」

「還，還能有什麼辦法？」劉縯這會兒氣已經消了不少，停下腳步，扭頭看著床上的馬武，喘息著道，「眼下我等只有兩條路可選。第一，將功贖罪，把馬武直接獻給官府。那岑彭雖然為人陰毒，但心高氣傲，極要臉面。我等如果把馬子張交給他，他心中即便有所懷疑，明面上，也不會再繼續刨根究柢……」

「不能把馬子張交給岑彭！」一句話沒等說完，卻又被劉秀紅著臉打斷，「哥、姐夫，馬子張儘管落草為寇，但只斬貪官污吏，從不禍害百姓。咱們將他交給官府，就，就是為虎作倀。你，你們倆的名聲，就，就會臭，臭得逆風飄出好幾百里地，從此……」

「你閉嘴！」劉縯豎起眼睛，低聲斷喝，「再說，我就把你一巴掌拍死！」

「哥，孟子說過，民為貴，社稷次之，君為輕。馬子張只殺貪官污吏，很受老百姓愛戴，棘陽到處都是他殺富濟貧的故事，這樣的人不該死！」劉秀從小到大，都沒被自家哥哥如此凶狠對待過。頓時，雙眼開始發紅，含著淚補充道，「你平素教我，為人不能沒骨氣，不能為了幾斗米就昧了良心。男子漢大丈夫頂天立地，總是要俯仰無愧，對得起……」

「你真是三天不打上房揭瓦……」劉縯臉上頓時怒色又起，揚起手來，就要給劉秀一個脆的。鄧晨見狀，趕緊從一旁伸手攔住。扭過頭，朝著劉秀微微一笑，「蠢小子，你哥是什麼人，你還不知道嗎？他心裡這會兒，恐怕早就有了決斷。剛才的話，是說給我聽的。他是怕連累我，所以先說清楚其中利害關係，讓我自己選擇罷了」

「啊？」劉秀這才如夢方醒，瞪圓大大的眼睛低聲呼喚，「哥——」

「哼！」劉縯將手抽回來，扭過頭，故意不給他好臉色看

「哥！」劉秀明白自己誤解了大哥，紅著臉，不知所措。

先前躺在地上裝死的鄧奉，也趕緊趁機爬了起來，一把拉住自家叔叔鄧晨，緊張的手心滿是汗，「那叔你呢？你到底怎麼選？」

「還用說嗎？」鄧晨抬手給了自家侄兒一個爆鑿，然後笑著搖頭，「我當然跟伯升共同進退。」

隨即，他又快速將目光轉向劉縯，「伯升，這件事，光咱們倆帶著幾個孩子不行，得另找幫手。否則，即便能將馬武藏起來，也出不了棘陽縣城。」

「你是說他們？」劉縯心中一動，立刻明白鄧晨說的是樓下的馮異、劉植等人。其實，他又何嘗沒有想過，請大家夥一塊兒出手。但窩藏匪寇，罪在不赦，自己跟馮異等人不過是萍水相逢，豈可隨便殃及無辜？念及於此，忍不住嘆息著搖頭，「還是算了吧，我們六個人，足矣！」

「伯升儘管放心，公孫兄他們都和你一樣，是蓋世豪俠！方才任光的舉動，他們早就看在了眼裡。所以特意在我上樓之際，許下承諾，願意與咱們共同進退！」鄧晨看出劉縯的顧慮，微笑著道出一個事實。

「啊？」劉縯聞聽，頓時又是一楞。旋即，欣慰地點頭，「好，麻煩偉卿請他們幾個上來！這幾個朋友，劉某交定了！」

「好！」鄧晨點點頭，微笑著起身。還沒等邁步，「吱呀——」一聲，門已經從外邊被人輕輕推開。有顆烏眉灶眼的腦袋，試探著鑽了進來。

「誰？」所有人頓時都被嚇了一跳，紛紛手按劍柄，低聲喝問。

烏眉灶眼的主人抬手在臉上抹了抹，露出一張十分俏麗的面孔。不是馬三娘，又是哪個？只見她，快步鑽進房間內，雙目含淚，朝著劉縯和鄧晨長身而拜，「多謝恩公，兩位恩公大恩大德，三娘與家兄沒齒難忘！」

原來，剛才劉縯和鄧晨的對話，都被她聽在了耳朵裡，一字不落！

「不敢當，不敢當，姑娘請起，快快請起！」劉縯和鄧晨兩個，哪裡肯受？雙雙側著身體閃開，低聲說道。

「妳怎麼受傷了！」朱祐眼尖，看到馬三娘左肩殷紅一片，嚇得一步竄了過去，抬手便捂。還沒等掌心與傷口接觸，胳膊已經被馬三娘一巴掌拍到了旁邊，「不礙事，離開的時候不小心挨了一箭。那人也不好受，迎面吃了我一石頭。」

「那就好，就好。」朱祐被拍得好生尷尬，訕訕站到一邊，紅著臉繼續搭訕，「妳趕緊起來吧，我早就跟妳說過，劉大哥和鄧大哥都是蓋世大俠，絕不會對你們兄妹見死不救！」

馬三娘卻不肯聽他的勸，堅持著又給劉縯和鄧晨二人磕了三個頭，然後才掙扎著站起身，快步走向床榻，「縣衙附近的火勢已經被控制住了，岑彭恐怕很快就會返回來。恩公幫了我們兄妹這麼多，我們兄妹不能繼續賴著不走，拖累大夥兒。劉三兒，你幫我去門口把一下風，我這就……」

說著話，便準備抱起自家哥哥馬武離去。怎奈肩膀上剛剛受了箭傷，平素的力氣使不出兩成。接連努力了幾次，非但未能如願，反而令傷口再度撕裂，鮮血淋漓而下。

「妳，妳不用走！劉三兒說了，岑彭不會再回來了！」朱祐宛若自己受了傷般，疼得面孔扭曲，衝上前，一把拉住馬三娘的衣袖。

「的確，岑彭即便懷疑我等窩藏了你們兄妹，也不相信我等不將你們兄妹及時轉移。所以，眼下這裡反而最為安全！」此時此刻，劉秀也沒心思計較別人叫自己的綽號劉三兒了，緊跟著朱祐上前，拉住馬三娘另外一隻衣袖，低聲勸阻。

劉縯原本想先給馬三娘一點教訓，令其今後不敢再動不動就殺人放火。見自家弟弟和朱祐兩個如此不爭氣，也只好冷哼了一聲，板著臉補充道：「哼！妳還嫌拖累大夥不夠嗎？現在去自投羅網，然後讓岑彭將我等一網打盡？他們兩個說得對，妳如果躲在客棧裡，岑彭未必會再度來搜。而妳如果走了，說不定就得落到郡兵手裡，還得我們大夥一起跟著吃掛落！況且這深更半夜的，城門不開，妳還能插翅飛了出去？還不如等到天亮之後，讓劉某想辦法送你們兄妹走！但普天之下莫非王土，我們救得了妳兄弟這一次，救不了第二次。如果此番能順利逃脫，劉某希望你們兄妹能夠金盆洗手，千萬別再逞強繼續跟官府做對！」

「我們也不想落草，可是這世道……」馬三娘根本不同意他的話，但有求於人，只能點點頭，帶著幾分委屈解釋。

「這世道怎麼了？」話音未落，劉植矮壯的身形已經出現在門口兒，馮異、張峻四人緊隨其後也走了進來。尚未加冠的屈楊走在最後，順手將屋門緊緊合攏。

馬三娘被嚇了一跳，單手持刀而立。見她全身戒備模樣，劉縯笑著搖了搖頭，低聲道：「看，這就是我說的結果。你們兄妹所為聽起來固然暢快，可放眼望去，舉世皆敵。怎麼可能暢快得長久？不用怕，把刀放下吧！他們都是我的知交，絕不會輕易加害你們！」

「姑娘，不用緊張，我等並無惡意！」馮異也笑了笑，輕輕向馬三娘拱手。

「我等久仰馬武之名！」

「岑彭今天若是與你們兄妹堂堂正正交手，我等說不定還會為其擂鼓助威。先騙人說招安，然後又關起門來殺人，呵呵……」

「是伯升兄要我把大夥請上來的，就是為了想辦法救你兄妹脫離生天！」唯恐馬三娘聽不進去，鄧晨迅速開口補充。

「都少說一句吧，有正經事要做呢。」劉植最後一個開口，卻把所有人的都給憋回了肚子裡。

「你們……」馬三娘心中又驚又喜，單手戳著刀，兩行熱淚不知不覺間就淌了滿臉。

今天被岑彭騙入棘陽，重兵伏擊。令她世間所有人都失去了信任。然而，接下來，無論是劉秀、嚴光、鄧奉、朱祐，還是劉縯、鄧晨、馮異、劉植，都讓她忽然發現，原來這世上還是敢作敢當，表裡如一的英雄好漢居多，像岑彭那種口蜜腹劍，陰險狡詐之輩，終究不能讓大夥心服！

「行了，妳先別忙著哭，趕緊去自己包紮一下傷口。朱祐，你幫她去打水！」劉縯見狀，心中頓時又多生出幾分惻隱，搖了搖頭，低聲吩咐。

「哎，哎！」沒等馬三娘接茬兒，朱祐已經像撿到了絕世珍寶般，連聲答應著衝向了木盆。一轉眼，整個人就已經奔下了一樓，不見蹤影。

劉縯再度被他逗得搖頭而笑，笑過之後，又將目光轉向馮異、劉植等人，拱著手道：「各位高義，劉某拜領了。此番皆是我家小弟闖下了禍，才將各位拖入了天大的麻煩當中。他日若有機會……」

「伯升兄客氣了！」馮異憨厚一笑，搖頭打斷，「地痞流氓是咱們幾個一起收拾的，郡兵也是咱們幾個一起打的。事已至此，我等恐怕怎麼摘，也無法將自己摘乾淨？不如痛痛快快放手一搏！況且，那馬子張也是個堂堂偉丈夫，怎能死於宵小之手！」

「可不是麼，我早就看那岑彭不順眼了！」

「有本事跟人家明刀明槍打，先拿招安做由頭把人騙來，然後又關上城門痛下黑手，這算什麼本事？」

「既然已經做了，甭管有意無意，都再無反悔的道理！」

張峻、許俞、屈楊三人，也各自上前，笑著補充。

劉植年齡比他們幾個都大，行事也最沉穩。待眾人都表完了態，才搖搖頭，低聲道：「事已至此，說任何廢話都是多餘。伯升兄，接下來該怎麼辦，你儘管吩咐便是。」

「多謝，多謝諸位兄弟！」劉縯心中感激莫名，再度彎腰行禮。劉植卻又迅速將語鋒一轉，沉聲說道，「不過，咱們都是有名有姓之人，在各地還有家業和親朋，所以劉某以為，此時此刻，我等不宜跟官府直接動武。天亮後如果能跟著百姓一道混出城外去，當然最好。如無法混出去，也應該暫時找地方先將馬氏兄妹藏起來，然後繼續尋找恰當時機。」

「那是自然，接下來，咱們跟地方官府鬥智為上！」劉縯也擔心事情鬧得太大，拖累眾人各自身後的家族，立刻用力點頭。

「還有！」劉植猶豫了一下，將臉一板，再次把頭轉向馬三娘，鄭重重申：「這次救妳，是看在你們兄妹往日的義舉上，並非我等想要跟你們兄妹同流合污。下次再見到，如果你們還是在打家劫舍，就休怪我們要盡國士的本分，將你兄妹擒拿歸案了。」

他出身官宦之家，頗通刑名，言談舉止亦帶著幾分官威。馬三娘並非貪生怕死之輩，但畢竟才十五六歲的年紀，眼下又是求著人家的時候，氣勢不免弱了幾分，只好低下頭去，默然不語。直到等劉植滿意地將目光轉向別處，才有兩行清淚，再度順著她的雙頰緩緩落了下來。

「妳，妳別哭，他，他說的是場面話！他們這些官宦家出來的，做事之前，肯定要先摘清干係！」剛剛端著水盆回來的朱祐看得心疼不已，一邊安慰馬三娘，一邊對劉植怒目而視。

劉植卻拿他當小孩子，看也不看，又接著說道：「城門卯時才開，現在剛過寅時。該如何出城，伯升、公孫、秀峰，還有眾位兄弟，咱們需要仔細核計。」

「那是自然！」劉縯和馮異等人齊聲答應。隨即，又迅速將目光轉向昏迷不醒的馬武「就是不知道，馬子張能不能堅持到那個時候！」

「那就得看他的造化了！畢竟，我等也不是神仙。」劉植低低的回應了一聲，轉身走到床榻之前，信手解開馬武的衣服。只見此人健壯結實的胸膛上，纏滿了寬窄不一的葛布。有的看上去很新，卻仍然在向外滲血。有的看上去破舊不堪，卻隱隱散發出一股腐爛味道，就像暴露在曠野裡多日的走獸屍體般，熏得人胃腸一陣陣翻滾。

「我哥在下山接受招安前，已經有傷在身。否則，岑彭那兩下子，怎麼，怎麼可能傷，傷得到他？」馬三娘臉色微紅，像護崽的老母雞般，將哥哥擋在身後，迫不及待地解釋。

「不想讓妳哥死，妳就讓開！」劉植抬手將她推到一旁，從腰間摸出把小刀，三下兩下，將馬武身上的新舊葛布統統割斷。隨即，用乾淨手帕沾了朱祐剛剛打回來的清水，將大大小小的傷口重新都洗了一遍。先小心翼翼地撒上了自己所攜帶的金創藥，再拿小刀將窗幔裁成了細條，將傷口重新包紮。最後，才又用清水將自己的雙手洗乾淨了，搖著頭說道：「怪不得他輕易就上了岑彭的當，原來是有傷在身，快支撐不下去了。才想豁出自己一死，好給弟兄們換個好前程。這馬子張，心腸倒是不壞。只是，只是他把事情想得過於簡單了！」

「先，先生，我，我哥他，他怎麼樣？」馬三娘早就嚇得臉色蒼白如雪，湊上前，半跪在床榻旁，帶著幾分期盼詢問。

「暫時死不了，但沒三兩個月，休想再跟別人動武！」劉植朝她翻了翻眼皮，沒好氣地回應，「如果此番能僥倖逃離生天，妳最好勸勸他，暫且找地方修養上一年半載。否則，他這輩子能活到四十歲，劉某姓氏就倒著寫！」

「一定，一定，」馬三娘如蒙大赦，擦著眼淚，不停地點頭，「只要你們能把我哥送出城去，我一定勸他金盆洗手，金盆洗手！」

「那就跟我們幾個無關了。」劉植分明剛剛給馬武治療包紮了傷口，卻依舊擺出副官賊勢不兩立的模樣，冷冷地打斷了馬三娘的話。然後，將頭再度轉向劉縯、鄧晨兩人，沉聲詢問：「伯升兄，偉卿兄，你們和那任光任縣尉認識？」

「不認識。」劉縯和鄧晨同時搖頭。

「那是我多慮了，臨走之際，任光態度好生曖昧，顯然是看出了什麼，卻沒說破，可見此人雖在岑彭手下聽差，卻有一顆俠義之心，並非陰宣、李妙之流。」劉植想了想，繼續低聲補充。

劉縯和鄧晨，當然還記得任光當時的反應，便也輕輕點了點頭，相繼說道：「不管他是真看出來，還是假看出來，這份情咱們還是要領。」

「如果咱們……」劉植聞聽，本能地就想勸大夥私下裡找任光勾兌。然而，話剛到嘴邊兒，卻被張峻搶先打斷，「他是官，馬武是賊，他能做到這般地步，已經非常不易。無論如何，咱們都不可以再去麻煩他。」

這句話，顯然說得極有道理。任光也許是出於同情，剛才給馬氏兄妹留了一線生機。也許是跟岑彭面和心不和，所以故意裝作沒看出大夥兒剛才露出的破綻。但無論具體原因是哪一種，他都已經做到了極限。不可能明著放人，更不可能為了救馬氏兄妹，搭上他自己的大好前程。

「唉，那，那就有些麻煩了！」聞聽此言，劉植只好把向任光求助的打算放棄，皺著眉頭，開始冥思苦想。

還沒等他從幾千個想法中，挑出一個切實可行的。先前一直沒有出主意的馮異，忽然抬起頭，低聲問道：「馬三娘，縣衙的火是妳放的吧？」

「嗯。」馬三娘點頭承認，剛要再補充幾句，劉縯卻搶先替她回應：「唉，家門不幸，那火雖然是馬三娘放的，卻是受我弟弟劉秀所指使。還有這幾個野小子，全都是教唆犯！」

他本不必說破這些，但既然別人仗義相助，以他的豪爽性子，自然不會刻意隱瞞任何事情。當下，把剛剛從劉秀等人嘴裡審問出來的「犯罪經過」，從頭到尾介紹了個清清楚楚。

「好，好一條圍魏救趙之計！」眾豪俠不聽則已，一聽，個個都忍不住撫掌讚嘆，「多虧令弟高明，關鍵時刻令岑彭亂了方寸，否則，否則，剛才咱們就被岑彭抓了個人贓並獲！」

「可不是麼，一旦剛才被岑彭將馬武堵在屋裡，咱們，咱們真的即便跳進黃河裡頭都洗不乾淨了！」

「那樣的話，就真的只能拚死一戰了！」

「好險，好險……」

「多虧了令弟！」

「果然是有志不在年高！」

「幾位，幾位哥哥過讚了。劉某，小弟愧不敢當！」畢竟還是半大孩子，劉秀在旁邊聽得心中好生得意，學著大人模樣般拱了下手，低聲補充：「也不是我一個人的功勞，放火的主意是我出的，不過馬三娘臨走之前，嚴光又叮囑她記得砸掉縣衙用來救火的水缸，砍斷井繩，這可比我仔細多了。」

「嘿！」眾人扭過頭，哭笑不得。

「鄧奉還建議，直接抓了岑彭老娘做人質，不過被我給否了！」朱祐唯恐自己被落下，擠上前，大聲邀功。

「好險，那樣，岑彭非瘋掉不可！」劉植、馮異等人，同時倒吸冷氣，轉過臉，不由自主看看窗外紅通通的天際，又不約而同地再度將臉轉向屋子裡的四個半大小子，心中暗道：老天，這幾個都是什麼妖怪轉世？才十四、五歲，就能聯合起來，把大人們耍得團團轉。要是日後長到二十三、四，這天底下，又有幾人能制服得了他們？

「得意什麼，大夥險些被你給害死！」唯獨劉秀的大哥劉縯，早就知道自家弟弟和嚴光等人的厲害，抬起手，先輕輕給了劉秀一巴掌，然後正色補充，「岑彭雖然回去救火了，但他遲早會回過神來，即便不會再次找上門，也會守在城門，反正棘陽是他的地盤，困也能把馬家兄妹困死。」

「硬闖絕無可能，一般的法子也不用想了，岑彭是個聰明絕頂的人，這可真是讓人頭痛……」劉植擔心的，就是這個，揉了揉太陽穴，低聲沉吟。

其他幾位豪俠，一時間也拿不出太好的主意。大夥同情馬氏兄妹歸同情，但為了這兩兄妹就提刀造反，跟官府硬碰硬，顯然有些不值。而不硬闖的話，則正應了劉縯的那句話，岑彭只要守住城門，馬家兄妹就永遠插翅難飛。

看著眾人忽然都陷入了沉默，馬三娘頓時猜到這棘陽城，恐怕是進來容易出去難，心中一急，兩行清淚，再度無聲而落。

「妳不必哭，我剛剛已經想到了一個辦法，就是做起來頗為麻煩！」馮異從懷裡掏出一塊乾淨的手帕，輕輕遞過去，然後低聲安慰。

「什麼辦法？」朱祐、劉秀、鄧奉、嚴光四人同時跳起，圍著馮異，低聲催促：「趕緊說，馮大哥，我們知道你剛才問話，必有深意。快說，快說，只要有辦法，難度大一些也沒關係！」

「都坐下，拿出點沉穩勁兒來！」劉縯眉頭輕皺，低聲斷喝。然後伸手把四個半大小子推到一旁，低下頭，看著馮異的眼睛小聲催促，「需要什麼，公孫兄儘管開口，我等由你調遣。」

「伯升兄不必客氣，此計能否成功，主要還是要著落在你身上。」馮異微微一笑，壓低了聲音補充，「明日一早，我等兵分幾路，先是……」

燭光搖曳，照亮一群高高低低的身影。

八月仲秋，金風瑟瑟，寒意漸生。

卯時才隱約可見到一絲曙光，棘陽城的東西兩座城門口兒，卻擠滿了早起趕路的人群。急著進城出城的百姓們，可沒命挑揀秋風透不透骨，更沒心思理會昨日那場大戰有多慘烈。家裡的米缸早已見了底兒，口袋裡的銅錢卻屈指可數，對他們而言，能養活自己和家裡那幾張嘴才是天底下最大的事兒，無論是郡兵殺掉了義賊，還是義賊幹掉了郡兵，都屬神仙打架，與凡夫俗子沒有半點關係。

只不過，經過戰火的熏燒，今日東西兩座城門口，都跟往日有了很大不同。每座城門洞子前，都堵了足足有兩百餘名郡兵。刀出鞘，箭上弦，盔甲擦得錚明瓦亮。那陣勢，就好像外邊有某位大將軍隨時要帶領兵馬，向城內發起衝鋒一般！

「這，他叔，這是要幹啥子呀？昨個兒，昨個兒不是已經把鳳凰山的土匪全都殺死了嗎？」

「可不是麼，這幹啥呢？好端端的，連城門也不給按時開了！不會是官兵吃了大虧吧？」老百姓膽子小，頓時，就有人側過頭，陪著笑臉地跟周圍的同伴們打聽。

還有人唯恐天下不亂，聽到周圍的議論聲，立刻壓低了嗓子說道：「當然是吃了大虧，昨天半夜裡頭，您沒見縣衙那邊的火光嗎？告訴您吧，那馬武和馬三娘，乃天上的獬豸和貔貅轉世，專門來對付貪官污吏的。區區幾千郡兵，怎麼可能奈何得了他們？」

「可不是麼！好不容易出了兩個讓狗官害怕的人物，怎麼可能輕易就被郡兵給殺死了？你看這架勢，保不準官府連馬子張的寒毛都沒碰到一根兒！」

「嗯！肯定沒抓到，否則就不用大早晨緊閉城門，難為咱們這群苦哈哈了！」有人心裡著急，忍不住低聲抱怨。

「嗯！肯定是這樣，馬子張和馬三娘才不會輕易被抓到。否則這老天爺，也太不長眼睛……」

眾人你一言，我一語，憑著個人心裡的好惡，來推斷官府遲遲不肯打開城門的幕後緣由。聲音雖然不高，卻令城門口的郡兵們，一個個額頭冒汗，臉色發紅，握在刀柄和弓臂上手背處，青筋根根亂跳。

就在此時，敵樓上，忽然落下一聲高喊：「縣宰大人有令，打開城門。先進後出，所有出入人等，挨個接受檢查！如有違抗或故意干擾檢查者，格殺勿論！」緊跟著，有一小隊精銳兵卒，護著一名身高八尺，白面無鬚的漢子從馬道上走了下來。

「縣宰大人有令，打開城門。所有出入人等，挨個檢查！如有違抗或故意干擾檢查者，格殺勿論！」在士兵的齊聲吶喊中，城門緩緩被拉開。早已在門外等候多時的進城者，立刻魚貫而入。

走在進城隊伍最前排的是個趕車的車夫，因為等得太久的緣故，剛剛鑽出門洞，立刻開始大聲抱怨：「我呸！巴掌大個地方，管比皇宮都嚴。老子去年服徭役的時候送糧去長安，也沒見……，啊！」

話才說了一半，冷不防抬頭，正跟沿著馬道走下的那位白面無鬚的漢子對了個正臉。頓時嚇得將後半句話全憋回了肚子裡，抬手捂住自己的嘴巴，冷汗順著髮根兒滾滾而出。「縣……縣宰大人！您，您老親自，親自來，來開門了？」

縣宰大人親自來開城門，這可真是聞所未聞！後面正在拚命往裡擠的入城者，也都嚇得打了個哆嗦。叫嚷聲，抱怨聲，頓時全都消失不見。

縣宰岑彭可不知道自己這個時候出現在城門口，會給沒見過世面的老百姓們帶來多大震撼。瞪起猩紅色的眼睛，先給了車夫一腳。隨即，將身體向後靠了靠，大聲重申：「滾過去，挨個接受檢查。凡有抵抗，或者故意搗亂者，休怪本官無情！」

「是，是！」車夫如蒙大赦，抱著腦袋，牽著馬車，老老實實去接受郡兵們的搜檢。其他入城百姓，也低下頭，一個挨著一個緩緩前行，如見了貓的老鼠一般小心翼翼。

害怕歸害怕，但是幾乎每個人心裡頭，都在偷偷暗罵：「他奶奶的，這不是吃飽了撐著沒事兒幹麼。把大門兒哪裡用得到你？有給爺們找麻煩的功夫，你做點正事兒不行，何必把自己弄得像條看門狗一樣，見了誰都瞎叫喚？」

然而，縣令岑彭才不在乎普通老百姓心中怎麼看待自己。繼續瞪圓了猩紅色的眼睛，手按刀柄，目光不停地在陸續入城和等待出城的百姓隊伍裡梭巡。恨不得立刻抓到前來接應馬氏兄妹的鳳凰山餘孽，或者馬氏兄妹兩人，當眾將他們一起碎屍萬段！

小心謀劃了三四個月，調動了數千郡兵，卻未能留下馬氏兄妹一根毫毛。此事傳揚出去，自己還有什麼臉面繼續做天子門生？非但遠在長安的皇帝陛下會大失所望，宛城梁屬正，還有當地甄家和陰家，恐怕也會懷疑岑某人的本事，趁機落井下石！

岑某人從一個沒有父親照看的遺腹子，走到棘陽縣宰之位，中間曾經流下了多少汗水，經歷了多少波折？說是「頭懸梁，錐刺骨」[注十一]，也不為過。這下好了，數千人圍剿三十幾個，居然未竟全功，還搭上半座縣衙和無數良善百姓。如果不將馬氏兄妹儘快擒獲，岑某人辛辛苦苦積累起來的賢良名聲，即將毀於一旦！

此外，此外還有，被嚇得滿臉惶恐的妻子，被燒得滿胳膊水泡的老娘！馬子張、馬三娘，如果讓你們兩個逃出生天，岑某，岑某就枉為人子！岑某，岑某就不配來世上走這一遭！

心中恨意難消，岑彭在指揮手下弟兄檢查進出百姓的時候，難免就過於仔細了些。而郡兵們當中，向來都不缺拿著雞毛當令箭的貨色。為了討好縣宰，也為了掩飾自己昨天的無能，他們一個個打起十二分精神，將百姓們從頭到腳，仔細搜檢。真恨不能連籃子裡的雞蛋都盡數敲開，以免馬子張兄妹兩個變成蛋黃，躲在蛋殼裡邊混出城外！

如此一來，時間就耽擱得有些久了。眼看著太陽就爬上了頭頂，而出城的隊伍，卻排得越來越長，好半晌，都無法向前挪動分毫。

老百姓若是沒有點兒要緊的事情，誰願意終日四下奔波？結果大清早起來排隊，排了一兩個多時辰卻依然出不了城，心裡頭就開始著了急。有人仗著自己身材矮小靈活，開始尋找縫隙朝隊伍前頭鑽。有人仗著自己身強力壯，開始偷偷推搡臨近的同伴。還有人，則豁出去臉皮，直接朝隊伍最前方擠，一邊擠，一邊大聲叫喊：「幫忙，幫忙，行行好，家裡頭有人出疹子，得趕緊去城外趙家莊找郎中。救人如救火……」

「不要擠，不要擠，縣宰大人說了要排隊！」位置相對靠前的百姓，當然不甘心被人夾了塞。也大聲叫喊著，縮短彼此之間的空隙，不給偷奸耍猾者可趁之機。如此一來，整個隊伍瞬間大亂，人挨人，人擠人，在城門口亂成了一鍋粥。

「啪！」捕頭閻奉大怒，抬起皮鞭，朝著距離自己最近的幾名百姓，兜頭便抽，「擠什麼擠，

注十一、頭懸梁，錐刺骨。說的是蘇秦未成名前，努力讀書的故事。為了防止自己發睏，就把髮梢繫在房梁上，手邊放一把錐子。只要一低頭想睡，便被拉痛頭髮，然後用錐子自殘的辦法來提神。

趕著去投胎啊。都跟我滾回隊伍裡頭去，否則，休怪老子對你不客氣！」

此舉是存心為了拍縣宰岑彭的馬屁，怎奈玩得實在不是時候。當即，挨了抽的百姓們，一個個抱著腦袋倉皇後退。而後排急著出城的百姓，卻根本沒受到切膚之痛，兀自努力向前湧。令早已亂成了粥的隊伍，愈發失去了秩序。所有人你推我搡，各不相讓，叫罵聲，哭喊聲，此起彼伏。

好巧不巧，隊伍後側，有輛運送糞水出城的驢車，忽然被推翻在地。剎那間，黃綠色的汁水，灑得到處都是。一股惡臭沖天而起，頃刻間就席捲整個城門。

「該死，該死的愚民！」那縣宰岑彭站的雖遠，避免了糞水淋頭的厄運。卻也被熏得頭昏腦脹，只得捏住鼻子屏住呼吸，將兩排牙卻咬得咯吱作響。

「大人，怎麼辦？再這樣下去，肯定要出亂子！」縣尉任光竭力控制自己想吐的欲望，手捂鼻孔，大聲提醒。

「縣宰不要著急，小的去給他們點顏色看看！」捕頭閻奉、李秩唯恐岑彭盛怒之下，讓自己吃掛落。拎著皮鞭和鐵尺，就想朝人群裡頭衝。

雙腳剛剛開始移動，卻被岑彭一把一個，從背後拉住了腰帶。「不急，糞車怎麼可能這個時候來湊熱鬧，怕是有人故意搗亂。」

「啊！」捕頭閻奉、李秩雙雙打了個冷戰，湧在嘴邊的狠話，頓時一個字都說不出。

欺負百姓，他們沒有任何顧忌。可去招惹馬子張的同黨，卻遠遠超過了二人的膽氣範圍。昨天郡兵雖然十面埋伏，殺了馬子張及其同黨措手不及。可自家最後的傷亡，卻是鳳凰山盜匪的十倍以上。他們兩個都算是棘陽縣的頭面人物，犯不著親自去以身犯險。

「弓來！」早就知道這兩個捕頭是什麼貨色，岑彭也不生氣。略一沉吟，沉聲吩咐。眼前情況，必須快刀斬亂麻。否則，繼續這樣亂下去，自己顏面受損是小，萬一讓那馬家兄妹趁機溜走，可就是前功盡棄，後患無窮。

順手接過一名士兵小跑著遞上前的弓箭，縣宰岑彭雙臂用力，將弓拉了個滿月，瞄準正前方三十步外一個覺得自己吃了虧，正打著牲口拚命往前擠的車夫，咻的一聲將箭射出。

「滾，滾後面去，誰敢再擠，啊！」馬夫正對加塞者大聲喝罵，突然覺得臉上一熱，眼前世界剎那變成血紅一片。趕緊抬手一抹，雙掌間，盡是濕熱的血漿！

「撲撲通！」還沒等他搞清楚血是哪裡來的，家裡最值錢的東西，載著自己整日進出棘陽的青花騾子突然撲倒在地，車轅登時斷裂，將此人從座位上摜了下去，摔成了滾地葫蘆。

「嗖！」「嗖！」「嗖！」岑彭才不管殺了牲口之後，牲口的主人今後拿什麼來謀生？利箭接連脫離弓臂，將擠在人群中的幾頭馱馬和騾子，先後放倒。「整隊，再敢亂動亂擠，擾亂秩序者，有如此馬！」

「我可憐的青花啊！」

「大黃——」

「老天爺啊，你死了我可怎麼辦啊！」

「殺人啦，殺人啦！」

……

嚎哭聲，叫嚷聲，接連而起。先前還唯恐自己位置不夠靠前的百姓們，雙手抱頭，撒腿就往遠離城門處鑽。

「來人，給我重新整隊！剛才凡是在城門口者，誰都不准走！該進的繼續進，該出的繼續出！」岑彭收回弓箭，下達最後通牒。「有不肯接受檢查，或者再推亂擠者，直接用刀子招呼！」

「是！」縣丞陰宣早就等得不耐煩，拎著兵器，帶著黨羽，就往百姓隊伍當中撲。

「你們，上去維持秩序，有不服管教者，給我往死裡抽！」縣尉任光心中不忍，點起兩小隊郡兵，大聲吩咐，讓他們儘量拿鞭子說話，不要亂殺無辜。

「啊！」「啊！」「呀，娘咧……」

「啪！」「啪！」「啪！」「啪！」「啪！」「啪！」

尖叫聲和皮鞭與肉體接觸聲，接連響起。不多時，城門口除了幾個被郡兵們打傷，躺在地上翻滾呻吟的「倒楣蛋」之外，其餘的百姓，都被強迫站在了兩條新的隊伍內。一進一出，秩序井然。

「青花，青花，我的青花啊……」青花騾子的主人，失魂落魄，跟在人流往城外挪。牲口死了，貨車散架了，他即便出城，也不可能拉到什麼東西。可此時此刻，他早已失去了理智，只顧瞪著一雙沒有光澤的眼睛，緩緩朝外邊走，「青花，青花，咱們今天好好幹，晚上，晚上請你吃黑豆，黑豆……」

「唉！」其他百姓，低聲嘆氣。牲口死了，車散架了，拉車人一家老小的生計也就斷了，這結局，簡直比當場射殺了他還要慘上雙倍。

「該死，該死的岑彭！心腸也忒狠毒！」劉秀、嚴光、朱祐和鄧奉四人站在隊伍末尾，八隻拳頭緊握，心急如焚。

儘管先前的混亂並非他們幾個策劃，大夥為了出城，所準備的許多巧妙招數，還根本沒來得及施展。但眼見岑彭如此狠辣決絕，他們依舊無法不擔心，萬一計策失靈，馬家兄妹和今天出手幫忙的所有人，將落到怎樣下場？

「著火啦，著火啦，縣衙又著火啦！」就在這時，忽然有一陣熱風吹來，讓大家夥同時呼吸一滯。緊跟著，一股鋪天蓋地的焦糊味直沖鼻孔。眾人驚愕回頭，只見三四里外，有股粗大的煙柱，直沖雲霄。

「著火啦，著火啦，縣衙又著火啦！」

「著火啦，著火啦，縣衙又著火啦！」

「著火啦，著火啦……」

慌亂的尖叫聲，一浪高過一浪，從城中心直撲門口。正在排隊的老百姓們，雖然距離煙柱非常遙遠，但出於對大火本能的恐懼，再度亂成了一團。

「縣宰，好像又是縣衙方向，怎麼辦？」捕頭閻奉、李秩兩個，心中方寸大亂，雙雙扭過頭，向縣宰岑彭詢問對策。

「鎮定，這是馬子張的圈套！」縣宰岑彭的鼻子，險些沒有氣歪，抬起手，賞了閻奉和李秩兩個每人一記大耳光，「讓他燒，舊的不去，新的不來！」

賊人居然又來這招！居然又想亂他方寸，然後渾水摸魚。昨天後半夜，岑彭早已調查清楚，席捲了小半個縣衙門的大火，乃是馬三娘所放。圖的是擾亂他的心神，讓他沒辦法集中精力追殺馬子張。而這次，縣衙再度火起，肯定馬三娘故技重施，試圖讓自己主動離開城門，讓馬氏兄妹二人趁機逃之夭夭。

「讓他燒！燒完了再蓋新的！」想通此節，岑彭跺了跺腳，再度高聲補充。賊人故技重施，自己焉能上當？昨夜大火後，自己已將母親轉移至別處，這縣衙不過是空殼一座，燒掉又能如何？再建一座新的，所費也不過是一堆磚頭木材，幾百號苦力而已。

「對！讓他燒，舊的不去新的不來！」縣尉任光雖然心裡同情馬氏兄妹的遭遇，表面上，卻絕對跟岑彭保持一致，「縣衙燒沒了，再蓋便是，只要抓住馬家兄妹，將他二人腦袋砍下來，我看他們能不能再長出一顆！」

可岑彭、任光兩個不急，縣尉陰宣卻變成了熱鍋上的螞蟻。昨夜那場大火，燒掉了縣衙左側的數座豪宅和左側小半個縣衙，而他陰宣的府邸恰恰在縣衙右邊，毫髮無損。剛才他心中還為此好生得意，卻沒想到，催命的火神爺又來了，而這次，十有八九是要換個方向！

想到家裡的金銀細軟和剛剛娶過門的第十二房小妾，陰宣如何還能鎮定得下來？當即，大步走到岑彭面前，彎下腰說道：「縣宰英明，這，這肯定是鳳凰山賊人的調虎離山之計，咱們一定要堅守城門，就算抓不到他，困也能把他困死。但，但是，賊人既然在縣衙附近出沒，說不定還有別的圖謀。屬下，屬下懇請大人准許屬下帶人前去查探一番，或許可以發現他們的蛛絲馬跡！」

「嗯，嗯？呵呵，呵呵，呵呵呵，」岑彭一聽，感覺有幾分道理，正欲應允，看見陰宣滿臉焦灼，心念一動，馬上明白了此人肚子裡的彎彎繞，於是，撇起嘴，連聲冷笑。直笑得陰宣背脊發寒，兩腿發軟，頭低得幾乎觸到了地上。

「縣宰，衙門裡不少弟兄，家都在那條街上。」任光看得心裡好生不忍，也向前挪了一步，用極低的聲音提醒。

聞聽此言，縣宰岑彭立刻意識到，自己根基尚淺，眼下不應該樹敵太多。於是，僵硬地點點頭，冷冷說道：「既然如此，陰縣丞你可以去縣衙附近照看一二。但是，不要帶兵走，只帶你自己的家丁回去就行了。」

「是。」陰宣聽到岑彭這樣說，知道自己的心思已被窺破，滿臉慚色，不敢抬頭，向後微一招手，帶著幾名家丁匆匆離去。

「哼！」望著陰宣匆匆遠去的背影，岑彭冷笑著搖頭。

什麼時候都只顧著自家那一畝三分地？這群棘陽的地頭蛇，吃得再胖今後能有什麼出息？也無怪乎，被一個區區馬子張，就折騰得個個夜不能寐。

正不屑地想著，忽然間，城內的街道上，又傳來一陣急促的馬蹄聲，「的的，的的，的的的……」嚇得城門口的百姓紛紛側頭，人人兩腿戰戰，面無血色。

「誰，不要靠近城門！」岑彭雙目圓睜，再度擎弓在手，厲聲斷喝。

只見一個披頭散髮的男人，騎著匹不知道從哪偷來的駑馬，呼嘯而至。雖因為距離遠的緣故，看不清此人的面容，但其身上的血跡，還有縈繞不去的殺氣，卻與昨日的馬武，幾乎別無二致。

「馬子張，他是馬子張，放箭，快放箭！」捕頭閻奉嚇得魂飛天外，不待岑彭下令，扯開嗓子大聲驚呼。

是馬武，絕對是馬武。除了他，沒人敢在棘陽縣城內如此囂張。除了他，沒人敢單槍匹馬，直衝數千武裝到牙齒的郡兵！

眾郡兵，原本在昨天就已經被馬武殺得有些膽寒。聽到閻奉的叫喊，哪裡顧得上再仔細分辨真偽，紛紛彎弓搭箭，朝著來人迎頭射去。轉眼間，就令七十步外的街道和街道兩側，落滿了白花花的雕翎。

「啊，老天爺哎！」

「馬子張來了，馬子張來找官老爺算帳了！」

「哎呀，我的腳，別拽我的腳！」

「跑啊，快跑啊，刀箭無眼！」

「逃啊，命要緊……」

正堵在城門口的百姓，哪裡見過如此陣仗？當即嚇得一個個魂飛魄散，丟下扁擔、籮筐、雞公車，沿著城牆根兒四散奔逃。

而那馬武，面對從天而降的箭雨，卻毫無懼色。不慌不忙地從背後扯下染血的披風，凌空一捲，剎那間，就將射向自己的羽箭全都捲得倒飛了出去，不見蹤影。緊跟著，又舉起右手，用食指朝著岑彭的面門點了點，大拇指急轉而下。冷笑一聲，掉頭便走。

「追！」李秩見對方居然敢侮辱岑彭，簡直比自己受了侮辱還憤怒。舉起環首刀大喝了一聲，帶著數百郡兵一擁而上。

「追！」捕頭閻奉不肯讓馬屁全被李秩一個人全拍了，也帶領數百弟兄，放慢了速度緊隨其後。反正自己這邊人多，而那馬子張又有傷在身，即便絕地反撲，自己憑著千餘名郡兵，也足以活活將其累死。

然而，受到了敵人當面侮辱的縣宰岑彭，卻絲毫沒有動怒。略一皺眉，將手抬起來，高高地舉過了頭頂，「不要再追了，有李、閻兩位捕頭和他們帶的郡兵，已經足夠了，其餘人，隨我繼續死守城門。」

「啊！」正要起身去捉拿馬武的郡兵將領們楞了楞，遲疑著停住了腳步。其他失去了立功機會的士卒們，也茫然回過頭。眾人一起看著縣宰大人，不明白他好端端地為何放著馬武不去抓，卻偏偏跟一個城門洞子較上了勁兒！

只有縣尉任光，智力勉強能跟岑彭比肩。笑了笑，朝後者輕輕拱手，「縣宰英明，那人雖然穿著馬武的衣服，但身形卻跟馬武相距甚遠，肯定是他人假扮，想要調虎離山。」

「嗯，連環計而已！」岑彭撇了撇嘴，滿臉不屑。這麼多手下裡頭，居然還能找到一個機靈點兒的，也真不容易，「伯卿所言甚是。那人的確不是馬武，不過，既然有人假扮成他，那必然也是鳳凰山的賊寇，因此，本官便沒有攔著閻、李兩位捕頭帶人去追。」

「縣宰不愧為天子門生，果然目光如炬！」任光又行了禮，滿臉心悅誠服。

岑彭雖然知道對方是在故意捧自己的場，但心裡依舊覺得非常受用，抬起手，捋了下根本沒長出來的鬍鬚，翹著頭補充：「目光如炬就算了，本官昨天也沒想到區區山賊，居然還懂得圍魏救趙之計，差點兒被他耍了個灰頭土臉！不過，本官今天倒是要看看，那馬子張還能再玩出什麼新鮮花樣來！」

「縣宰英明！」

「縣宰威武！」

「縣宰……」

四下裡，剎那間馬屁如潮。所有留下來的郡兵將士和地方官員，都對智勇雙全的縣宰岑彭，佩服得五體投地。

正拍得興高采烈之際，忽然間，對面的街道上，又傳來一串冷笑，「哈哈哈，哈哈哈，威武，的確威武。不敢跟馬某對面而戰，卻用陰謀詭計害人。哈哈，哈哈哈，狗屁的天子門生。天子的臉，早就被你岑君然丟光了！」

「啊！」城門口的官兵們心中俱是一驚，馬屁聲戛然而止！

放眼望去，只見空空蕩蕩的街道上，不知道什麼時候，跑來了一匹高頭大馬。馬背上，有個身高九尺，虎背熊腰蒙面壯漢，扛著把門板寬窄的大刀，朝著城門口大聲冷笑。而此人的身前，卻伏著一名乾瘦的老婦，花髮垂地，昏迷不醒。

「馬武，你，你想幹什麼？你，是英雄豪傑，就把俺娘放下！挾持，挾持別人家眷，算，算什麼好漢？」縣宰岑彭渾身的血液，瞬間凝結冰。抬起蒼白的手指，指著蒙面壯漢，兩腿不停地顫抖。

虎背熊腰的漢子是不是馬武，尚且存疑。但馬背前橫著的那個老婦，他卻無比的熟悉。正是含辛茹苦，供他讀書，供他練武，教他做人的老娘。這輩子，他可以放棄一切，卻唯一不敢辜負的人！

「英雄豪傑？岑君然，你也配提這四個字？」馬背上，蒙面壯漢把刀舉在手裡，向著城門遙遙而指，「你假借招安為名，騙馬某下山之時，可想過自己是個英雄豪傑？你昨日以數千郡兵圍殺我鳳凰山三十五兄弟之時，可曾想過，自己是不是英雄豪傑？如今，你老娘被馬某捉了，你卻又突然想起這四個字來。我呸！老子不做英雄了，老子今天，就要拿你老娘給弟兄們殉葬！」

說罷，鋼刀舉起，朝著老婦脖頸作勢欲砍。把個岑彭嚇得魂飛天外，慘叫一聲，丟下角弓和羽箭，策馬直撲對方，「別殺，別殺我娘，有種來殺我！」

「我偏要殺，我今天必須拿她給弟兄們陪葬！」也是被岑彭算計得狠了，蒙面漢子淒厲地大吼，一撥馬頭，轉身朝城內狂奔。

「放下，把我老娘放下。馬武，我讓你走，讓你走！」岑彭疼得心如刀割，聲音顫抖，兩眼一片模糊。唯獨還保持清醒的，就是他的雙腿，不停地磕打著坐騎，追著蒙面人的背影絕不放棄。

「還楞著幹什麼，快去保護縣宰，殺馬武，奪回老夫人！」縣尉任光怕岑彭慌亂之下吃虧，趕緊大叫一聲，揮舞著鐵鐧快步跟上！

兩個當官的大人都去追殺馬武了，城門口的郡兵們還有什麼可猶豫的？不再去管城牆根兒下，還有多少老百姓嚇得半死不活，上馬的上馬，徒步的徒步，尾隨著岑彭和任光的背影如飛而去。

轉眼間，東城門，就四敞大開，再無任何阻攔。躲在遠處的城牆根下，雙手抱著腦袋瑟瑟發抖的百姓們，忽然看到了更好的逃命機會，頓時，一個個喜出望外。站起身，邁開雙腿，潮水般撲向城門口，潮水般，從棘陽縣的東城門噴湧而出。

「快走！」計已得逞，嚴光大喜，拉著劉秀、鄧奉和朱祐，從靠近城門處一戶店鋪的屋檐下跳起來，混入人流中，拔腿逃出城外。

「我，我哥還，還在裡邊……」劉秀一邊跑，一邊轉臉看向自家身後。生怕扮成黑衣人的劉縯和扮成老婦人的馬三娘出了閃失，被落入縣宰岑彭之手。

「放心吧，有我叔，馮大哥，劉大哥他們在。」鄧奉狠狠扯了他一把，大聲提醒，「咱們留下，只會拖他們的後腿。不如先跑得遠遠的，先抵達會合地點藏起來，然後再想辦法探聽動靜！」

「嗯，嗯！」劉秀被他拉了一個踉蹌，強壓住心中的不安，繼續撒腿狂奔。

四個半大小子，都練過武，無論速度和耐力，都遠超常人。只用了大約兩炷香時間，就把棘陽縣城甩得不見了蹤影。然後稍稍放慢腳步，在距離縣城東門口大約有七八里的地方，一處廢棄已久的破熱水棚子附近，陸續停了下來。

茶棚子裡，既沒有做生意的夥計和掌櫃，沒有任何旅客。只有三三兩兩的蒿子，從青石板縫隙裡鑽出來，在秋風中瑟瑟發抖。

「應該就是這裡了，馬三娘算是半個當地人，她說的地方沒錯！」小胖子朱祐早已經筋疲力盡，像只球一般滾過去，坐在一個破破爛爛的石頭墩子上，不停地喘氣。

「是這裡，放鶴亭。當年應該也曾經熱鬧過！」嚴光抬起頭，在斑駁的牌匾上掃了幾眼，嘆息著道。

棘陽交通便利，物產豐富，原本是個膏腴之地。然而，自打皇帝陛下力推新政之後，民生就每況愈下。在城內城外做生意的人，消失了一大半兒。曾經供遠客臨時休息並且供讀書人觀賞風景的放鶴亭，也徹底荒廢，只剩下柱子和房檐上斑駁的彩漆，隱約追憶著此地曾經的繁華。

「唉！」劉秀、鄧奉兩個互相攙扶著走進亭子，像兩個大人般陪著嚴光嘆氣。

有道是，行萬里路，如讀萬卷書。此地距離他們的家鄉雖然才幾百里，但幾百里路走下來，卻令他們的眼界和閱歷，都比以往提高了甚多。兩顆年輕的心臟，也加速開始成熟。

唯有朱祐，從來不知道什麼叫惆悵。剛剛坐在石頭墩子上把氣兒喘均勻，就一臉陶醉地說道，「三娘人長得漂亮，即便換上老年人的衣服，那身段也好到沒得挑。可笑那岑彭，居然連少女和老嫗的身材都分辨不出來，一見到衣服，就喊上了娘！」

「沒想到你還好這口，越老你越喜歡是吧？」剛剛死裡逃生，嚴光也不想繼續長吁短嘆，振作精神，笑著打趣道：「那你得感謝劉秀，要不是他讓馬三娘第二次去放火的時候，順便偷出岑彭他娘的衣服換上，你可沒這福分看到五十年後的馬三娘。」

「不是感謝，是跪下求。求劉秀給你做媒人！」畢竟才十四、五歲，鄧奉的注意力也迅速轉移，扭過頭，朝著朱祐擠眉弄眼。

「鹽巴虎、燈下黑，信不信我扯爛你倆的舌頭……」朱祐頓時被說得滿臉通紅，跳起來，揮拳便打。

嚴光和鄧奉挺身迎戰，以二對一，絲毫不落下風。正打得熱鬧之時，卻聽見劉秀低聲道：「別鬧了，留著點兒體力。一會兒咱們分成兩波，一波在這裡等，一波回去，跟我接應一下我哥！」

「好！」知道劉秀與劉縯兄弟情深，嚴光、鄧奉和朱祐三人齊齊停手，「按時間推算，他們也該來了！否則……」

「別說了！」劉秀猛地一皺眉，大聲打斷。隨即，又煩躁不安地走了兩圈，轉過身，非常認真地向三名同伴詢問：「各位，萬一，我是說萬一。萬一我哥落到岑彭手裡，需要殺官造反，才能救他，你們三個，跟不跟著？」

「當然！」鄧奉想都不想，大聲回應，「腦袋掉了，不過碗大個疤！」

「我自幼就住在你家，你們哥倆出了事情，官府怎麼可能放過我？」朱祐難得認真了一回，笑了笑，輕輕點頭。

只有嚴光反應最慢，只見他，倒背著手，圍著放鶴亭轉起了圈子。直到把劉秀等人轉得腦袋都開始發暈之時，才慢吞吞地說道：「不可能出事，第一，郡兵那邊，上下各懷心思，根本不可能彼此配合。第二，你哥的武藝，即便比不上岑彭，也不至於三兩個照面就被他拿下，更何況還有馬三娘，可以殺岑彭一個措手不及。第三，馮大哥和劉大哥他們，放完火之後，就會前去接應，咱們是以有心算無心……」

一番長篇大論還沒等說完，卻看到朱祐像個球一樣蹦了起來，「馬車，馬車，劉大哥，劉大哥他們來了！」

顧不上再理會嚴光，劉秀和鄧奉兩個連忙回頭。只看見劉植和馮異坐在一輛捂得嚴嚴實實的馬車上，快速向放鶴亭趕了過來。張峻、許俞和屈楊等人，則騎馬舉刀，緊緊護衛在馬車前後。

「我哥呢，馮大哥，劉大哥，我哥和馬三娘呢？」劉秀又驚又喜，跑過去，大聲追問。

「在後面的岔路口布置疑陣，免得岑彭不甘心，又帶著兵馬追上來？」馮異跳下馬車，輕輕摸了下他的頭頂，笑著安慰。

「呼！」劉秀心中的石頭，終於落地，兩腳一軟，差點沒當場栽倒。

「你這體力可不行！」劉植手疾眼快，趕緊扯了他一把，笑著打趣，「心裡的鬼點子再多，手腳和身子骨也必須跟得上。否則，將來幹什麼事情都有心無力！」

「多謝，多謝劉大哥指點！」劉秀聽得臉色微紅，趕緊抱拳受教。

「不客氣，你小子，後生可畏！」劉植雖然年紀比他足足大出了一輪半，卻絲毫不願擺什麼架子，側開身，笑著還禮。

從昨晚的調虎離山，到今天的巧計出城，眼前這個半大小子，都功不可沒。如果假以時日，讓這頭乳虎長大……。想著劉秀成年後，智勇雙全的模樣，劉植心裡就開始發熱，「我有遠房表妹，年齡跟你其實差不多大，長得……」

「劉大哥，我想去看看馬武怎麼樣了！」劉秀的小臉兒，頓時紅得幾乎要滴下血來。趕緊掀開車廂簾子，裝作一副關心模樣，探頭探腦朝裡張望。

見他不肯接自己的話茬，劉植也只好作罷，從後邊探進半個腦袋，低聲說道：「應該沒大事兒了，他的體魄，遠超常人。天生一個武將痞子，唉，只可惜……」

只可惜落草為寇，這輩子都擺脫不了強盜的印記，永遠沒機會走上仕途！馮異等人知道劉植沒有說出的後半句話是什麼意思，紛紛嘆息著搖頭。

「千萬不能有事！他要是醒不過來，咱們這半天可就都白忙活了。」朱祐的想法，總是跟常人不同。沒等大夥的嘆息聲散去，就皺著眉頭嘟囔。

「你忙什麼了？」嚴光恨其不爭，抬起手，先賞了他一個爆鑿，然後大聲質問：「主意是劉秀和馮大哥出的，劉大哥和其他幾位大哥負責具體實施。從昨天夜裡定計，到今天準備馬匹和馬車，以及護送馬武出城。你也就是馬三娘被劉大哥扛出來的時候，眼睛忙活了一下。」

「你……」朱祐被嚴光的話，塞得直翻白眼，「鹽巴虎，你今天怎麼老針對我。欺負我老實是吧，我剛剛分明說了，所有人，所有人的心血！」

「我只聽見，你句句不離馬三娘！」嚴光白了他一眼，低聲回應。

眼看著，二人又要開始鬥嘴。官道上，忽然又傳來了一陣激烈的馬蹄聲。劉秀連忙扯了一下各自的衣袖，將二人制住。隨即，跳上馬車，站在車轅上抬頭向來時路上焦急地眺望。

只見三個熟悉的身影，騎在駿馬上如飛而至。不是自家哥哥劉縯、姐夫鄧晨，還有勾魂貔貅馬三娘，還能有誰？

「哥——！」他一個箭步從車轅上躍下，迎著戰馬張開雙臂，年輕的心臟中，湧滿了欣喜！

「哭什麼，我不是好好的逃出來了嗎？」看到自家弟弟含著淚迎面跑來，劉縯心中也是一暖。趕緊跳下坐騎，身手在對方頭上拍了下一把，笑著數落。

「沒，沒有，我哪哭了！」劉秀在自己臉上胡亂抹了幾把，大聲反問。不經意間，卻又有新的眼淚淌下來。「風，風吹的。這邊風大，塵土迷了我的眼睛！」

「小傢伙兒！」劉縯繼續用手在弟弟頭上揉了幾把，將後者的髮髻揉得像一隻雞窩。

雖然此番救人，大部分時間都是有驚無險。但剛才被岑彭追殺之際，他還真有些擔心，萬一自己失手被擒，這個弟弟和其他家人怎麼辦。大新朝的律法，對反抗者向來是嚴懲不貸。而劉這個前朝皇姓，更是被官府視為眼中釘。一旦揪住錯處，絕對不會留情！

「小傢伙人小鬼大，這次能成功脫險，倒也全虧了他！」見劉縯和劉秀兩個兄弟情深，鄧晨也跳下坐騎，用手在劉秀肩膀上輕拍。

「的確，有志不在年高，古人誠不我欺！」馮異和劉植等人也紛紛迎上前，當著劉縯的面兒，對劉秀大加褒獎。

此番營救馬氏兄妹的行動，雖然具體執行人是劉縯和大夥兒這些成年人，整個方案的謀劃，卻主要來自於劉秀。所以，不由得大夥兒不對劉秀刮目相看。

「劉，劉三兒，我哥，我哥他怎麼樣了？」唯獨馬三娘，此刻心中只牽掛自家哥哥馬武。見眾人只顧著誇獎劉秀，卻忽略了自己的存在，忍不住大聲追問。

「剛脫離險境，我就變成劉三兒了！」實在不習慣馬三娘的粗魯，劉秀回過頭，朝她猛翻眼皮。「連聲謝謝都不會說，早知道這樣，昨夜就該把你們兄妹直接趕出客棧去，讓你們自生自滅。」

「我，我……」馬三娘瞬間意識到，自己剛才的舉動，實在有些過分。臉色微紅，跳下來蹲身施禮，「幾位哥哥，劉，劉三哥，多謝，多謝你們的救命之恩。」

「三哥」兩個字一出口，她的臉色頓時紅得幾乎滴血，後邊半句話，聲音小得尚不及蚊蚋哼哼。

好在眾人都是心胸開闊之輩，沒有誰願意跟她一個小女娃娃計較。紛紛側身拱手，笑著還禮，「三娘不必客氣。快去看妳哥吧，他就在馬車上，還沒有從昏迷中甦醒。」

「多謝各位恩公！」馬三娘的心臟忽然跳得厲害，趕緊又低低地道了聲謝，跳起來，撒腿奔向馬車。跑著，跑著，腳步忽然踉蹌了一下，差點一頭栽倒。

「這冒失姑娘，居然也能殺出勾魂貔貅的名號？」望著她慌慌張張的背影，劉植忍不住笑著搖頭。

「關心則亂。她充其量也就十四、五歲，其實年齡和劉秀差不多！」馮異性子比任何人都寬容，笑了笑，主動替馬三娘辯解。

「你們來得倒快。」劉植表面鎮定，心裡實則一直懸著，看到劉縯和鄧晨，這才放下心來。

「兵貴神速。」鄧晨也換回了衣服，笑著說道。

「這倒是！」劉植又朝馬三娘的背影掃了一眼，笑著點頭。

十四、五歲的少女，正是天真爛漫年紀。放在大夥誰家，恐怕都被長輩們像嬌花一樣看護著，唯恐絲毫照顧不周。而馬三娘，卻已經提起了刀，跟著其兄馬武四處拚殺，並且在江湖上闖出了勾魂貔貅的名頭！

正感慨間，卻見劉縯雙手抱拳，朝著所有人做了個環揖，大聲說道：「諸位仁兄辛苦了！今日若無諸君，恐怕不光馬氏兄妹插翅難飛。劉某和劉某的幾個弟弟，也同樣在劫難逃！」

「伯升兄真是客氣，大家都是路見不平拔刀相助而已！」

「哪有什麼辛不辛苦，非要算起來，最辛苦的是你和偉卿兄。」

「可不是麼，當初看到岑彭出爾反爾，我們幾個就想管，只是力有不逮而已！」

「下次再有這種事情，伯升兄一定別客氣！」

「對，一定叫上……」

馮異、劉植等人紛紛側開身，非常客氣地拱手還禮。

此番聯手救出馬氏兄妹，對大夥兒來說，非但是一場極為刺激的冒險經歷。同時，也讓他們彼此之間加深了認同，都覺得對方是個難得的人物，值得自己傾力結交。

「既然如此，廢話我就不多說了。將來諸君有什麼需要劉某出手的地方，儘管派人送個口信來。刀山火海，義不敢辭！」劉縯知道眾人都是跟自己一樣的豪俠之士，收起笑容，鄭重許諾。

「那是自然！」

「放心，不會跟伯升兄客氣！」

「許某將此言記在心裡……」

「今後有用到張某之處，也是一樣！」

「還有馮某……」

眾人再度拱手，鄭重許下諾言。

此地距離棘陽不遠，大夥也不敢浪費太多時間。幾句要緊的話交代過後，便又跳上坐騎，趕起馬車，急匆匆而去。一上午馬不停蹄，又逃出了五十餘里，眼看著到了通往宛城和涅陽的三岔路口，才又紛紛拉住了坐騎。

「客套話就不用說了，岑彭那傢伙精明至極，等他發現他老娘並沒被人擄走，就會追出來，依我看，馬三娘妳趕緊帶妳哥走吧。」劉植行事最為謹慎，果斷跳下馬車，將繮繩和皮鞭都交到了馬三娘之手，大聲說道，「不過妳要記住，這次我們救你兄妹，是看在你們往日的義舉上，若你們不知悔改，下次再見面時，咱們彼此最好裝作相逢陌路！」

「是，恩公。」馬三娘見哥哥依然昏迷未醒，而且渾身發燙，心中焦灼萬分，但知道別人已經對自己兄妹仁至義盡，只能咬著牙接過繮繩和馬鞭，然後蹲身行禮。

才驅動馬車走了十幾步，劉縯卻忽然帶著劉秀，策馬追了上前，皺著眉頭說道：「馬姑娘，妳打算去哪？身上還有錢嗎？令兄的傷情，最好花上一些時間去調養，否則，恐怕會後患無窮。」

馬三娘如何不清楚，自家哥哥馬武尚在生死邊緣徘徊？然而兄妹兩個都是朝廷重金懸賞通緝的要犯，而對方卻是良家子，讀書人，前程遠大。能仗義出手相救，已經是難能可貴。自己跟對方無親無故，豈能要求更多？

想到這兒，她強壓下心中的軟弱，咬著牙行禮，「多謝伯升大哥詢問，小妹準備繞過宛城，前往博望一代尋找良醫。至於錢，我身上還有幾件飾物可以變賣，倒也足夠支撐幾個月時間！」

「嗯！」聽馬三娘說得硬氣，劉縯點點頭，低聲沉吟。

對於馬武的安危，他是一百二十個不放心。然而自己忙著送弟弟去長安讀書，劉氏在當地也是數得著的大戶，實在不應跟對方往來過多。

「妳頭上的簪子是木頭削的，既沒有手鐲，也沒有耳環，除了手中的鋼刀之外，拿什麼換錢？」還沒等劉縯做出決定，小胖子朱祐已經從馮異的戰馬上滾了下來，將馬三娘的「謊言」直接戳破，「還不如直接跟我們走，我，我把我的盤纏分一半兒給妳！」

「臭小子，你倒是仗義！沒有錢，看你怎麼讀書！」鄧晨被朱祐的舉動，逗得哭笑不得。追過來，俯身給此人頭上來了個爆鑿。

「我，我可以花劉秀、嚴光和鄧奉他們三個的！」朱祐想都不想，抱著腦袋回應。「我們三個是好兄弟，好兄弟有通財之誼。哎呀，別打！我，我借，我借還不行嗎？將來發了財還他們！」

「滾！」實在拿朱祐沒辦法，劉縯先抬腿將其「踢」到了一旁，望著馬三娘，低聲發出邀請，「妳哥傷勢太重，妳一個人根本照顧不過來，而且還沒錢給他抓藥。算了，反正我們也要路過宛縣，乾脆，乾脆就再送你們兄妹一程吧！」

「不，不敢，不敢再勞煩恩公。您，您已經替我們做得夠多了！」馬三娘聞聽，立刻滾下車來，含淚下拜。「小妹，小妹我有手有腳，不愁賺不到錢來給哥哥買藥。您，您和劉三哥都前程遠大，不該，不該被我們兄妹給耽誤了！」

這幾句話說得情真意切，令劉縯禁不住對她刮目相看。正準備再度發出邀請，且聽見坐在自己身前的劉秀笑著說道：「妳呀，沒錢就不要嘴硬。什麼用手腳去賺？恐怕是要重操舊業，用刀子去賺吧？一旦被官府盯上，我們昨晚和今天豈不是就全都白忙活了！」

「你，你，你瞎猜。我，我……」馬三娘心裡的想法，被他猜了個正著，頓時羞得面紅耳赤。然而，說來也怪，她有膽子跟任何人拚命，唯獨在劉秀面前，卻如同遇到了剋星般縛手縛腳。只好低下頭，雙手不停地拿自家衣服角撒氣。

「哥，咱們好人做到底，帶上他們兄妹，先過了宛城再說！」好在劉秀沒有繼續窮追猛打，抬起頭，望著自家哥哥眼睛提議。

「好！」劉縯原本就有救人救到底的心思，笑了笑，輕輕點頭。「三娘，不知妳意下如何？」聞聽此言，馬三娘的眼中，立刻泛起了盈盈淚光。放下鞭子，躬身下拜，「多謝恩公，多謝劉三哥。多謝，多謝諸位君子！他日若有機會……」

「這種話就不用說了！」劉縯擺擺手，笑著打斷，「既然救了你們兄妹，總不能再眼睜睜地看著妳自生自滅。妳等等，咱們一會就出發！」

交代完畢，他又撥轉馬頭，對著劉植、馮異等人抱拳施禮，大聲說道：「此番與諸位兄弟並肩作戰，榮幸之至，永世難忘。」

「我等也是！」劉植接過話頭，大笑回應，「見識了伯升兄的俠義，和令弟的謀略，才知道天外有天。此行但有昨晚和今日，已經不虛！」

「是極，是極！」其他眾豪俠哈哈大笑，都覺得劉植的話，說到了大夥心窩裡頭。

「如此，劉某就不廢話了，跟諸君就此作別！」寒暄已畢，劉縯收起笑容，再度拱手，「眼下已經出了棘陽管轄地界，哪怕岑彭追上來，沒有真憑實據，也拿我等無可奈何。諸位就請放心各自離去，他日若有機會，劉某必定登門造訪，與諸位一醉方休！」

「小弟還要前往襄縣拜會一位長輩，就不再送伯升和偉卿兄了！」聽他的話的確有道理，劉植笑了笑，拱手告別。

「小弟也要回棘陽收拾一下，順便替伯升兄看著岑彭，看他準備再玩什麼花樣！」張峻也笑了笑，輕輕撥轉了馬頭。

「既然如此，那我們便回城了，若是看到城中有什麼不對，我們就立刻來告知伯升兄！」屈楊、許俞二人也不是拘泥之輩，雙雙笑著俯身。

「那伯升兄，偉卿兄，咱們後會有期！」

「山高路遠，咱們就此別過！」

「等他日相見，咱們一醉方休！」

……

其他豪俠陸續上前，與劉縯、鄧晨兩個拱手道別。爽朗的話語聲和大笑聲，透過秋林，震得霜葉簌簌而落，被風一捲，繽紛絢爛，宛若二月落英。

目送眾豪俠的遠去，劉縯跳上坐騎，帶著大夥繼續趕路。鄧晨則把坐騎讓給了活潑好動的朱祐，自己跳上了車轅，驅趕著馬車緊隨劉縯身後而行。至於劉秀、嚴光和鄧奉三個，則全被鄧晨強行關進了車廂中，與馬三娘一道去照顧馬武，以免在路上被多事的人看見，再橫生枝節。

原本就狹小的車廂中裝了一個大人和四個孩子，空氣難免就污濁了些。而馬武身上的舊傷又發了炎，不時地散發出陣陣惡臭，令人胃腸為之陣陣翻滾。好在劉秀、嚴光和鄧奉三個雖然年紀小，卻個個都像劉縯一樣，生就了一副古道熱腸。非但沒有嫌馬武累贅，反倒不時地搭把手，幫助馬三娘用鹽水替馬武清洗傷口，餵湯敷藥。

馬三娘自打落草以來，平素接觸的全是些性情粗豪的江湖好漢，難得遇到一個同齡人為伴。加之昨夜和今晨連續兩次欠了大夥的救命之恩，因此，很快就拋開了心中那道無形的防線，跟眾人熟絡了起來。

偏偏鄧奉又是個好奇心極重的，總愛打聽一些江湖秘聞，以及好漢們替天行道的英雄事跡。有了馬三娘這個現成的內行在眼前，豈能不把握機會。因此在路上一有時間，就把自己昔日道聽塗說來的故事，找後者進行驗證。而馬三娘也有意向大夥說明，鳳凰山好漢並非官府口中殺人越貨的惡魔，有問必答，知無不言言無不盡！

如此一來，幾個少年人的旅程，倒絲毫都不枯燥。不時就有驚嘆聲，或者叫好聲從車廂中傳出，嚇得路邊樹梢上和草叢裡的野雀，紛紛振翅高飛。

如此，可是羨煞了小胖子朱祐。想跟大夥去一起湊熱鬧，卻隔著一道厚厚的車廂。欲向馬三娘獻殷勤，卻找不到任何人肯跟自己換乘，只急得抓耳撓腮，像坐在針氈上一般難受。

「伯升，找個地方歇歇腳，吃點乾糧吧。」一見朱祐那神不守舍模樣，鄧晨心中覺得又是好笑，又是不忍，找了幾個恰當機會，向劉縯提議道。

「也好。」劉縯從早晨起就一直忙著救人和趕路，此刻也覺得口乾舌燥。便輕輕拉了下韁繩，示意胯下坐騎停下了腳步。

「哥，怎麼啦？」

「已經到宛城了嗎？」

「是不是岑彭賊心不死，又追上來了？已經出了棘陽地界，他可沒權力再搜查咱們！」

「劉大哥，需要我幫忙嗎？」

少年少女們推開車廂們，先後探出半個腦袋，急切地追問。

「沒事，走得有些累了，大夥都下來歇歇！」劉縯回過頭，先給了大夥一個放心的微笑。然後從馬鞍旁取下水囊，輕輕丟進車廂，「老三，你去打些冷水來！我以前來過這兒，記得這附近，就有一條大河！」

「是白水河，其實跟咱們家附近的育水，是同一條。只不過這裡是上游，所以名字不一樣！」劉秀雖然是第一次出遠門，對整個荊州的地理卻不陌生，立刻從以前讀過的書籍中，給出了答案。

「應該是，你去吧！在官道右側。我剛才已經聽見了流水的聲音！」劉縯又笑了笑，聲音裡帶上了幾分嘉許。

自家弟弟身子骨略微單薄了些，但博聞強記，智慧過人。將來可定會比自己這個當哥哥的有出息。說不定，等從長安學成歸來之後，也能像岑彭那樣做一個縣宰、大尹。那樣的話，南陽劉家就能再度復興，重現輝煌。而自己將來死去後，也有臉去見早故的父母雙親了。

「嚴光、鄧奉，你們倆跟劉秀一起去。朱祐，你和馬三娘去撿點乾樹枝，咱們一會兒把水燒開了喝，免得生病！」不放心劉秀一個人去打水，鄧晨跳下車轅，大聲吩咐。

「哎，哎！」朱祐喜出望外，立刻翻身下馬，飛一般衝到車廂門口，伸出一隻手去攙扶馬三娘，「三，三姐，下，下車。小心，小心路上有石頭！」

「去，我自己會下！」馬三娘一巴掌拍開他的手，縱身跳出車廂外。在落地的瞬間，肩膀上的箭傷卻被扯了一下，疼得身體晃了晃，眉頭迅速緊皺。

「小，小心！」朱祐看在眼裡，頓時比自己受了傷還緊張。追上去，伸手欲扶。

「敢問鄧小哥，男女授受不親。出自何典？」馬三娘又迅速躲了躲，同時豎著眼睛低低追問。

「這，當然，當然是《孟子》，《孟子．離婁上》！」朱祐被問得微微一愣，旋即圓臉漲了個通紅。伸在半空中的手，放亦不是，繼續挺著亦不是，整個人變成了一具田間的稻偶。

「走，我們去找劉秀！」嚴光和鄧奉看到他吃癟，心中覺得好生有趣。搖搖頭，撒開雙腿走向了官道右側的樹叢。

不多時，二人與劉秀匯合。一邊狂笑，一邊述說剛才朱祐獻殷勤卻碰壁的窘態。劉秀聽了，對朱祐這個一廂情願的花痴也頗為無奈，搖著頭苦笑了片刻，嘆息著說道：「馬三娘和她哥哥馬武，都是官府的死對頭。而朱祐和咱們，卻是要去長安讀太學，然後等著朝廷外放為官的人。雙方注定這輩子要越走越遠，唉，我看豬油還是趁早死了這份心為好！」

「可不是麼？甭說馬三娘一直對他不假以辭色，即便假以辭色又能怎麼樣？到頭來，還不是勞燕分飛，妳走妳的陽關道，我走我的獨木橋！」鄧奉人小鬼大，也覺得朱祐的一番心思，注定要落到空處，一無所獲。

嚴光的想法跟劉秀和鄧奉差不多，但看事情的角度，卻另闢蹊徑，「我不可惜朱祐白發了一次花痴，畢竟他從小到大，就喜歡找個姐姐管著他。我只是奇怪，馬三娘剛才，居然開口就來了一句《孟子》，並引的恰當好處！」

「是啊！」鄧奉這才意識到，馬三娘作為一個山賊頭目，按常理應該大字不識才對。怎麼可能連孟子都能信手拈來。

「你們兩個蠢貨，她如果識字，昨天夜裡就不會上咱們的當了！」劉秀反應極快，立刻抬起手，賞了嚴光和鄧奉一人一個爆鑿，「莫非你們忘記了，昨天夜裡，咱們還欺負她不識字，聯手制服了她？」

「這……噺——，噺——」嚴光和鄧奉捂著腦袋，不停地吸溜冷氣。嘴上無法反駁劉秀的話，兩雙眼睛裡，卻盡是茫然。

見二人那呆呆楞楞模樣，劉秀忍不住又賞了他們一人一巴掌，沒好氣地提醒：「男女授受不親，是她剛剛衝進屋子裡逼咱們幫忙隱藏馬武之時，嚴光你親口說的話。當時她身後背著馬武，一隻手攬住了你的脖子，另外一隻手拎著把明晃晃的環首刀。」

「呀，這野丫頭，居然懂得現學現賣！」嚴光立刻知道自己被表象所蒙蔽，氣得連連跺腳。

「好個馬三娘，居然也能做到過耳不忘！」鄧奉在懊惱之餘，卻佩服得連連撫掌。

「沒點兒本事，豈能做得了勾魂貔貅？練武也罷，讀書也罷，想登堂入室，總得有點記性才行！」劉秀倒不覺得馬三娘聰慧過人有什麼好奇怪，聳聳肩，帶著幾分佩服說道。

「還是你瞭解她，比朱祐可強多了！倒可拿她做個紅顏知己！」鄧奉受不了他那副一切盡在掌握的模樣，立刻出言相稽。

「滾！我都說了，雙方不是一路人！」劉秀被說得面紅過耳，抬起腳，作勢欲踢。

「看，惱羞成怒，惱羞成怒了！」鄧奉立刻拔腿逃走，堅決不肯迎戰。劉秀自覺受到了「污蔑」，哪裡肯善罷甘休，邁動雙腿，緊追不捨。害得嚴光遭受池魚之殃，不得不加速跟上，轉眼間，就跑了個汗流浹背。

劉秀的體力，原本就不及鄧奉，此刻腰間又繫著兩只水囊，頗為累贅。因此追著，追著，就失去了目標的蹤影。

好在他還記得此行的目的是取水，而不是找鄧奉「報仇」。因此也懶得繼續尋找此人蹤影，乾脆放慢速度，調整方向，喘息著朝流水聲最大的位置走了過去。

才又走了二三十步，耳畔卻有聽到了一陣細碎的雙腳挪動聲。「啪啪，啪啪，啪——啪，啪——」，很明顯，有人在背後朝自己悄悄的靠近。

「這廝，居然學會迂迴攻擊了！」劉秀聽得心中一動，立刻判斷出是鄧奉在耍花招。乾脆裝作毫無察覺，一邊走，一邊用目光在附近快速掃視。

好運氣的人，瞌睡時自然有老天爺送枕頭。正當他犯愁拿什麼才能給鄧奉一個教訓的時候，不遠處，忽然又一個嬰兒拳頭大的黑點，迅速垂了下來！

「啊！蜘蛛！」劉秀頓時被嚇了一跳，旋即心中大樂不已，掏出方帕，伸手一抄，將那黑蜘蛛捲進帕中。「就是你了，看那燈下黑還有沒有膽子搬弄是非！」

雖然從小就被哥哥劉縯保護得密不透風，可畢竟生活在鄉間，劉秀對蜘蛛、螞蟻、四腳蛇之類的東西，都不陌生。僅僅從蜘蛛背上的花紋和個頭大小上，就判斷出此物空長了一副可怕模樣，事實上卻沒有任何毒性。故而毫不猶豫地將其連同手帕拎了起來，同時豎起耳朵，判斷清楚鄧奉與自己之間的距離，猛地擰身揚手，「招傢伙！」

「啊——」身後之人失聲尖叫，揮舞著胳膊，快速後退。不小心雙腿卻被樹根絆了下，「撲撲通」一聲，直接摔了個仰面朝天。

「馬，馬三娘，怎麼是妳！」從聽到聲音那一瞬間，劉秀就意識情況不對。趕緊轉過身，大聲追問。

「呃，呃，呃……」尖叫聲戛然而止，只見素有勾魂貔貅之稱，這輩子不知道已經殺了多少貪官污吏的馬三娘，雙手雙腳僵直，像只木偶般，癱在了地上。先前那雙明亮的鳳目，此刻卻變成了兩隻鬥雞眼兒，盯著鼻子尖上緩緩爬行的大蜘蛛，不敢移動分毫。

那黑蜘蛛吃飽了蟲子，先前正在樹上盪秋千，豈料卻成劉秀的獵物，慘遭羞辱。這會兒突然恢復了自由，發現自己居然來到了塊帶著獨特香氣的嫩肉上，立刻喜出望外。張開淌著粘涎的利口，便朝著嫩肉看上去最鮮美處，馬三娘的鼻子尖兒咬去。

「啊——」馬三娘空有一身武藝，卻被嚇得手腳發軟，根本鼓不起勇氣抵抗。就在這千鈞一髮之際，又一團黑黑軟軟的物體凌空而至，貼著她的鼻子尖，將黑蜘蛛從側面擊飛出去。撞在樹幹上，砸得筋斷骨折。

尖叫聲戛然而止，驚魂未定的馬三娘本能地摸向自己的鼻子尖。只覺得掌心處一片濕滑，緊跟著，有一股惡臭味道就鑽進了腦門兒。

「你，你剛才用的什麼東西，砸，砸我？」少女一躍而起，一邊掏出手帕在鼻子上用力猛擦，一邊尖聲質問。

「事，事急從權！」劉秀怕她動粗，連忙晃著手臂快速後退。這一下，頓時黑水四下飛濺，將自己和馬三娘兩個，都甩了個滿頭滿臉。

原來他剛才看到黑蜘蛛趴在馬三娘俏臉上，心裡也著了急。又不敢冒著將馬三娘的鼻子一起砸爛的風險，用石頭去攻擊蜘蛛。只好從地上的臭水坑裡抄起了一團爛泥丟了過去！如此，險情倒是解除了，馬三娘也徹底變成了花臉貓。

「呸，呸！」終於看清了劉秀手上的泥漿和地上的爛泥坑，馬三娘噁心得連吐口水。「死劉三兒，我今天跟你沒完！」

「洗洗，洗洗就沒事了，真的洗洗就沒事了！事急從權，事急從權！」劉秀自知理虧，連聲解釋。然而，看到馬三娘越抹臉上越髒得厲害，卻忍不住又大笑出聲。「哈哈，別，別擦了。擦，這，這是河底老泥，擦不乾淨的。快，快去河邊洗洗，哈哈，哈哈，誰叫妳走路不肯發出聲音。」

「你還笑？我讓你笑！」世間哪有不愛美的少女？馬三娘當然也不能例外。見罪魁禍首居然還敢看自己的笑話，頓時火冒三丈。猛然抬起一條修長的左腿，朝著劉秀當胸踹了過去。

劉秀原本就不是馬三娘的對手，又被打了冷不防。當發現一條長腿凌空而至，想要招架，哪裡還來得及？「咚」地一聲，被踹了個結結實實。身子連番向後踉蹌數步，一屁股坐進了爛泥坑裡。

「哈哈，哈哈，讓你笑，這次讓你笑個夠！」馬三娘心裡有些過意不去，嘴上卻不肯饒人，指著狼狽不堪的劉秀，大笑連連。

「臭婆娘，居然恩將仇報！」不過才十四、五歲年紀，劉秀根本不懂得什麼叫做憐香惜玉。

見馬三娘打完了人之後居然還得意洋洋，頓時心生惱怒。低頭又抄起兩把爛泥，朝著對方劈頭蓋臉砸了過去。

「你才臭，死劉三，臭劉三。專門跟蜘蛛為伍的臭狗屎！」馬三娘哪裡肯被他擊中？一邊跳著腳躲閃，一邊大聲還嘴。不小心扯動了肩窩上的箭傷，頓時又疼得齜牙咧嘴。

「看吧，妳個臭婆娘！恩將仇報，老天爺都在罰妳！」劉秀看得好生暢快，又趁機撈起一把爛泥砸過去，在馬三娘的衣服上留下一大團污漬。

「分明是你害人在先，早晚，早晚被蛇咬，被馬踩，被蠍子螫爛腳趾頭！」馬三娘不肯吃虧，將身上的泥巴收攏做一團，反手丟了回去，也將劉秀砸成了一隻花臉貓。

「呀，妳，妳居然還敢倒打一耙！」劉秀抬手在自己臉上抹了幾把，抓起更多的泥團朝著馬三娘猛擲。

馬三娘武藝過人，此刻心中又早有防備，當然不肯再被他擊中。躲、閃、遮、攔，將迎面飛來的爛泥輕鬆避過。偶爾還能抽空從地上撿起泥巴丟回去，以其人之道，還擲其人之身。

二人年齡都不算大，骨子裡多少都還帶著幾分小孩心性。因此打著打著，肚子裡便都消了氣。到後來與其說是互相攻擊，倒不如說是一起丟泥巴以解旅途寂寞。

正打得熱鬧之際，忽然間，耳畔卻傳來了一聲驚呼：「三郎、三娘，你們倆在幹什麼？」

原來是嚴光聽到動靜，跑過來幫忙。結果，正好將二人互相丟泥巴的情景看了個清清楚楚。

「你問她？」劉秀頓時找到了評理對象，跳起來，指著馬三娘的臉，大聲「控訴」。

本以為馬三娘會立刻開口反駁，誰料，少女的臉卻忽然紅到了脖子根，低下頭，轉身便走。

「劉三、馬三娘，你們倆怎麼這麼慢？」鄧奉也在河畔兜了個圈子，匆匆折回。看見劉秀狼狽不堪地站在一個臭水坑中，又看到馬三娘帶著一身爛泥轉身要走，楞了楞，嘴巴瞬間張得能塞進去一顆雞蛋。

「我們，我是我，他是他，哪有什麼我們！」馬三娘被問得又急又羞，想辯解幾句，又不知道該從何說起，兩隻眼睛裡頓時泛起了淚光。

「三娘，他欺負妳？」鄧奉頓時自行腦補了劉秀對馬三娘無禮的場面，一蹦老高。「好你個劉三，平素看上去像個正人君子，居然，居然……」

雙腳還沒等落地，耳畔卻又傳來了馬三娘的怒喝，「狗屁，就他那三腳貓功夫，我一隻手都輕鬆拿下！想，想要欺負我，除非，除非……」

話說到一半兒，猛然意識到自己好像是這場「泥巴仗」大獲全勝的那一方。劉秀剛才已經被自己殺得只有招架之功，沒有還手之力。頓時，又不知道該怎麼解釋心中委屈的由來了。臉色又是一紅，抬起袖子遮住面孔，撒腿就逃。

她的腿上功夫原本就好，又一門心思「逃命」。嚴光等人怎麼可能追得上？跟在身後喊了幾聲，卻沒得到任何回應。只好搖搖頭，由著她跑沒了影子。

「死劉三，臭劉三。不就是昨夜幫了我一個忙嗎？施恩求報，你算什麼英雄？」馬三娘一口氣足足跑出了二里多地，知道周圍都沒了人，才停住腳步，對著一片空蕩蕩的草叢大聲唾罵。

如果有可能，她真的想就此逃走，永不回頭。然而，轉念想起哥哥馬武還昏迷不醒，而自己既不通醫術，身上也沒半文銅錢，頓時一肚子英雄氣，都化作了兩行清淚。

想救哥哥，最好的選擇，就是繼續跟劉縯等人結伴同行。可如果自己掉頭回返，恐怕又得被鹽巴虎和燈下黑等人看了笑話。特別是剛才那句，「三郎三娘」，喊得人心裡直發慌，好像跟那死劉三已經成了一家人般，這輩子難分彼此。

可那怎麼可能？剛才劉三還親口說過，自己跟他不是一路人！

不是一路人就不是一路人吧，誰稀罕！

死劉三兒心腸又壞，脾氣又差，還是個徹頭徹尾的官迷。早晚會淪為跟岑彭一樣貨色，不遺餘力替狗皇帝賣命，帶著郡兵，跟自己和哥哥血戰疆場。

想到最後總會有一天，自己會跟劉秀面對面舉刀而戰。而自己，恐怕十有八九會念著相救之恩，下不了殺手。而劉秀肯定會像今天甩泥巴時一樣，毫不留情。馬三娘心裡沒來由就又是一陣刺痛。猛地往地上一蹲，雙手捂著臉，「嗚嗚嗚嗚」地哭了起來。

「給妳……」不知哭了多久，頭頂上的陽光忽然一暗，有只水袋懸在了她眼前。光憑著聲音，馬三娘就知道來人是劉秀。劈手將水囊奪過，遠遠地擲了出去，「別管我，假仁假義！老娘才不會束手就擒！」

「妳，妳這人怎麼不知道好歹！」劉秀雖然已經在河水裡洗乾淨了手臉和衣服，但此刻身上潮乎乎的不好受，見自己一番好心，居然又被當成了驢肝肺，頓時少年心性又犯了，跳開數步，指馬三娘大聲叫嚷。

「我不需要你來……」抬起一雙哭紅的眼睛，對著劉秀怒目而視。看到對方還沒長出鬍鬚的面孔和渾身上下濕漉漉的模樣，才忽然想起來，剛才自己被此人用各種方法殺了好幾十回的「大仇」，全都還沒有發生。頓時，臉色又紅得幾欲滴血，垂下頭，強忍淚水賠禮，「抱歉，我，我剛才哭怔了，不知道是你！」

「啊？」沒想到先前還像隻刺猬般的馬三娘，居然這麼快就服了軟。劉秀肚子裡剛剛冒起的火苗，頓時灰飛煙滅。先楞了楞，然後疾走數步，俯身從草叢裡撿起水袋，重新遞了過去，「算了，妳哥受了傷，妳肯定心情不好。劉某乃是男子漢大丈夫，不跟妳計較。趕緊，把臉洗洗，然後回馬車上換件乾淨衣服。該吃飯了，我哥他們還等著妳呢！」

「嗯！」馬三娘不敢抬頭看劉秀的眼睛，低低的回應了一聲，伸手接過水袋。默默地洗手，洗臉。

她一隻肩膀上有傷，做這些細活，難免就有些不方便。劉秀在旁邊見了，忍不住又嘆了口氣，走上前，接過水袋，替她朝手上倒水。

「不，不用，不用你！」馬三娘本能地想要拒絕，但身體一動，肩膀上的傷口處又疼得鑽心，只好向現實低頭，紅著臉，默默接受了劉秀的善意。

這一洗，可就有些廢功夫了。直到把整口袋的河水用完，才終於宣告結束。馬三娘不願讓大夥看到自己狼狽模樣，找了重新去打水做藉口，將劉秀先攆了回去。自己又匆匆忙忙跑到河畔，脫下滿是泥漿的外衣，在水裡揉了個乾淨。

無意間悄悄低頭，卻看到河水中，正映出一張粉紅色的臉。煙眉微蹙，雙目如星，真不知道此刻這滿川春愁，該向誰訴？

棘陽與宛城同屬荊州治下，彼此之間距離並不遙遠。大夥兒歇息之後又走了兩個多時辰，暮色中，隱隱已經能看見目的地的輪廓。

因為車中還藏著馬武這個「江洋大盜」，眾人不敢進城去住店。而是又向東繞了三十幾里，趕在夜幕徹底降臨之前，在距離宛城東門十里外，找了一家熟悉的道觀暫時棲身。

那道觀的主事傅俊注十二，乃為襄城人事，原本做過一任亭長。因為不甘心替豪門大戶一道壓榨百姓，才棄了職，跑到道觀裡修身養性。劉縯跟他原本就有些交情，知道他絕不會給官府幫忙。所以也不瞞他，將車子停穩之後，立刻將昏迷不醒的馬武抬了出來。

「此人是誰？怎麼渾身上下都被血濕透了，居然還沒咽氣？」那傅俊饒是膽大，卻也被馬武的模樣給嚇了一大跳，連忙湊上前，一邊幫助劉縯和鄧晨兩個朝客房裡抬人，一邊低聲追問。

「鳳凰山上那位！」劉縯警覺地抬頭四下看了看，壓低了聲音回應。

「哦，怪不得！貧道今天在城裡時聽人說，昨夜棘陽那邊殺得血流成河！」傅俊恍然大悟，輕輕點頭，「伯升兄想要救他？」

「唉，我原本也沒打算插手，誰料他逃到了我弟的房間裡頭！」劉縯嘆了口氣，用最短的話，將自己的遭遇如實相告，「反正洗也洗不清了，索性好人做到底，乾脆想了法子，帶著他們兄妹一道出了棘陽！」

「呵呵，你劉伯升恐怕未必就是真的不想插手吧！」傅俊早就清楚劉縯的性子，忍不住搖頭而笑，「否則，只要將馬武往門外一推，縣宰岑彭即便再不講道理，恐怕也沒法把通匪的罪名扣到你的頭上！」

「子衛，話可不能這麼說，我們兄弟都是良家子！」劉縯扭頭瞪了劉秀一眼，然後苦笑著補充。「這一次，實在是不得已而為之！」

「對，反正官府拿不到你把柄！」傅俊根本不信，撇著嘴繼續搖頭。

跟劉縯兩個鬥嘴歸鬥嘴，他手腳上動作卻絲毫沒有放緩。轉眼間，已經將馬武抬到了客房的床榻上放好，然後迅速打來了清水，取出了剪子、短刀和金瘡藥，開始重新處理傷口。看模樣，根本就不是第一次做這種事情，分明早已駕輕就熟。

馬三娘自打昨天下午被岑彭騙入棘陽城開始，全身上下的神經就始終緊繃著，片刻沒得鬆懈。今天這一路上，又時時擔心自家哥哥馬武的安危，早已被累得筋疲力竭。後半段路，完全是靠一口氣在苦苦支撐。此刻看到傅道長那嫻熟的醫術，頓時就覺得心裡一鬆。緊跟著，雙腿一軟，整個人朝地面倒了過去。

好在朱祐的目光從沒離開過她，立刻伸手攔了一把。才避免了她被摔個鼻青臉腫的命運。隨即，劉秀、嚴光、鄧奉三人也被驚動，一道衝上前，齊心協力，將陷入昏迷狀態的馬三娘抬起，並排安置到了馬武身邊的另外一張床榻上。

這下，倒不用再麻煩其他郎中了。傅俊救治完了馬武，順手再救治馬三娘。直折騰到了後半夜，才終於將兄妹二人身上的傷口全部處理完畢，喘息著下去安歇。

兩個傷號身邊，不能缺了人手照顧。而馬三娘畢竟是個女兒身，由成年男子餵水服藥，也實在尷尬。無奈之下，劉縯只好把嚴光、鄧奉、劉秀和躍躍欲試的朱祐四個，分成了四班兒，讓他們兩個時辰一班，輪流休息，輪流到病房裡來照顧病人。

四個少年都是古道熱腸，當然不會嫌累。於是乎，便自行排了順序，承擔起了照顧馬武兄妹的任務。特別是朱祐，簡直恨不得自己一個人把所有的活全幹了，不需要任何「外人」施以

注十二、綦火猴傅俊，襄城人，雲台二十八宿之一，劉秀的鐵桿心腹。因隨同劉縯起義，全家被莽軍殺害。傅俊隨劉秀參加了昆陽大戰、平定河北之戰、討伐董欣、鄧奉、秦豐、田戎的南征之戰，還獨自領軍平定了江東六郡。傅俊忠心耿耿、屢立戰功，歷任騎都尉、侍中、積弩將軍，被封為昆陽侯。西元三十一年（建武七年），傅俊去世，謚威侯。

援手。直到被其他三個少年聯合起來給「捶」了一頓，才暫時收起了趁機向馬三娘獻殷勤的心思，老老實實去值第一班。

折騰了一個晚上再加一個白天，劉秀其實也累壞了。丟下甘之如飴的朱祐之後，草草吃了些東西，在隔壁的客房裡倒頭就睡。直到第二天中午，才很不情願地被嚴光給推醒，拎著粥桶，去給病號餵飯。

恰好馬三娘也從昏迷中恢復了清醒，只是全身都軟軟的，提不起任何力氣。見劉秀拎著一大桶清粥，打著哈欠進了屋，連忙低聲問道：「劉，劉三兒，我哥情況怎麼樣了？傅道長呢，他怎麼說？」

「放心，肯定死不了！」見馬三娘連聲謝謝都不肯說，開口就叫自己的綽號，劉秀肚子頓時湧起了幾分無名火，把粥桶狠狠朝對方床邊一頓，冷冷地回應。

本以為這次，肯定又能氣得對方七竅生煙。誰料，馬三娘今天卻忽然轉了性子，非但沒有火冒三丈，反而將身體向牆壁縮了縮，怯怯地說道：「那，那就好。你，你有空替我多謝傅道長。三，三哥，你，你有空替我跟道長說聲謝謝。今日救命之恩，我們兄妹倆，如果將來有了機會，一定會報答！」

彷彿使出全身力氣的一拳，盡數砸在了空氣當中。劉秀的全身上下，竟沒有一處不難受。看著馬三娘的眼睛楞楞半晌，才尷尬地笑了笑，低聲道：「報答就算了，妳能有這個心思就好。起來吃一些粥吧，昏睡了大半天，想必妳也餓了！」

「謝，謝謝三哥！」馬三娘又柔柔地道了聲謝，掙扎著坐起來準備吃飯。然而右側肩膀連同手臂卻被傅道長用白色葛布裹得結結實實，根本無法用上力氣。只好單手端著碗，像喝酒舉在嘴邊一口口地抿。

見到此景，劉秀終於動了幾分惻隱之心。扁扁嘴，裝出一副無可奈何地模樣說道：「算了，算我欠妳的。妳自己拿羹匙舀著吃，我替妳把碗端著！否則，沒等妳吃完，粥就全冷了！」說罷，不由分說，將一把木頭勺子塞給了馬三娘。然後逕自奪過對方的粥碗，單手托在了掌心。

馬三娘的臉色頓時又開始發紅，卻沒有拒絕。拿起木勺，快速吃了幾小口，然後將後背靠在牆上，喘息著問道：「劉三兒，劉家三哥，你這次去長安，是，是去念書嗎？」

「嗯，是念書。皇上下令擴招太學，今年據說要收一萬人。所以長輩們花了點兒錢，就給我、鄧奉、嚴光和朱祐，都弄到了官府的薦書。」劉秀不知道馬三娘突然問起這些，到底懷的是什麼心思，想了想，如實相告。

「是太學啊，跟那狗官岑彭一樣！」馬三娘笑了笑，臉上隱隱露出了幾分苦澀。

「別拿我跟他比，他讀書讀沒了良心，我不會！」劉秀被打擊得有些不高興，向著她直翻眼皮，「不是每個太學出來的學生，都會像他那樣，為了升官不擇手段。讀書，首先是為了明道理，知道該如何做人做事。其次，才是報效國家！」

「那，那你將來讀完書之後，會出來做官嗎？」馬三娘不懂，也不想弄懂他的長篇大論，一句話直指關鍵。

「做，也許吧，否則，我豈不是白辛苦一場？」這個問題，問得實在有些太早。劉秀心裡頭，對自己的未來根本沒有任何規劃，當然一時半會兒，也回答不清楚。沉吟了片刻，將碗朝馬三娘晃了晃，低聲催促，「行了，最快都要四、五年才能讀完呢，現在哪用得著去想。妳還是趕緊吃飯吧，我伺候完了妳，自己還得吃呢！」

「嗯！」馬三娘低低的答應了一聲，顫抖著手臂去舀粥。才吃了三兩口，便又停了下來，垂著頭，繼續低聲問道：「那，那你將來當了官，如果，如果遇到我跟我哥。我說，萬一遇到，你會怎麼做。真的，真的像劉植大哥說的那樣，將我們兄妹斬盡殺絕嗎？」

「沒想過，哪那麼容易就遇上？況且一萬多名太學生，也不是誰都能被授予實際官職的！」這個問題，比先前那個還要長遠，劉秀搖搖頭，悶聲悶氣地回答。

「我是說，萬一呢，萬一遇到？」馬三娘飛快抬起頭，看了他眼，繼續刨根究柢。

劉秀被他問得滿頭霧水，忍不住晃晃腦袋，沒好氣地敷衍，「那就到時候再說。我拿了朝廷的俸祿，總不能再像前天夜裡一樣幫妳。況且，我哪裡打得過你們兄妹倆啊，只要你們不主動來找我麻煩，放心，我躲你們還來不及呢，怎麼可能打上門去找死？」

一句話落下，馬三娘的身體顫了顫，手中的木勺，忽然變得好像有幾萬斤重。然而劉秀卻根本不懂少女的心思，兀自晃了晃粥碗，低聲催促，「妳又怎麼啦？哪根筋不對了？不是說了嗎，等你們兄妹傷好了，咱們就各奔東西！這樣吧，以後我聽聞你們馬氏兄妹的名字，自己就躲遠遠的，行不行？咱們這輩子都不再相見，自然，自然就不會有妳先前說的麻煩！喂，妳今天到底怎麼啦？趕緊吃飯啊，人是鐵，飯是……」

剩下的話，忽然憋在了嗓子裡，一字也吐不出。素有智計的劉秀，現在是徹底抓了瞎。站在床邊上，一手托著碗，一手摸著自己的後腦勺，滿臉茫然。兩隻明亮的眼睛，呆呆地看著馬三娘，看著兩行清淚，順著對方腮邊無聲地流下，流下。轉瞬間，就打濕了單薄的衣襟。

「喂，妳別哭，妳哭什麼呀？我不是都說了嗎，以後見到你們哥倆，我就躲遠遠的！我，我武藝這麼差，沒事兒怎麼可能去招惹你們哥倆？」劉秀的家境只能算一般，買不起貼身丫鬟伺候，平素的玩伴也都是同齡的半大小子，自然無法理解什麼叫做少女情懷，看到馬三娘梨花帶雨的模樣，頓時急得手足無措。努力想要安慰幾句，結果說得越多，馬三娘哭得越厲害，最後乾脆趴在了枕頭上，直接嗚咽出聲。

「別哭，再哭，飯就涼了！」這下，可把劉秀急壞了。放下飯碗，就準備去拉馬三娘的胳膊。然而手沒等沾到對方的衣角，耳畔忽然傳來了一陣風聲，「嗖！」有道烏光，直奔他的後腦。

「別哭，啊！」劉秀恰好低頭，避過了烏光的必殺一擊。緊跟著，就聽見「呯」的一聲巨響，貼近頭皮處的牆壁上，被藥碗砸出了一個拳頭大的深坑。破碎的陶片倒著飛濺回來，隔著衣服砸得他胸口和胳膊火辣辣疼。

「小子，敢非禮我妹妹，你找死！」沒等劉秀轉身查看是誰襲擊的自己，一個高大的身影踉蹌著撲了過來，揮掌直劈他的脖頸動脈。

這一下如果被打中了，劉秀一條命至少得去掉大半條。說時遲，那時快，眼看著手掌就要落在劉秀的脖子上，正在伏枕痛哭的馬三娘猛然抬起一條腿，斜向上踹了出去。「轟」地一聲，將黑影踹得倒退數步，一跤跌回了對面的病榻。

「啊！」劉秀轉身，與黑影同時驚呼。

馬三娘的反應則最為劇烈，一個箭步跳了下來，衝到對面的病床前，大聲哭喊：「哥，怎麼是你？你，你醒了？我沒傷到你吧！」

「我，我，我沒事兒。他，他，他到底是誰？」重傷在身的馬武，力氣只恢復了平素的一分都不到。先前掙扎著去攻擊劉秀這個「非禮自家妹妹的歹人」，已經是懷著玉石俱焚的打算。

沒想到救人不成，反吃了自家妹妹的一記窩心腳，頓時從心口到四肢無處不疼。慘白著臉，迫不及待地追問。

「他，他是劉秀，不是歹人。是他和他哥哥劉縯從棘陽城裡救出了咱們！」馬三娘被問得心裡發虛，緊緊抓著哥哥的手，快速回應。

自從馬武受傷昏迷以來，她心中不知道有多麼的害怕，直到這一刻，那種即將失去最後一個親人的恐懼，才終於煙消雲散。一時間，又喜又悲，正要再多說一句，眼淚卻止不住的流出來。

「劉縯，可是舂陵劉伯升，人稱小孟嘗那位？」畢竟是一位江湖大豪，馬武立刻從自家妹妹的話中，抓到了重點。強壓下心中越來越濃的酸澀感覺，沉聲問道。

「嗯！」馬三娘紅著臉點頭，然後抹了把眼淚，低聲嗔怪，「你醒了，怎麼不言語一聲，也不問青紅皂白，就出手傷人。好在我剛才攔得及時，否則，一旦傷了劉縯的弟弟，咱們兄妹怎麼跟人交代？」

「他是劉縯的弟弟？」馬武的心中猛地一抽，緊跟著，有種失落的感覺油然而生。看向劉秀的目光裡，頓時充滿了戒備，「反應挺快，身手稀鬆。我剛才隱隱約約聽見妳哭，又看他對妳動手動腳……」

聽到「動手動腳」四個字，馬三娘頓時臉色更紅。狠狠跺了下腳，大聲抗議，「哥，他是幫我端碗。你沒見我吊著一隻胳膊嗎？況且人家剛才哭，才不是因為他。人家是因為，因為擔心你，才，才一時沒能忍住！」

「噢！」馬武將刀子一樣的目光，從劉秀身上撤回來，裝作恍然大悟般點頭。

姑且算是吧，反正自己也沒辦法刨根究柢。不過剛才那一記窩心腳，踹得可真狠。記憶裡，馬武以前跟自家妹妹切磋時，偶爾不小心也會挨上幾下，但從來沒有任何一次，像今天這般被踹得如此之重。

想到妹妹居然為了一個陌生人，對自己痛下殺手。馬武的心中，失落感愈發濃烈。嘴裡也忍不住發出了一聲悶哼，「嗯，嘶——」

「哥，你，你怎麼了？我，我剛才那腳踹到你哪了？你，你別嚇唬我！」馬三娘頓時嚇得花容失色，單手拉著自家哥哥，唯恐對方忽然陷入昏迷狀態，讓自己一個人擔驚受怕。

「沒，沒事，岔氣，岔氣兒了！」馬武咧了下嘴，顧左右而言他。「妳別著急，哥哥不會死。這藥，這藥不錯，包紮手法也很老到！此人……」

當然沒事，以他的身體條件，自家妹妹的腳再重，哪還能重得過身上的那些刀傷。然而，此時此刻，那些刀傷所帶來的疼痛，卻已經完全可以忽略。胸口處挨了一腳的位置，卻越來越酸，越來越悶，悶得令馬武簡直無法正常呼吸。

「昨天給你診治包紮傷口的是傅道長，事先，還有一位名叫劉植的大哥，替你處理過傷口！」馬三娘正巴不得哥哥不再追問自己為了救劉秀卻踹了他窩心腳的事情，趕緊仰起頭，將昨夜，昨天和前天後半夜所發生的事情，挑緊要的，逐一向後者大聲彙報。

馬武最開始，還多少有些心不在焉。然而當聽到自己昏迷之後，岑彭居然下令封鎖四門，帶著郡兵全城大搜，頓時就忘記心臟裡的酸澀。瞪圓了眼睛，豎起了耳朵，額頭上，隱隱又有冷汗滲了出來。

為了避免哥哥情緒波動過大，馬三娘儘量只說大致獲救和脫險過程，將很多具體細節主動忽略，當然，也將她劫持劉秀等人不成，反被劉秀逼著打水認錯那部分，統統略過不提。

饒是如此，依舊將馬武聽得脊背發涼。好不容易捱到自家妹妹將話說完，抬手擦了下額頭，低聲說道：「怪我，都怪我偏聽偏信，居然以為官府會真心招安咱們！這筆賬，咱們早晚跟岑彭算清楚。還有棘陽那群貪官污吏，等我傷好之後，一定要……」

「總得先養好了傷再說！」馬三娘唯恐哥哥衝動起來自尋死路，警惕地抓緊了對方的手臂，大聲打斷。

「當然！」馬武剛剛從鬼門關前打了個滾兒，性子明顯被磨平了許多。點點頭，大聲回應，「君子報仇，十年不晚。不過，除了養傷之外，咱們得先去謝謝恩公。三娘，幾位恩公現在何處？咱們這就去當面道謝。」

「道謝，就不必了。我等之所以救你，乃是不得不為。並非存心出手相助！」話音剛落，劉縯、鄧晨和傅俊等人，已經魚貫而入。向著馬武，輕輕拱手。

「你莫非就是舂陵小孟嘗？」馬武毫不猶豫忽略了劉縯的後半句話，轉過頭迅速看了三人一眼，隨即掙扎著單膝跪拜，「救命之恩，馬某兄妹兩個沒齒難忘。今後恩公若有差遣，赴湯蹈火，絕不皺眉！」

「馬寨主快快快請起！」劉縯連忙側著身子避開，然後長揖還禮，「舂陵劉伯升，久仰馬寨主大名。」

「舂陵鄧偉卿，久仰馬寨主大名！」

「襄城傅子衛，見過馬寨主！」

鄧晨、傅俊二人也相繼拱手，與馬武大聲寒暄。隨即，上前各自拉住後者一條胳膊，將此人緩緩扯起，「馬寨主切莫再提救命之恩，以你和令妹的身手，即便沒人幫忙，那岑彭也休想拿得到你等。」

禮數，三人都絲毫不缺。但那種跟對方壁壘分明的態度，也表達得清清楚楚。

馬武聽了，心中頓時有些堵得難受。可自己兄妹二人的性命都是對方所救，卻是不容質疑的事實。無奈，只好笑著嘆了口氣，低聲道：「幾位恩公都是前程遠大之人，有些話，即便你們不說，馬某也懂。但恩公們施恩不求回報，馬某不能做那負義之輩。廢話我也不說了，今後有事，但請招呼。哪怕是要馬某的命，馬某也絕不皺一下眉頭！」

「馬寨主言重了！」見馬武如此明白道理，且恩怨分明，劉縯心中對其好感大增。拱了手，笑著道，「令兄妹兩個平素斬殺貪官污吏的壯舉，全天下英雄豪傑，哪個提起來不挑一下大拇指？只是我等身後都有一大家子人，不敢像令兄妹那樣肆意縱橫罷了。將來若是路過舂陵，令兄妹倒不妨來家中小坐。劉某必殺雞割羊，把酒相待！」

「老道這裡，無牽無掛，子張不妨常來常往！」傅俊也是個爽快人，見馬武知恩圖報，便直接叫起了對方的表字

鄧晨向來唯劉縯馬首是瞻，緊隨傅俊之後，笑著向馬武拱手，「其實馬寨主真正該感謝的，是令妹。若不是她情急之下，拿刀子逼著劉秀幫忙……」

「我，我那時只是迫不得已！」馬三娘先前根本沒跟馬武提這個細節，聽鄧晨居然給當眾抖了出來，趕緊紅著臉開口解釋，「劉，劉三兒，劉秀他們幾個，也是存心想讓，才假裝屈服，然後以被逼無奈為藉口，跟我一道對付岑彭！」

「原來我還欠了你的人情！」馬武的目光，迅速轉移到劉秀身上，帶著幾分歉意拱手。「大

恩不言謝，今後但有差遣……」

「不敢，不敢，還望馬寨主今後見了小弟，不要喊打喊殺就好！」劉秀剛才差點被馬武用喝湯藥的陶碗砸爛了腦袋，到現在還心有餘悸。笑著搖了搖頭，出言打斷。

「男子漢大丈夫，心眼卻像芝麻一樣大，可照著你哥差太遠了！」馬武也是個老江湖了，如何聽不出劉秀話語裡的奚落之意，撇了撇嘴，隨即迅速轉身，「要不你砸回來就好了，反正你手邊就有一個碗！」

「哥，你胡說些什麼啊？」還沒等劉秀做出回應，馬三娘已經急得滿臉通紅，跺著腳，大聲抱怨，「劉三兒，劉公子不是那種人。他，他為人向來大度，做事也極講分寸。你現在有傷在身，他，他怎麼可能趁人之危！」

劉秀身邊有個碗，碗裡還有一小半米粥。可那是端給她來吃的，怎能隨便用去打人？況且自家哥哥，剛才連劉秀的一根寒毛都沒碰到，就已經吃了一記窩心腳。劉秀再不講理，也不能一錯雙罰！

見馬武把眼一閉，做出一副任君來砸的模樣，劉秀心裡頓時有些哭笑不得。待聽到馬三娘的話，又看到了自己手邊的半碗冷粥，臉色突然也是一紅。笑了笑，訕訕地回應：「算了，剛才我說的是氣話，馬寨主切莫往心裡去。反正你也沒砸到我，咱們就不用再計較了！」

「是你說不砸的，那這事兒就算揭過去啦！」話音剛落，馬武立刻笑著轉身。隨即，又上上下下打量劉秀，像賣貨一般，眼神裡充滿了挑剔。

劉秀被他看得心裡發毛，忍不住後退了半步，笑著問道：「馬寨主還有什麼事情嗎？沒有的話，在下可要回房讀書了！」

「讀書，你叫劉秀，莫非還是個小秀才？」馬武的臉色，突然變得有些凝重，朝劉秀拱了拱手，鄭重問道。

劉秀笑了笑，輕輕搖頭，「那倒不是，我馬上要去長安入學，所以需要在路上溫習一下功課，免得到時候先生考校！」

這年頭，秀才[注十三]要經過太守以上官員的舉薦，才能獲得入選資格。舂陵劉家早已衰落多年，怎麼可能有子弟入得了達官顯貴們的法眼？況且做了秀才，按照慣例直接就可以外放為官，而自己頭上戴的只是一塊布巾，很明顯，跟官府中人相差甚遠。

不過這些常識問題，當眾點出來，未免太傷馬子張顏面。所以他只能笑而不提。誰料那馬武，此刻心思卻是敏感得很，立刻把眼睛瞪了起來，大聲追問道：「怎麼，都去長安入學了，還不能算秀才嗎？二者之間莫非還有什麼不同？」

「馬寨主有所不知，最近兩屆長安太學的入學門檻放低了許多。」唯恐劉秀再說下去，弄出什麼誤會，劉縯搶先一步接過話頭，笑著解釋，「原本太學每屆入學人數，都不過百。所以入學之後只要學有所成，百官自然會爭相薦舉。所以，能入太學，與被舉了秀才，兩者之間原本相差不大。而現在，太學規模已經超過了萬人，哪個學子想再被朝廷看中，像秀才一樣相待，恐怕就不那麼容易了！」

「噢，原來是鴨子多了不下蛋，太學生多了就不值錢！」馬武聽罷，忍不住遺憾地搖頭。

注十三、秀才，此時的秀才與後世的秀才不同。是漢武帝在位之時所下令施行的一種察舉制度，著令各州郡察舉吏民中有「茂才異等」之士，文武不限。通過之後，就可以授官，地位和稀缺程度都遠高於孝廉。待遇相當甚至略高於宋明兩朝的進士。

看看劉秀，又看看在旁邊臉色微紅的自家妹妹，先前胸口挨了一腳的地方，又隱隱開始作痛。

「哥，你到底要幹什麼呀？趕緊坐下，小心一會迸裂了傷口！」馬三娘也被自家哥哥看得心裡發虛，走上前，輕輕推了對方一把，低聲吩咐。

「也罷！」馬武忽然吐了口長氣，笑著搖頭，「伯升兄？有件事想麻煩你！」

「馬寨主自管吩咐，只要劉某力所能及？」劉縯被馬武弄得滿頭霧水，非常謹慎地回應。

本以為馬武會有什麼要緊的事情托付，卻不料，後者忽然將身體重重朝病床上一坐，大聲補充道：「有酒沒有？且借馬某兩罈來？多半日滴酒未進，口乾得緊！」

「哥！」馬三娘被犯酒癮的哥哥氣得花枝亂顫，伸手狠狠擰了他一下。

「別擰，別擰，疼，真的很疼！」馬武一邊誇張的齜牙咧嘴，一邊快速補充，「今日難得與伯升、偉卿和子衛三名豪傑相遇，又欠了他們的救命之恩，豈能不以酒相謝？只不過妳哥我的錢都留在了棘陽城裡，做不起東道。所以先借上兩罈，改日自當加倍奉還！」

「酒倒是有，就是稍淡了些，恐怕難入子張兄之口！」傅俊雖然做了道士，性格卻絲毫不改當年的豪爽。見馬武愛酒成痴，頓時也被勾起肚子裡的酒蟲兒。笑了笑，大聲回應。

「無妨，無妨，只要不是醋就成！」馬武搓手頓腳，迫不及待。

「各位兄長稍候！」傅俊又是莞爾一笑，轉身飄然而去。不多時，帶了兩個道童，用籃子拎著酒水，瓷碗和幾樣葷素小菜，快速返回。

既然道觀的主人都已經遷就馬武，劉縯和鄧晨也不再糾結。聯手將床頭原本用來擺放湯藥的矮几拖到屋子中間，又取了幾個蒲團丟在地上，便坐下來準備開席。

劉秀、鄧奉、嚴光、朱祐和馬三娘等人年紀小，沒資格喝酒，全被打發到了旁邊另外一張矮几旁去喝粥。兩個小道童，則不停地出出入入，將時鮮果蔬，和剛剛切好的魚膾[注十四]，陸續送到席上。眾人你敬我勸，邊吃邊聊，不多時，便都眼花耳熱。

「幾位豪傑各有前程，馬某乃被通緝的江洋大盜，不敢跟幾位稱兄道弟。再借一碗酒，謝諸君相救收留之恩！」忽然間，馬武長身而起，舉碗相邀。帶著一股子不平之氣，震得窗欞嗡嗡作響。

「馬寨主言重了！」

「子張兄如此說，就見外了，小觀歡迎賢兄妹常來！」

「馬寨主，前塵休提，咱們一見如故！」

劉縯、傅俊和鄧晨三個，也連忙站起身，笑著舉高酒碗。

平心而論，如果不是各自顧著身後的一大家子人，他們幾個都願意跟馬武常相往來。首先，馬子張雖然是個山大王，但在民間的口碑卻不差。其次，馬武的年齡與大夥相近，性格也豪爽乾脆，讓大夥相談過後，惺惺相惜之意便在心頭油然而生。

「諸位不必客氣了，馬武做的是殺頭滅族的事情，馬某自己知曉！」馬武笑了笑，嘆息著搖頭，「來，先乾為敬！」

說罷，仰起頭，將碗裡的酒水一飲而盡。

注十四、魚膾，即生魚片。

「乾！」眾人明知馬武說的都是大實話，心裡卻湧起一股難言的滋味，也跟著舉起酒盞，鯨吞虹吸。

兩罈子酒很快就見了底兒，旁邊負責伺候局兒的道童手清風疾眼快，小跑著去抱來了第三罈子。鄧晨起身接過，正欲拍開罈子口的泥封，馬武卻猛地伸出手，抓住罈子底兒，將酒罈子一把搶了過去，「且慢，天色已經不早了，馬某得走了。這罈子酒，就借與馬某路上再喝！」

「這——」眾人猝不及防，都被馬武的舉動，弄得微微一楞。坐在另外一張矮几旁慢慢喝粥的馬三娘，則被嚇得一個箭步躥了過去，大聲勸阻：「哥，你說什麼？你身上的傷……」

「此處距離宛城不過幾步路，咱們怎能拖累別人？」馬武將酒罈子輕輕放在腳邊，對著自家妹妹搖首而笑，「哥得走了，這點兒傷，路上慢慢養就是！倒是妳，唉……」

望著臉上露出了明顯不捨的妹妹，再看看坐在不遠處一臉懵懂毛孩子的劉秀，馬武眼中露出了一片溫柔。

「這個馬子張有情有義，真豪傑也！」嚴光的座位，正與馬武遙遙相對，將對方的臉上的表情都看在眼裡，禁不住心中一熱，低下頭，向劉秀小聲讚嘆。

「一舉一動，隨心所欲，不愧是鐵面獬豸！」劉秀本就欣賞馬武，如今見他比傳言中還要豪爽三分，自然以掌拍案，讚嘆連連。

二人的話，朱祐一個字都沒聽見。只管痴痴看向馬三娘，想要挽留，卻找不到任何理由，更鼓不起任何勇氣。

這也不怪他見色忘友，馬三娘本就是一等一的模樣，齒白唇紅，猿臂蜂腰。又自幼練武，身子骨遠比同齡少女長得舒展。先前心事重重，以致愁鎖姿色，尚且讓朱祐目不轉睛，如今心事消解，笑生眉梢，當然更把他看得如醉如痴。

「兀那小賊，你賊眉鼠眼看什麼？」正在暗中觀察劉秀的馬武，早將朱祐的痴呆模樣看在了眼裡，揮了下拳頭，大聲喝問。

「我……我也想喝一口酒驅驅寒……」朱祐被馬武怒眼一盯，心底打了一個突，急忙給自己找藉口。然而，幾滴熱汗，卻從額頭上緩緩滑落。哪裡需要驅寒，需要趕緊拿了冰塊以消心頭之火還差不多？

「哥，他叫朱祐，也是個好人。你別嚇著他！」倒是馬三娘，見自家哥哥說著要走，卻突然又開始找朱祐的麻煩，趕緊出言勸阻。

「豬油？」馬武啞然失笑，「這個名字起得好，起得好！怪不得他長得白白胖胖，原來正應了自家名姓！」

「是朱祐，祐者，助也！」雖然被馬武嚇得額頭冒汗，朱祐卻不肯任憑對方拿自己名字開玩笑。站起身，大聲糾正，「詩曰，維天其祐之。辭曰，驚女采薇鹿何祐，北至回水萃何喜，都是這個字。」注十五

這幾句話，說得不卑不亢，且引經據典。令馬武心中頓時湧起幾分讚賞，趕緊收起臉上的戲謔表情，抱拳賠罪，「原來如此，朱小哥，請恕馬某讀書少，出言無狀。」

「不，不妨事，不妨事！」能讓馬武當場道歉，換了別人，恐怕會自豪上小半個月。誰料

注十五、詩曰、辭曰：指的是《詩經》和《楚辭》。

小胖子朱祐，反倒越發不自在起來。紅著臉擺了擺手，低聲回應，「馬大哥，馬大哥是跟我開玩笑，我，我知道的。其實，其實劉秀他們幾個，平素，平素也叫我朱，豬油！」

「噗哧！」馬三娘被逗得展顏而笑，頓時令整個屋子都為之一亮。

朱祐被馬三娘的笑容照得不敢抬頭，紅著臉，繼續低聲補充：「我，我自幼父母早亡，是，是劉大哥他們收留了我，還送我跟劉秀一道讀書。我，我現在肯定是一無所有，但，但我也進了太學，並且，並且是郡守親自考校過學問的。將來，將來的前途，未必，未必會太差。」

這些，倒全都是大實話。他雖然平素喜歡玩鬧，看上去沒什麼正形。但學業方面，在四人當中，卻僅次於嚴光。比劉秀強出了一大截，將最後一名鄧奉更是遠遠甩得不見了影子。

只可惜，此刻馬武根本沒心思在乎他的學問如何，笑了笑，大聲道：「這樣啊，將來我妹妹如果也想讀書識字，朱小哥不妨就教一教她。她從小就聰明，什麼都一學就會。是我這個當哥哥的，耽誤了她。」

「是，是，馬大哥且放心，我，我一定，一定教，包教包會！」朱祐聽得心花怒放，向小雞啄米般連連點頭。

「哥哥你說什麼？」馬三娘卻從馬武話中，敏銳地聽到了許多弦外之音，急忙拉了一下自家哥哥手臂，大聲問道。「我跟他學讀書識字，那你呢，你去哪？」

「你跟著劉秀他們，先養好了傷再說！」馬武轉過頭，愛憐地看著自家妹妹，緩緩解釋，「哥哥我以前考慮不周，落草為寇這種事，居然讓妳一個女孩子跟著我做，實在太過分了！眼下咱們鳳凰山豪傑全軍覆沒，我也暫時不知道去何處落腳。因此，不能再讓妳跟著我做這種掉腦袋的買賣了！」

「哥，你說什麼呢！」馬三娘的眼睛裡，頓時淚如泉湧。跺著腳，大聲抗議，「自打爺娘沒了之後，咱們哥倆就一直在一起，從沒分開過。」

「所以才必須分開啊，三娘，妳已經長大了！」馬武心中，也是痛如刀割。但想到妹妹替劉秀踢自己那一腳的力度，再想想將來劉秀等人的遠大前程，又強行硬下心腸，低聲補充。

江湖是條不歸路，這次死裡逃生，他算看明白了。自己即便做得聲勢再浩大，早晚也會慘遭官府毒手。而妹妹，卻不該落到如此歸宿。她年齡還小，她還沒有成過親，她心腸善良且聰明伶俐，她，她可以隱姓埋名，人都說，女大十八變……

「你去哪，我就去哪。將來無論是繼續跟官府做對，還是另謀生路，馬武，你聽好了！哪怕是去賣藝，去討飯，我都必須跟你在一起！」知道哥哥對自己的安排是一番好心，馬三娘卻哪裡肯聽，板起臉，流著淚大聲宣布。

「賣藝，乞討，這哪裡是當哥哥的肯帶著妹妹去做的？」馬武抬手在自家妹妹臉上抹了一下，抹掉滾燙的淚水，「三娘，妳的武藝不行，跟著我是個累贅。我無論如何都不能再帶著妳！」說罷，根本不肯給馬三娘反對機會，轉過頭，朝著劉縯、鄧晨二人屈身下拜：「伯升兄，偉卿兄，救命之恩，沒齒難忘。只是，馬武還有一事相求，還望應允。我就不賣關子了——我想讓我妹妹跟著劉秀，為奴為婢，悉聽尊便！」

「啊——」話音未落，眾少年全都楞在了當場。特別是朱祐，兩眼瞪得溜圓，一張嘴大得簡直能塞進鴨蛋。

劉縯畢竟年長了些，也經歷了更多的風浪。先前聽馬武說要跟自家妹妹分別，心裡就有了一些準備。此刻雖然吃驚，卻不於目瞪口呆。猶豫了一下，低聲勸道：「馬寨主這是哪裡話來？

咱們幾個一見如故，你將妹妹留下養傷，我自然會替你盡兄長之責。只是令妹痊癒之後，讓她再去與你相聚，豈不更好？況且，我們這裡都是男人，她留下未必方便！」

「跟著我，不會有前途！說不定，哪天就會橫死街頭！」馬武慘笑著咧了下嘴，用力搖頭。

「哥哥，你休要再說！這輩子，我死也不會跟你分開！哥，求你了，不要丟下我，不要丟下我一個人孤苦伶仃！嗚嗚——」到了此刻，馬三娘才終於緩過了幾分心神，拉著馬武的手臂，流淚不止。

馬武卻硬起心腸，不理會自家妹妹的抗議和哀求，繼續大聲說道：「都是男人並不打緊，舍妹隨我在土匪窩長大，見過的男人比見過的女人多上數倍，而且她本身也會些功夫，若是有人敢欺負她，那真是自討苦吃。」

說罷，扭頭向朱祐微微冷笑。頓時把朱祐嚇得閉上了嘴巴，側開臉，不敢與他的目光相接。

正搜腸刮肚，想找幾句合適的話，來表達自己的心意，卻又聽見馬武大聲補充道：「馬某知道這是個不情之請。但馬某也實在無人可托。還請伯升兄，念在馬某這輩子未曾禍害過無辜百姓的份上，給我妹妹找一條生路！」

「這……」劉縯終於聽明白了對方的想法，臉上的表情卻更加猶豫。

很顯然，接下來馬武準備繼續去落草為寇，然後找機會向岑彭討還血債。卻又擔心馬三娘跟著他會再次受到牽連，所以才臨時起了托孤之心，想給自家妹妹留一線生機。

「既然如此，馬寨主你為何不金盆洗手呢，協同令妹從此退隱江湖？」鄧晨的反應，也不比劉縯慢多少。念在馬武跟馬三娘兩個兄妹之情上，小聲出言提議。

「金盆洗手？哈哈，金盆洗手？世間若是真的能有金盆，馬某當初又何必落草為寇？哈哈，哈哈哈哈，哈哈哈哈……」彷彿聽到世上最荒謬可笑之事，馬武抬手擦了一把英雄淚，哈哈大笑，「偉卿兄，你的好心，馬某領了。可馬某來問你，你們春陵劉氏和新野鄧氏，如今還能拿出半年的存糧否？」

「這……」劉縯和鄧晨滿臉尷尬，苦笑著搖頭。

春陵劉氏和新野鄧氏，在當地都不算是小門小戶。三代之內，也都有長輩做過朝廷命官。可即便如此，自打新政實施以來，整個家族的日子，也是一天不如一天。甭說拿出半年的存糧，如果今年的田賦不能想辦法讓官府高抬貴手減免幾分，恐怕等不到明年開春，就得典了宅院，賤賣田地。

「你們劉、鄧兩家，都是地方上有頭有臉的大戶，日子還過得如此艱難。我們馬氏一族，卻比你們兩家小了十幾倍，祖上又沒出過當官的，怎麼可能還活得下去？」一句話問倒了劉縯和鄧晨，馬武冷笑著站直身體，正色補充：「說句實話吧，當日馬武若是不宰了那幫子稅吏，我馬氏一族，冬天時就得餓死一大半兒。而宰了他，讓其餘的貪官污吏輕易不敢再向馬家莊伸手，則舉族之人都可苟延殘喘。馬某日後被官府捉了去，被一刀梟首也好，被千刀萬剮也罷，死的不過是自己一個！而馬某當時若是不暴起殺人，死的就是全族！用自個一人之命，換全族老少苟活，伯升兄、偉卿兄、傅道長，你們說，換了你們與馬某當時易位而處，這筆買賣做還是不做？」

話音落地，整個屋子內，鴉雀無聲！

當今的皇帝王莽，未登基之前，曾經是全天下公認的君子和大儒，嚴以律己到殺掉親生兒子以正法紀的地步，天下人有哪個敢不服氣？都將其視為「在世周公」，幾乎個個盼望他能主掌朝政，從此天下太平。

然而，後來發生的事情，卻出乎所有人的預料。

王莽先是挾天下的厚望，接受了自己兩歲的外孫，太子劉嬰的「委託」，代攝朝政，以霹靂手段，幹掉了所有政敵。隨即，便逼迫劉嬰將皇位「禪讓」給了自己，登基為帝，建立了空前絕後的大新朝。

為了證明大新朝取代大漢，是天命所歸。登基之後不久，「蓋世大儒」王莽就開始了一系列大刀闊斧的改革。按照自己的假想，開始復古，試圖把整個國家推回傳說中的聖賢之治時代，西周！

其改革幣制，使得錢不值錢；

其改革地名，使得郡縣乃至村邑名稱都混亂不堪；

其改革官制，令文武百官的名稱和職權範圍彼此重疊，誰都幹不了正事；

其改革稅制，令商販們不堪重負，市井一片蕭條。

……

原本就不充實的國庫，在短短幾年時間內，就迅速見底。而王莽卻不認為自己改制失誤，而是改制不夠徹底。於是乎，變本加厲，為了改制而改制的手段，層出不窮。將上自王公貴族，下到黎民百姓，都折騰得苦不堪言。

老百姓從一開始的對新朝充滿希望，對皇帝無限敬仰，飛快的變成了痛恨萬分，巴不得他早點兒一命嗚呼。而皇帝老爺卻渾然不知，依舊端坐於朝堂之上，繼續有條不紊的頒布更多的奇思妙想，沉迷於「復古」大業中長醉不醒。

「值，馬大哥，以一人之死，換全族之生，馬大哥，我佩服你！你真正的當世大俠。」半晌之後，屋子裡忽然響起了鄧奉的聲音，雖然稚氣未脫，卻把屋子裡其他人，個個都說得心潮澎湃，「我不能喝酒，就以這碗粥敬你，為你壯行！」

說罷，忽然彎下腰，抄起了半碗米粥，「咕咚咕咚」一口氣喝了個乾淨。

「子張兄真勇士也，能與你相交，劉某此生不虛！」劉縯緊跟著緩過心神，鄭重向馬武拱手，「你放心，令妹就交給劉某。劉某保證她這輩子衣食無憂！」

「白雲觀的觀門，永遠為子張兄敞開。」傅俊端起空空的酒碗虛抿了一口，大聲保證。

「子張兄，將來若是有事，隨時可以來新野鄧家找我！別的不敢保證，只要鄧某在，官差輕易不敢進莊子裡來撒野！」鄧晨說話向來含蓄，也拱起手，微笑著向馬武發出了邀請。

他先前一直跟著劉縯，喊馬武為「馬寨主」，如今終於換成「子張兄」，頓時將彼此之間的距離又拉近一層。那馬武聽了，心中好生感動，咧嘴笑了笑，低聲道：「諸位先前跟馬某素不相識，能伸手救下馬某兄妹的小命，已經仁至義盡。馬某即便再沒面皮，也不能給幾位恩公招惹災禍。然而，馬某自幼父母雙亡，我族中長輩，亦非可托付之人。所以，只能把妹妹，托付給伯升兄。不求伯升兄待他如親妹，只要讓她平平安安長大，再嫁入一個良善人家，馬某將來即便身首異處，魂魄也願結草銜環，以報諸位……」

「哥——」一句話沒等說完，馬三娘撲了上去，單手抱著他的肩膀嚎啕出聲。「我不留下，我跟你走，咱們兄妹倆，死也死在一起！」

「傻妹妹，哥哥也捨不得妳！」知道今日一別之後，也許這輩子都無法再見。此刻馬武心裡，也疼得宛若刀扎。然而，為了讓妹妹有個更好的歸宿，他卻不得不強忍眼淚，柔聲勸道：「可妳是已經長大了，怎麼能繼續跟著哥哥在刀尖上打滾兒？咱們家，有我一個人去做強盜，已經足夠回報當年族中長者的照顧之恩了。妳該過幾天安生日子，將來嫁個讀書的郎君，將來相夫教子，一輩子相敬如……」

「我不嫁人，我不嫁人，我寧願跟著你去做山大王！哥，你別丟下我，別丟下我！」馬三娘如何肯聽，啞著嗓子大聲哀求。

馬武的眼睛裡，豆大的淚珠，一個個滾落。但是，他卻抬手狠狠抹了一把，然後用力將自家妹妹推得倒坐於地，「荒唐！什麼時候，輪到妳自己做主了！我讓妳留下，妳就留下。救命之恩，咱們不能不報！妳留下保護劉秀他們幾個，咱們的人情才能還清，妳哥我從此才能了無牽掛！」

「大哥……」從沒被親哥哥如此狠地對待過，馬三娘的哭聲憋在了嗓子裡，抬起淚眼，楞楞地看著馬武，滿臉難以置信。

知道自己剛才臨時編造的藉口，漏洞百出。馬武蹲下身，一隻手輕輕按住妹妹的肩膀，柔聲追問：「三娘，妳想讓阿爺和阿娘，將來連個上墳的人都沒有嗎？當年哥哥之所以殺人放火都帶著妳，就是因為族裡那些長輩個個膽小怕事。如果哥哥和妳都死了，甭說定期祭奠，拔草添土，就連爺娘墳，都得被族老派人偷偷地給平了，以免讓他們受到任何牽連！所以，妳不能死。妳死了，非但妳哥我將來注定無人收屍，爺娘骸骨，也注定要暴露荒野！」

「哥——」馬三娘嘴裡又發出一聲悲鳴，癱在地上，淚流成河。

哥哥說得沒錯，馬氏一族，就出了哥哥一個男人。其他叔伯兄弟，全都是膽小怕事的窩囊廢。雖然當年是全仗著哥哥跟官吏拚命，才令全族得以苟延殘喘。後來也是虧著鳳凰山的悄悄接濟，才不至於拋下祖宗祠堂舉族去做乞丐和流民。但整個鳳凰山寨，姓馬的只有自家兄妹兩個。那些族人，請求接濟時毫不客氣，平素卻巴不得跟「山賊」劃清界線。萬一自家兄妹兩個都不在人世了，失去了對他們的威懾。恐怕爺娘在祠堂裡的香火牌位，還有在村後的墳冢，立刻就會消失得無影無蹤。

看著她哭得渾身發軟，劉秀心裡，也堵得難受。想蹲下去像昨天那樣安慰一下，卻又怕被馬武誤會為趁人之危，猶豫再三，最後將頭轉向自己哥哥劉縯和馬武，低聲道：「大哥，子張兄，我倒是有個折中的辦法，不知道你們想不想聽。」

「說罷，只要有用就行！」

「小秀才，你連岑彭都能耍得團團轉，主意想必不會太差！」

劉縯向來對自己的弟弟欣賞有加，馬武先前也從馬三娘描述中，得知了劉秀在棘陽縣城裡中的所作所為。因此，二人都沒做任何猶豫，先後紅著眼睛點頭。

「其實令兄妹暫時分開也好，三娘跟著我哥，馬大哥就可以安心去報仇。而只要馬大哥經常把自己的行蹤，告訴給傅道長，三娘傷好之後，也可以隨時去找你團聚。」得到了二人的鼓勵，劉秀略微組織了一下語言，緩緩給出自己的建議，「但為奴為婢，就過了。我等當日出手相救，是因為佩服令兄妹平素所為，並沒想過什麼報答。馬大哥先別忙著拒絕，先聽我把話說完！我知道你在乎自己的名聲，可我們幾個，也不想被人罵，挾恩求報！」

「這……」正欲表態的馬武臉色一紅，已經到了嘴邊的話，又憋回了肚子裡。

劉縯則驚奇的望著弟弟，從前天夜裡至今，這個以前只知道尋求自己庇護的小弟弟，一再展現出令自己驚奇的能力。如今又用短短幾句話，就理清了大夥所面臨的問題，令脾氣急躁的馬子張無言以對。這本事，真是讓人刮目相看。也讓自己這個當哥哥的，由衷地感到自豪。

「子張兄不妨聽劉秀把話說完，他雖然年紀小，做事卻一向能出人意料。」作為姐夫，鄧晨也為自家小舅子劉秀的言行，感到臉上有光。笑了笑，在旁邊低聲幫腔。

「如此，請劉公子繼續講，馬某洗耳恭聽。」馬武終於徹底認清了劉秀在這群人中間的份量，驚詫之餘，心中頓時又生出了幾分期盼。

劉秀早有成竹在胸，不慌不忙，給出最後的答案，「我父母也早就不在世了，全家以哥哥為長。所以，不妨讓我大哥認三娘作為義妹！日後只要買通官府小吏，就能給她換一份戶籍，以劉家三娘子的身份，風風光光出嫁。而子張兄，你想妹妹，也可以偷偷來劉家看她，順便跟我哥哥、姐夫，把盞言歡。我的主意就是這樣，三娘，妳自己意下如何？」

「義妹？」沒等馬三娘回應，馬武先皺起了眉頭。隨即，立刻明白了這樣安排的好處，喜出望外，「妙，太妙了！劉三公子，你真是個神人！三娘，還不快拜見妳的結義兄長！快啊！」

「哥……」馬三娘瞪著通紅的眼睛，遲遲不能起身。

並非不願拜劉縯為兄，而是知道，自己一旦與劉縯成為結義兄妹，哥哥馬武就可放心離去了，兄妹二人，不知何日才能再見。而劉縯的妹妹，也成了劉秀的姐姐，姐弟兩個，這輩子注定……

「這個主意好，三娘，莫非妳嫌棄劉某本事差，做不得妳哥？」劉縯哪裡知道馬三娘此刻心中柔腸百結？見她一直紅著眼睛不做聲，還以為是女孩子家抹不開面子。主動上前，低聲詢問。

「我？」馬三娘看了看滿臉歡喜的哥哥，再看了看滿臉迷糊的劉秀，知道自己不能繼續推託，心中暗暗嘆了口氣，先站起身整頓妝容，隨即對著劉縯緩緩施禮：「義兄在上，請受三娘一拜！」

「好，好！」劉縯這回，沒有客氣側身閃避，而是挺胸抬頭，受足了對方三拜。然後，彎下腰，伸手虛攙，「三妹，趕緊起來。從此以後，咱們就是一家人。誰再敢欺負妳，我打斷了他的腿！」

「她不打斷別人的腿讓你賠湯藥錢，你就偷偷燒香吧！」朱祐心裡頓時又打了哆嗦，扭頭到一邊，小聲嘀咕。

眾人聞聽，頓時都被逗得咧嘴而笑。笑過之後，心中的壓抑感覺，瞬間為之一輕。

馬武做事向來乾脆，見自家妹妹已經有了人照顧，也不多囉嗦。俯身將酒罈子夾在腋下，笑著衝眾人拱手，「伯升兄，以後三娘就拜託你了！天色不早了，馬某得抓緊時間離開這裡，免得引起官府的注意。偉卿兄、傅道長，還有諸位小兄弟，咱們就此別過。改天，馬某搶了為富不仁的大戶，腰裡鼓了，再輪流找你們喝個痛快！」

「哥！」聞聽哥哥立刻就要離去，馬三娘剛剛擦乾的眼淚，又淌了滿臉。追上前來，低聲呼喚。

「好好養傷，等著我過來看妳！」馬武抬起手，溫柔地替自家妹妹整理了一下頭髮，隨即咬了咬牙，大笑著轉身，「都不要送了，此地距離宛城太近。被官府看見，又是一番麻煩！」

眾人哪裡肯聽，戀戀不捨地送到了道觀大門口兒。馬武無奈，只好又笑著回過頭來，朝著大夥兒用力揮動左臂，「好了，別送了。你們都有家有業，總不能跟著我去落草。走了，咱們後會有期！」

說罷，轉過身去，再不做片刻停留。

「哥——」馬三娘疼得肝腸寸斷，跪下去，伏地相送。說是後會有期，這亂世中，人命有如草芥。誰知道此番分別，是不是就意味著永訣？

「子張兄且慢，我有好馬一匹，鋼刀一口，且為君壯行！」道士傅俊忽然從門內鑽了出來，手牽著一匹鐵驊騮，一手揮著帶鞘的環首刀，大聲呼喊。

馬武聞聽，立刻停住了腳步，背對著自家妹妹，大聲道謝。等傅俊追上之後，接過環首刀，跳上鐵驊騮，立刻抖動繮繩，馬上且行且歌。

歌曰：

出東門，不顧歸。
來入門，悵欲悲。
盎中無斗米儲，還視架上無懸衣。
拔劍東門去，舍中兒母牽衣啼：
他家但願富貴，賤妾與君共哺糜。
上用倉浪天故，下當用此黃口兒。今非！
咄！行！吾去為遲！
白髮時下難久居。注十六

……

眾人聽到這曲慷慨悲愴的歌聲，想想一別之後，馬武手持鋼刀，與貪官污吏及其爪牙們殊死搏殺的場景，個個五內如沸。雖不至於馬上拔劍而起，學馬武去馳騁萬里江山，卻再也不覺得在如此荒唐時代，落草為寇是什麼辱沒家門的事情了。

「哥哥！」聽著歌聲越來越遠，馬蹄聲已經弱不可聞，馬三娘全身上下一片冰涼。精神和體力再也支撐不下去，手扶著門框，緩緩坐倒。

「小心！」朱祐的目光，無時不刻不落在她身上。發現情況不對，第一個伸手去扶。手指尖兒還沒等碰到馬三娘的衣服角，遙遠處，歌聲忽然中斷，馬武的提醒聲，緊跟著就入了所有人耳朵，「妹妹，照顧好自己。小心豬油，那廝若是敢對妳動手動腳，先打折了他一條腿！」

朱祐臉色一紅，手立刻僵在了半空中，「我就這麼招人厭嗎？我到底做什麼壞事了？」

「別鬧了，豬油，回去溫書吧！今後日子長著呢，你又何必急在一時！」劉秀笑著上前，跟嚴光兩個協力，一左一右攙扶起了馬三娘，「只要是真心實意，還怕別人這輩子都看不出你的好來？」

「哎，哎！我知道了！謝謝三哥。」朱祐原本已經被打擊得有些絕望，聽劉秀好像話裡有話，高興地跳了幾下，大聲回應。

馬三娘已經哭軟的身體，剎那又是一僵。但很快，就又沉浸在別離的傷痛中，顧不上再跟朱祐計較。任憑劉秀和嚴光兩個，把自己攙扶回了病房。

注十六、出東門，是王莽執政時期的一首民謠，無名氏所作。

馬武這個最容易引起官府關注的目標一走，眾人與官府衝突的風險就降低了至少一大半兒。因此也就不忙著繼續趕路，又在道觀裡休息了五天，直到馬三娘肩膀上的箭傷也養得差不多了，才又踏上了前往長安的旅程。

民生凋敝，百業蕭條，時間又值晚秋，一路上除了樹葉子之外，沒任何風光可看。大夥在旅途當中，難免就有些無聊。鄧晨見此，便想到了一個解悶的好主意，要求少年們輪流用弓箭射擊路旁草叢中跳出來的山雞野兔，一邊熟悉射藝，一邊滿足口腹之欲。

話音剛落，劉縯立即大聲表示贊同，「好！君子六藝，禮、樂、射、御、書、數。此乃男兒安身立命之本。馬背和車上顛簸，禮、樂、書、數，肯定是溫習不成了。但射和御，卻可以邊走邊練。即便做不到四矢連貫，逐禽車左。至少保證白矢上靶，鳴鸞和諧，免得到了長安之後，給自己丟人！」

「這，這怎麼可能。五射和五御，我們以前根本沒學過。況且，況且自打前朝武帝去世之後，公卿之家，就已經很少人再把這兩項當回事了！」小胖子嚴光距離劉縯最近，頓時就苦了臉，大聲抗議。

漢人尚武，以佩劍行走為榮。但前朝漢武帝為了穩定統治，罷黜百家，獨尊儒術。故而漢武帝之後，射、御兩術，就漸漸不再被重視。很多大戶人家的子弟寧可足不出戶，胖得像豬。也懶得練習弓馬之術，以備將來像衛青、霍去病一樣建立不朽功勛。

「可，可不是嗎？現在人人出門都喜歡騎馬，還有幾個駕車？至於五射，從小到大，我就沒見過誰真的能四箭連珠？」朱祐也是「懶骨頭」，緊跟著嚴光大聲附和。

「叫你們學你們就學，哪裡來得如此多廢話？」劉縯早就想到有人會反對，立刻把臉板了起來，大聲呵斥，「你們幾個，有人出身於公卿之家嗎？都是白身，跟高粱瓤子一樣白的白身，有什麼資格與公卿之家出來的孩子比誰更懶？況且那岑彭的身手你也看到過，他可以力敵馬武。若是你們幾個將來連馬子張的一隻手都打不過，豈不是給太學丟人？」

「這……」嚴光和朱祐兩個，頓時啞口無言。

若是拿別人做例子，他們兩個肯定不服。而當日岑彭手挽角弓，堵在城門口前箭無虛發的威風模樣，卻是大夥有目共睹。將來同樣作為太學出來的棟梁之才，誰有臉皮比岑彭差得太多。

「五御當中，鳴和鸞、逐水曲、過君表、舞交衢、逐禽左，的確都是車技。但稍作變通，馬術也能通用。」見兩個懶小子都被劉縯問得說不出話，鄧晨笑了笑，低聲補充，「至於五射，四矢連貫的『井儀』之技，的確要求高了些。你們幾個，只要做到不指東打西就行了。若是誰能偶爾獵一頭鹿回來，大夥也都能開一次葷不是！」

「還獵鹿呢，等會別射自己人屁股就好！」劉縯聽了，冷笑著撇嘴。

他們兩個一人滿臉堆笑，溫言哄勸。一人板著面孔，冷嘲熱諷。彼此配合默契。很快，就把沿途練習騎馬和射箭，當成了每天的必修功課給貫徹了下去。四個少年抗議無效，只能認命，從此就跟弓箭和馬鞍子較上了勁兒，日日被逼著苦練不輟。

事實上，劉縯和鄧晨兩個，自打聽了馬武的一番話之後，心中對大新朝的未來就有些不看好。然而，為了自家弟弟和侄兒的前程，他們又不能把心裡的擔憂明明白白地說出來。所以，只能採取了迂迴策略，借著熟悉「射藝」和「御術」為由，傳授少年們一些除了讀書之外，可以在亂世中保全性命的本事。而他們的一番苦心，也的確沒有白費。劉秀、鄧奉、嚴光、朱祐四個，悟性都是奇高。只學了三四天功夫，馬背上引弓而射，已經做得有模有樣。

「有道是，射死靶容易，射活靶難。交手之時，傻子才會站在原地等你射。所以提前預判對手的動作，方向以及身體起伏，就成了關鍵。此外，滿拉弓，緊放箭，也是訣竅。若是能做到箭隨心走，看哪射哪，就基本可以出師了！」唯恐少年們驕傲，劉縯少不得又略微提高要求，將實戰中的射箭技法，以及應付各種常見兵器的活命技巧，逐一介紹了下去，並督促大夥加強練習。

「看哪射哪？也太難了吧！」朱祐聞聽，第一個苦起了臉表示質疑，「人在動，目標也在動，若是不仔細瞄準……」

話才說了一半，耳畔忽然傳來了一聲冷哼。緊跟著，便看見馬三娘隨手從劉秀手裡搶過了弓箭，迅速將身體上仰，「嗖！」地一聲，便將前方二十幾步外樹梢上振翅欲飛的斑鳩射了個對穿。

「啊！」這下，不光是朱祐被羞了個面紅耳赤。劉秀、鄧奉、嚴光三個，也覺得臉皮熱得可以直接用來烤雞蛋。先前心中那點兒洋洋自得，頓時全都化作了動力。再也不需要任何人督促，爭先恐後地操練了起來。

劉縯看得心中有趣，呵呵笑了幾聲，故意刺激道：「果然是馬子張的妹妹，三娘巾幗不讓鬚眉！老三、朱祐，你們幾個，可得多下些功夫。否則，路上萬一遇到麻煩，身為男子漢大丈夫，卻要躲在三娘身後，估計不太好看！」

「我們才不會往她身後躲！」劉秀等人心中不忿，卻也無可奈何。誰叫四兄弟的射、御本事全加起來，都比不上馬三娘一隻手呢？想要硬氣話有人信，首先你得先本事過硬才行！

如此一來，劉縯和鄧晨就更有理由，對四個少年嚴格要求了。每天走在路上，就逼著四人練習射藝。停下來休息時，則念念不忘再加一場兵器格鬥。把劉秀、鄧奉、朱祐、嚴光四個，每天都累得筋疲力盡。到了晚上，只要腦袋一沾枕頭，就會立刻陷入沉睡狀態，連個好夢都沒力氣去做。

不過，每天都在忙忙碌碌中度過，漫長的旅途，也就顯得不那麼枯燥了。不知不覺間，大夥已經離開了荊州，正式進入到了司隸境內的宜陽城，只要再往北走個百十里，就能抵達新安，然後沿著一條又寬又平的官道，策馬直奔長安。

宜陽城在司隸境內，也算個大城。無論氣勢，還是繁華程度，遠非新野和棘陽可比。想到長安城物價奇貴，而四個少年少不得要給授業恩師們挨個送上束脩。劉縯和鄧晨兩個一商量，乾脆宣布要在宜陽停留兩日，恢復一下體力，順便再購置上一批「地方特產」，以備日後不時之需。

劉秀等人都是少年心性，巴不得能在城裡逛逛當地名勝，當即齊聲歡呼。然而，劉縯怕他們再惹事端，只帶著大夥去吃了一頓飯，便請了馬三娘做「監軍」，將四個少年都禁足在客棧之內，自己則與鄧晨出門大買特買。

眾少年中，朱祐性子最為跳脫，憋得幾乎要長犄角。見馬三娘好像也百無聊賴，便湊上前，涎著臉說起了好話。以期能讓她睜一隻眼閉一隻眼，放自己出去透透風。然而自從哥哥馬武離去，馬三娘就如同變了個人一般，終日伴著面孔，輕易不再跟人交談。朱祐每次把嘴巴都快說乾了，也只能換回了她一記白眼兒。想要偷偷摸摸去閒逛，卻是門兒都找不著！

這天下午，朱祐又討了個沒趣，只好怏怏而歸，才一回屋，便見劉秀、鄧奉和嚴光一同圍了上來，滿臉幸災樂禍。

「豬油，三娘的白眼好看嗎？」嚴光第一個開口挖苦，表情說不盡的促狹。

「別難過，大丈夫何患無妻，馬三娘不理你，等到了長安，還有牛三娘、盧三娘、侯三娘等著你呢，到那時，保證你忙得都沒時間想起馬三娘了！」鄧奉表面寬慰著朱祐，卻不停地擠眉弄眼，把後者的臉都氣得臉色發黑，七竅生煙。

「你們實在太過分了！怎能如此埋汰豬油！」劉秀最為厚道，突然板起面孔，大聲替朱祐主持公道，「豬油是那種人嗎？他怎麼可能會見異思遷？況且他只是可憐馬三娘的遭遇，心生憐惜而已！」

「劉秀，還是你講義氣！」朱祐覺察到劉秀的維護之意，感激之情溢於言表。

「只可惜，人家不需要！」劉秀拍著朱祐的肩膀，滿臉同情地補充，「兄弟，想開點，精誠所至，金石為開？你放心，只要你持之以恒，堅持不懈，遲早有一天……」

「遲早有一天怎麼樣？」朱祐頓時覺得心中一暖，滿臉期盼地追問。

「遲早有一天，會被馬三娘活活打死！」劉秀說罷，捧腹狂笑！鄧奉和嚴光兩個，也笑得倒在床上，來回翻滾。彷彿已經看到了不久的將來，朱祐被打得滿臉青紫，抱頭鼠竄的場面一般。

「你們幾個狗賊，小爺今天跟你們沒完！」朱祐雖然臉皮不算薄，卻也禁不起同伴們如此奚落。抄起喝水的陶罐，就準備給劉秀等人來個醍醐灌頂。誰料，手臂才舉過自家肩膀，忽然間，竟有一支箭透窗而入，「啪」地一聲，將陶罐射了個粉碎。瀑布般的冷水直落而下，將他自己給淋成了一隻落湯雞。

「鬧得皮癢了是不是？」沒等朱祐開口罵人，窗外，又傳來了馬三娘的聲音，「皮癢，就去後院。我看到後院頗為寬闊，咱們不妨去活動活動筋骨。我就一個人，你們哥四個單挑或者一起上，隨意！」

「妳——」朱祐頓時火氣全消，低頭耷拉腦袋去換衣服。劉秀、鄧奉和嚴光三個，既沒勇氣跟馬三娘單挑，也沒臉皮聯起手來挨揍，只能閉緊嘴巴，苦笑著捧起了絹冊。

被逼著滿頭讀了一天半的書，第三天清早，大夥草草地吃了一頓飯，就又踏上了旅途。直行到日至中天，人馬俱疲，勒馬下車，歇腳吃飯。

「咱們得走快點兒，我和伯升兄聽人說最近路上不太平，所以沒見到村寨，就儘量少停下來安歇！」看幾個少年疲憊不堪模樣，鄧晨心中好生不忍。想了想，低聲解釋。

劉秀、鄧奉、朱祐和嚴光四個正值長身體的時候，早已飢腸轆轆。根本沒心思理會鄧晨說什麼，只顧著奮力去啃著胡餅。正在大夥被噎得直翻白眼的時候，耳畔忽然聽到一記羽箭破空之聲，「嗖——！」

「小心！」劉秀嘴裡發出一聲含混不清的大叫，本能地拉住距離自己最近的朱祐和鄧奉，按照先前途中訓練的標準姿勢朝地面上撲了下去。

「啪！」羽箭貼著劉秀的後腦勺飛過，射中樹幹，然後軟軟地掉落在地。緊跟著，又是第二支，第三支，第四支，雖然沒有任何準頭，卻把大夥逼了個狼狽不堪。

「賊子敢爾！」劉縯雙目一寒，拔劍躍下戰馬，在半空中轉身環顧四周。只見數支羽箭東倒西歪地落在自家弟弟身邊一到五步範圍的草叢內。而那射箭之人，也緊跟著從不遠處一棵老榆樹後跳了出來。

「打劫，速速交出馬匹細軟，饒爾等不死！」為首的強盜頭目將木弓一擺，大聲斷喝。

「衣服，鞋子也都留下，還有那個小娘們！」另外兩個滿臉橫肉嘍囉，也各自拎著把環首刀衝了出來，與持弓者站成一個品字型，蓄勢待發。

劉秀等人先是被嚇了一大跳，但定神再看，卻不由得個個啞然失笑。只見那三名「好漢」，身上的衣服補丁摞著補丁，腳上的鞋子，也早就露出了趾頭。所擺出的攻擊陣形看似有模有樣，卻把防禦力最弱的弓箭手推在了正前方。

「住，住口！打，打劫，把值錢的東西留下，饒，饒你一死！」為首的持箭「好漢」被笑得老臉發紅，結結巴巴地再度發出威脅。

「打劫，此山，此山是我開，此樹是我栽。」另外兩名「好漢」揮舞著布滿了銹跡和缺口的環首刀，大聲補充。「要想從這兒過，就，就必須留下買路錢！」

「三位，我們身上的錢不多，路上還要用，要不，咱們各自行個方便，裝作沒遇見可好。」劉縯看得直搖頭，嘆了口氣，冷笑著商量。

「不，不行！」好漢們立刻嚴詞拒絕。

自古以來，哪有被搶的人還跟搶劫者討價還價的！對面那個虎背熊腰的傢伙，真是欺人太甚！

然而，正當他們打算立刻衝上去給此人一個教訓，卻看到對面兩個成年男子，相繼從腰間抽出了三尺長劍。每一把都明晃晃亮如秋水，鋒刃處，隱隱還帶著幾絲殷紅。

劍是飲過血的，不是樣子貨！所以鋒刃處才會泛起紅色！登時，三名攔路搶劫的「好漢」，心裡就是一哆嗦。威脅的話全都憋在了嗓子眼兒，雙腳也悄悄地開始向後挪動。

佩劍出行，是大漢朝賦予每個良家子的權力。大新朝皇帝登基後，雖然力行復古，卻也沒想到把寶劍都收上去，融為鋤頭和鏵犁。而良家子中，還有一種人以劇孟、郭解為楷模，平素放浪形骸，不鳥官府。遇到麻煩之時則挺身而出，持劍維護道義！太史公稱之為「俠」，專門以列傳記之。注十七

很顯然，兩個持劍的傢伙，就是傳說中的「遊俠」。三位攔路搶劫的「好漢」，今天有可能遇到了硬骨頭，不如應了對方所請，與人方便自己方便！可辛苦小半天，卻什麼都沒撈著，又令「好漢」們覺得心中好生不甘。因此，三人不約而同咽了口吐沫，亂哄哄地大聲補充道：「咱們大黑山的好漢，替天行道，不傷無辜。但江湖有江湖的規矩，你們幾個既然從咱們地盤上過，買路錢多少也得意思一下。」

「對，咱們，咱們只求財，不傷人！」

「咱們只是先鋒，大，大隊人馬，馬上就到！」

「那就來一個殺一個！」劉縯豈是能被三兩句瞎話嚇住之人，聽幾個蟊賊說得囂張，立刻搶步上前，持劍便刺。那持弓的「好漢」被打了個措手不及，本能地將木弓當作棍子去格擋劍鋒，耳畔只聽「噌」地一聲脆響，弓臂瞬間就斷成了兩截。

「救命！」持弓的好漢雙腿迅速後退，嘴裡同時大聲慘叫。另外兩名好漢不忍眼睜睜看著他被殺死，咬著牙舉起了環首刀。還沒等用力下剁，手腕處，就傳來了一陣刺痛。手指一鬆，兩把鋸子般的破刀，相繼落在了地上，「噹啷！」「噹啷！」

注十七、劇孟，郭解，都是歷史上著名的俠客，司馬遷曾經為其專門作傳。將他們地位類比諸侯。見《史記・遊俠列傳》

「哼！」鄧晨輕輕甩掉劍尖兒上的血珠，冷笑著停住腳步。劉縯手中的三尺青鋒，也恰恰擺在持弓蟊賊脖頸處，不偏不倚，正好壓住血管。三名好漢見勢不妙，果斷使出絕招。六隻膝蓋齊齊下彎，「撲撲通」一聲跪倒在地，「大俠饒命，我們家中上有八十歲老娘……」

「噗！」劉縯一不留神沒忍住，直接笑出了聲音。扭頭望向好朋友鄧晨，卻見後者也跟自己一樣，手舉著滴血的寶劍，哭笑兩難。

「滾！」正不知道該如何處理此事的時候，身背後忽然傳來一聲清叱。緊跟著，馬三娘的身影就出現在眼前，抬起腳，一腳一個，將三名攔路搶劫的「好漢」踢成了滾地葫蘆：「遠遠地滾，別再埋汰你老娘！誰家女人六十歲了還能生出兒子？把兵器留下，立刻滾蛋，今後別讓我再見到你們！」

「唉！哎！謝女俠，謝女俠不殺之恩！」三位「好漢」喜出望外，又滾遠了數尺，翻身爬起，撒腿就跑，連木弓和環首刀都沒膽子去撿。

剛剛跑出十幾步，身後卻忽然傳來了一個正在變聲期的少年聲音：「站住，不准跑！大哥，姐夫，小心他們去尋找幫手！」

正是劉秀，仔細回憶了一遍蟊賊們先前的話，認定三位「好漢」還有同夥，所以趕緊提醒劉縯和鄧晨，切莫因為一時心軟，留下無窮之後患！

三個蟊賊此刻心中想的，恰恰就是如何回山寨搬兵報仇。聽了劉秀的話，大吃一驚，撒開六條赤溜溜的大腿，登時跑成了一陣風。然而，他們再快，又如何能快得過劉縯和鄧晨？不多時，就被二人從背後追上，挨個打翻在地，直接扒下衣服為繩索，捆成了三隻光豬。

「大俠饒命，饒命啊！我們，我們三個沒有同夥，真的沒有同夥。我們是第一次，第一次出來搶劫，真的，真的第一次！如果說了假話，就，就讓我們哥仨，天打雷劈！」唯恐自己被劉縯等人交給官府，三名蟊賊以頭搶地，不停求肯！

「都給我閉嘴！饒了你們，好讓你們去搶其他人嗎？」劉秀聽得好生不耐煩，上前一人一腳，踢在三名「好漢」的鼻梁上，令三人頓時閉上了嘴巴，眼淚和鼻血交織著往下淌。

求饒聲戛然而止，三個心中好生絕望。本以為此番定然在劫難逃了，卻不料劉秀忽然又笑了笑，朝著嚴光、朱祐、鄧奉三人大聲發出邀請：「鹽巴虎、豬油、燈下黑，都過來幫個忙，把他們捆到樹林裡去。繩扣不要繫得太死。如果老天爺想饒過他們，等咱們走遠了，他們互相幫襯著，總能找到辦法脫身。如果老天爺想殺他們，那他們就只好怪自己命苦，怨不得別人！」

「好！」嚴光、鄧奉、朱祐三個，原本就沒想過置蟊賊們於死地，只是不願意他們去通風報信，引來更多強盜而已。此刻聽劉秀說得清楚，立刻答應上前，將三名落網的「好漢」拖入樹林，圍著一根合抱粗的大樹，捆了個結結實實。

馬三娘也跟著向樹林裡走了幾步，卻沒有動手幫忙。只是默默地看向劉秀，連日來冷若冰霜的臉上，不知不覺間，就湧起了幾分暖色！

料理完三個強盜後，眾人又啟程上路。然而，卻越走越不安生。還沒等到太陽落山，就又接連遭遇了四波剪徑的蟊賊。一個個剛開始時都是窮凶極惡，待到發覺踢上了大鐵板，則撒腿逃命的逃命，跪地求饒的求饒，把江湖同行的臉都給丟光了。令馬三娘這位從前的「同行大姐」，羞得簡直恨不得挖個樹洞藏起來，從此再不跟劉縯、劉秀、朱祐等人相見。

好在劉縯、劉秀和朱祐等人愛屋及烏，知道馬三娘心中對蟊賊們念著香火之情，因此動手時都極有分寸。大多數情況下，都只將蟊賊們擊潰了事。即便抓到了俘虜，也不試圖扭送到官府邀功。而是像先前對付第一波俘虜那樣，剝光了衣服之後，鬆鬆地捆在大樹上任其自生自滅。

眼看著這一整天的時間都浪費在了小蟊賊身上，劉縯心中好生厭倦。搖了搖頭，低聲感慨：「不出門不知道，出了門，才知道所謂太平盛世，根本就是草紮布糊。此地已經屬司隸境內，只不過山路崎嶇了一些，盜匪尚且多如牛毛。如果換做其他偏遠所在，豈不是……」

鄧晨心中也是這般想法，忙寬慰道：「正是有這種人的存在，才有我們試劍的地方……」

「大哥、姐夫，小心！」正嘆息間，馬三娘忽然又衝到了隊伍最前方，皺著眉頭低聲打斷，「有人在跟踪咱們，已經跟了小半個時辰了。你們不要回頭，我剛才已經仔細數過了，大約是四到六個。哼，剛才咱們一時心軟，沒想到卻招來了幾頭白眼狼！等會兒大哥和姐夫帶著劉秀他們幾個繼續朝前走，我繞到背後去堵住他們，這回，絕對不再手下留情。」

她的武藝乃是哥哥馬武手把手所教，在鳳凰山落草之時，又多次與前來進剿的官兵廝殺，經驗極為豐富。回頭去抄幾位盯梢蟊賊的後路，當然是手到擒來，不會有任何危險可冒。然而，劉縯聽了她的話，卻沒有立刻回應。先是抬起頭先朝著四周圍仔細看了又看，然後才壓低了嗓音，緩緩說道：「如果是剛才被咱們打敗過一次的蟊賊，就不可能只跟上來四到六個。否則，等於自尋死路。我看著周圍地勢頗為險要，恐怕，恐怕這會兒已經有賊人繞到咱們前頭去了，正準備打咱們一個措手不及。」

「按照出發前看到的輿圖，這裡是老虎灘，前方，前方就是熊瞎子谷。山谷只在兩端各有一個出口，左右全是懸崖峭壁，用來打埋伏最好不過。」鄧晨瞬間也提高了警惕，想了想，憂心忡忡地補充。

他和劉縯兩人江湖經驗沒有馬三娘豐富，但個個文武雙全，且在平素沒少瀏覽各類兵書。因此，一經對方提醒，立刻就推測出，前面可能存在陷阱。

但百十里山路已經走了一小半兒，此刻再想往回退，恐怕根本來不及。反而會助長了蟊賊們的氣焰，認為大夥心生怯意，軟弱可欺。想要找同伴幫忙，也根本沒任何可能。四下裡除了怪樹亂石，就是灌木雜草，被凜冽的山風一吹，「呼啦啦，呼啦啦」，不斷發出怪異的聲響。

「也罷！」前無人馬接應，後無援軍幫忙，劉縯索性把心一橫，信手從腰間抽出長劍，屈指輕彈，發出數聲「錚錚」的輕吟。「先前咱們念著群賊乃是被世道所迫，不得已才落的草，所以方會一時心軟。既然人家不肯領情，非要拚個你死我活，那我等也不必太矯情了。等會兒我來頭前開路，偉卿、三娘，你們兩個護住馬車，讓劉秀他們四個藏在車裡邊不要露頭。大夥合力前衝，鐵錘砸雞蛋，管他什麼埋伏不埋伏，一概以力破之！」

「好！」馬三娘最討厭做事瞻前顧後，再加上因為自己先前一時心軟而給大夥招來了無妄之災而內疚，立刻手拍刀面兒，大聲相和。

「理應如此！」鄧晨猶豫了一下，也欣然點頭。

掉頭逃命，未必能逃出生天。而奮力向前，卻有希望趁著群賊準備不足的機會，殺出一條血路。到底何去何從，這個決定一點都不難。

相視一笑，三人就要催動坐騎和馬車強行突圍。冷不防，車廂口卻探出了兩顆圓溜溜的腦袋瓜兒。

「哥，稍等！」

「大哥，且慢，劉秀和我有話說！」

兩顆腦袋瓜兒的主人，劉秀和嚴光先後開口，兩雙黑溜溜的眼睛裡頭精光四射。

「嗯？」經歷了棘陽一戰，劉縯對自家這個精靈古怪的三弟早已刮目相看。立刻用力重新拉緊了韁繩。

「唏吁吁！」坐騎嘴裡發出一陣低低的抗議聲，搖頭擺尾。實在無法理解劉縯這麼大一個人，怎麼會對兩個小毛孩子的話如此重視。

「吁，吁！」劉縯一邊用手捋馬脖子上的鬃毛表示安撫，一邊低聲催促：「有什麼鬼主意，你們兩個快說。如果是害怕，就算了，我劉縯的弟弟，絕不能是孬種。」

「不，不是害怕。哥，你別瞪眼睛。我的意思是，與其向前，不如向後！」知道事態緊急，劉秀用力擺了擺手，儘快長話短說，「哥，你別瞪眼睛，我真的不是害怕。我只是覺得，咱不能明知道有大股的賊人已可能在前面埋伏，還自己主動往圈套裡鑽。那樣做固然爽快，但戰場卻是賊人所選，咱們未等交戰，就已經先吃了暗虧！」

「是啊，大哥你的辦法是以力破巧，卻沒考慮敵軍對地形遠比咱們熟悉。即便能成功破圍而出，也不能保證他們會不會再繞到前面去，再布置另外一個陷阱！」嚴光也擺著手，跟劉秀默契配合。

「嗯？」劉縯眉頭緊鎖，手持寶劍，遲遲無法做出回應。

他剛才的打算，的確只能解決一次問題，無法保證，山賊們會不會陰魂不散。而聽自家弟弟劉秀和其好友嚴光的意思，卻是準備一勞永逸，將群賊徹底殺得膽寒。這個設想不可謂不豪邁，但就憑著自己這邊區區七個人，其中四人的戰鬥力還需要打個對折……

正猶豫間，又聽見劉秀笑了笑，低聲提醒：「大哥，你沒發現嗎，這一路上的賊人，照著馬武他們麾下那些弟兄，差了不知道有多遠？」

「山賊們沒有經過嚴格訓練，藏起來打咱們的埋伏，可能做到一擁而上。但是，如果咱們不主動往陷阱裡跳，而是掉頭回返，他們肯定會大失所望。然後在追趕過程中，彼此難以相顧！」嚴光跟劉秀心有靈犀，緊跟著低聲補充。

劉秀揮了下拳頭，聲音稍微高了些，兩隻眼睛裡，彷彿有火焰在輕輕跳躍，「所以，咱們不如先主動示弱，假裝害怕，掉頭往回走。只要自己心裡不亂，就能做到想在哪打就在哪打，想什麼時候打，就什麼時候打！」

「這！」劉縯又是震驚，又是猶豫，習慣性地將頭轉向鄧晨，等著後者替自己出主意。再看鄧晨，臉上卻立刻露出了喜色。用力點了點頭，低聲道：「大哥，老三說得對，在別人的預設戰場作戰，咱們勝算太小。而掉頭回返，引誘群賊來追，反而容易搶占先機！」

「的確如此！」馬三娘的一雙秀目緊緊落在劉秀臉上，目光裡，讚賞意味絲毫不加掩飾。

「山路崎嶇，賊人如果倉促來追，注定無法保持步調一致。」

「所以我跟劉秀的意思是，咱們假裝害怕，先往回跑一段，利用戰馬和馬車的速度，消耗賊人的體力。待其隊伍被拉散，彼此不能銜接之時，掉頭回撲，挨個消滅！」唯恐劉縯不能接受劉秀和自己的主張，嚴光從車廂裡探出一隻胳膊，一邊比劃，一邊做更詳細的陳述。

「不錯！」劉縯不再猶豫，看著自家弟弟和嚴光，輕輕點頭。「但是，這樣做的話，等會廝殺之時，恐怕我和你姐夫就很難分神再保護你們了。而你們……」

「大哥不用擔心我們。」彷彿看穿劉縯心中所想，劉秀搖搖頭，非常自信地打斷，「好歹學了一路，我們四個怎麼可能丁點兒長進沒有。況且我們還坐在馬車裡，有車廂板作為遮擋。」

「我們四個，躲在車廂裡偷偷下黑手。外邊的人，很難瞄準車窗，更射不透車廂板。」不願讓劉秀和嚴光兩個把表現機會全占了，朱祐也硬擠出半個腦袋來，低聲補充。

「豬油的話有道理，大哥。」馬三娘難得沒有反駁朱祐的話，而是順著對方的意思開始推演，「馬車有車廂，能給他們提供一重保護。蟊賊們手中多是木弓，遠距離殺傷力甚弱。咱們做出倉皇逃命的模樣來，誘騙賊人尾隨追趕。然後彼此配合，給他來一招猛虎掉頭！」

朱祐頓時大受鼓舞，又努力往外擠了擠，滿面紅光地比劃，「你們三個做騎兵，我們四個做戰車兵。彼此之間互相配合，定能殺賊人一個落花流水。」

「最好找機會擒賊擒王！」嚴光用力敲了下車廂，再度低聲提醒。「蛇有蛇頭，狼有狼首。這麼多蟊賊，中間肯定有主事者。只要把他殺死或者生擒，其餘的蟊賊就不足為慮！」

此計，明顯借鑑了岑彭剿滅鳳凰山好漢的一部分故智。登時，就把馬三娘聽得心中一痛。然而，眼下卻不是計較這些細枝末節的時候，銀牙在紅唇上輕咬了幾下，她緩緩接過話頭：「對，我哥說過，但凡是占山為王的隊伍，想要做大，都必須有個主心骨。只要把這根主心骨抽掉，隊伍就會散架。人數再多，也沒有用！」

「子張兄這句話說得甚妙！」劉縯點點頭，對馬武的話讚嘆不已。

「那咱們就爭取第一時間把賊王揪出來！」鄧晨深有同感，也冷笑著輕拍劍側，「平掉這夥不知道好歹的蟊賊，也算替過往旅人除了一害！」

七人當中，劉縯勇悍果決、鄧晨剛毅穩重、劉秀多謀善斷、嚴光縝密細緻，再加上朱祐的狡猾、鄧奉的堅韌、馬三娘的悍不畏死且武藝高強，因此隊伍雖然小，各方面的實力，卻絕對不可低估。在短短半刻鐘時間內，就商量出了破敵之策。然後又故意朝著蟊賊們可能埋伏的山谷靠近了幾百步，冷不防撥轉馬頭，調轉車身，拔腿便走。

幾名悄悄跟在馬車後盯梢的「好漢」，哪裡想到獵物會掉頭反噬？咋咋呼呼想要跳出來攔截，被劉縯、鄧晨和馬三娘三人一下一個，轉眼就幹掉了大半兒。剩下的見勢不妙，連滾帶爬逃向了路邊山坡。劉縯等人見了，也不趕盡殺絕，哈哈大笑幾聲，繼續策馬趕車而去。

堪堪跑出了兩里多，身背後，忽然又傳來一陣污言穢語。果然有一群的蟊賊在大夥先前的必經之路上布下了埋伏，等著大夥自投羅網。如今，群賊發現「獵物」在陷阱的邊緣忽然掉頭回返，頓時急得額頭冒煙。根本不肯用心思去琢磨「獵物」突然離去的緣由，就從各自的藏身處跳出，一邊破口大罵，一邊邁動雙腿追趕馬車。

然而，縱使在崎嶇的山路上，兩條腿的人，也不可能跑得過四條腿的馬。即便劉縯故意讓隊伍放慢了速度，一刻鐘之後，賊人的隊伍亦被拉成了斷斷續續的十幾截。老弱殘兵，以及那些意志不堅定者，都落在了半路上。只有最強壯，同時也是最為悍不畏死的一小撮兒，依舊在一名騎著馬的大當家的帶領下，緊緊咬住馬車不放。

「火候差不多了！」鄧晨一邊策馬「逃命」，一邊不停地查看周圍的地形和身後的敵軍動靜。很快，就發現了機會的來臨。

「老三，嚴光，把馬車速度放到最慢，裝作挽馬體力不支！然後，立刻準備迎敵。注意自己保護自己，不要逞強！」劉縯迅速回了下頭，朝著正在努力駕車的劉秀和嚴光二人吩咐。

「哎！明白！」劉秀和嚴光齊聲答應，雙雙用力拉扯韁繩。隨即，一轉身，跳回車廂當中。早已跑得渾身是汗的挽馬巴不得立刻休息，「嗚嗚嗚」叫了幾聲，速度迅速下降。正在努力追趕馬車的眾山賊精銳喜出望外，頓時嘴裡發出一聲吶喊，將短斧、投矛、石塊以及各種五花八門的兵器，朝著車廂砸了過去。

「該死！」劉縯和馬三娘兩個俱是心中一緊，本能地就要撥馬回去保護車廂中的四名少年。鄧晨卻猛地伸出雙手，朝著二人小臂處用力拍了一下，大聲提醒：「老榆木板子，沒那麼容易砸壞。繼續往前跑，騙賊頭分兵！」

「嗯！」劉縯和馬三娘二人點點頭，咬著牙，繼續「狼狽不堪」地向前「逃命」。一邊跑，一邊悄悄地將手中兵器換成了角弓。

追上來的賊軍精銳不知中計，果然自動分成了兩波。一波由騎著駑馬的大當家帶領，繼續追殺劉縯。另外四五個徒步者，則揮舞著環首刀對車廂中的劉秀等人發出威脅：「小子，出來受死。看在你細皮嫩肉的份上，爺爺們……」

「刷——」有道凜冽的劍光，貼著車的窗櫺射了出來，正中其中一名賊人哽嗓。

「啊，呃，呃，呃……」鮮血噴湧，中劍的賊人手捂自家脖頸，在馬車旁像醉鬼般搖搖晃晃。一圈兒，又是一圈兒，最後終於栽倒，鬍子拉碴的老臉上，寫滿了絕望。

「三當家……」

「三當家被殺了！」

「給三當家報仇！」

「小子，出來受死！」

哭喊聲，叫罵聲，轉眼間響成了一片。眾蟊賊精銳連期待中的肥羊寒毛都沒摸到，卻先折了一員頭領，個個悲憤欲狂。揮刀舉劍，哭喊著對準車廂亂剁。

老榆木因為質地堅韌，向來被民間視為最佳切菜板用料。倉促之間，怎麼可能被蟊賊手中的刀劍輕易劈碎？一通亂剁下去，除了濺起數十點木屑之外，群賊根本沒對車廂中的「肥羊」們造成絲毫威脅。反倒是被他們視作「肥羊」的劉秀等人，尋機又從窗口處刺出了數劍，將另外一名躲避不及的蟊賊給捅了個腸穿肚爛。

「啊，啊，救，救我……」因為劍鋒上用力不足，被捅穿了肚皮和腸子的蟊賊，並未馬上死去。手捂著傷口，躺在地上來回翻滾。轉眼間，就將車窗附近的草地，染得一片通紅。

剩餘圍攻馬車的三名蟊賊，被同伴的慘狀嚇得一哆嗦，頓時頭腦就恢復了清醒。顧不上再給自己的三當家報仇，推開數步，遠離車窗，扯開嗓子，朝著另外一群正在追向劉縯的同夥請求支援，「大當家，點子扎手。三爺和七爺都冒了。小的這邊需要添柴！」

「點子扎手，點子扎手，大當家，大當家趕緊派人來添柴！」

「添柴，添柴——」

「添柴！」乃是標準的江湖黑話。意思是獵物的抵抗太頑強，搶劫者急需同夥提供援助。

已經堪堪就要咬住劉縯等人馬尾巴的蟊賊大當家傅通被喊得心煩意亂。猛地回過頭，厲聲喝罵，「閉嘴，冒就冒！五個大活人破不開一輛馬車，老子平素白養了你們。都給我……」

「嗖！」「嗖！」「嗖」三支冷箭從馬頭所對方向飛來，一支正中他的脖頸，一支命中他的胳膊，另外一支直接射中了他胯下坐騎的胸口，深入半尺。

大當家傅通的喝罵聲戛然而止，與胯下坐騎同時栽倒，濺起大團的煙塵。緊跟在他身邊的十幾名蟊賊被人血和馬血灑得滿頭滿臉，楞楞地停住腳步，茫然不知所措。

「殺！」劉縯收弓，抽劍，撥轉坐騎，幾個動作宛若行雲流水。還沒等蟊賊們從震驚中緩過心神，已經風馳電掣般策馬殺回。

「嗖！」馬三娘在撥轉坐騎的同時，又發出了第二箭，將一名披著半件皮甲的蟊賊頭目送入了地獄。緊跟著，她也冷靜地收起角弓，拔出環首刀，雙腿同時輕輕下踩馬腹處的掛腳繩兒[注十八]。人和坐騎快速化作了一道閃電，緊緊護在了劉縯的左側身後。

鄧晨的身手比前面二人稍遜，稍稍落後了劉縯兩個馬尾。唯恐自己這邊耽擱的時間太長，導致劉秀等人受傷。他乾脆扯開嗓子，朝著空蕩蕩的山坡大聲高喊：「弟兄們，收網！不要放走了一個。人頭送到衙門裡，每顆兌換賞金五千。」

「啊——？」
「上當了！」
「他們是官兵！」
「官兵布下了陷阱！」

眾蟊賊被嚇得寒毛倒豎，本能地就扭頭往周圍山坡上張望。哪裡有什麼伏兵，只有連綿的樹木和無盡的雜草，隨著晚風上下起伏。

沙場之上，毫厘之失，就可定生死。更何況連續兩次楞神兒？伴著鄧晨的吶喊，劉縯的戰馬直接殺進了賊群。手中長劍寒光閃爍，或是斬向脖子，或是抹向胸口，轉瞬間，就奪走了四名蟊賊的性命。

「啊！」其餘蟊賊這才終於發現上當，揮舞起兵器試圖發起反撲。他們的表現，不可謂不勇敢，奈何遇到的是已經殺起了性子的劉縯！只見後者俯身，揮劍，將左側一名蟊賊劈翻在地。緊跟著猛地一拉韁繩，胯下戰馬高高地揚起了前蹄，正中前方一名蟊賊的鼻梁。將此人的鼻梁骨和面門一併踢得塌下半寸，仰面栽倒，不知生死。

注十八、掛腳繩兒。據考古學家的研究，東漢末年的墓葬中，沒有任何金屬馬鐙，或者類似馬鐙的物品。所以可以推斷馬鐙在王莽執政期間尚未發明。只可能有繩索，或者其他非金屬製造的工具，提供類似功能。

第三名蟊賊迅速蹲身，試圖從下面偷襲戰馬的小腹。劉縯果斷抬起右腿，身體順著馬鞍左側迅速下墜，手中三尺青鋒快若閃電。「噗」地一聲，刺入偷襲者的小腹，將此人直接開腸破肚。

「啊，啊，啊——」又一名賊人尖叫著撲上，試圖趁著劉縯重新翻上馬背，無暇他顧的機會，砍斷戰馬的後腿。還沒等他將手中的鋼刀劈落，一塊青石忽然凌空飛至，不偏不倚，正中此人的後腦勺。

「去死！」發完了石塊兒的馬三娘果斷舉刀，將距離自己最近的蟊賊一刀兩斷。另外一名蟊賊見勢不妙，轉身就逃。馬三娘從背後追過去，手起刀落，將此人的左臂連同小半邊身體卸到了地上。

「嘩啦——」血如同噴泉般湧上半空，然後又化作漫天珊瑚，四散濺落，灑得蟊賊們滿頭滿臉。

周圍的蟊賊們在失去了大當家之後，原本士氣就飛速下降。待發現自己這邊所依仗的人數優勢，根本起不到任何作用。頓時，一個魂飛膽喪。慘叫著調轉身體，朝著來路亡命而逃。

「哪裡走！」劉縯帶著鄧晨和馬三娘兩人，組成一個品字形，策馬緊追。四條腿追趕兩條腿兒，根本不費任何力氣。三兩個呼吸功夫，就跟上了蟊賊們的腳步，從背後將他們挨個剁翻。

「風緊，風緊！」正在馬車旁等待自家同夥前來幫忙的三名蟊賊，反倒走了狗屎運。發現自大當家傅通之下，近二十名平素在山寨裡橫著走的精銳，被獵物砍瓜切菜般一一放翻，立刻意識到踢上了鐵板。果斷放棄等待，撒腿就跑。

躲在馬車當中，忍了一肚子窩囊氣的劉秀、朱祐、嚴光、鄧奉四人，豈肯讓他們逃得如此輕鬆。毫不猶豫從內部扯下門閂，推開車門，彎弓搭箭，按照一路上劉縯、鄧晨和馬三娘的指點，瞄準逃命者身體最寬闊處，鬆開弓箭。

「嗖嗖，嗖嗖！」四支箭，有兩支放空，兩支命中目標的後背，將兩名蟊賊當場放翻在地。最後一名蟊賊嚇得兩腿發軟，一個踉蹌撲倒在山路上，雙手抱頭，大聲哭喊：「饒命，各位好漢饒命！小的是第一次，第一次做這行。小的上有……」

「閉嘴！」一路上，同樣的討饒之言，劉秀等人已經聽得耳朵起了繭子。怒叱一聲，壓低角弓，快步追向求饒者，準備將其生擒活捉。

「呼！」劉縯有意鍛鍊自家弟弟的膽色，也不阻止。喘息著拉住戰馬，抬起衣袖擦拭額頭上的血珠。

背後的山峰上，斜陽西墜，晚霞被燒得宛若野火。萬道流蘇從天空中垂落下來，照亮他高高的身體和寬闊的肩膀，令他整個人宛若天神般威風凜凜。

「接下來的路，估計就安生了！」鄧晨喘息著策馬跟上前，一邊擦汗一邊搖頭。

先前的戰鬥，雖然短暫。卻極為消耗人的體力和精神，令他直到現在，心臟還在不停地狂跳。鼻尖，額頭和嘴唇等處，也隱隱發木。

「小心！」就在此時，馬三娘忽然猛地一抖繮繩，從他二人身邊急馳而過。環首刀高高舉過頭頂，嘴裡的叫聲又尖又急，「劉秀，小心對面！賊人來了同夥！」

「啊！」劉縯嚇得心臟猛地一抽，趕緊再度策動坐騎。一邊飛速向劉秀等人靠攏，一邊舉頭觀察敵情。

果然，就在距離跪地求饒者不遠處的山路拐角，數十名滿頭大汗的蟊賊，簇擁著一名頭裹紅布的傢伙，蜂擁而至。

看到四名面對面剛剛剎住腳步的少年，群賊頓時喜出望外。嘴裡發出一陣鬼哭狼嚎，迫不及待地舉起兵器，朝著少年們等人猛撲過去！

「壞了！」鄧晨心臟一抽，整個人瞬間如墜冰窟。

千算萬算，終究還是百密一疏。

大夥算到了前路的埋伏，算到了群賊的反應，算到了群賊在追殺自己的過程中會跑得彼此各部相顧，算到了蟊賊們得知大當家被誅殺後，必將分崩離析的後果。卻唯獨沒有算到，從蟊賊大當家被殺到所有蟊賊認知到這個事實，需要很長的時間！

如今，新追過來的這夥賊人，根本不知道其大當家已經身死。還陶醉在抓到一群「肥羊」之後如何論功分贓的美夢當中。而劉秀、嚴光、鄧奉和朱祐「四頭小肥羊」，又恰巧在他們鼻子尖下活蹦亂跳。

說時遲，那時快，就在鄧晨已經急得差點兒要發瘋的時候，跑在他前方一匹馬位置處的劉縯，猛地深吸一口氣，舌綻春雷：「住手！你們的頭領已經死了。再不投降，一個不饒！」

「住手！你們的大當家已經死了。再不投降，一個不饒！」

「大當家已經死了。再不投降，一個不饒！」

「再不投降，一個不饒！」

「一個不饒……」

山裡頭空間非常閉塞，劉縯這一嗓子，又使出了全身的力氣。剎那間，回聲激蕩，一波波接著一波，如滾動的霹靂般，直接砸進了群賊的心底。

鬼哭狼嚎聲戛然而止，正在撲向劉秀等人的眾蟊賊們，愣然停住腳步。相繼扭頭，看向劉縯等人身後，剎那間，一個個面如土色。

大當家傳通有戰馬代步，身邊跟的又全是十裡挑一的精銳，絕不可能落在大夥後頭。而他們卻全都不知去向，那頭瘋子一樣邊喊話一邊衝過來的「肥羊」，全身上下都染滿了紅！

答案呼之欲出，大當家死了，肥羊沒有說謊！大夥如果……

「快，快抓了那四個小的做人質，否則大夥誰都活不成！」還沒等群賊們從震驚中緩過神，被他們簇擁在隊伍中央的那名頭裹紅布的漢子，忽然舉起環首刀大聲斷喝。緊跟著，雙腿再度發力，如餓狼般朝著劉秀等人衝了過去。

「抓，抓了那四個小的！做，做人質！」

「抓，抓，抓住他們，抓住他們，做，做人質！」

群賊當中，有人結結巴巴地附和。脅裹著各自身邊的同夥們，跌跌撞撞跟在了紅頭巾身後。

紅頭巾姓沈名富，江湖綽號沈疤瘌。因為見多識廣且善於投人所好，在山寨裡，早就穩穩地坐上了二當家的位置，並且已經隱隱有了與大當家傅通分庭抗禮的實力。因此，在眾人都茫然不知所措的時候，他的話，瞬間就成了指路明燈。

帶領幾十個大人圍毆四個乳臭未乾的半大小子，二當家沈疤瘌心裡，自然是勇氣十足。作為一名老江湖，他才不相信自己投降之後，就一定會得到寬恕。與其把希望寄託於對手的善良，不如寄託於自己手中的刀。就像現在這樣，只要抓了四個小的，那兩個大的武藝再強，接下來的戰鬥中也會縛手縛腳。

說不定，自己可以反過頭來要求他們投降！再不濟，也能以四個小的做人質，逼著他們選擇握手言和。然後，憑藉著此番力挽狂瀾的功勞，山寨大當家位置，除了讓沈某來坐，還能給誰？

彷彿看到了自己做了大當家之後，一呼百應的風光。二當家沈疤瘌渾身發燙，三步並作兩步衝到獵物面前，刀尖向下斜指，「跪下投降，饒你……」

「跪你娘！」先前彷彿被嚇呆了四名少年，忽然齊聲回應。四張空空的角弓猛地變成了四把棍子，從上下左右四個角度，同時向他抽了過來。二當家沈疤瘌被嚇了一大跳，本能地收刀格擋。耳畔只聽「啪，啪，啪，叮噹！」四聲，脖頸，肩膀，手腕，胯下，同時傳來鑽心的刺痛。手中的鋼刀，也無力地掉在了腳邊的石頭上，火花四濺。

「去死！」劉秀俯身，拾刀，揮臂橫掃。環首刀緊貼著地面向上，潑出一道冰冷的閃電。

「啊——」二當家沈疤瘌嚇得魂飛天外，完全靠著多年的廝殺所養成的活命本能，在最後關頭雙腿拔起向後跳躍，才避免變成跛子的命運。身體落地之時，後背卻正撞上麾下一名嘍囉的胸口，「撲撲通！」跟對方一道摔成了滾地葫蘆。

「去死，全都去死！」劉秀一刀走空，也顧不上再補第二刀。雙手握住刀柄，向著圍攏過來的群賊左劈右剁。

此刻的他，哪裡還記得平素學過的武藝？完全是憑著感覺亂揮亂砍。而良好的體質和一路上被馬三娘追著打的收穫，在這一刻盡數得到了體現。剎那間，竟殺得群賊紛紛後退閃避，輕易不敢靠得太近。

「投降，否則絕不輕饒！」嚴光、朱祐和鄧奉三個，也知道此時此刻，絕對不能露怯。趁著群賊被打了個措手不及的機會，揮舞著弓臂，護在了劉秀的兩側和身後。

四個少年彷彿四頭初次下山的乳虎，橫衝直撞，無論周圍衝上來多少敵人，都毫無畏懼。短時間內，居然穩穩占據了上風。接連將五名招架不及的蟊賊打翻在地，手捂傷口大聲哀嚎。

「別留手，死活都要！抓到一個算一個！」二當家沈疤瘌終於從地上爬了起來，面紅耳赤。

幾十個江湖好漢，卻被四個小屁孩給打得節節敗退。此情此景如果傳揚出去，弟兄們以後還怎麼在道上立足？所以哪怕是拚個兩敗俱傷，也必須先將場子找回來。其他，只能走一步看一步再說！

「殺，殺了他！」被四個比自己兒子都小的少年壓著打，眾蟊賊也惱羞成怒。完全不顧越來越近的馬蹄聲，揮舞著刀劍再度一哄而上。

「噹啷！」劉秀手中的鋼刀，與一把鐵劍相撞，濺起數不清的火星。畢竟還未成年，他在臂力上很吃虧，被震得胳膊發麻，腳步立刻開始踉蹌。另外一名蟊賊瞅準機會，挺身撲上，揮刀用力下劈。「噹啷！」又是一聲脆響，鄧奉手中的弓臂在半空中擋住了刀刃，自身也斷成了兩截。

「去死！」好個鄧奉，危急關頭兀自不肯放棄同伴。將下半截弓臂當作短劍，直戳蟊賊的眼睛。持刀的蟊賊不願變成瞎子，只好抽身後退。劉秀趁機邁步前撲，環首刀順勢來了一記白鶴晾翅！

「噗！」血光噴起兩尺多高，噴了周圍的人滿頭滿臉。先前手持鐵劍的蟊賊慘叫著踉蹌後退，兩眼瞪得滾圓，滿臉難以置信。一道又長又粗的刀傷，從他的左胸處，一直延伸到胯下。更多的鮮血噴射出來，將他體內的全部生機瞬間抽走。

「老六死了！」

「他殺了老六！」

「六爺……」

群賊們哭喊著，再度潮水般後退。無論如何，都接受不了山寨六當家，被一名半大小子陣斬的事實。

被噴了一身鮮血的劉秀，所受到的衝擊絲毫不比他們小。楞了楞，手握鋼刀，竟忘記了趁機擴大戰果。

「投降，投降就，就放過你們！」

「趕緊投降！」

「我，我們沒，沒想殺人！」

嚴光、朱祐和鄧奉三個，緊跟著停住了腳步。勸降聲音裡頭，帶著明顯的顫抖。雖然先前那場戰鬥中，他們幾個也曾經聯手殺死了四名蟊賊。可那會兒要麼是隔著車廂板，要麼是遠遠地在賊人背後放箭，根本看不到死者的面孔，自己身上也沒濺到半點血跡。而現在，有個大活人，卻在他們眼前，死得慘不忍睹。

沙場之上，這種菜鳥行為，等同於找死。頓時，賊軍二當家沈疤瘌就把握住了戰機。從身邊弟兄手裡搶過一把鋼刀，高高地舉起，直奔劉秀的頭頂，「給六當家報仇……」

「咻！」

「噹啷！」

一塊桃子大的石頭，從半空中飛了過來，正中高舉的刀身。將鋼刀砸得凌空飛了出去，不知去向。

「想死，就自己去抹脖子，好歹還能痛快一點兒！」馬三娘滿面寒霜，疾馳而至。用戰馬將劉秀四個，與群賊分開。環首刀橫掃豎劈，將跟著沈疤瘌一道衝過來撿便宜的蟊賊，無論其是否正在後退，全都放翻於地。

「賊子，拿命來！」劉縯和鄧晨兩個，一前一後，相繼趕到。像兩頭發了瘋的猛獸般，在蟊賊隊伍裡左衝右突。鋼刀落處，血光與斷肢相繼而起，慘叫聲不絕於耳。

劉秀、嚴光、鄧奉和朱祐四人激靈靈打了個冷戰，這才意識到，自己剛才差點親手把小命交給賊人。頓時，一個個羞得無地自容。

馬三娘卻兀自覺得不解恨，瞪起一雙杏仁眼，繼續厲聲數落道：「發傻，也應該看看時候！不就是殺了個人麼，有什麼好怕的？他死在你手裡，總比你死在他手裡強！仔細看著，別扭頭。這才是世道真實模樣，要麼殺人，要麼被人殺！」

說罷，也不管劉秀等人如何反應。一撥馬頭，從側面追向已經開始掉頭逃命的賊人，手起刀落，砍下一顆顆碩大的頭顱。

「三……」劉秀無力地舉了下手，嘴巴所發出的聲音，卻弱不可聞。

馬三娘的話沒錯，與其自己死在賊人手裡，當然不如讓賊人去死。可，可那絕望的慘叫，那漫天的血光，卻是如此讓人感到壓抑。壓抑得人心臟幾乎無法跳動，嗓子幾乎無法呼吸！

努力扭過頭，用環首刀支撐著身體，他不讓自己再去注意正在進行的殺戮。猩紅色夕陽，卻又從山頂上照下來，照亮他孤獨單弱的身影，在血泊中拉得老長，老長！

馬三娘此刻心中可沒那麼多悲天憫人，縱馬揮刀，手下絕不留情！

她心裡非常清楚，事情之所以發展到如此險惡地步，起因完全是由於大夥當初顧忌自己的感受，沒有對前後幾波被生擒的蟊賊痛下殺手。結果，卻導致蟊賊們探清了大夥的虛實，甚至還認為大夥軟弱可欺，又成群結隊撲了上來。

虧得劉縯剛才那一嗓子喊得及時，而劉秀、嚴光、鄧奉、朱祐四人雖然武藝平平，膽氣卻都不太差，聯合起來，勉強還有幾分自保之力。否則，萬一剛才讓第二波追過來的蟊賊得了手，後果簡直不堪設想！

而如果劉秀因為照顧自己的感受放過了蟊賊，到頭來卻被蟊賊所傷，馬三娘覺得自己肯定也沒臉再跟對方同路了。只能遠遠地躲起來，這輩子天各一方，永不相見！

眾蟊賊的兩條腿兒怎麼跑得過戰馬？被殺得魂飛膽喪。慘叫一聲，掉頭又衝向劉縯和鄧晨，試圖繞過二人，奪路逃命。馬三娘看了，也不屑去追。抬手擦了把臉上的血珠和汗珠，策馬又回到了劉秀等人身旁，持刀而立。

「三，三姐！」朱祐的心神，被馬蹄聲從天外拉回。抬起煞白的小胖臉兒，看向渾身上下濺滿了血跡的馬三娘，打招呼的聲音結結巴巴。

此時此刻，他才終於意識到，「勾魂貔貅」這個名號，具體是由何而來？轉念又想起自己一路上大獻殷勤，甚至偶爾還嘴巴花花，頓時就覺得脊背一寒，從脖梗到尾椎都麻得厲害。

「別廢話，看大哥那邊。學學他和姐夫是如何殺賊！」馬三娘沒注意到朱祐的表情，還以為此人又想找機會大獻殷勤。杏眼一翻，大聲命令。

「啊！是，好！」朱祐心裡偷偷打了個哆嗦，趕緊將目光轉向劉縯和鄧晨。只見四名試圖從劉縯身側強行而過的蟊賊，在轉瞬間，就被劉縯刺翻了三個。剩下一個嚇得兩股戰戰，想要繼續逃命雙腿又使不上多少力氣，像醉鬼般搖搖晃晃。

正踉蹌間，鄧晨策馬如飛而過，手中長劍如鐮刀般斜向一抹，借著戰馬的奔行速度，在此人的後背上抹出了一條兩尺長的傷口。

「噗——」鮮血竄起了一人多高，然後又如瀑布般落下。後背受傷的蟊賊，慘叫著又向前跑了兩步，一頭栽倒，當場氣絕。

「不給咱們活路！咱們一起上，拚一個算一個！」「看到手下弟兄一個接一個死去，蟊賊二當家沈疤瘌又急又怕，揮舞著一把剛剛撿起來的環首刀大聲招呼。

「不叫老子活，老子也不叫你活！」眾蟊賊見逃命無望，也都發起狠。一個個瞪起猩紅色的眼睛，飛蛾撲火般直朝劉縯身旁衝去。

他們打定了主意要群螞噬象，認為對方肯定抵擋不住，或者至少會被逼得讓開道路，放大夥逃之夭夭。卻不料，劉縯最擔心的是群賊情急之下又去傷害自己的弟弟，才不在乎撲向自己的人是少是多。左手猛地一拉戰馬韁繩，讓戰馬高高揚起了前蹄，將一名跑得最快的蟊賊踢了個仰面朝天。隨即，手臂前揮，借著馬身下落的慣性力劈華山！

「噹啷！」一名蟊賊手中的兵器斷裂，緊跟著是他的鎖骨、胸骨和左肺。劉縯看都不看，迅速將寶劍從屍體上抽出，提臂橫掃，又是「噗」地一聲，掃飛一顆滿臉驚恐的頭顱。

鄧晨策馬急衝而回，寶劍揮舞，奪走另外兩名蟊賊的性命。飛濺的鮮血和同伴們垂死之際的慘叫，令剩餘的蟊賊迅速恢復了清醒。一轉頭，推開身邊的同伴，落荒而逃。

他們逃命的方向，轉眼間，又變成了先前馬三娘堵路的方向。雙腿邁動，不求跑過戰馬，只求不落在自家同夥身後。

劉縯和鄧晨二人大聲冷笑，策動坐騎，揮舞長劍，像割莊稼般，從背後將逃命者挨個砍倒。這次，他們沒有再顧忌馬三娘的感受，也不打算再給蟊賊們留任何活路。

並不是所有的蟊賊都叫馬武，也不是所有的落草者都配被稱作江湖好漢。大夥已經犯了一次錯，絕不會犯第二次。

「啊，饒——！」

「啊！」

「娘咧！」

「饒命，我上有……」

絕望的慘叫聲和討饒聲，此起彼伏。蟊賊們不敢轉身抵抗，也不敢扭頭看一眼身後的同夥還剩下幾個，只是拚命地邁動雙腿，邁動雙腿，如同一群遭遇猛獸捕食的野羊。

忽然，野羊當中最強壯的那頭，蟊賊二當家沈疤瘌脫離了隊伍。轉身朝著劉秀等人衝了過去，一邊跑，一邊將環首刀高高地舉過了頭頂。

「啊！」劉縯被嚇了一大跳，趕緊匆忙扭過頭去，提醒馬三娘早做防範。還沒等他把提醒的話喊出嘴巴，又看到那名帶著紅頭巾，正在奔向劉秀的蟊賊，忽然將環首刀朝身後一拋，緊跟著跪倒在地，大聲哀告：「三姐救命！三姐救命！我是沈富，我是鳳凰山的沈富！」

「鳳凰山？」非但正準備舉刀迎戰的馬三娘楞住了，劉縯和鄧晨也大吃一驚，追殺其餘蟊賊的速度本能地放慢。

「我是沈富，我是沈富。三姐，我給您牽過馬！我當年給您牽過馬！救我，救我！」紅頭巾蟊賊二當家沈疤臉唯恐馬三娘認不出自己，跪在地上，一邊磕頭，一邊大聲提醒。「我當年曾經給您牽過馬，我臉上這道疤，也是追隨三姐您跟官兵作戰時留下的！三姐，看在我以前對您忠心耿耿的份上，請救我一救，救我一救！」

「沈疤瘌？」馬三娘的臉色變了變，高舉在手中的鋼刀，再也無法劈下。

在自家哥哥馬武被岑彭欺騙下山接受「招安」之前，兄妹兩個帶領鳳凰山的好漢們，曾經跟官府多次交手，雖然每次都能占據上風，但自身的損失也非常驚人。一場血戰下來，很多平素熟悉的大叔和大哥，就都長眠不起。也有很多弟兄因為受了傷需要調養，或者意志不夠堅定，悄悄地選擇離開。

對於受了傷需要下山調養的弟兄，馬武向來會熱心地送上一份盤纏和口糧，免得他們下了山後沒人收留，凍餓而死。對於那些厭倦了刀頭舔血生涯，想重新去過安穩日子的弟兄，馬武也盡量做到了好聚好散，不會過多的刁難。

而疤瘌臉沈富，則恰好屬兩種情況兼而有之。此人臉上挨了官兵一刀，算是傷員，離開山寨找地方休養無可厚非。此人傷癒之後原本已經歸隊，但後來忽然又偷偷開了小差，馬武和馬三娘兄妹兩個也沒有派人去追殺。終歸是人各有志，無需勉強。反正只要沈疤瘌不去給官兵帶路，日後大夥相見時，依舊算得上是自家弟兄。

然而，讓馬三娘打破腦袋也沒想到的是，疤瘌臉沈富離開了鳳凰山，並不是去過安穩日子，而是跑到了千里之外，另起了一份爐灶。看模樣，好像還混得風生水起，至少剛才帶頭撲向劉秀嚴光四人之時，做到了一呼百應。

「三姐，你們認識？」劉秀顧不上再發呆，拎著血跡未乾的環首刀走過來，帶著幾分關切詢問。

「算，算認識吧！」馬三娘心亂如麻，不敢跟劉秀的眼神對接，側著臉回應，「他，他原來在鳳凰山做事，後來，後來偷偷開了小差！」

「不，不是開小差，是，是怕，怕拖累大當家，怕拖累大當家和您！」話音剛落，沈疤瘌立刻哭天喊地叫起了冤枉，「三姐，三姐您聽我說，您聽我說。我當時剛剛養好傷，氣血兩虧。留在山上只會拖您和馬大哥的後腿。所以，所以才一個人悄悄地走了！」

「那馬大哥被人追殺時，怎麼沒見到你？」劉秀立刻從此人的話語中抓到的破綻，皺了下眉，沉聲追問。

「我，我……」沈疤瘌楞了楞，眼睛又開始骨碌碌在眼眶裡亂轉，「我，我有個親戚在這邊，所以，所以過來投奔他。誰料，誰料他效仿馬大哥，也幹起了替天行道的勾當。我，我沒地方去，只好，只好先……」

「住口，你們也配跟我哥比！」馬三娘臉色大變，厲聲打斷。「我哥在鳳凰山，什麼時候攔路搶劫了。我哥……」

「我，我說的不算啊，我說的不算啊！」沈富自己也知道剛才的話語裡漏洞百出，乾脆扯開嗓子，大聲哭嚎。「三姐，我一個小嘍囉，怎麼可能做得了山寨的主？發現他們連馬大哥一根腳趾頭都比不上，想要後悔也晚了！他們又不會像馬大哥那樣，任由我自行離開。三姐，我，我真的後悔，我後悔得夜夜都睡不著覺。我日日夜夜，無時無刻都想著回鳳凰山，想著馬大哥和您。三姐，救救我，救救我！」

「閉嘴！哪個用你想？鳳凰山沒，沒你這樣的孬種！」馬三娘又羞又氣，大聲斥罵。但手中的鋼刀，卻再也舉不起來。

在半路上養好傷後，她曾經瞞著劉縯等人，從過往旅人嘴裡，偷偷打聽過鳳凰山的消息。卻非常痛苦地得知，就在大哥馬武和自己被騙到棘陽的第三天，也就是自己在道觀養傷的時候，鳳凰山老營被狗官岑彭帶領爪牙付之一炬。留在山上的老弱婦孺，大部分都被官兵當場斬殺，只有零星幾個逃了出去，生死難料。

聽聞這個消息後，馬三娘在背地裡，哭了一場又一場。礙於當初大哥在跟自己分別前的交代，不能讓爺娘的墳前連個上香的人都沒有，才強壓下了潛回棘陽刺殺岑彭報仇的衝動，繼續跟著劉秀等人向北而行。如今，在遠距鳳凰山千里之外，忽然看到了一個曾經的「鳳凰山好漢」，縱使此刻對方的行為再卑鄙，形象再齷齪，她又怎麼可能下得了狠手？

「不對！」嚴光忽然走上前，用弓臂指著沈疤瘌的鼻子，大聲反駁，「你既然無時無刻都想著鳳凰山，剛才最開始交手之時，為何沒認出三姐？你說你只是個小嘍囉，做不了主，我剛才分明聽見有人叫你二當家！」

他向來心思縝密，又不會像劉秀那樣，念著馬三娘的面子，所以，問出來的問題一針見血。沈疤瘌被問得接連打了兩個冷戰，趕緊又扯開嗓子，大聲哭喊道：「三姐，三姐，我，我冤枉。剛才被您一路追著砍，我，我哪裡有膽子，看看您到底長什麼樣？至於二當家，這座山中，總計有七個寨子，每個寨子裡頭，都有十幾個當家。雞鴨多了不生蛋，我這個伏龍寨二當家，根本連個屁都算不上！」

「你撒謊！被三姐追殺時不敢仔細看，後來被我哥追殺時，就敢自己朝這邊看了？分明是心存僥倖，還想仗著人多反敗為勝！」得到了嚴光的幫助，劉秀也從沈疤瘌的話中，找出了一個個破綻，舉起環首刀，大聲斷喝。

「三姐救命！」沈疤瘌可不知道，劉秀就在小半炷香時間前，還在對著落日悲天憫人。見他手中的鋼刀寒光閃爍，還以為死到臨頭。向前一撲，雙手抱著腦袋苦苦哀求，「我，我剛才真的沒認出您來，我，我只是，只是覺得眼熟，實在沒辦法了，才，才抱著試試看的想頭來找您相認。我，哎呀！」

卻是馬三娘實在不忍看著鳳凰山好漢的形象，被他敗光。俯身用刀側面抽了他一下，將其打成了滾地葫蘆。

「三娘，此人留不得！」劉縯和鄧晨兩個聯袂而歸，兩人的衣服和戰馬的鬃毛上，鮮血淅淅瀝瀝而落。

大部分蟊賊，都被他二人聯手殺死。只有三個看起來年齡跟劉秀、鄧奉差不多大的，因為長相嫩，又跪地討饒得及時，被二人當成了俘虜，用長劍押著，走了過來。

「我跟大哥剛才問過了，此人是伏龍寨的二當家。平素自成一派勢力，已經能跟其大當家平起平坐！」唯恐馬三娘心軟，鄧晨猶豫了一下，低聲補充。

「我知道，姐夫，我知道該怎麼做！」馬三娘臉色一紅，輕輕點頭。隨即，咬著牙舉起環首刀。

鳳凰山已經不存在了，曾經的鳳凰山好漢，也永遠成為了傳說。沈富這種人，心狠手黑，嘴裡頭還沒有半句實話，如果饒他不死，指不定將來還會生出多少禍端。

「饒命，三姐饒命！我，我知道一個消息，一個重要消息！我，我願意將功贖罪！」疤瘌臉沈富一直在用眼角的餘光，偷偷觀望周圍動靜。見馬三娘這回刀刃朝下，立刻向遠處打了個滾，大聲哀告。

馬三娘微微一楞，剛剛舉起來的手臂，僵在了半空中。

唯恐她握不住刀，沈疤瘌繼續向遠處翻滾了數尺，繼續補充，「我剛才真的沒認出您，但是，但是我知道馬大哥的最新消息。您，您如果饒我一命，我願意把知道的所有事情都告訴您！」

「啊？」馬三娘大吃一驚，扭頭看向劉縯，手中的鋼刀，更是劈不下去。

「馬子張在哪？你怎麼會有他的消息！」劉縯與馬子張雖然只有一面之緣，心中卻對此人極為欽佩。猶豫了一下，跳下坐騎，提劍走到了沈疤瘌身側。

「馬子張，馬大哥數日前，與其他人一道劫了育陽大牢，把裡邊那些拖欠官府稅金的囚犯，全都救了出去。」沈疤瘌知道這是自己唯一的活命機會，趕緊竹筒倒豆子般，將自己知道的事情全都交代了出來。「然後他們就把隊伍拉上了綠林山，據說狗官甄阜帶著上萬兵馬去征剿，都被他打得大敗而歸。我知道這件事後，曾經勸我們大當家，帶著弟兄們去投奔他。但是，但是大當家是本地人，捨不得離開老家太遠，就，就不肯聽！」

後面幾句廢話，被劉縯和馬三娘兩個，毫不猶豫地選擇忽略。馬武的傷勢已經好轉了，並且又拉起了隊伍，有了本錢自保。這個消息，比一路上聽到的任何喜訊，都令人精神振奮。

「三姐，您饒我這一次，我回山寨收拾收拾，立刻帶著手下弟兄和金銀細軟去投奔馬大哥。我雖然沒啥本事，但能讓馬大哥那邊多一個人，不，不，多幾車輜重，總省得他為了幾袋子過冬的糧食，還要冒險去攻打大戶人家的莊園！」偷偷看了一眼馬三娘臉色，沈疤瘌繼續苦苦哀求。

如果放在八年前，區區幾車細軟，絕對無法令馬三娘動心。然而，眼下自家哥哥馬武重傷初癒，所統帶的，又是一群烏合之眾。幾車細軟，就有可能關乎生死。不由得她不仔細斟酌。

「你真的肯去投奔馬子張？」劉縯也知道，眼下多一車輜重，就有可能讓馬武多一分熬過冬天的機會，左手輕輕摩挲著劍鋒，沉聲追問。

「真，十足的真。大當家和其他頭領都被您給殺了，山寨今後就我說的了算。我說去投奔馬大哥，絕對沒人敢反對！」沈疤瘌頓時鬆了口氣，迫不及待地回應。

「不能放過他！」朱祐忽然跳了過來，大聲提醒，「如果他言而無信，咱們根本無法拿他怎麼樣？」

「我發誓，我發誓。如果三姐這次饒過我，我反悔不去投奔馬大哥，就，就讓我利刃穿心而死，死後變成一條野狗，誰見了都打，永遠無法再做人！」沈富心中一邊詛咒小胖子的祖宗八代，一邊哭喊著舉起了右手，對天發誓。

「那就姑且信你一次！」劉縯回頭看來滿臉猶豫的馬三娘，緩緩收起了寶劍。

「大哥！」馬三娘知道劉縯又是為了不讓自己為難，才決定給沈疤瘌一個機會。含著淚喊了一聲，輕輕搖頭，「不用，您其實不必這樣遷就我。我，我……」

「自家妹妹的事情，怎麼算遷就？」劉縯笑了笑，轉身跳上戰馬，「我答應過馬子張，拿妳當親妹妹！我說話向來算數。走吧，老三、嚴光，收拾好馬車，咱們繼續趕路。姑且相信此人一次，他要是不知道好歹，留在這裡繼續為惡，早晚會死在其他山賊手裡，也用不到咱們來殺。」

「也對！」劉秀、嚴光等人齊齊點頭，然後笑著走向馬車。

不是所有山賊，都配稱作江湖好漢！如果沈富去投奔馬武，對後者來說，無異於雪中送炭。今後雖然還免不了跟馬武一道與官軍廝殺，但周圍的百姓，卻會把對馬武的敬意，一部分轉移到他身上。如此，他只要不當場戰死，就有機會像馬武現在那樣迅速恢復實力，繼續在山林間縱橫往來。

而如果他繼續留在此地，雖然因禍得福，能成為伏龍寨的大當家。然而帶著一群烏合之眾打家劫舍，能有什麼出息？最後要麼死於官府征剿，要麼死於跟其他山賊的火併，早晚都不得善終。

「多謝三姐活命之恩！多謝這位英雄活命之恩。小人這輩子，到底都不會忘，到死都不會忘！」沈疤瘌自知終於逃過了一劫，趴在地上，不停地磕頭。直到馬蹄聲漸漸消失，才終於停了下來，雙目當中，閃過一縷幽蘭色的寒光。

「二當家，他們，他們走了！咱們，咱們去哪？」三個少年蟊賊也被劉縯一道放過，見沈疤瘌終於不再光顧著磕頭，趕緊低聲請示。

沈疤臉陰沉著臉不說話，抬起頭東張西望。直到確認劉縯和馬三娘等人確實已經徹底走遠，才咬了咬牙，冷笑著道：「去哪？當然是去宜陽報官。你們沒看到嗎？馬三娘剛剛路過這裡，即將前往長安，行刺皇上！」

「啊？」三名少年蟊賊被嚇了一跳，瞪圓了眼睛，不敢相信自己剛才聽到的每一個字。

「朝廷有令，抓到馬武和馬三娘者，賞田千畝，金一斗！舉報者，賞格可得一半兒。敢窩藏收留者，族誅。」沈富朝著地上吐了口濃痰，大聲補充，「馬三娘跟其餘那幾個人剛剛路過宜陽，肯定會留下什麼蹤跡。咱們回宜陽去打探清楚了，把馬三娘準備去長安行刺的消息，和他們的模樣、來歷，一道報告給官府。就能分到五百畝地，半斗金子，從此一輩子吃香喝辣。」

「這……」三個少年蟊賊又驚又喜，髒髒的臉上，頓時湧滿了貪婪之色。「有這等好事？二當家，我們聽你的，您說怎麼辦，我們就……」

「啪！」一支羽箭，忽然從半空中飛了過來，正中沈疤瘌的腦門，同時將幾個蟊賊的話，全都憋回了嗓子眼兒裡。

「啊——」三名少年蟊賊嚇得魂飛魄散，不敢管沈疤瘌的死活，拔腿就跑。陸續又有三支羽箭飛至，從背後追上他們，將他們挨個射殺。

「別怪我下手狠，不能留著你們禍害大哥全家！」馬三娘如同靈貓般從附近的山石後跳了出來，背起角弓，一邊用環首刀切開三名少年蟊賊的喉管，一邊喃喃自語。

吃虧上當狠了，人就會多長幾個心眼兒。因此在劉縯又一次為了照顧她的情緒，放過了沈疤瘌和三位小嘍囉後，馬三娘就堅持要做一重防備。只策馬跑過了前面的山路拐彎兒，就跳下坐騎悄然返回。憑藉一身武藝和女孩子特有的仔細，無聲無息地潛伏在了蟊賊們附近。

那沈疤瘌的武藝，連粗通都算不上，又正值驚魂未定，哪裡會發覺身邊已經多了一隻勾魂貔貅？正貪婪地謀劃著，向官府舉報馬三娘和「窩藏匪首者」的行踪，借官府之手來替自己洗雪今天的恥辱，順便賺上一大票犒賞。卻不料，這一回，終於親手把他自己送進了鬼門關！

「還有你，丟光了鳳凰山的臉！」從最後一名少年蟊賊的脖子上拔出橫刀，馬三娘快步走到已經氣絕身亡的疤瘌臉沈富身旁，手起刀落，砍下了此人的頭顱。

心臟中，彷彿有什麼東西忽然斷裂。她眼前一黑，晃了晃，咬著牙重新站直了身體。姓沈的疤瘌臉一死，鳳凰山，也就徹底成了過去。除了她和哥哥馬武之外，世間再無任何人，與此山相關。也再沒有任何人，可以打著鳳凰山好漢的旗幟招搖撞騙。從此之後，她馬三娘死也好，活也罷，都跟鳳凰山，跟山下的馬家沒有糾葛。她馬三娘從此終於可以像哥哥馬武希望的那樣，只為自己而活，無拘無束，無牽無掛。

一陣清冷的晚風吹過，捲起陣陣血腥。馬三娘打了個寒顫，一腳踢開沈疤瘌的腦袋，邁動雙腿，快速奔向遠方。劉秀和大夥，還在遠處等著她。天馬上就黑了，她不能讓大夥等得太著急。

畢竟是經常走山路的人，再崎嶇蜿蜒的道路，也無法妨礙雙腿奔行如飛。總計只用了百十個呼吸功夫，馬車已經遙遙在望。車廂旁，剛剛換過一身乾淨衣服的劉秀等人，聽到腳步聲響，個個如釋重負。緊跟著，便不約而同地迎了上來。

「那四個傢伙呢，是回到山上去收拾行李了，還是拿誓言當成了屁？」朱祐等得最為心急，不待馬三娘把雙腿停穩，就低聲追問。

「走吧！」馬三娘心裡不舒服，白了他一眼，快步走向自己的坐騎。「這一帶過於狹窄，不適合休息。咱們抓緊時間趕路，趁著天完全黑下來之前，找個寬敞些的地段……」

「那幾個人呢，我看他們今天受足了教訓，即便不打算遵守約定，也應該會老實一陣子……」朱祐沒有得到自己需要的答案，追著馬三娘的背影，繼續刨根究柢。

「死了！」馬三娘單腳踩上掛腿繩套，一邊飛身往坐騎上跳，一邊冷冷地補充。

「死了？妳殺了他們？」朱祐被嚇了一大跳，接連後退數步，瞪大了眼睛追問。圓圓的額頭上，瞬間就湧滿了一顆顆剔透的汗珠。

「豬油，別嚷嚷了。三姐做事，自有她的理由！」劉秀輕輕扶了他一把，滿臉同情地安慰。

「上車，趁著天還沒完全黑，再往前走一段。至少得先過了熊瞎子谷。」

這一句說得甚為及時，既避免了朱祐繼續糾纏下去，惹馬三娘討厭。又點明了眼前真正需要注意的關鍵，熊瞎子谷，先前蟊賊們隱藏起來準備伏擊大夥的地方。幾個蟊賊頭目雖然先後殞命，但誰也不能保證，是不是還有其他不開眼的傢伙，依舊懷著「吃肥羊」的美夢不願醒來。

當即，大夥紛紛點頭。上馬的上馬，登車的登車，在晚霞的餘暉下，匆匆趕路。一邊走，一邊還小心戒備，以防有蟊賊繼續冒險偷襲。

如是又走了一個多時辰，終於在馬上就要看不清道路的時候，來到了群山的邊緣地帶。雖然還沒有見到任何人煙，但腳下的土地，卻已經平整了許多。夜幕下的田野，也變得漸漸寬闊。

劉縯經驗豐富，立刻挑了一處靠近溪流，且不太潮濕的土坡，帶著大夥去布置夜宿營地。馬三娘和鄧晨，則用繩索、弓箭和其他一些隨手可以找到的硬物，在周圍布置陷阱。一方面防止有野獸趁著黑夜掩護來襲。另外一方面，也防止有陌生人悄悄靠近，打大夥一個措手不及。

劉秀、嚴光、朱祐、鄧奉四個，屬第一次出遠門，幫不上什麼忙。只能負責打水、生火、熱飯。一通忙碌過後，倦意漸漸上湧。幾個少年在兩名大人的督促下，先後在火堆旁鋪開獸皮睡去。兩名大人，劉縯和鄧晨，則分了班次，輪流擔任崗哨，警惕周圍的風吹草動。

也許是幾個頭目戰死的消息已經傳開了的緣故，也許被山路上的同夥屍體嚇破了膽子。整整一夜，再沒有任何蟊賊的身影出現。第二天吃罷早飯，劉縯帶著眾人打來冷水澆熄了篝火，再度上路。又走了兩個多時辰，終於徹底遠離了群山的懷抱。

前朝花費重金修成了官道，就在眼前。又寬又長，兩側樹木正在落葉，繽紛滿地。官道上，稀稀落落也有了行人和車馬，不再是鴉雀無聲。令劉秀、嚴光等人，瞬間就覺得心臟為之一輕。

他們幾個正值青春年少，又讀了一肚子詩書，因此雖然衣著打扮樸素，卻也顯得氣質超凡脫俗。路上的旅人看到了，難免目光就會受到一點兒吸引。待看到魁梧偉岸的劉縯，沉穩有度的鄧晨，以及早就換上了一身沒有絲毫血跡的衣服，英姿勃發的馬三娘，便愈發心生親近之意，想要主動與大夥攀談。

劉縯也正急需了解司隸附近的風土人情，以及全天下的傳聞掌故，因此，對於主動上前搭腔的旅客，只要看起來不像懷著歹意，便給予了適當熱情的回應。如是一天走下來，七個人的隊伍，就變成了三十餘人。另外二十幾位，來自四波，兩波是要前往長安探親，兩波是要前往華陰投靠朋友，大夥湊在一起，談談說說，倒也解去了許多寂寞。

眼看著大地又要被暮色籠罩，大傢伙走得人困馬乏。正準備去前方找個大一些的村落，租上幾間房子歇腳，晚風當中，忽然傳來幾聲清脆的金鐵交鳴，「當！」「當！」「叮！」「當當！」緊跟著，便是一陣悲憤的哭嚎，「天殺的狗賊，老子跟你們拚了！」

「有強盜打劫！」劉縯眉頭一皺，右手迅速搭上了腰間劍柄，「這都快到弘農了，光天化日之下，居然還有盜匪殺人越貨……」

「伯升且慢！我先去打聽清楚情況！此處道路平坦，我等人多勢眾且有車馬代步，無論是戰是走，都可以從容自如！」鄧晨猛地伸手拉了劉縯胳膊一下，隨即抖動繮繩，朝著哭喊聲傳來的方向策馬飛奔。

劉縯微微一楞，這才想起來此刻自己身邊還有四個少年需要保護，並非單人獨騎，不能像以前出行那樣路見不平立刻持劍而上。悶哼一聲，將已經拔出了一半兒了長劍又插回了皮鞘。

其餘四夥旅伴原本已經起了撒腿逃命的心思，聽鄧晨說得果斷自信，又看到劉秀、嚴光、鄧奉、朱祐和馬三娘五個未成年人，臉上都沒露出半點兒懼色，而是一個個默不作聲地開始整理馬匹和弓箭。頓時兩頰一熱，將原本已經撥歪的馬頭，又悄悄地撥了回來。

「諸位仁兄勿慌，劉某自問本領還過得去。萬一事情不測，便由劉某和偉卿來斷後，你等儘管自行離去便可！」劉縯見狀，少不得又回過頭，向眾人大聲許諾。

聞聽此言，一眾旅伴的臉色愈發慚愧。紛紛手握兵器，啞著嗓子回應道：「劉兄這是哪裡話來？咱們一見如故，理應同進同退，斷沒有把你一個人留下，我等各自逃生的道理！」

「對，劉兄，咱們能管就管，管不了就一起走。」

「對，咱們共同進退，有難同當！」

「劉兄，咱們唯你馬首是瞻！」

……

「如此，劉某多謝了！」劉縯雙手抱拳，向大夥鄭重行禮。隨即，策馬向前跑了二十幾步，手按劍柄，全身戒備。

如果是第一次與盜匪相遇，劉秀、嚴光等人肯定會跟其他旅伴們一樣緊張。然而，前天在山中，大夥剛剛將蟊賊們殺得落花流水，而自己這邊卻連根寒毛都沒被傷到。因此，再一次聽到金鐵交鳴之聲，非但不覺得驚慌失措，反倒各自在內心深處，湧起幾分躍躍欲試。

少頃，馬蹄聲由遠及近，鄧晨拎著把滴血的長劍，匆匆忙忙返回。將劍身朝大夥舉了舉，大聲示警：「快走，有馬賊在洗劫村子，就在前方距離官道不足兩里遠處，繞過了那片樹林就是。村子裡的大戶應該雇了不少刀客，正在跟他們拚命！」

「啊！」眾旅伴聞聽「馬賊」兩個字，臉上的慚愧，瞬間就全都變成了恐懼。

與其他攔路搶劫的蟊賊不同，馬賊的作案地點，通常都遠離其老巢。因此，下手格外狠毒，很少會留下什麼活口。而因為有戰馬代步，一旦被他們盯上，「獵物」就很難平安脫身。無論是主動投降，還是丟下財物倉皇遠遁，最後結果恐怕都是一樣。

「爾等自管先走，劉某和鄧偉卿斷後。三娘，帶著老三他們，跟大夥一塊離開！」劉縯當機立斷，抽出寶劍，毫不猶豫地去兌現先前的承諾。

眾旅伴這才多少緩過了一點心神，紛紛調轉坐騎，準備沿著官道向東逃命。還沒等他們開始加速，耳畔只聞一聲鳴鏑響，「嗤——」，緊跟著一哨身穿青色皮甲的馬賊，從右前方如飛而至。

「柱天大將軍帳下虎賁奉旨討賊，爾等速速交出兵器和坐騎，聽候甄別處置。否則，定斬不赦！」帶隊的馬賊頭目手持長朔，大聲威脅。其身後，六名馬賊舉刀持弓，將騙人的謊言一遍遍重複。「柱天大將軍帳下虎賁奉旨討賊，爾等速速交出兵器和坐騎，聽候甄別處置……」

「柱天大將軍帳下虎賁奉旨討賊，爾等速速交出……」

「柱天大將軍帳下……」

柱天大將軍，是前東郡抬手翟義起兵反抗王莽時自封的官爵。因為他擁立了東平郡王之子劉信為帝，打出了匡扶大漢江山的旗號，因此在民間贏得極大的支持。雖然在王莽的全力鎮壓下，很快翟義本人就兵敗身死。但從那時起一直到現在，幾乎每一年都有起義者冒稱是柱天大將軍的舊部，重新豎起討伐王莽的大旗。

這些起義者來歷各異，良莠不齊，行事手段也大相逕庭。有人的確是只跟官府做對，試圖重新建立大漢朝那種相對寬鬆包容的秩序。有人則純粹是掛著羊頭賣狗肉，嘴裡高喊著「討伐王莽，解民於倒懸」，實際上卻每到一地，便姦淫擄掠，比王莽麾下的大新朝官兵還要凶殘。

因此，聽得「柱天大將軍帳下虎賁」九個字，眾旅人非但沒有老老實實交出兵器，下馬投降。反倒咬著牙把防身用的寶劍和佩刀都抽了出來，同時雙腿用力狠夾馬腹。準備萬一逃命的道路被斷，就跟馬賊們拚個魚死網破。

那帶隊的馬賊小頭目見自己一番大話，居然沒把「獵物」們嚇得立刻跪地求饒。心中也暗自吃了一驚。然而，看到眾人胯下的坐騎和身旁背負著行李的馱馬，心中的貪婪之火頓時熊熊而起。一邊繼續帶領隊伍加快速度向官道斜切，一邊扯開嗓子大聲威脅，「站住，誰都不准跑，否則，抓住之後，五馬分屍！」

「去你娘的！」眾旅人沒勇氣與他交戰，卻也不會膽小到被幾句大話嚇得束手待斃。扭頭回了一句髒話，將胯下坐騎催得更急。

「不知死活的東西！」馬賊頭目兩度威脅無果，自覺在手下人跟前被折了面子，惱羞成怒。張嘴大罵了一聲，端起長槊，就朝官道上距離自己最近的一名旅人撲了過去。三尺長的槊鋒寒光四射，恨不得立刻給「獵物」來一個透心涼。

「啊——」那名旅人手中只有一把寶劍，自身武藝也稀鬆平常，如何擋得住巨蟒般刺過來的槊鋒？嚇得把眼睛一閉，揮舞著兵器大聲慘叫。

本以為自己此番定然在劫難逃，卻遲遲沒感到任何腸穿肚爛的痛苦。驚愕中偷偷睜開眼睛，只看到原本該刺中自己的丈八長槊，像死蛇一樣掉在了身後不遠處的官道旁。而先前那名凶神惡煞般的馬賊頭目，此刻則橫躺在長槊附近，肋下斜插著一支羽箭。口鼻噴血，四肢抽搐，眼看著就要一命嗚呼。

「殺人了！」「殺人了！」「咱們的人殺了馬賊！」不止一名「獵物」看到了馬賊頭目的

下場，一個個慘白著臉，嘴裡發出毫無意義的叫喊。

「一起動手，咱們這邊人多，殺光了他們，免得有人回去搬兵！」一個變聲期的嗓音，緊跟著傳入「獵物」們的耳朵。

眾「獵物」的注意力被吸引，愕然回頭。只見跟在逃命隊伍最後的馬車上，有名少年持弓而立。衣袂飄飄，白袍勝雪，翩然不似凡間人物。

「這才是我漢家男兒！」

「好一個少年英雄！」

「好！」

……

眾旅人心中暗喝一聲彩，臉上恐懼再度被慚愧之色所取代。

車轅上持弓而立的那名少年，嗓子才剛剛開始變聲，真實年紀絕對不會超過十七。面對凶名遠播的馬賊，心中卻毫無畏懼。即便是在暫避敵軍鋒纓之時，依舊記得放箭保護素昧平生的旅伴。而自己年齡比此子長了那麼多，身材比此子高了至少兩頭，同樣面對凶狠殘暴的馬賊，卻只能低著頭作鳥獸散。這差距，真是令人無地自容！

「馬賊凶惡，大夥與其被其追上挨個殺死，不如一道血戰脫身！」那白袍少年一邊彎弓搭箭，射向其餘六名馬賊嘍囉，一邊扯開嗓子大聲補充。

「殺了他，先殺了他，殺了他給王大哥報仇！」六名馬賊一邊躲閃還擊，一邊憤怒地咆哮。頭目的死，沒有讓他們感覺到絲毫畏懼，反而激發了他們骨子裡的凶殘。發誓要把持弓少年從馬車上拉下來剁成碎片，以儆其他旅人效尤。

「劉秀小心！」馬三娘催動坐騎，快速衝到馬車外側，揮刀擊飛凌空射過來的雕翎。

劉縯和鄧晨現在主動留下斷後，預先沒想到已經有小股馬賊迂迴到眾人的側翼，因此都來不及出手相助。現在，只有她一個，承擔起了保護四名少年讀書郎的任務，擔子不可謂不重。然而，此刻的馬三娘，心中非但沒有感覺到絲毫的疲憊，反而湧起了幾分欣然之意。巴不得馬賊們的數量更多一些，讓自己和劉秀能夠長時間聯手拒敵。

「不怕死就過來！」

「過來，老子送你去跟姓王的做伴！」

「過來受死，老子才不怕你們！」

嚴光、朱祐、鄧奉三人，哪裡肯讓劉秀和馬三娘兩個人去承受所有馬賊的攻擊？相繼從車轅和四敞大開的車廂口處舉起弓，瞄準馬賊迎面而射。

他們的射藝雖然比剛剛開始離家時有了很大的進步，然而畢竟火候不足，且缺乏實戰檢驗。因此，匆忙射出的羽箭，要麼因為目標正在高速移動而落到了空處，要麼因為力道太弱，被馬賊們用兵器輕鬆擊落於地。

眾馬賊見狀，越發堅信自家頭目的死，絕對是一個意外。因此，忍不住哈哈大笑。乾脆收起殺傷力明顯不佳的騎弓，高舉起環首刀，結伴朝馬車發起了傾力一擊。

「賊子找死！看箭！」正加速趕過來救助自家弟弟的劉縯大急，隔著三十多步遠，張弓便射。

馬背起伏，晚風橫吹，他倉促射出的羽箭，同樣保證不了任何準頭。除了讓群賊的衝鋒速度微微一滯之外，沒有起到其他任何作用。

眼看著馬三娘和自家弟弟劉秀就要遭到群賊圍攻，劉縯急得雙目欲裂。就在這時，三名正在逃命的旅人，忽然同時一聲怒喝：「狗賊，老子給你們拚了！」撥轉坐騎，迎面朝六名馬賊衝了過去。

「拚了，殺一個夠本兒！」其餘旅人身體內的男兒血性瞬間被激發，相繼撥轉坐騎，撲向六名馬賊。高高舉起的兵器，在夕陽的餘暉下耀眼生寒。

漢風雄烈，最頂層的權貴豪門，雖然已經迅速腐朽，中下層的良家子們此刻卻依舊保持著祖先好武任俠的遺風。而敢前往數百里之外探親訪友者，更是十個裡頭有八個練過拳腳兵器，且膽氣不俗。因此，二十幾位漢子結伴拚命，殺氣頓時直沖霄漢！

六個正在撲向馬車的賊子，哪裡想得到「獵物」們居然會聯袂反撲？剎那間，就被寒光徹底吞沒。待劉縯和鄧晨終於衝到自家弟弟和侄兒身畔，哪裡還用再跟賊人廝殺？只見六匹遍體鱗傷的戰馬悲鳴著踉蹌逃命，而先前如狼似虎的馬賊們，一個個全都被砍得橫屍在地，殘缺不全！

「南陽劉伯升，拜謝諸君仗義相救！」劉縯驚魂初定，喘息著向眾旅伴拱手。

「伯升兄哪裡話來，若不是你們兄弟兩個，我等今日全都蒙羞而死，魂魄愧見先人！」

「是啊，令弟才是大夥的救命恩人！」

「不敢當，不敢當，伯升兄仗義替大夥斷後，大夥無論如何都不能讓賊人傷到你弟弟一根寒毛！」

……

眾旅人搖擺著兵器，側身閃避，一張張紅潤的臉上，寫滿了自傲。

全殲一小隊馬賊，大夥卻毫髮無傷。這份戰績，足夠每個人心中永遠的回憶。即便到了垂暮之年，也能一邊喝著老酒，跟孫子孫女們說，你祖父我年輕的時候曾經遭遇過馬賊，與同伴手刃其中數人，力戰得脫。比起一邊小心翼翼地四下張望，一邊擦著冷汗，鵪鶉般低著頭，慶幸自己從馬賊刀下逃得活命，強了何止百倍？

「大恩不言謝！客氣的話，劉某就不多說了。大夥趕緊啟程，咱們結伴繞路。萬一再有其他賊人追上來，就聯手斬之！」劉縯向來就不是一個做作之人，見大夥不肯接受自己的感謝，也不多哆嗦。又拱了下手，大聲提議。

「那是當然，張某早就說過，咱們今天共同進退！」

「伯升兄說得是，咱們今天要麼一起活，要麼一起死！」

「還是剛才那句話，我等唯伯升兄馬首是瞻！」

「接下來該怎麼做，伯升兄儘管下令，如果周某……」

眾旅人心中熱血澎湃，挺直了胸脯大聲回應。

除了大獲全勝帶來的自豪之外，此時此刻，他們心中的自信與自尊，也如滿月時的海潮一般，洶湧澎湃。彷彿轉眼間就變成了一支百戰之師，任何對手都不能阻擋。

「好，事不宜遲，那咱們現在就走！」見眾人士氣可用，劉縯點點頭，策馬走向了隊伍的最前方。

眾旅伴找回自家的馱馬，簇擁在幾個少年所乘坐的馬車周圍，果斷向東而去。不一會兒，就走出了三十餘里路，空氣中再也聞不到任何血腥氣，耳畔也再聽不見從那座被正在馬賊洗劫的莊院裡所發出的呼救聲。

「唉！」大夥抬手擦了把汗水，幽幽嘆氣。本以為從此就擺脫了馬賊追殺，可以換一條道路繼續趕往各自的目的地。然而，還等把額頭上的汗水擦乾。身背後，卻突然又傳來了一陣憤怒的喝罵：「站住，該死的狗賊！殺了我李碩的兄弟，爾等必須血債血償！」

「站住，別跑！殺了我們的人，想跑沒門兒！」

「站住，別跑了，你們跑不了。趕緊下馬受死！」

「直娘賊，還我兄弟命來！」

「站住，殺人償命……」

一聲聲，喊得理直氣壯，義正詞嚴。彷彿他們才是受害者，而劉縯等人反倒成了窮凶極惡的馬賊。

「恬不知恥！」眾旅人怒不可遏，不約而同地把手伸向了腰間兵器。

追過來的是另外一支馬賊，人數規模大概二十出頭。從其叫嚷的意思上推測，他們跟先前被大夥滅掉的那一小股馬賊，肯定是同夥。因為跑得太急，人和馬身上都掛滿了灰塵，被汗水一沖，黑一塊，黃一塊，好不邋遢。

「站住，下馬受死賞你們一個全屍！」

「別跑了，跑到天涯海角，柱天大將軍也會將爾等抓回來挫骨揚灰！」

「那個小娘們，別跑，爺爺不會殺妳！」

「站住……」

馬賊們平素囂張慣了，根本沒仔細檢查自家被殺同夥的屍體，也不在乎眼下自己一方人數跟對手差不多的事實，一邊加速狂追，一邊大呼小叫。

如果最初那一小股馬賊沒有被旅人們全殲，如果此刻追過來的這支馬賊人數擴大十倍，也許還真有可能把旅人們給嚇得乖乖束手就戮。然而，此時此刻，一眾旅人們士氣正旺，又自信心和自尊心雙雙爆滿，怎麼可能被幾句廢話嚇倒？頓時，紛紛將目光轉向默認的帶頭大哥劉縯，七嘴八舌地請纓：「伯升兄，怎麼辦，我們聽你的！」

「伯升兄，是戰是走，你一言而決！」

「伯升兄……」

「減速，回馬，跟我來！大夥別緊張，小心不要互相撞到！」劉縯心中正為不能出手幫助那個被馬賊洗劫的莊子而內疚，聞聽此言，毫不猶豫地做出了決定。

「是！」眾人無師自通，如久經戰陣的軍隊般，齊齊答應了一聲。先放緩了坐騎的速度，然後果斷撥轉了馬頭。

劉縯動作最利索，毫不猶豫地衝到所有人的最前方。手中長劍高高舉起，「殺光他們，為民除害！」

說罷，雙腿一夾馬肚子，如下山的猛虎般，迎著馬賊準備撞了過去。

「殺光他們，為民除害！」鄧晨吶喊著緊隨劉縯身後，長劍平伸，目光無比堅定。

「殺光他們，為民除害！」眾旅人一個個激動得臉色紅潤，熱血沸騰。高舉兵器，策動戰馬，在鄧晨身後自動跑成了一條曲曲彎彎的橫隊。

「燈下黑，馬車交給你！」劉秀嫌馬車跑得慢，無法跟上大夥的腳步。丟開韁繩，抄起弓箭，雙腳踩住車轅，努力將身體穩穩站起。

經歷了連續多場血的洗禮，他的心智，像拔節的竹子一樣高速成長。再也不會因為賊人的死而心神恍惚，只想緊緊跟在哥哥劉縯身後，拿起武器，保護自己所親近和所尊敬的人。

敵我雙方的速度，很快就都到了極致。彼此之間的距離，也隨著馬蹄的落地聲迅速縮短。幾支雕翎迎面飛來，被劉縯用長劍一一撥落。兩名馬賊的身影緊跟著雕翎趕至，一左一右，準備給劉縯來一個雙鬼拍門。劉縯揮動長劍向左力劈，將左側急馳而來的馬賊劈得倒飛出去，血濺五尺。緊跟著整個身體側擰，下墜，鞍外藏身。以不可思議的角度躲開來自右側的必殺一擊。隨即，身體快速返回馬背，長劍如匹練般從左前方向戰馬右側回旋，雙腿、腰肢和手臂協調配合，宛若亮翅起舞的白鶴，「噗——」

血光迸射，伴隨著一顆碩大的頭顱。

兩名馬賊先後戰死，附近的其他馬賊大吃一驚，本能地紛紛策馬閃避，撲向其他目標。劉縯的眼前瞬間一空。猛地深吸一口氣，他策動坐騎，同時將長劍指向馬賊中衣著最為光鮮，坐騎最為神駿的那個傢伙，大聲斷喝：「來將通名，無名鼠輩配不上劉某手中之劍！」

作為一個經驗豐富的布衣之俠，他心裡其實非常明白，此刻自己身邊的同伴雖然比對面的馬賊數量多，戰鬥力卻根本不能保證。其中大多數人，都缺乏嚴格的廝殺訓練，沒有任何作戰經驗，也不具備與馬賊死拚到底的勇氣和決心。若是一直打順風仗，大夥兒有可能會勇氣倍增，創造出一個又一個奇蹟。若是不幸遇到挫折，或者被敵軍拖入僵持狀態，肯定很快就會被打回原形，然後整體潰不成軍。

所以，他只能想方設法激怒對面的馬賊頭目，爭取採用擒賊擒王的方式，速戰速決。

「老子是柱天大將軍帳下虎賁校尉李碩！」馬賊頭目哪裡猜得到劉縯此刻心中的打算？毫無意外地被其囂張態度激怒，舉刀指著他，開始最後的加速，「小子報上名來！」

「你爺爺南陽劉伯升！」劉縯大聲喝罵，話到，馬到，人也到。對馬賊頭子李碩刺向自己胸口的刀尖不閃不避，長身，舉劍，力劈華山。

「你爺爺個——」自封為校尉的馬賊頭目李碩，才捨不得跟一個無名遊俠拚命。果斷舉起環首刀，用力向外格擋。

他的膂力驚人，在整個馬賊團夥中，罕有同伴能夠匹敵。本以為此番能順利將劉縯手中寶劍磕飛，或者至少也能令對方的攻勢半途而廢。然而，這次結果卻不幸地出乎意料。

耳畔只聽見「噹啷」一聲巨響，手腕、小臂和肩胛等處，緊跟著就傳來了一陣刺痛，馬賊頭目李碩感覺到，整個右半邊身體失去了控制，屁股疼得幾乎坐不住馬鞍，只能努力用左手狠拉戰馬的韁繩來保持平衡。

「嗚嗚嗚——」受過訓練的戰馬，對騎手所發出的每一個指令，都會迅速做出響應。感覺到嚼子[注十九]處突然傳來的刺痛，儘管非常不情願，依舊嘶鳴著放慢腳步。

「啊——」發覺坐騎誤解了自己的意圖，馬賊頭目李碩嚇得厲聲大叫。趕緊迅速低下頭，縮頸，將身體靠向馬脖子，以防劉縯趁機痛下殺手。

他的補救措施做得非常及時，果然，下一個瞬間，劉縯手中的長劍就緊貼著他的後腦勺掃

注十九、馬嚼子：銜鐵，是馬籠頭套在馬口內的部件。由一根堅固的金屬棍，由兩個小鐵環和兩個小鐵棍組合而成，可以刺激戰馬的口部，令其感覺到騎手的命令。

了過去，蕩起半邊皮盔和一團帶血的頭皮。

「啊——」劇烈的痛苦，令李碩兩眼發黑，不得不用左臂抱住戰馬的脖頸，以免從高速移動的馬背上墜落。劉縯第三劍，卻毫無停滯地從他的身後砍到，「哢嚓」一聲，帶起漫天紅光。戰馬的繫臀皮索連同尾椎骨，應聲而斷。可憐的畜生嘴裡發出一聲淒厲的悲鳴，「嗯嚶嚶——」後腿一軟，轟然栽倒。

「殺！」一擊得手的劉縯看都不看，繼續策動自家坐騎前進，翻腕橫掃，斬落另一名馬賊的胳膊。

落下的手臂，恰恰砸中摔下馬背的李碩，令其猛然恢復了幾分心神。不能躺在原地，否則，即便不被陸續衝過來的其他「獵物」吞沒，也會被他自己麾下的弟兄用馬蹄活活踩成肉泥。

強忍疼痛和暈眩，他單手支撐著身體爬起來，跌跌撞撞跑向側翼。被打脫了臼的右臂舉過頭頂，就像方士手中的白幡一樣醒目。

高速衝過來的鄧晨立刻注意到了他，策馬揮臂，長劍借助戰馬的奔跑速度用力一掃，「噗！」血如噴泉，李碩的頭顱與噴泉一道竄起了半丈高！

「呀，呀——」沒想到自家頭領連一個回合都沒堅持下來，就丟了性命。眾馬賊嚇得魂飛膽喪。嘴裡發出一串串淒涼的叫喊，努力控制坐騎，避免再跟撲過來的凶神們繼續接觸。

跟在劉縯、鄧晨二人身後的旅人們，卻陡然間信心百倍。出手變得無比乾脆俐落，殺人的動作也流暢得宛若行雲流水。爭先恐後上前，將馬賊們像打棗子，一個接一個從馬背上砍了下去，個個死得慘不忍睹。

晚霞如火，殘陽如血，整個世界彷彿都被霞光所引燃，天地間跳動著耀眼的紅。

二十二名壯士跟在劉縯身後撥轉坐騎，朝著剩餘的馬賊再度加速，每個人的臉上，都寫滿了驕傲和決然。

就在剛才的第一輪對衝中，有四名旅伴兒被賊兵打落馬下，生死不知。還有七名旅伴身上受了傷，血染征衣。然而，只要有一口氣在，只要還能在坐騎上穩住身體，他們，無論此刻身上是否帶傷，都個個義無反顧。

而挺過了第一輪對衝之後所剩餘的幾名馬賊，哪裡還有膽子掉頭再戰？雙腿狠狠磕打坐騎小腹，望風而逃。

「哪跑，受死！」馬三娘毫不猶豫地舉起環首刀，策馬堵住群賊的去路。

先前因為馬車提速太慢，而她卻奉命要保護劉秀等人，所以遠遠地落在了旅伴們身後。如今，因為雙方的方向逆轉。她和劉秀等人，反而恰恰成了群賊必須通過的第一關。

逃得最快的一名馬賊繞路不及，只能大叫著朝馬三娘揮刀亂砍。馬三娘微微一笑，舉刀上撩，將賊人的兵器高高地蕩起，隨即，反手一刀斜劈了下去，砍掉了此人半邊身體。

「啊——」賊人慘叫著落馬，緊跟著，第二名賊人又衝到近前。勾魂貔貅馬三娘微微側身，隨即就來了一記乾淨俐落的橫掃，將此賊直接掃下了坐騎。

「呀呀呀——」第三名馬賊咆哮著，趁機揮刀砍向馬三娘肩膀。還沒等他手中的鋼刀揮落，「嗖！嗖！」側前方忽然飛來兩支冷箭，一上一下，狠狠地扎在了他胯下坐騎的脖子上。

可憐的坐騎連悲鳴都沒來得及發出一聲，立刻氣絕倒地。馬背上的賊人顧不得再偷襲勾魂貔貅，手忙腳亂地跳下雕鞍，以免被自家坐騎壓成肉餅。

他顧得了腳下，卻無法再顧及頭頂。馬三娘趁勢揮刀下切，將此人的鎖骨、胸骨和胸骨下的內臟，相繼一分為二。

剩餘四名早已嚇破了膽子的馬賊沒勇氣跟勾魂貔貅糾纏，慘叫一聲，紛紛拉偏坐騎繞路逃命。馬三娘撥轉坐騎追上其中一人，從背後將其殺死。劉秀、嚴光、朱祐三個則看準機會，繼續在不到二十步的距離內開弓放箭，不射人，只射馬。「嗖嗖嗖」「嗖嗖嗖」「嗖嗖嗖」，接連數輪齊射，將三名賊人全都掀下了馬背。

失去坐騎的賊人不顧傷痛，從地上爬起來，踉蹌著繼續逃命。馬三娘快速追上去，環首刀瞄著跑得最慢的一名賊人的頭頂畫影兒。

「三娘，留活口！」劉縯第一個策馬追了過來，大聲提醒。

緊跟著，鄧晨和其餘二十二名壯士也終於趕至。搶在馬三娘痛下殺手之前，將三名馬賊給圍在了隊伍中央，大聲斷喝：「投降免死！」

「願降！」「願降！」「願降！」已經落到了如此地步，三名馬賊哪還來得膽子負隅頑抗？爭先恐後地丟下兵器，伏地乞憐。

「你們到底從哪裡來的，一共來了多少人？為何會盯上樹林後那個莊子？」劉縯用滴血的寶劍朝賊人頭頂指了指，沉聲追問。

中原之地不盛產良馬，良馬價格即便在相對物價低廉的大漢朝也一直居高不下。而能上陣的戰馬，更是萬錢難求。故而，尋常山賊草寇，很難養得起大規模的騎兵。能湊出一百騎，就足以引起地方官府的注意。若是超過千騎，絕對會被當成朝廷的心腹大患，進而引來鋪天蓋地的官兵。

所以，在朝廷最戒備森嚴的司隸地區，又是緊鄰著官道的位置，光天化日之下忽然冒了一夥馬賊出來，此事絕對蹊蹺至極。要麼是有人私下蓄養，要麼就是有人派家奴假扮，無論如何，都不可能跟已故的柱天大將軍翟義有什麼關聯。

「我們是柱天大將軍……」一名賊人低著頭，大聲回應。話才說了一半兒，馬三娘手起刀落，直接砍下了他的腦袋。

「再敢撒謊，這就是你們的下場！」伴著緩緩下落的紅色血漿，馬三娘冷冷地補充。手中鋼刀再度高高地舉起，瞄準另外兩名俘虜的脖頸。

「饒命，饒命！」兩名賊人嚇得肝膽欲裂，趕緊扯開嗓子哭喊著招供，「別殺我，我說，我說，我全都說！」

「我們是新安縣宰哀牢的家丁，這次出動了整整一百人！」

「我家縣宰是當朝美新公哀章的親弟，兄弟感情甚厚！」

「前日縣宰的好友陰固帶著家眷路過新安，在他家的城外的莊子裡借住。他看陰固的兒媳王氏，就想要娶回家做妾。不料卻被陰固拒絕。所以，所以心中就生了氣，特地派我等假冒馬賊，來搶人！」

「我等也是上命難違！」

「陰固全家今晚都進了前面的趙家莊借宿！」

「我等想借機發一筆小財，就，就乾脆把莊子一起給洗了！」

「我，我等真的不是有意冒犯您啊！」

「都怪那李碩，他說不能走漏了消息，免得丟了主人家的臉面。所以，所以我等才追了過來，才……」

「該死！」劉縯一劍一個，將兩名假冒馬賊的哀氏家丁送入地獄。

不用繼續聽下去了，再聽，結果也是一樣。前面官道旁正在洗劫莊園的，根本不是什麼馬賊，而是新安縣宰哀牢麾下的私兵。而那新安縣宰哀牢之所以派私兵洗劫別人的莊子，居然是因為看上了老朋友的兒媳婦被拒，惱羞成怒！如此無恥的事情發生在眼皮底下，讓人怎麼可能不義憤填膺。

更讓劉縯和眾人義憤的是，大夥當初只是從趙家莊旁邊的官道上路過，根本沒打算，或者沒勇氣去施以援手，就被新安縣宰的私兵，視作了眼中釘、肉中刺，千方百計要殺人滅口。如今陰差陽錯幹掉了那麼多新安縣宰的家丁，當其得知大夥的身份後，姓哀的豈能跟大夥善罷甘休？

血，在屍體上汩汩冒出。

風，從天空中徐徐吹過。

站在三名「馬賊」的屍體旁，眾勇士臉色鐵青，額頭冒汗，緊握刀柄的手上，青筋根根亂蹦。怎麼辦？自縛雙手，去向新安縣宰請求寬恕，還是去向朝廷告狀，告當朝四公之一，美新公哀章縱弟為惡，假扮馬賊殺人越貨？

恐怕，無論是前者還是後者，大夥都難逃一死，甚至還有可能連累家人！

沒有主意的時候，大夥本能地就會尋找主心骨。於是乎，不約而同，就又將目光看向了劉縯。

「事已至此，我等，恐怕只剩下了兩條路可走！」感覺到大夥目光所帶來的壓力，劉縯將滴血的長劍插進泥土中擦了擦，然後深吸一口氣，緩緩說道。「第一條，就是悄悄離開。然後祈求那哀縣宰發現不了我等身份，永遠不會報復上門。第二條，就是乾脆一不做，二不休。殺光了哀家的這群爪牙，給他來個徹底死無對證！」

「當然是第二條，哀牢是哀章的弟弟。那哀章靠勸進得官，心腸最是歹毒！」話音剛落，鄧晨立刻拍劍回應。

「殺光了這群馬賊，裝作不知道其身份，一走了之！」

「咱們殺的是馬賊，是為民除害。」

「剛才這倆傢伙滿嘴瞎話，根本不能相信。咱們既然已經把賊人幹掉了一半兒，就沒有中途收手的道理！」

「還是那句話，伯升兄，我們聽您的！」

「對，伯升兄，大夥一起殺馬賊，為民除害！」

……

眾勇士連續兩度並肩而戰，早就起了惺惺相惜之意。又明白至此誰都已經不可能再抽身事外，乾脆把心一橫，決定跟劉縯繼續共同進退。

反正，殺三十幾個哀府的家丁是殺，殺一百個還是殺。被發現之後，受到的報復程度一模一樣。還不如乾脆賭一把，賭大夥今晚能將所有假冒馬賊的哀府家丁斬盡殺絕。賭那新安縣宰哀牢得知家丁全都死光了之後，心生畏懼，不敢明著承認馬賊是他派人假扮的，更不敢輕易動用官府的力量去追查行俠仗義者的線索。

「那咱們就除惡務盡！」劉縯知道打鐵要趁熱，點點頭，翻身跳上坐騎，「三娘，照顧好他們四個。其餘人，跟我來！」

說罷，用劍柄輕輕一敲馬臀。胯下駿馬「唏吁吁」發出一聲咆哮，撒開四蹄向當初大夥發現賊人的方向衝去。

鄧晨帶著二十二勇士策動坐騎跟上，不離不棄。鄧奉則毫不猶豫地抖動繮繩，驅車追趕大夥的腳步。劉秀、嚴光、朱祐三個從箭壺中抽出羽箭，將其一根根擺放在車廂內伸手可及的位置。馬三娘策馬持刀護衛在車廂門口，修長的身影，隨著隆隆的車輪前進聲上下起伏。

「三姐，妳剛才策馬殺賊的模樣，真，真，真令人欽佩！」走著走著，朱祐忽然就忘記了害怕。抬起臉，結結巴巴地誇讚。

「昨天是誰，嫌我心狠手辣來著？」馬三娘卻依舊沒忘記昨晚得知自己返過頭去將沈富等人處死之後，朱祐的表情，白了他一眼，撇著嘴數落。

「我，我，我昨天，沒。不，我昨天不是，我，我……」朱祐登時被說得臉色發紅，額頭見汗。仰著脖子，結結巴巴地自辯。

搜腸刮肚好半天，他卻發現自己給不出一陣完整的理由。再看馬三娘，已經策動坐騎走到了馬車的前頭，只留給自己一個俏麗挺拔的背影。

忽然間，朱祐覺得自己離馬三娘是那樣的近，又是那樣的遠。

「完了，今天殷家在劫難逃！」站在趙家莊院牆後血跡斑斑的土檯子上，司倉庶士[注二十]陰固面如死灰，汗水順著鬢角滴滴答答往下淌。

外邊的「惡賊」正在逼著四下抓捕而來的百姓砍伐樹木，製造攻城椎。待其吃飽喝足之後，就會發起新的一輪進攻。而趙家莊內，自己的好友，辭官回家的講樂祭酒趙禮已經傷重垂死，趙氏家丁傷亡過半。自己此番隨行所帶的陰氏家丁也死的死，逃的逃，十不存一。

下一輪進攻發起之後，「惡賊」們其實根本不用逼著百姓抬著木頭來撞門，恐怕隨便搭上兩部梯子，就能翻牆而入。到那時，非但自己這個司倉庶士和兒子太學生陰盛性命難保，兒媳王氏、侄女醜奴兒，恐怕都會成為惡賊們的玩物，求生不得，求死不能！

「秋娘，秋娘，妳怎麼樣了。妳別死啊！妳說話啊！妳別嚇我！」淒涼的哭喊聲，從腳下傳來，令陰固原本就變成了黑灰色的面孔，平添幾分陰暗。

是兒媳王氏，這個惹禍精！到現在為止，她居然還只顧著她陪嫁來的貼身丫鬟。對夫家即將遭受的滅頂之災視而不見！三日前，若不是這個惹禍精耐不住寂寞，非要在借住的莊園裡四下遊蕩欣賞紅葉，怎麼會被新安縣宰哀牢看著正著！如果不是為了照顧她肚子裡的孽障，不得不放慢趕路的速度，此時此刻，殷家上下，怎麼可能被外邊的「惡賊」，堵在趙家莊園裡頭？

而外邊的那些「惡賊」，恰恰也是此人招來的！擺明了旗號是柱天大將軍帳下，可柱天大將軍翟義早就被皇上下令挫骨揚灰了，怎麼可能死而復生？況且反賊翟義活動的範圍是東郡、最遠不過徐州，什麼時候越過重重關隘，流竄到司隸注二十一來了？真當大新朝的數十萬常備兵馬是擺設嗎？

注二十、庶士，王莽改制時所發明的職位，俸祿一百石，位列諸官之末，等同於小吏。庶士再經歷下士、中士、命士三個級別，才能進入元士行列，算是做了官。

注二十一、司隸，即司隸部，從現在的甘肅武功到河南洛陽這一長條，在西漢和新朝，屬朝廷直轄。類似於如今的北京天津地區。

都是這個惹禍精，喪門星！自從她嫁入殷家，就沒帶來任何好運氣！猛然低下頭，看了一眼不知所措的兒子和悲悲切切的兒媳，陰固牙關緊咬，按在劍柄上的左手猛然握緊。

「惡賊」不是賊！這一點，從賊人們剛剛開始圍攻莊園時，陰固就非常清楚。雖然他從始至終，對任何人，包括對已經垂危的好友趙禮都沒說破。「惡賊」乃是新安縣令哀牢手下的家丁，其中帶頭的幾個，還曾經跟自己照過面兒！自詡有過目不忘之才的陰固，在第一眼就將對方的真實身份認了出來。

但是，他不能戳破，戳破也沒用！新安縣宰的哥哥是當朝美新公，當年帶頭勸進的太學生之首哀章。皇上接受禪讓登基之後，所有聖旨，都是由此人動筆草擬。陰家即便拿到了人證物證，把官司打到皇帝面前，也打不贏！

投降？這條路更走不通！如果新安縣宰哀牢看上的是陰家的美人、名馬，甚至莊園祖產，陰固肯定都會雙手奉上。能讓美新公的弟弟出口索要禮物？這是多大的機緣？多少人盼都盼不來，他陰固怎麼會不念跟哀牢彼此之間的多年交情，當場拒絕？但是，哀牢看上的，偏偏是他的兒媳婦，這個兒媳婦，還懷了三個多月的身孕！

如果把懷孕三個月的兒媳婦當禮物送出去，陰家豈不是會成為全大新國的笑柄！他陰固甭說今後指望在美新公的提携下平步青雲，就連陰家族長職位，恐怕都得被憤怒弟弟們聯手捋掉，從此被趕出家門，老死不相往來！

都是這個惹禍精，喪門星！手握劍柄，陰固咬緊牙根，雙腿順著土台側面的階梯緩緩而下。新安縣宰哀牢在被拒絕之後，既然惱羞成怒，直接派了麾下家丁扮作馬賊前來搶人。攻破莊子之時，自然不會給陰家和趙家所有男丁留下任何活路。而這個惹禍精，賤人，卻會帶著陰家的血肉，被送上哀牢的床頭，甚至有可能受到寵愛，因禍得福！此等奇恥大辱，陰固豈能容忍其在自己死後發生，所以，不如乾脆……

「秋——」彷彿感覺到了來自頭頂的寒意，孕婦王氏的悲泣聲戛然而在。抬起手，拉住自家丈夫陰盛的衣袖，身體瑟縮成了暴風雨中的荷葉。

「阿爺，您，您要幹什麼？」太學生陰盛也被自家父親魔鬼般的表情嚇了一大跳，側過身子，擋住妻子王氏，結結巴巴地質問。

「盛兒，阿爺問你，咱們陰家，是何人後裔？」面對自己的兒子，陰固又變成了一個慈父。一邊緩緩靠近，一邊低聲考校。

這個問題，陰盛從小到大被問了不下一千次，早就回答得嘴巴起了繭子。所以想都不用想，立刻開口說道：「是周文王之後，姬姓，管氏。先祖管子曾經相齊，輔佐桓公成就霸業，尊王攘夷。孔子有云，微管子注二十二，吾輩皆披髮右衽矣！」

「今日莊子破後，你我父子必然難逃一死，你妻王氏會落到何等下場，你可猜測得到？」見兒子並未忘記祖上的榮耀，陰固點點頭，繼續循循善誘。

「這，阿爺，秀姑……」陰盛的心臟一抽，頓時，全身的力氣都隨著淚水流出了體外。

莊子馬上就保不住了，好歹也是太學生，這點兒眼力他還有。馬賊攻破莊子之後，裡邊的所有男丁都難逃一死，這點，他心裡也很清楚，並且已經打算認命！到時候拚一個夠本兒，拚

注二十二、管子，即管仲。輔佐齊桓公，成為諸侯的盟主。幫助燕國，打敗北方游牧民族入侵，挫敗楚國。孔子認為，沒有管仲，大夥就全成夷狄的奴隸。所以在尊王攘夷方面，對他評價甚高。陰氏乃是管仲的後裔。所以子孫以管仲為榮。而管仲為姬姓，乃周文王後代。

兩個就有的賺。但妻子會不會落在馬賊手裡受盡淩辱？他卻沒顧得上去想，也不敢去想。

「郎君！」王氏也嚇得手腳發軟，抱著陰盛的胳膊，放聲大哭。

「我陰家的媳婦，不能受人羞辱。我陰家的祖先，不能為此而蒙羞！」看著哭做一團的兒子和兒媳，陰盛嘆了口氣，緩緩舉起寶劍，「王氏，妳儘管放心去。今後陰家得知此刻之事，定會將妳自殺殉節之舉，傳播天下。」

說罷，舉劍分心便刺。那王氏雖然性子綿軟，又豈肯低頭等死？側身閃開數步，「撲通」跪倒，朝著陰固和自家丈夫連連磕頭，「阿爺、郎君，我肚子裡懷著孩子，我肚子裡還懷著陰家的骨肉！」

「秀姑……」陰盛跪在地上，哭得肝腸寸斷，卻不敢上前對父親做任何阻攔。且不說落入馬賊之手後，孩子能不能保得住？就憑陰家的兒媳被馬賊肆意蹂躪這一條，就足以讓列祖列宗九泉之下蒙羞。所以，疼歸疼，太學生陰盛只能閉上眼睛，對妻子的哀求不聞不問。反正自己很快也就要死了，夫妻兩個在轉世的路上還能彼此相伴。

「秀姑，別任性！王陰兩家世代通婚，為父也是看著妳長大的。若是還有別的辦法，為父也不可能捨了妳和那未出世的嬰兒！」陰固邁步繞過自己的兒子，舉劍向自家兒媳緩緩逼近。一邊走，一邊低聲哄勸。彷彿手裡拿的不是寶劍，而是漂亮衣服和糖糕。

眼看著王氏就要死在陰固劍下，忽然間，斜刺裡伸過來一根細細的樹枝，「噹啷」一聲，將寶劍撥到了一邊，緊跟著，一個稚嫩的童聲，鑽入了所有人的耳朵，「慢著，大伯，嫂子不用死，事情還有轉圜餘地！」

「啊，你說什麼，你有辦法？」已經閉上眼睛坐等妻子被殺的陰盛聞聽，喜出望外。趕緊一個箭步竄過去，拉住說話者的衣角。

然而，待看清楚了說話者的身份，他的兩腿再度發軟，緩緩地跪坐於地，淚流滿面。「醜奴兒，妳，妳懂什麼？」

說話的，是他的堂妹陰麗華，小字醜奴兒。今年才十二歲。雖然因為吃得好，長得快，看上去比別人家十四歲的女兒還略高一些。可孩子就是孩子，在這大人都束手待斃的時候，她能想出什麼辦法力挽狂瀾？

「醜奴兒，讓開，一會才輪到妳！」陰固既然準備殺了兒媳以全家族名聲，自然不會放過侄女。皺著眉頭大喝一聲，再度舉劍蓄力。

然而，侄女陰麗華的一句話，卻讓他徹底握不穩寶劍。

「我知道，外邊那些人，根本不是真正的馬賊！」少女陰麗華用樹枝當作武器，護在自家嫂子頭頂，大聲叫嚷，「我見過他們其中好幾個，就在前幾天咱們借住的莊子裡頭！我也知道他們為什麼而來。大伯，哀牢之所以派人來追殺咱們，與其說是惦記嫂子的美色，不如說是因為遭到了你的拒絕，惱羞成怒！如今死了這麼多人，他的怒氣也該消了。不如送我出去替嫂子服侍他，即便不能換取外邊的家丁立刻撤走，至少，在家丁們回去請示的這幾天，你們還有機會等待官府的救援！」

說罷，一隻手繼續舉著木棍以防陰固突然發難。另外一隻手，緩緩捋順了額頭上的秀髮，露出一張無比乾淨的面孔。

「這……」陰固手中的寶劍緩緩收起，眼神搖晃不定。

自家侄女雖然乳名叫做醜奴兒，卻絕對是個如假包換的美人胚子。否則，自己也不會借著探親的由頭，千里迢迢跑回新野，說服弟弟，送她進長安見世面。

所謂見世面，其實整個家族上下所有主要人物都心照不宣。如此美麗端莊的女兒，留在新野，及笄之後頂多嫁給縣丞之子，而到了長安，卻有機會嫁入二十七大夫，甚至九卿之家。為空有數萬畝土地和無數財貨，卻幾代沒出過高官的陰氏，從此找到一棵乘涼大樹，受用不盡！

「多謝堂妹，多謝堂妹！堂妹救命之恩，我們夫婦沒齒難忘！」還沒等陰固做出決定，太學生陰盛已經拉著妻子，一道向比自己小了十多歲的陰麗華連連磕頭。絲毫不去想，以哀牢那種色中惡鬼性子，表妹落到此人手上，最後會是什麼下場！

「此計，有可取之處。但，但你怎麼知道，外邊的家丁，會就此收手？或者派人去向哀牢請示？」畢竟是做官的人，陰固比自家兒子見識「高出」甚多。猶豫了片刻，緩緩質問。

「總要試一試，反正不成功，結果也是死！」陰麗華笑了笑，嬌小的面孔上，寫滿了淒然。剎那間，陰固竟然看得怦然心動，頓時，對侄女的提議，就多出了幾分信心。正準備擺出長輩的模樣，做一些「必要」修正。卻又聽見陰麗華低聲說道：「此刻外邊的賊人，根本不知道咱們已經到了強弩之末。他們圍攻了一天莊子，想必也是筋疲力盡。所以，能有個理由歇歇，他們估計也巴不得。而侄女我出去，則是送上門的理由！」

「好，好！」陰固被徹底說服，搓著劍柄連連點頭。「麗華，伯父謝謝妳了。咱們陰家，不會，永遠不會忘記妳……」

陰麗華笑了笑，將後面的廢話全部自動過濾。放下手中木棍，輕輕挪動腳步，她獨自走向殘破不堪的莊園大門。淡藍色的衣衫倒映著霞光，彷彿一隻落入凡間的精靈。

「小姐……」大門附近，幾個身負重傷的家丁，將陰固等人的話全聽在了耳朵裡，忍不住向前爬了幾步，伸出手，掙扎著阻攔。

「忠伯、秋伯、柱子哥，你們別管了，這是我自願的，也是大夥唯一的活命機會！」陰麗華挪動腳步，繞開眾家丁的手臂，然後輕輕蹲身施禮，「照顧我嫂子，她肚子裡還懷著孩子！」

「小姐……」幾個家丁垂首於地，放聲嚎啕。恨不能立刻變作一隻隻惡鬼，把外邊的馬賊，連同身後無恥的陰固、陰盛兩父子，全都撕成碎片。

哭聲中，門被陰固的爪牙們，用力拉開了一條縫隙。陰麗華頭也不回，加快速度，走了出去。

外邊的「馬賊」們，已經吃飽喝足，正準備帶著強抓而來的百姓，給莊子最後一擊。忽然間發現裡邊走出了一個弱不禁風的少女，頓時，個個都瞪圓了眼睛。

「我才是你家縣宰想要的人，爾等速速帶我去見他！」用力踮高在裙子下的腳尖兒，陰麗華大聲喊道。聲音裡帶著少女特有的清脆和甜美，令人聞之不忍拒絕。「沒必要非拚得你死我活，我嫁給他做妾，兩家就此罷兵言和，豈不是更好？誰是這裡的帶頭人，速速送我去見哀縣宰。多謝！」

說罷，斂衽為禮。同時將手心中的短匕，悄悄地握緊。

即便不能讓群賊把自己送去見哀牢，至少也能見到群賊中的主事者。那樣，自己就能有一個機會，一個為全莊男女老幼換回性命的機會！在此之前，無論怎麼樣的磨難，自己都必須承受！

「小丫頭，長得的確不賴，膽子也大！」家丁頭目蔡一斤緩緩策馬上前，帶著幾分欣賞，點頭誇讚。

如此膽大的少女，可真不多見。更難得的是，她長得柳眉蛋臉，白白淨淨，身材高眺。用不了幾年，就會出落成真正的絕世之色。即便自家主子看不上，只要帶回去調養一番，無論是賣到青樓，還是賣入豪門大戶，都是奇貨可居

想到這兒，他心中猛地一熱。策動坐騎，就想上前將陰麗華抓上馬背。然而，還沒等戰馬走到少女身側，蔡一斤耳畔處，忽然傳來一聲霹靂般的斷喝：「官兵剿匪，無辜者速速退散！」緊跟著，一名身材魁梧的壯漢帶領二十幾名手下，如撲食獵物的獅子般，衝到了馬賊們面前，將他們一個挨一個砍翻在地。

「官兵來了！」陰麗華喜出望外，翹著腳，朝壯漢身邊張望。臉上的淒楚，瞬間變成了狂喜。

事發突然，群賊根本來不及上馬，頓時被殺得東倒西歪，鬼哭狼嚎。而被群賊們強抓來的百姓們，則趁機丟下了樹幹、乾柴、草繩，一哄而散。

這下，可把「馬賊」們的真正實力徹底暴露了出來。經歷了一整天的戰鬥和兩次分兵之後，他們如今剩下的兵力，還不足四十人。不到一個回合，就被從天而降的「官兵」們斬殺過半兒。剩下的十來名賊人根本沒勇氣抵抗，撒開雙腿，丟下兵器，四散奔逃。

「誰也救不了妳！」原本已經撥轉坐騎回去跟同夥匯合的蔡一斤，也迅速發現大勢已去。猛然又掉頭回返，俯身朝著陰麗華張開了黑漆漆的大手，「小娘子，妳是我的！」

「啊——」陰麗華畢竟年齡尚小，頓時就被打回了原型。閉上眼，舉起短刃，在身前胡亂揮舞。

本以為此番自己肯定在劫難逃了，誰料想，耳畔忽然傳來一聲清嘯，「嗖！」

緊跟著，馬賊頭目的慘叫聲，就直上雲霄。

有人救了我！是誰？陰麗華驚魂初定，一邊後退，一邊悄悄地睜開眼睛。本以為能看到一名騎著戰馬，滿臉鬍鬚的彪形大漢。卻不料，有一輛馬車高速衝到了近前。車轅上，有名少年白衣勝雪，衣袂飄飄。手中角弓三箭連發，將正伏在馬背上慘叫逃命的蔡一斤，射落在地。

「小妹別怕，我來救妳！」少年收起角弓，笑著扭頭。

這一刻的情景，瞬間就刻在了陰麗華心臟上，此生此世，都無法遺忘！

很多很多年後，被關在新野陰氏莊園小樓上，面對著四角形天空的陰麗華，依舊清楚的記得此刻劉秀所說的每一個字。

伯父和族老們刻意加高的院牆關不住她的靈魂，嬸嬸姑姑們用眼淚編織的欄杆，也囚禁不了她的心臟。她始終都是自由的，像鳥一樣自由。因為她知道，有一個人無論去了哪裡，總有一天都會回來，親自帶她離開這座骯髒且冰冷的囚牢。

她知道，有些承諾，只要做出，就是一輩子。

所以，她無憂，亦無懼。

但是，那些事情都發生在很久很久以後。

現在的陰麗華，可不知道自己這輩子跟劉秀會有如此漫長的糾纏。或者是因為絕處逢生所帶來的狂喜，或者是因為剛才差點死在自家伯父手裡所承受到的壓力，或者因為先前的委屈和失望，剎那間，她的眼淚不受控制地就淌了滿臉。

而少女的矜持，卻讓她努力想在這個好看的陌生人面前表現出自己的堅強，本能地伸手去擦。結果，越擦，臉上的眼淚越多，三下兩下，就把自己擦成了一隻花臉貓。

「沒事兒了，沒事兒了，賊人已經敗了，賊人不會再來了！別怕，有我們在！」劉秀天生見不得人哭，上次被馬三娘就給哭了個手忙腳亂，今天忽然遇到一個比馬三娘柔弱了三倍，眼淚也多出了三倍的小女孩，更是瞬間不知所措。

「莊子裡的男人都死絕了嗎，讓妳一個小女娃出來跟賊頭講數？」馬三娘更不懂得如何哄人開心，被眼前瓷娃娃般的小姑娘，哭得心裡好生煩躁。扯開嗓子，大聲喝問。

話音落下，陰麗華的眼淚像是被泥巴堵住了般戛然而止。臉上的委屈，瞬間也被尷尬所取代。

莊子裡的男人當然沒死絕！但是，她真的不知道，自家伯父陰固和堂兄陰盛，到底算不算男人？特別是跟眼前這個手持長弓，箭無虛發的少年相比，自家伯父和堂兄恐怕太監，都算不上，更不配提什麼七尺男兒！

好在這種尷尬，沒持續太久。就在陰麗華搜腸刮肚，努力想替莊子裡的長輩遮掩一下之時，她身後的大門，忽然從裡邊被人推開。司倉庶士陰固帶著太學高材生陰盛，還有七八個心腹爪牙，怒吼著衝了出來。威風好似英布、彭越[注二十三]，勇悍勝過西楚霸王，砍瓜切菜般，將地上已經死去和受傷未死的「馬賊」們，挨個割下頭顱。

「住手，他們，他們已經死了！死……」雖然連日來見慣了殺戮，小胖子朱祐依舊被陰固等人大割死人腦袋的凶殘行為嚇了一跳，伸出手，本能地就試圖阻止。

「恩公有所不知，這種馬賊，個個陰險狡詐，必須割下腦袋，以免有人裝死逃脫！」陰固頭也不回，一邊飛快地朝馬賊頭目蔡一斤脖子上補刀，一邊大聲解釋。

這個理由，是糊弄鬼的。事實上，陰固自己一個字都不信。然而，他卻必須義正詞嚴地說出來，並且努力將知道真相者的數量，控制在最少。

剛才被假扮馬賊的哀府家丁堵在莊子裡，完全落了下風，陰固當然不能拿馬賊的真實身份說事兒。過後陰家的其他人再怎麼喊冤告狀，朝廷裡也沒人會主動去追查馬賊的真實身份，替陰家出頭。而現在，情況則完全不同了。無論突然從天而降的援軍，是官府所派也好，還是自發趕來也罷，在他們的幫助下，陰家反敗為勝，已經成為板上釘釘的事實。

如此，主動權就落回了陰固手裡。馬賊們的腦袋，就變成了討價還價的籌碼。如果新安縣令哀牢想要跟陰某人重歸於好，看在他哥哥哀章的面子上，陰某人自然不會主動拿馬賊們的真實身份去做文章。如果哀氏兄弟不肯捏著鼻子吃下一百家丁全部被殲滅的啞巴虧，甚至還繼續對陰家和陰家的兒媳婦糾纏不放，這幾十個馬賊的腦袋，在陰氏的龐大財力運作之下，就會迅速出現在哀氏兄弟的政敵之手。

如此，雙方至少有機會能拚個兩敗俱傷，而不是像先前那樣，陰氏連反咬一口的能力都不具備！

某些遊戲，是到了一定層次的人才具備資格下場玩的。司倉庶士陰固懂得其中規則，想必美新公哀章和新安縣宰哀牢也懂。至於今天死在「馬賊」刀下的無辜者和「馬賊」們，不

注二十三、英布、彭越，秦末義軍中著名的兩個勇將，曾經與韓信一道輔佐劉邦擊敗西楚霸王項羽。後被劉邦和呂后二人挨個冤殺。

過是編戶冊子[注二十四]上的百餘名字，刮刮就乾淨了。甚至有不少死掉的人，名字根本就沒資格登錄在編戶冊子上，連刮都不用刮。

「這，唉！」小胖子朱祐知道自己又濫發了一次善心，搖搖頭，低聲長嘆。

馬賊們必須被殺光，即便莊子裡的人不衝出來殺，等會劉大哥騰出手來之後，也會帶著大夥去補刀。如此，才能將後患降低到最小。哪怕今後官府派人前來過問，大夥也能咬定今天殺的是「馬賊」，不知道其來歷。而無論按照大漢朝，還是大新朝的律例，義民出手殺賊，官府都應該給予嘉獎，絕對沒有任何官員敢明著替賊人出頭！

他的本意，是抒發自己心中的無奈。結果嘆息聲聽在陰麗華耳朵裡，卻完全變成了另外一番味道。當即，少女再也沒有勇氣站在恩人面前，繼續看自家伯父和堂兄丟人現眼。把身子一扭，掉頭逃之夭夭。

「也不知道是誰家女兒，膽子真是大得出奇！居然試圖借助『講數』的機會，刺殺賊酋！」劉秀早就注意到了陰麗華手中的短刃，望著其匆匆逃入莊園內的背影，笑著搖頭。

少女勇氣可嘉，但刺殺卻根本不可能成功。能做到頭目的，無論是家丁頭目，還是馬賊頭目，武藝都不會太差。而少女年紀頂多十四歲上下，又不像是有武藝在身。即便是出手偷襲，能碰到馬賊頭目一根寒毛，才怪！

「追上去問啊，你不問怎麼能知道！」忽然間，馬三娘沒來由地就覺得心裡頭發堵，冷著臉，大聲回應。鋼刀落處，身邊的半截樹樁被砍得碎屑飛濺。

「三姐，妳怎麼了？誰惹妳生氣了！我幫妳揍他！」朱祐被馬三娘突然發作的脾氣給嚇了一跳，本能地上前安慰。

他不問還好，一問，馬三娘愈發覺得滿肚子邪火無處可洩，硬邦邦地回了一句：「要你管？」策馬揚長而去。

恰好一名陰府的家丁拎著血淋淋的人頭四下炫耀，正擋在了戰馬的必經之路上。「滾開！」馬三娘側過環首刀，一刀拍了過去，將此人連同其手中的人頭一道拍飛出半丈遠。

「哪來的瘋丫頭？敢傷我陰家的人！妳爺娘沒教過妳如何做人嗎？」太學高才生陰盛甭看剛才對著馬賊時窩囊，平素在新野縣，也算響噹噹的一號人物。見自己的貼身奴僕居然被一名女子用刀拍飛，立刻上前，破口大罵！

馬三娘父母早死，自小與哥哥相依為命。而哥哥馬武對她雖然好，卻不可能照顧得如父母一樣周全，更不可能在女孩子成長過程中，必須請教的問題上，給與任何指點或者支持。因此，沒有父母教這種話，簡直就是馬三娘的逆鱗。無論是誰觸及，都會引發不可預測的後果。

當即，她就被怒火燒紅了眼睛，策馬掄刀，直奔陰盛而去。可憐的陰盛平素養尊處優，偎紅倚翠，幾曾見過如此陣仗？登時被嚇得全身僵硬，閉上眼睛大聲慘嚎：「啊——」

「三姐住手！」好在劉秀反應足夠快，幾個箭步竄了過去，搶在環首刀砍在陰盛腦門上之前，用弓臂狠狠敲了一下刀身，才避免了陰盛因為嘴臭被一劈兩半兒。

饒是如此，刀身和弓臂的碰撞聲，依舊宛若霹靂。把個陰盛嚇得兩眼一翻，暈倒在地，胯

注二十四、指編入戶籍的平民。漢代奴僕沒有戶籍，所以很多做家丁和奴僕的人，名字不會被官府記錄在案。生死都不會引起太多注意。

下有股熱流汩汩而出。

「你居然幫著外人對付我？」馬三娘感受到了刀身上傳來的力度，眼睛變得更紅。撥轉坐騎，頭也不回地去遠。

朱祐見狀，趕緊從戰場上拉了一匹馬賊落下的坐騎，叫喊著緊追不捨。數息過後，二人的身影就徹底被暮色吞沒。

「唉——」望著馬三娘和朱祐兩個背影消失的方向，劉秀低聲嘆了口氣，輕輕搖頭。

雖然年紀尚小，沒有多少跟同齡女子打交道的經歷。這一路行來，馬三娘對自己的心思，他豈能毫無察覺。可不知道為什麼，馬三娘對他越好，劉秀越是不願跟她走得太近。總覺得對方彷彿是一把沒有柄的魔刀，稍不留神就能將自己割得傷痕遍體。

而自己到底喜歡什麼樣的女人，劉秀心裡也沒個準譜。論好看，馬三娘肯定不輸於己以往見過的任何所謂的大家閨秀。論氣質，馬三娘比那些連家門都很少出的病美人們，更是強出百倍。論見識、眼界、聰明以及待人的心胸，馬三娘更是出類拔萃，至今沒有任何人能夠比肩。

當然，從小到大，劉秀除了自家和同族的姐妹之外，真正接觸過的同齡女子，一隻巴掌都能數得過來！

正感慨間，腳下的陰盛已經幽然醒轉。在兩名家丁的攙扶下坐起，雙手抹淚，哭得肝腸寸斷，梨花帶雨。

其餘家丁也顧不上再割死人腦袋，紛紛拎著刀圍了過來。恰好劉縯等人也結束了對剩餘馬賊的追殺，相伴而回。看到家丁們彷彿來意不善，立刻從各個方向快速向劉秀靠近。

這下，眾家丁可是又麻了爪。趕緊把刀子丟下，對著劉縯連連擺手：「軍爺，軍爺，不要誤會。我們，我們只是，只是過來看看我家少爺。沒，沒別的意思，真的沒別的意思！」

「你有也算！」劉縯早就將家丁們收集死人腦袋的行為看在了眼裡，冷笑著回應了一聲，上前護住自己的弟弟，「走了，馬賊已經殺光，老三，此地陰氣太重，不宜久留！」

「是！」劉秀四下看了看，挑了原本屬「馬賊」大頭目的坐騎，飛身跳了上去。「大哥先收拾一下，我去把朱祐和三娘找回來。」

說著話，就要抖動韁繩。卻看到一名留著短鬚的中年男子，跌跌撞撞地跑了過來，朝著自家哥哥劉縯用力揮手，「劉伯升！你可是舂陵小孟嘗劉伯升？在下新野陰子虛，這廂有禮了。」

「你是新野人？咱們曾經見過面？」劉縯楞了楞，遲疑著放鬆戰馬的韁繩。

「你果然是劉伯升，陰某可算追上你了！」中年男子的臉上，堆出了一團團油膩的狂喜。先裝模作樣地整頓衣冠，然後長揖及地，「新野陰氏族正陰固陰子虛，見過伯升兄。久仰伯升兄大名，今日得見，真是三生之幸！」

劉縯見對方行止有度，說話禮貌，口音還帶著如假包換的故鄉味道，頓時便不好再拒人千里之外。趕緊翻身下馬，長揖相還，「舂陵劉伯升，見過子虛兄。真沒想到，千里之外還能聽到鄉音！」

「追我們，你為何要追我們？」劉秀卻敏感地從陰固的話裡，聽出了不同的意思。將弓臂整了整，緩緩橫於胸前。

「是啊，陰某原本以為今日被馬賊圍攻，肯定在劫難逃了，沒想到竟然被同鄉所救。大恩不言謝，請伯升兄再受陰某一拜！」陰固不肯回答劉秀的話，先抬手擦了擦額角上早已乾涸掉的汗漬，又對著劉縯一個長揖下去，兩隻手肘幾乎接觸到了地面。

劉縯平素所接觸的人，多是豪爽乾脆的布衣之俠，很少跟如此多禮的人打交道。頓時渾身上下都不自在。連忙側身閃了閃，拱手相還：「陰兄客氣了，不過是路見不平而已。換了別人，看到馬賊謀財害命，也會仗義出手！」

「不是客氣，不是客氣！對伯升兄來說，是路見不平。對陰某來說，卻是全家性命的死活。伯升兄，請再受子虛一拜！」

說著話，又是及地長揖。窘得劉縯跳開數步，連連擺手，「罷了，罷了，陰兄，此間事情已了，我還有幾個同伴身上帶傷需要救治。就不跟您敘舊了，咱們山高水長，後會有期！」

那陰固哪裡肯放，緊追上前，一把拉住劉縯的衣袖，「伯升兄慢走，小弟這裡有上好的金創藥。小弟此番目的地也是去長安，與你一模一樣。小弟的二弟陰方，就在太學做博士，剛好可以替令弟行個方便！」

「你怎麼知道我們要去長安？」劉縯心中的警兆，徒然而生。一甩胳膊擺脫了陰固的拉扯，右手再度按住了劍柄。

他長得魁梧偉岸，衣服上還帶著未乾的血跡，含怒發問，殺氣頓時蓬勃而出。把個陰固嚇得「蹬蹬蹬」接連倒退五六步，雙手擺得像風車一般，大聲叫喊：「伯升兄不要誤會，千萬不要誤會。在下，在下並非是有意打探你的消息。在下，在下的三弟陰宣，乃是棘陽縣丞。數日前在客棧裡與伯升兄曾經有過一面之緣！他知道伯升準備前往長安，也佩服伯升兄的本事，因此特地建議在下追趕伯升兄，一路同行。只是，只是追來追去，沒想到反追到了伯升兄前頭。」

「陰宣？」劉縯眉頭輕皺，立刻想起了當日岑彭身邊那個大腹便便的胖子。「原來是你陰縣丞，草民先前倒是失禮了。子虛兄，咱們後會有期！」

當初那個與岑彭一道設計坑害馬氏兄妹的棘陽縣丞陰宣，在劉縯心中可是沒落下半分好印象。而之後為了掩護馬武脫身，劉縯還又與馬三娘聯手，一把火燒掉了死胖子陰宣的小半個家。如今馬三娘就在隊伍中，並且此後很長一段時間還要托庇於劉家羽翼之下，試問劉縯怎麼可能，還願意跟陰宣的弟弟有過多交往？當即，甩甩袖子，就準備一走了之。

誰料那陰固性子極為無賴，見劉縯始終不肯接自己的茬兒，又扭著屁股追上前，滿臉堆笑地提議：「伯升兄，伯升兄慢走，且聽在下把話說完。在下雖然只是個區區庶士，好歹也是個官身，在長安人脈頗廣。將來令弟在太學就讀，萬一有什麼雜事需要辦，只要派人帶句話，在下絕對不會置之不理。況且舍弟陰方在太學裡頭，也頗負聲望。說實話，入太學就讀只是第一步，此後的擇師、分科、歲末大小考，以及將來能否被朝廷挖掘發現，委以重任，裡邊曲折甚多。咱們都是新野同鄉……」

「還不是空口白牙，就想讓我等給你做免費護衛？」鄧奉正在附近收集馬匹，聽陰固越說越玄奧，忍不住開口戳穿。

「不會免費，不會免費！」陰固老臉微紅，卻繼續巧舌如簧，「伯升兄和你身邊眾弟兄這一路上的吃喝住宿，在下全都包了。幾位傷號的求醫問藥費用，也全歸我陰氏負責。救命之恩不言謝，伯升兄今後若是有用到陰家的地方，儘管開口。只要力所能及，我新野陰氏上下，絕不皺眉！」

「嗯！」劉縯皺著眉頭，低聲沉吟。

說實話，他打心眼裡不願意跟陰固這種人交往，然而對方剛才所說有關入學就讀只是第一步的言辭，卻讓他無法選擇忽視。

經過漢代的推恩令和大新朝的各種政策消弱打壓，舂陵劉家，已經降為地方普通中等大戶。每年各種稅賦和徭役，像數座高山一樣，壓得全族的人都喘不過氣來。如果劉縯這代再不出一個官員，給家族帶來減免賦稅和徭役的好處，可以預見，用不了二十年，舂陵劉家就會被徹底壓垮。然後變成一個個小門小戶，被貪官污吏隨便欺凌。甚至有一部分人會失去田產宅院，淪為別家別姓的奴僕。

這也是他說服了族中長輩，千方百計為劉秀、鄧奉和朱祐三個，弄來太學就讀資格的緣由所在。鄧氏和劉氏數代聯絡有姻，鄧奉如果太學讀書有成，將來像岑彭那樣做了官，絕對不會對劉家的事情置之不理。而朱祐自小受劉家的照顧，讀書上學和各種日常開銷，全是劉縯帶著兄弟姐妹們從牙縫裡擠出，以小胖子朱祐的為人，他日一旦有了出息，自然會千方百計給與劉氏回報。至於自家弟弟劉秀，那更是全族的希望所在。讀書好，頭腦聰明，做事沉穩，只要給與足夠的空間，早晚會一飛沖霄。

「伯升兄有所不知，聖上擴大辦學的初衷，雖然是唯才是舉。對《詩》、《書》、《禮》、《義》、《春秋》五經，也是一視同仁。但人有五指，長短尚且不齊，何況儒門五經之輕重乎？」陰固在官場打滾多年，於揣摩別人心思方面，是何等的經驗豐富？稍加察言觀色，就知道自己已經找到了劉縯的罩門兒，趕緊向前湊了兩步，繼續口如懸河，「而負責傳授五經者，雖然都很博學多才。內裡卻又被暗中分為兩國師、四鴻儒、三十六秀才、七十二公車、三百六十韋編。令弟若是熟門熟路，入學便被拜入兩國師或者四鴻儒門下，日後必將前途無量。若是投錯了師門，稀裡糊塗找了個『韋編』注二十五做學問。非陰某故意危言聳聽，即便讀出來，也就是個白首窮經的命，一輩子都難出頭？」

「啊！」劉縯被說得倒吸一口冷氣，雙腿再也挪不動窩。趕緊轉過頭來，朝著陰固深深施禮，「子虛兄，今日多虧遇到了你。否則，劉某必會稀裡糊塗，就誤了舍弟他們幾個的前程！」

「伯升兄不必客氣，咱們進門去慢慢說，這太學裡邊的道道，可多著呢。恐怕三天三夜都說不完！」終於成功抓到了一夥有實力的護衛，陰固心中好生得意。然而，嘴巴上卻依舊客客氣氣，臉上的表情也越發恭敬有加。

為了家族的將來，也為了弟弟和朱祐等人的前程。劉縯沒有資格再清高，只好跟同行的旅伴們打了個招呼，先安排鄧晨帶著其中幾名毫髮無傷者，去半個時辰前跟「馬賊」交戰的地方，收攏戰死同伴的屍體。然後帶著其餘輕重傷號及劉秀、鄧奉和嚴光，邁步走進了陰固所借宿的莊園。

莊園的主人趙禮已經傷重身死，其兒子、女婿們，正在圍著屍體大放悲聲。其餘戰死的家丁、護院屍體，也被驚魂初定的佃戶和奴僕們，抬到了空地上，以待陰家和趙家莊的新任主事者辨識過身份之後，決定如何下葬及如何撫恤其身後的家人。一群失去了當家頂梁柱的婦孺，則跪在屍體旁，悲號不止。整個莊子，都被籠罩在了一片愁雲慘霧當中。

陰固全家後半路程的安危，全繫在劉縯與一眾豪傑身上，因此，哪裡有功夫再管趙家莊的「閒事兒」？見自己進了門之後，所有人都只顧著哭哭啼啼，根本沒人過來幫忙招待救命恩人，

注二十五、韋編，穿竹簡的繩子，這裡代指死讀書的書呆子。

心中便湧起了幾分怒意，皺了皺眉，沉聲問道：「管家呢，管家陰福在哪？」

「老爺，小人在這兒……」一個虛弱的聲音傳來，有氣無力。緊接著，從停放屍體的空地旁，走過來一個鬚髮花白的老漢，看年紀，足足有六十幾歲。滿面愁苦，步履蹣跚，胳膊上還紮著一條白麻布，有殷紅色的血跡，正沿著麻布的表面不斷向外滲。

「你怎麼也受傷了，傷到骨頭沒有？」陰固皺著眉頭看了管家陰福一眼，臉上不快的表情越發濃郁。

「剛才，剛才怕賊人從牆頭翻過來，就過去幫了把手！」陰福不敢隱瞞，強忍住傷口處椎心的疼痛，小聲解釋，「然後，然後不小心就挨了一刀。還好，沒砍斷骨頭。」

「沒事就好。」陰固聽得很不耐煩，四下看了看，繼續問道：「咱們家的人，戰死了幾個，傷了幾個？」

「回稟老爺，戰死了四十四個，其中二十六名家丁，十八名健僕。重傷十五個，輕傷三十七個。還有，還有六名家丁和十一名僕人不知所終！」管家陰福，剛才一直在忙著統計損失，收集屍體，安置傷號。聽自家主人陰固問起，趕緊如實彙報。

「你去給家中修書，讓新野那邊給死者家屬每人發五吊錢、兩石麥子。順便請三老爺幫忙下海捕文書，捉拿那些棄主逃命的家奴。」陰固眉頭一皺，非常熟練地做出處置決定。「至於受傷的，無論輕重，包括你在內，去賬上支兩吊錢，結伴回新野休養去吧！」

「這，這……」管家陰福楞了楞，臉色瞬間變得一片雪白。

五吊錢、兩石麥子，就是一條命！大夥身份低賤，沒資格替戰死者跟主人討價還價。那些剛才見勢不妙拔腿逃走的傢伙，也活該下半輩子活在被官府捉拿的恐懼裡。可有傷在身者，無論傷勢輕重，每人兩吊錢打發回家，這也忒刻薄了些！要知道，此地距離新野已經有上千里路，大夥在路上又要請郎中診治，又要吃飯住宿，甚至還有可能因為有人傷勢加重而不得不停下來照顧。兩吊錢，有可能連司隸部都走不出去，便花個精光。剩下的大半程，幾百里路，大夥就得一路乞討，才有機會活著回家！

「怎麼，你沒聽清楚我的話嗎？」陰固臉立刻又像棺材板子般落了下來，瞪了一眼管家陰福，厲聲喝問。

「聽，聽清楚了。小人，小人這就去，這就去安排！」管家陰福被嚇得打了個哆嗦，趕緊躬身行禮，然後倒退著向後走。不小心，兩行淚水伴著血水，重重地濺落在地上，發出刺眼的紅。

陰固如今成功拉到了劉縯和一群「虎狼之士」做便宜護衛，豈會還在乎幾個「沒用的家奴」傷心不傷心？當即，對管家的眼淚和血水選擇了視而不見，掉轉頭，帶著劉縯等人施施然進了客房。

先威風八面地找了個丫鬟去煮茶，又殺氣騰騰地叫來了奴僕伺候貴客洗臉更衣，好一陣雞飛狗跳的折騰之後，才拉著劉縯等人分賓主落坐，帶著幾分賣弄，大聲介紹：「本朝太學與前朝大體一致，都是為了廣納天下賢良之才，著名師加以教導，以期他們能學有所成，日後好替天子牧守一方。然自打聖上登位，天降祥瑞，地生甘泉，賢材璞玉亦如雨後春筍。是以，太學就一再擴容，學子從原本的三百餘人，變成了如今的一萬餘人，並且來年還要繼續擴招！」

「哦——」眾賓客張大嘴巴，雙目圓睜，不知道該說些什麼才好。

有道是雞鴨多了不生蛋，騾馬多了不拉車。太學如此急速擴招，裡邊的學子質量定然泥沙俱下。也難怪，近年來，很少聽聞太學出來的人才有所作為！偶然蹦出一半個，要麼是以心狠手黑，殺伐果斷著稱，要麼則是因為發現了某個了不起的祥瑞，一路從縣郡顯擺到京師。真正能替百姓做主，或者能領兵揚威域外的，則聞所未聞！

「教材選取，自然依舊是五經。負責教導學生的名宿，亦如前朝，被授予五經博士和五經教習之職。」陰固猜不到大夥心裡的想法，見大夥好像個個都矯舌不下，還以為眾人是被自己的「見識淵博」給鎮住了，頓了頓，繼續大聲賣弄，「有一萬多名學生，當然博士和教習的數量，也得隨之水漲船高。所以，如今太學裡博士和教習，人數高達四百八十有餘。其中兩國師，指的是嘉新公劉秀、易學大家揚雄，這二人都極得聖上之心。誰要是能拜在他們二人門下，今後甭說被授予高官顯職，求學期間，出入宮廷蒙聖上親自點撥，都不是難事！犬子懷讓，如今就拜在嘉新公門下。」

「後學晚輩陰懷讓，見過各位叔伯！」剛換過了一身衣服的陰盛，人模狗樣地起身向大夥施禮。

「不客氣，陰公子不必如此客氣！」賓客們，趕緊長身拱手相還。看向陰固父子倆的目光，瞬間就變得認真了許多。

陰固一直在留意眾人的臉色，見到大夥的表現，心中好生得意。悄悄將聲音又提高了幾分，繼續賣弄道：「四鴻儒，指的是《尚書》大家許子威、禮學大家劉龔，陛下的族弟王修。舍弟陰方陰子矩，憑藉一部《春秋》，也有幸廁身其中。」

「哦！」包括劉縯在內，眾賓客齊齊點頭。

一個弟弟是太學之鴻儒，一個兒子是國師之高徒，怪不得這姓陰的行事如此乖張！當即，有兩個準備在長安討生活的，便打定了主意，要跟眼前這位陰庶士多多來往，以期將來能沾上一點餘蔭。

劉縯雖然對陰固的為人和性情都非常不屑，然而想到自家弟弟和朱祐、鄧奉、嚴光四人今後的前途，也不得不裝出一副欽佩的表情來，耐著性子，跟著大夥一道聽陰固大吹特吹。

「至於三十六秀才麼，就差得多了。無非是一些讀了滿肚子書，卻不太懂得學以致用的傢伙。拜入他們門下，做學問倒是不愁得不到指點，然而將來想要步入仕途，出路就比兩國師和四鴻儒差得太多。」陰固越說越興奮，手舞足蹈，吐沫星子飛濺。

眾人聞聽，心中便忍不住幽幽嘆氣。想那各地學子，能憑本事被錄入太學，一開始心中該是多麼興奮。本以為從此之後前途一片光明，舉族上下都可以跟著受益，誰能想到，真正的門檻還在太學之內，並且一道接著一道。而那兩國師四鴻儒，就是每人都生著三頭六臂，總計才能帶多少門生。其餘學子們因為初來乍到不懂這些彎彎繞，一頭扎入其他先生門下，豈不是平白要經歷許多坎坷？

正感慨間，卻又聽那陰固得意洋洋地補充道：「三十六秀才雖然比上不如，但比起七十二公車，三百六十韋編來，還是綽綽有餘。好歹他們的名頭尚算響亮，教出來的弟子即便無法於長安城內立足，去地方上，也能謀一份差不多的差事。那些公車、韋編教出來的學生，離開太學之後，前途才是真正坎坷。前幾年有個學子姓吳名漢，字子顏！堪稱文武雙全，長得也是一表人才，每次歲末大考，幾乎都穩居榜首。就是因為其授業恩師既沒名氣又沒人脈，結果學成之後，其本人只能去宛城附近做一個亭長。苦熬了這麼久，都沒機會出頭！」

「唉！」話音落下，屋子裡又響起了一片嘆息。幾乎所有人，都在替那高材生吳漢的不幸境遇扼腕。

只有劉秀，畢竟年齡太小，沒經歷過太多風浪，心性也遠不像大人一般成熟。聽陰固把曾經讓自己心馳神往的太學，說得像個牲口市場般不堪，便有些意興闌珊。四下看了看，趁著誰也沒注意到自己，裝作尿急的模樣，悄悄溜出了屋外。

屋子外，天色已經完全黑了下來。清冷的星光從半空中照下，照亮周圍匆匆忙忙的人影。每一個人的臉上，都帶著濃郁的哀傷和化不開的茫然。白天的災難，發生得太突然，對莊子的打擊太沉重。失去了致仕官員趙禮這個頂梁柱，誰也不知道趙家莊還能存在多久，貪官污吏們還有多少時間就會像吃死人肉的烏鴉般找上門來。

這還是司隸部，就在官道附近，距離重鎮弘農，也不過是百餘里的路程！如果換做其他偏遠閉塞之地，或者自己的老家新野……

越想，劉秀越覺得周身發涼。抬首西望，只見彤雲低垂，峰巒如聚，黑暗中，不知道有多少虎狼熊羆在悄悄地磨著爪牙。

而這條路，他卻必須走下去，始終不能回頭。

春陵劉家，已經很久沒出過官員了。祖上的餘蔭，到自己這代已經不剩分毫。大哥劉縯為了入學的開銷，跟族中長輩幾乎撕破了臉。姐夫鄧晨，也放下家中所有事情，不遠千里前來相送。如果他不學出點名堂來，怎麼有顏面回去見族中長輩，怎麼有顏面去見姐姐和大哥？

正呆呆地想著，兩名百姓抬著一件東西快速走了過來。故意打了個橫，將劉秀撞得踉蹌數步，差點兒一頭栽進院子中的水坑。

「讓一讓，讓一讓，好狗不擋道！」挑釁般的提醒聲，這才傳到劉秀的耳朵裡，讓他頓時回過了神來，怒火中燒。

然而，當他看到兩名百姓手裡所抬之物，心中的火氣又迅速熄滅。稚嫩的臉上，也快速湧起了幾分悲憫。

一卷草席，兩條白色的葛布，裡邊包裹的，則是一具冰冷的屍體。陰家可以對戰死的家丁、健僕不聞不問，此地的主人和百姓，卻不能不給自己的同鄉收屍。否則，萬一屍體腐爛，惹來了疫氣，全莊上下，甚至方圓幾十里內的百姓，都在劫難逃。

「假仁假義！」見少年臉上露出了悲色，抬屍體者無法再繼續找茬。丟下一句冰冷的話，繼續邁步走向後院的祠堂。在那裡，他們要先請方士前來招魂，讓同族戰死者的魂魄與祖先相認。然後，才能讓每一名死者入土為安。

劉秀被對方說得極不舒服，卻無法計較。只能邁動腳步，儘量遠離莊子中的任何現有路徑。陰家在這裡本是借住，如今莊子的主人傷重身死，作為主人的朋友，把馬賊招來的罪魁禍首，司倉庶士陰固居然連慰問婦孺的話都沒說一句，就躲回房間裡招呼他的客人，行事涼薄如斯，豈能不被莊子裡的人厭惡？

恨屋及烏，連帶著劉秀這個跟陰固沒半點瓜葛的人，都受到了牽連。被莊子的百姓、佃戶和家僕們當成了掃把星，個個恨不得找機會將其按在地上痛毆。

感覺到周圍人身上隱隱散發出來的敵意，劉秀心中愈發不自在。低下頭，努力避開所有人，快步走向大門口兒。原本打算看看朱祐是否把馬三娘追了回來，後者是否已經發完了脾氣？雙腿才剛剛踏過門坎兒，就聽見外邊有一個柔和的女聲低低的說道：「福伯，我大伯和堂哥兩個，以前從來沒遇到過如此大的風浪，一時被嚇得有些六神無主。見到救命恩人如此勇悍，自然恨不得立刻貼上去，從此寸步不離……」

「嗯，這話倒也有趣！」劉秀楞了楞，搖頭而笑，同時將已經邁了一半兒的左腳悄悄收了回來，朝前探了探身子，借著兩扇破碎門板的掩護，向外觀望。

本以為，說話者年齡至少得跟馬三娘差不多大小，所以才能替陰固和陰盛二人找出如此「恰當」的遮掩藉口。誰料，目光所及之處，看到的卻是一個熟悉的身影。

正是傍晚時主動出來跟「馬賊」講數兒的那名少女，充其量十三、四歲年紀，素衣如雪，皓腕凝霜。在月光下，一邊躬著身體將荷包朝管家陰福手裡塞，一邊繼續低聲補充道：「等他們過幾天緩過神來，自然知道不該如此對待您和幾位忠勇之士。這裡邊有五顆金豆子，三件首飾，您先拿去換了錢，給大夥路上用。不必太節省，先給大夥尋找個好郎中處理傷口，才是要緊。」

「小姐，使不得，使不得啊！」管家陰福感激得雙手發抖，曲著雙膝連連搖頭。「這，這都是您自己辛辛苦苦攢出來的，平素自己都捨不得用。小人，小人不過是個家奴，哪裡有資格花您的錢啊！

「福伯，您別急著拒絕，您聽我說！」月光下，素衣少女彎著腰，一隻手繼續用力將荷包朝管家手裡塞，另外一隻手努力去托住管家的手肘，「起來，您老起來聽我說。誰人都是爺娘所生養，命都只有一條。錢再多，還能有人命貴？況且我每年都有壓歲錢可拿，不差這一點兒。」

「小姐，老奴，老奴……」管家陰福胳膊上有傷，不敢用力拉扯，只好重新站穩身體，深深俯首，「老奴，老奴多謝了。小姐，老奴命賤，不敢給您許諾什麼。願天上的神明保佑您，長命百歲！」

「願天上神明，保佑小姐長命百歲！」一眾被陰固拋棄的家丁和奴僕，紛紛躬身行禮，含著淚發出祝福。

這年頭，市面上以銅錢和鐵錢為主，銀豆子都很少見，更被甭提金豆子。故而，有了陰家小姐所賜的荷包，他們活著回到新野的機會至少增加了三倍。再也不用擔心沿途缺衣少食，最後相繼變成餓殍。

那陰家小姐，卻不肯受他們的禮。先側開身子躲開數步，然後又笑著道：「願漫天神明保佑你們儘快傷口痊癒，個個生龍活虎！趕緊走吧，到城裡去找醫生，我看過輿圖，最近的一個縣城，就在正北方三十里處！」

「哎，哎！小姐保重！待我等養好傷，再跟族老請纓，到長安來伺候您！」管家陰福帶領眾人，再度躬身行禮，然後互相攙扶著，緩緩走向官道。踉蹌的身影，被頭頂的月光拉得老長，老長。

如水月光下，少女踮起腳尖兒，朝著管家等人的背影輕輕揮手，就像送自己的親人遠行般，不見絲毫做作。

「醜奴兒，妳又跑哪去了！」一個尖銳的女聲，忽然從劉秀身後響起。

緊跟著，有個花枝招展的美婦，帶著兩名丫鬟，急匆匆從他身邊走過。差點兒把他撞了個趔趄，腳步卻絲毫沒有停滯，「醜奴兒，妳再不答應，我就告訴公爹。到了長安之後，讓他下令禁妳的足！」

「哎，哎，在呢，在這呢。我出來送送福伯他們，順便透一口氣！」少女像受驚的白鶴一般，跳了起來，然後快步走向大門。「院子裡邊血腥味道太重了，我不喜歡。」

「福伯他們有什麼好送的，本事那麼差，連馬賊都打不過！」美艷少婦挺著肚子，根本沒看見劉秀的存在，快步走向素衣少女，一邊拉住對方的手，一邊連聲數落，「不過是些沒用的家奴罷了，哪值得妳來浪費心思？有那功夫，不如回去跟我學如何梳妝。妳看，嫂子這副妝容是否貴氣？妳大哥是太學生，到了長安，要帶著咱們去以文會友的。到時候，咱們可不能被當成鄉下人，丟了他和公爹的臉。」

「不是一家人，不進一家門，此言果然非虛！」劉秀聽得心中又是一陣煩躁，撇了下嘴，扭頭就走。才走了幾步，耳畔卻又傳來了少女的聲音，還是像先前對待管家陰福時一樣溫柔，平和，不疾不徐，「嫂子，看妳說的，咱們又不是太學生，怎麼會丟大哥的人？太學裡頭，我想應該比的是學問、本領、詩賦文章。如果面子需要靠妻子跟妹妹的妝容來撐，這書，我看不讀也罷！」

「善，大善，看不出來陰家的人，居然有此見識！」劉秀停住腳步，詫異的回頭。傍晚時他光顧著救人，根本沒顧得上仔細看那名喚作「醜奴兒」的陰家少女，到底長什麼模樣。此刻被對方話正說到了心窩子裡頭，便忍不住多給予了一些關注。結果赫然發現，少女乳名裡頭雖然有個「醜」字，事實上，卻是個十足的美人胚子。非但生得一點兒都不醜，而且比她那個濃妝艷抹的嫂子強出了不知道多少倍！

正詫異間，又聽那個花枝招展的嫂子笑著啐道：「說什麼呢妳？誰說妳大哥的面子需要咱們倆個來撐了？我的意思是，長安畢竟不是新野，咱們不能讓被人家當成鄉巴佬。況且多認識幾個少年郎，對妳也沒任何壞處。妳眼看著就十三歲了，我十四歲那樣，已經嫁入了妳們陰家！」

「我才不想那麼早嫁人！」少女被說得臉頰飛紅，頓著腳，低聲抗議。「嫂子，妳是妳，我是我，妳的規矩，對我不適用！況且我父母年事漸高，我又沒有嫡親長兄。正應該晚幾年再出嫁，以便在二老面前多盡一些孝道！」

「嘴硬！說得好聽！」花枝招展的少婦冷笑著撇嘴。見周圍沒有外人，她的膽子頓時就大了起來。輕輕拉起少女的手，低聲說道：「方圓五百里挨著家數，妳見誰家需要女兒來支撐門戶的？妳聽我說，新野那地方小，妳沒見過幾個少年才俊，所以才會覺得嫁人不能太早。若是見到了合適的，真恨不得立刻就讓他找媒人登門來說親，一天都等不得！」

「就像嫂子遇到的大哥？」少女笑了笑，眉頭清蹙。

對方畢竟是她的堂嫂，此刻說得又是閨中體己話。所以她雖然心中有些反感，倒也不方便拔腿就走。

那少婦神經頗為粗大，絲毫感覺不到少女的疏遠態度。抬起另外一隻手，輕掩紅唇，先裝作害羞的模樣，「嗤嗤嗤」地笑了幾聲，然後又低聲道：「當然不完全是。可能進入太學就讀的少年郎，將來的前途肯定不會太差。妳哥哥這兩年所結交的朋友，家世又個個一等一。妳若被他們看上，咱們陰家……」

「我又不是貨物，憑什麼要我被他們看上？」少女楞了楞，迅速將手抽開，低聲反問。「為什麼不是我看上了他們？或者他們看上了我，我卻一個都沒看上！」

「問得好！」劉秀在黑暗中，偷偷握拳。忽然間，覺得少女跟自己很對脾氣！

而門外那名濃妝艷抹的少婦，則被問了個目瞪口呆，半晌，才搖著頭數落：「妳這妮子，還真敢想！妳憑什麼看不上人家？別人家世好，書讀得好，長輩的人脈也極為廣闊。學成之後，當年就有可能坐鎮一縣，成為貨真價實的百里侯！」

「那關我何事？」少女懶懶的打了個哈欠，轉身，準備結束交談。

少婦卻又一把揪住了她的衣袖，迫不及待地補充：「怎麼不關妳的事情呢，妳這妮子，真的是啥都不懂。妳以為今天來的馬賊，是真的馬賊嗎？那分明是新安縣令派家丁假冒？可我公爹他，明知道對方是假冒的，也只能將錯就錯，絕不敢把對方身份拆穿。這還是咱們陰家、公爹和三叔好歹都是官身。若是換了尋常百姓，只有他扮作馬賊來殺妳的份，妳卻連還手都不能。否則，他反倒會誣告你無故行凶殺了他的家人，讓妳有冤無處訴！」

「原來嫂子也知道馬賊是假冒的！」少女回頭俯視，目光裡充滿了鄙夷和失望。

少婦被她看得渾身不自在，卻硬著頭皮回應：「知，知道又能怎麼樣？連公爹和妳大哥都不敢戳穿，我一介女流那節骨眼上，還能有什麼主意？醜奴兒，妳聽我說，嫂子也是為了妳好。咱們陰家不算小門小戶，一個新安縣令，就能把咱們欺負成這樣。妳要是將來嫁給了公侯之子，就只有妳欺負別人的份，全天下都沒幾家人敢欺負到妳頭上來！」

「可我不喜歡欺負人！」與對方根本沒共同語言，少女搖頭，嘆氣，然後再度甩開對方的手掌，「剛才的話，我不知道是不是大哥讓妳跟我說的。但是，我給妳個確定答覆，我不喜歡！大哥他想跟誰結交，是他自己的事情。我是他的堂妹，不是他的親妹。這次來長安，是奉父母之命來探望祖父和祖母。不是替他來鋪路的，他也甭指望踩著我的骸骨，去飛黃騰達！」

幾句話，說得雖然不疾不徐，卻擲地有聲。把濃妝少婦給羞得，接連後退了好幾步，才在丫鬟的攙扶下，勉強站穩：「妳，妳這又是什麼話？妳大哥和我，還不是為了妳！妳，妳不領情也就算了，何必，何必如此，如此埋汰人！」

「我不需要別人為我好！不勞堂哥和嫂子費心了！」少女腳步不停，聲音也毫無停頓。「到了長安之後，你們夫妻兩個忙你們的，什麼以文會友，吟詩做賦的好事情，切莫找我參加。我就是個鄉下丫頭，讀書少，沒見識，可不敢丟了你們夫妻兩個的臉！」

「好，說得好！」劉秀今晚被陰家父子的言行，惹了一肚子鬱鬱之氣無處可發。聽少女說得乾脆，頓時又忍不住連連揮舞雙拳。若不是怕人發現自己在偷聽，弄得雙方尷尬，真恨不得現在就衝出去，替少女吶喊助威。

眼看著少女一隻腳就要返回莊子內，濃妝少婦又急又怒，腆著三個月的孕肚追上前來，連聲叫嚷：「妳，妳怎麼如此不知道好歹。妳，妳大哥的那些同窗好友，學問、長相和家世，哪個不是一等一。甭說妳在新野那種窮鄉僻壤見不到，就是妳在長安城裡，也不可能輕易遇上一個！」

「可我不稀罕！」少女懶得跟對方多廢口水，果斷加快腳步。「我如果喜歡，哪怕他不名一文，也要去嫁。我不喜歡的，哪怕是皇上的兒子，也躲遠遠的，不去高攀。別在我身上費力氣了，誰要是喜歡，你們安排誰去見就是！嫂子，我記得妳還有好幾個妹妹呢，有了這麼大便宜，何必給我一個人留著？多謝了，小妹得回去安歇了。嫂子妳慢慢走，小心動了胎氣。」

因為年齡小，她的身材還遠遠未長開。但即便如此，也比濃妝少婦高出了小半頭。雙腿邁動，立刻宛若乳鹿躍澗。

濃妝少婦懷著孩子，哪裡追得上？轉眼間，就落在了後邊，雙手握著肚子齜牙咧嘴。

「活該！」劉秀搶在少女發現自己之前的剎那，將身體藏在了門板之後。見少婦因為跑得太急，動了胎氣，非但不願給予絲毫同情，反而心中湧起了幾分快意！

對於陰固父子和眼前這個少婦，他是半點好印象也欠奉。但對甩開了嫂子匆匆逃走的少女醜奴兒，他心裡卻有許多惺惺相惜。

勇敢，善良、真誠、自尊。小小年紀便有了自己的主意，對堂兄攀龍附鳳的行為不屑一顧。只可惜不是個男兒身，否則，今晚劉秀真的想拉住對方，找個開闊地方一道開懷痛飲。

他站在門板後對少女欣賞有加，門前的濃妝少婦，卻對少女恨得牙根兒都發癢。絲毫想不起就在今天傍晚，少女曾經捨命相救。捂著肚子呻吟了片刻，又在丫鬟的攙扶下站直了身體。一邊磨磨蹭蹭往借住的房屋方向走，一邊咬牙切齒，「小妮子，不知道好歹！這也不行，那也不行，早知道如此，還要妳來長安何用？等著，咱們走著瞧。就不信，在自己家中，我還拾掇不下一個妳！」

「該死！」劉秀聞聽，立刻怒火中燒，將手迅速摸向了腰間的短劍。然而，畢竟跟對方無冤無仇，且少婦此刻還懷著身孕。牙齒咬了又咬，最終，他沒有將短劍拔出鞘，只是目送著對方臃腫的身軀越走越遠。

「呼——」一陣夜風吹過，帶著晚秋時節特有的寒。劉秀的身體打了哆嗦，從門背後走出來，漫無目的走向外邊的曠野。

「吱吱，吱吱，吱吱吱吱——」曠野中，秋蟲在黑暗處，努力發出最後的吟唱。東一句，西一句，不成調子，卻又彼此糾纏，紛亂不堪。正如少年人此刻的心情。

第一次出遠門的興奮，早已消散不見。沿途所見，卻罕有什麼亮色。外邊的天地，遠不如當初想像中美好。傳說裡的太學，也遠不如少年當初所期盼。還有，還有將來的個人前途，肩頭上所背負的責任，以及，以及馬三娘那雙熱情中帶著幾分幽怨的眼睛！

千頭萬緒，劉秀理不清楚，也不知道該從哪塊兒著手梳理。彷彿預先有過約定般，短短一個月內，以前從未考慮過，也不認為自己需要考慮的事情，都一窩蜂地湧了出來，一窩蜂地擠滿了他的心臟。讓他感覺自己的心臟沉甸甸地，不停地往下墜，往下墜，墜向不可預知的深淵。

「今天你一共殺了幾個馬賊？」正漫無目的的走著，耳畔，忽然傳來了好兄弟朱祐的聲音。

聲音的距離有點兒遠，而今晚的月光，遠沒有亮到可讓人看清楚二十步外的人影的程度。明顯是在沒話找話，卻令劉秀的精神微微一振，嘴角立刻浮現了幾分笑意。

很顯然，朱祐不是在問他，也不需要他冒冒失失地跑出去回答。

「三個吧，也可能是四個。」馬三娘依舊對朱祐不假辭色，但好歹，沒有拒絕做出回應。「都是被你們四個拖累的，否則，我才不會像鵪鶉般躲在別人身後。」

「我，我們不是，不是剛剛，剛剛開始學，學著射箭和廝殺嗎？」朱祐被說得好生慚愧，擺著雙手，大聲辯解，「況且，況且我們也沒有馬。馬車再快，也不如馬跑得靈活！」

「哼！」馬三娘看了他一眼，不屑地撇嘴。

朱祐的自尊心頓時大受打擊，舉起手臂，用力揮舞，「真的，我說的全是真話。如果有戰馬，我們四個絕不會落在大哥他們後頭。我發誓！」

「那明天呢？」馬三娘卻不肯相信，歪起頭看著他，彷彿看著一個無賴頑童。

「明天？」朱祐楞了楞，這才想起來，自己已經從馬賊手裡繳獲到了坐騎。並且，大夥今天所繳獲的戰馬不止一匹，絕對能做到人人有份。

「不管別人，明天我肯定騎馬走在隊伍前頭。」絕不願意在喜歡的人眼前跌了份兒，朱祐咬了咬牙，大聲給出答案。「哪怕前面是刀山火海，三姐妳看著，我一人一劍，都會來去自如！大不了就一條命，拚唄！哪怕拚沒了，也好歹不辜負了生為男兒身！」

「好，好，說得好！」劉秀側過身，悄悄撫掌。隨即，搶在被朱祐和馬三娘兩個注意到之前，快步躲進了樹林。

既然理不出頭緒，又何必想那麼多？

大不了就一條命，哪怕拚沒了，也好歹不辜負了生為男兒身！

緩緩拔出防身用的短劍，他在樹林內緩緩舞動。心中的鬱鬱之氣，隨著動作的不斷流暢，漸漸排出了體外。從靈魂到肢體，都感覺越來越輕盈，越來越輕盈。

寒光乍起，幾樹落葉瀟瀟而下。

月色漸明，漫天星斗，匯成璀璨銀河。

第二天一大早，眾人吃過早飯，結伴繼續向西而行。

也許是老天爺存心不給朱祐表現機會，也許是因為各路真假蟊賊，終於意識到小孟嘗劉縯是個萬人敵，接下來十幾天，大夥在路上沒有遇到半點兒風浪。平平安安地，就從澠池、谷陽，一路來到了弘農。

弘農大尹、寧始將軍孔永，乃為孔子的十四代孫，早年在長安為官時，曾經與陰固的弟弟陰方有過詩賦唱和。因此，將家人安頓下來之後，陰固立刻帶著禮物登門拜訪故交。順道將數十顆用白堊粉與鹽巴醃製過的「馬賊」首級，交予官府處置。

那孔永雖然是孔夫子的後裔，卻繼承了子路的三分衣鉢，絕非一個不食人間煙火的「韋編」。數年前，甚至還與王莽的從弟，大司空王邑一道平定過「翟義之亂」，親手陣斬敵將五名，奪旗十四面。因此，只是用目光朝著馬賊的首級粗略一掃，就知道其中必有貓膩。

然而，他能從大漢朝的中郎將一路升遷到大新朝的寧始將軍，豈能不明白哪裡的渾水不值得一蹚？命人將「馬賊」首級拿去焚掉之後，又說了幾句不痛不癢的安慰話，就以「來日還要奉皇命巡視地方秋糧入庫情況」為由，著令管家替自己將「貴客」送出了門外。

太學高材生陰盛見此，未免覺得心中好生失落。但司倉庶士陰固，卻絲毫不以大尹孔永的冷淡態度為意。見自家兒子神情鬱鬱，便找了個僻靜處，低聲指點道：「寧始將軍乃陛下心腹，他的府門，豈是隨便就可以進的？他能在百忙之中抽出時間來召見我們父子，已經是天大的人情。新安縣宰哀牢知道後，想必會在心中掂量掂量，到底應該不應該為了一個女人，跟咱們陰家拚個兩敗俱傷？再說了，今天孔大尹注二十六命人將『馬賊』首級一把火燒乾淨之後，『馬賊』身份，就徹底板上釘釘。今後哀氏兄弟即便還想著拿這些首級來反咬咱們，也無從下口！」

「哦——」陰盛在瑟瑟寒風裡張大嘴巴，好半晌，都難以合攏。心中，頓時對自家父親的聰明睿智，佩服得五體投地。

注二十六、大尹，即郡守。王莽的新朝力行復古，所以郡守的名字，改用了周朝舊稱，大尹。

唯恐其他人比自己愚笨，誤以為父子兩個此番大尹府之行毫無所獲。回到暫時安身的客棧之後，太學高材生陰盛又迫不及待地，將「大尹已經坐實了『馬賊』們的身份，不日將出馬將其犁庭掃穴」的喜訊，說給了周圍的人聽。結果，沒等大夥再度啟程，劉縯、鄧晨、劉秀，以及其他參與當日戰鬥的所有同伴，也都得知了「馬賊身份被徹底坐實」的消息，驚詫之餘，連日來懸在心中的石頭，也終於紛紛落地。

不用再擔心被貪官哀牢找茬報復，再趕路時，大夥兒自然也精神抖擻。接下來小半個月，沿著官道繼續一路向西，每天從早晨走到傍晚，都絲毫不覺疲憊。途中又遇到了幾夥蟊賊，不待劉縯開口，大夥兒就立刻吶喊著一擁而上。把蟊賊們打得丟盔卸甲，潰不成軍。

結果，到了最後，再也沒有不開眼的蟊賊，敢再來打眾人的主意。連帶著劉縯從長安又回到新野後的兩個多月內，這段路途上的「江湖好漢」們都戰戰兢兢。一時間，官道上兩側風平浪靜，盜匪絕跡，商賈遊人無不輕鬆。不知道實情的，還以為是這大新朝終於出現新氣象了呢，這是後話，暫且不提。

越往西走，距離長安越近。腳下的官道，變得日漸寬闊。官道兩旁的田舍莊園，也變得日漸整齊。終究是天子腳下，多少能得到點兒皇家恩澤。附近的官員，大多數都沒膽子公開給聖明天子上眼藥。所以，比起華陰縣以東，藍田縣以南，渭城縣以西，新豐縣以北的全國各地，京兆府[注二十七]可謂人間仙境，一草一木，一亭一臺，都透著富足與祥和。

與此間富足祥和之景象格格不入的是，官道兩側，總能看面有菜色的流民，成群結隊，連綿不斷。雖然時不時就會遭到郡兵和衙役們的全力驅趕。但郡兵和衙役們一出現，流民立刻四散奔逃，躲得躲，藏得藏，讓他們追不到，更是抓不來。待郡兵和衙役們收隊離開，流民們立刻又像覓食的螞蟻般，紛紛從田野中冒出，再度扶老攜幼，迤邐向西而行。試圖能在天子腳下，找到一個棲身之所，哪怕是為奴為婢，也好過最後倒在曠野裡無人問津。

這一日，大夥兒終於來到了距離長安只有一水之隔的灞陵縣內。眼看著目的地已經遙遙在望，所有人心中都覺得一片輕鬆。正準備一鼓作氣，把剩餘的二十幾里路走完，耳畔處，卻忽然聽到一片壓抑的悲鳴。

眾人詫異地抬頭，只見不遠處的灞水橋頭，黑壓壓不知道堵著多少人。其中九成以上，都是衣衫襤褸，蓬首垢面的流民。而剩餘的不到一成人，才是過往的官吏、旅客、商販，以及外出吟詩懷古的學子。彼此之間，被一道無形的牆隔開，涇渭分明，彷彿根本就不是同類！

「這群賤骨頭，越來越刁鑽了！」作為半個長安人，太學生陰盛對此景見怪不怪。撇撇嘴，主動跟周圍的人解釋，「知道皇上心懷悲憫，在長安城外開了二十餘座粥棚。所以這群賤骨頭就爭先恐後跑去吃白食。若不是官府全力維持秩序，每年入冬之前，光擠下灞橋淹死的，就不知道有多少。別管他們了，咱們從左邊走。左尊右卑，我等犯不著跟那群賤人往一塊擠。」

「嗯？」劉縯等人聞聲細看，這才發現，灞橋被人用欄杆，分成了左右兩半兒。左側大概占了八成橋面兒，以供官吏、旅人、商販和其他衣衫齊整，路引清楚者通行。右側那兩成，才提供給前往長安，以求幾頓熱粥果腹的流民。橋下無形的牆，實際上是橋上那道欄杆的延伸。從人的眼前，一直戳入心窩。

注二十七、京兆，長安周邊地區，相當如今的大北京市。

劉氏和鄧氏，在地方上雖然都算大族，但家道卻俱已經中落多時。各自的族中子弟，也沒資格不問稼穡。往年遇到農忙時節，劉秀、鄧晨、朱祐等人，甚至都要暫且放下書卷，跟在長輩們身後一起下田幹活，順便監督莊客、佃戶和奴僕們，以防有人偷懶。

因此，幾個少年心中，對於人和人之間的尊卑貴賤，分辨得並不那麼清晰。至少，對此刻灞陵橋頭的哀哭聲，做不到無動於衷！

當即，脾氣最急的鄧奉，便皺起的眉頭，低聲罵道：「這群狗官，純屬沒事找事兒！既然皇上已經命人在長安城外開了多座粥棚，他們何必要故意把過橋的通道弄得那麼窄？莫非糧食都是從他們家出的？還是唯恐別人不會被活活餓死？」

「非也，非也，朱賢弟此言大謬！」陰盛早已知道了劉秀等人即將入太學就讀，本能地就以同鄉學長自居，擺了擺手中馬鞭，大聲糾正，「左尊右卑，乃為周禮。聖上力行復古，以期重現三代之治。這尊卑貴賤分明，乃是第一要務。你等現在如果心中還不留神，還把在新野時那種與奴僕一道耕田扶犁的荒唐行徑當作日常，將來進了太學之後，肯定得有大苦頭吃！」

「不過是過個橋，至於嗎？」鄧奉被說得心裡頭發堵，然而，畢竟馬上就將來到長安城外，他不敢公開菲薄朝廷的政令。忍了又忍，咬著牙道：「就算是朝廷要復周禮，也沒必要非把右邊弄得那麼窄。你沒見到嗎，左側的人還不及右側的一成多，卻把橋面占了八成！」

「非也，非也！」話音未落，陰盛再度用力擺動馬鞭，做出一副高深莫測模樣，繼續大聲「教誨」：「自古以來，就是上位者稀，而碌碌者眾。但上位者偶發一語，便可輔佐聖上定天下安危。碌碌者每日萬言，終離不開柴米醬醋。是以聖明天子，虛席位以待天下英才，施米糧以養碌碌萬民。此乃王道也！非無知者可枉自品評！」

「你，你，你好，你學富五車，你有遠見卓識，行了吧！我笨，我不懂！」鄧奉被說得兩眼冒火，咬著牙譏諷。

陰盛卻早已把他自己當成了需要被皇家虛席以待的「英才」之一，絲毫不覺得是鄧奉的話中有刺。鞭指灞陵橋頭，繼續振振有詞地說道：「你看，那走在橋左的君子，即便再行色匆匆，哪個不是彬彬有禮，不爭不搶？你再看那橋右群氓，為了早日搶到一口熱粥，便你推我擠，恨不能打個頭破血流。京兆府的官兵，當然要全力控制右邊群氓的數量，免得他們一窩蜂全擠到長安城下，把個首善之地，弄得烏煙瘴氣！」

「我看，這不是為了什麼尊卑秩序，而是要依靠此等手段，控制流民數量，免得長安城外流民太多，丟了大新朝臉面吧！」實在受不了陰盛閉著眼睛說瞎話，嚴光策馬上前，一針見血戳破虛偽的牛皮。

長安乃大新朝的首善之地！首善之地，豈容「下等賤民」玷污。所以，天子的粥棚，不過是做做樣子。流民哭號哀求也好，餓死路邊也罷，只要將其堵在灞橋之東，皇帝和文武百官就可以閉上眼睛，塞住耳朵，完全裝作沒有這回事兒！

大實話，向來都是不受歡迎的，即便在「廣開言路」的大新朝，也是一樣。當即，不光太學高材生陰盛臉色大變，就連臨近的隊伍中，也有幾個看上去好似頗有身份的人，扭過頭來，對著嚴光怒目而視。

好在眾人先前在「馬賊」手中所繳獲的坐騎，都頗為神駿。而劉縯又生得肩寬背闊，不怒自威。才避免了臨近的「英才」們，主動過來，替朝廷維護尊嚴。但是，大傢伙兒也徹底失去了繼續談論的興趣，一個個側著頭，跟著前面人流，快步走向灞橋左側的通道。努力不往右側流民那邊看，努力不去聽那壓抑的哭聲！

然而，有些人間慘禍，豈是裝看不見，就不會發生？就在陰府女眷的馬車，剛剛駛上橋頭的當口，忽然間，右側的流民隊伍裡，發出一聲淒厲的尖叫，「娘，娘妳怎麼了，娘——」緊跟著，周圍一片大亂，三個不到十歲的孩子，夥同一個形銷骨立的男子，跪在一名女子的屍體旁，放聲嚎啕。

「閃開，閃開。人死沒有？死了就抬一邊去，別擋道！」立刻有一群餓狼般的兵丁衝上，用棍子朝著周圍的流民一通亂打，將其趕回自家隊伍之內。隨即，用棍子指著喪妻男子的鼻梁，大聲命令。

那男子沒力氣反抗，只能跪到妻子屍體旁，將其背上肩頭，緩緩向路邊爬去。三個孩子一邊放聲大哭，一邊踉蹌著跟在自家爺娘身後，不敢多做任何停留。

「該死！」馬三娘看得心如刀絞，跳下坐騎，紅著眼走過去，幫男子扶住肩膀上的屍骸。朱祐向來跟在馬三娘身後亦步亦趨，也快速跑過去，拉住男子的手臂，努力幫他從地上站起來，站穩身體。

劉秀、嚴光和鄧奉三個，則下馬舉步，一道上前拉住三名幼兒，在橋左眾人詫異或者嘲弄的目光中，將三名幼兒送到了其父母身側。順道朝三名幼兒手中各自悄悄塞了一塊乾糧。

三個孩子也是餓得狠了，聞見了久違的食物味道，立刻忘記了喪母之痛。張開嘴巴，朝著各自手中乾糧就是一大口。不料，卻吃得太急，登時，一個個被噎得直翻白眼。

劉秀等人大驚，趕緊用手拍打後背，給三個孩子順氣。劉縯和鄧晨兩個看得好生不忍，心想反正已經離長安沒多遠，索性將行囊中的乾糧，全都取了出來。一股腦送到了三名孩子面前。

這下，可是惹了大麻煩。只聽「轟」的一聲，數以百計的流民脫離隊伍，朝著三名孩子眼前的乾糧口袋一擁而上。好在劉縯和鄧晨二人，身手高明且反應迅速。發現情況不對，立刻揮動劍鞘，將衝得最快的數名流民挨個打倒在地。而二十二名同行旅伴，也與劉縯和鄧晨兩個早就配合出了默契，發現情況不妙，第一時間跳下戰馬衝上前，組成了一道人牆，才避免了兄弟幾人連同被他們好心救助的三名幼兒，被蜂擁而至的流民活活踩死！

「叫你等多管閒事兒，活該！」負責維持橋頭秩序的兵丁，對此早已見怪不怪。罵罵咧咧地上前，先將流民們用棍子驅散，然後對劉縯和鄧晨等一眾「鄉巴佬兒」，嗤之以鼻。

劉縯和鄧晨兩個，好心救人，卻差點拖累被救者一道變成流民腳下的肉餅。尷尬得面皮發紫，無地自容。趕緊將三名幼兒連同乾糧口袋一併拖到路邊，交給他的父親。

劉秀、鄧奉、嚴光、朱祐和馬三娘五個，也被先前流民們一擁而上的模樣，給嚇得臉色慘白。迅速看了看，先偷偷朝年齡最大的孩子懷中塞了一串銅錢，然後順道又朝著那名滿臉哀慟的父親手中塞了一把刀子。嘆了口氣，轉身灰溜溜地走向自家隊伍。

他們每個人的能力都非常有限，救不了眼前這成千上萬的流民。所以只能救距離自己最近的這父子四人，以求心安。

本以為轉過頭去，就可以遠離這人間地獄。誰料想還沒等大夥兒雙腳再度踏上橋頭，忽然間，身背後又傳來了一陣劇烈的馬蹄聲，「的的，的的，的的的……」

「讓路，讓路，好狗不擋道！」緊跟著，一串囂張叫嚷，直衝耳膜。劉秀愕然轉過頭去，只見數名鮮衣怒馬的少年，如旋風一般從灞陵方向衝了過來。沿途所遇，無論是衣衫襤褸的流民，還是躲避不及的「橋左上等英才」，統統毫無停滯地策馬撞翻，不管死活！

「是王家人，快躲！」不知道是誰扯開嗓子大叫了一聲，撒腿逃離了隊伍，一頭栽進了路邊柳林。

「王家人來了！快躲！」

「是王家的人！」

「倒楣，今天沒看皇曆，出門遇到王家人呢！」

「王家人，王家人，大夥惹不起，快跑……」

橋左橋右，「上等英才」和「下等黔首」再難分彼此，不約而同地撒腿向路邊逃竄。就像受驚了的雛雞般，唯恐跑得慢了，被鮮衣怒馬的少年們給撞翻在地，有冤無處申。

再看那些先前還凶神惡煞般的兵丁，也一個接著一個，相繼將身體靠在了灞橋兩側的木頭欄杆上，屁股向內，輕易不敢回頭，更沒勇氣對疾衝而至的怒馬少年們，做絲毫的檢視和阻攔。

眨眼間，先前還擁擠不堪的灞橋，變得暢通無阻。除了幾輛實在來不及挪開的馬車之外，整個橋面上，幾乎看不到任何「礙眼」之物。

「哈哈哈，哈哈哈！痛快，痛快，讓老九他們跟著一路吃土！」衝上橋頭的鮮衣怒馬少年們，撞無可撞，得意洋洋地揮了幾下皮鞭，狂笑著疾馳而去。

「欺人太甚！」

「早晚被皇上看到，派人抓去正了刑典！」

「狂什麼狂，再狂也是個旁枝。」

……

橋頭左側，罵聲交替而起。被迫讓開道路的「上等英才」們衝著對岸匆匆遠去的背影，大聲詛咒。而橋頭右側的「下等黔首」，反而早就習慣了被上位者當作草芥。默默地從柳樹林中鑽出來，默默地快步走向橋面。在兵丁的威脅下，又排成了長隊。只求能早點兒抵達長安城外，從皇家的粥棚裡，討到一口吊命的吃食。

「剛才那幫傢伙是幹什麼的？怎麼你們都叫他們『王家人』？大白天的策馬橫衝直撞，就沒有王法管嗎？」劉秀、嚴光、鄧奉、朱祐四個被剛剛發生在眼前的怪事，弄得滿頭霧水。難得給了前輩學長陰盛一個笑臉，圍攏過去，小聲請教。

「王法？王法怎麼能管得到他們？」太學高材生陰盛驚魂稍定地朝河對岸看了一眼，手拍胸脯，臉上除了恐慌之外，更多的是羨慕，「王家人到底什麼意思？你們幾個就別問了，在長安住久了，自然會知道。剛才過去的那幾個人還好，還講道理。嘴上喊得雖然凶，卻不會故意把人往死裡了禍害。要是遇到『長安四虎』……」

一句話沒等說完，通往灞陵方向的官道上，又傳來了劇烈的馬蹄敲打地面聲響。「的的，的的，的的，的的的的的……」有四名錦衣少年帶著二十幾個同伴，飛馳電掣而至。

「快躲，否則撞了白撞！」陰盛經驗豐富，大叫一聲，推開劉秀，一頭又栽進了路邊樹林。

劉秀、鄧奉、朱祐和嚴光四個不明就裡，也趕緊拔腿跳到路邊。才剛剛在乾枯的草地上站穩身形，回頭看去，新來的這夥錦衣少年已經策馬上了橋面兒。一邊罵罵咧咧的叫嚷，一邊拚命用皮鞭抽打馬腹和馬臀，把各自胯下戰馬的後半段身體，抽得鮮血淋漓。

很顯然，這夥少年人是在跟剛剛過去的那夥人少年人比試騎術，輸得有些狠了，所以個個氣急敗壞。

有了上一輪躲避經驗，這次，橋面上變得更空。就連負責維持秩序的官兵，都遠遠地逃了開去，以免成為比賽落後者的出氣對象。

那第二波陸續衝上橋頭的錦衣少年當中，果然有人輸紅了眼睛。抬頭發現已經看不到第一波人的馬尾巴，氣得揚起手中皮鞭，一鞭子抽向了橋左靠近欄杆處某輛來不及挪走的馬車。

「唏吁吁！」拉車的挽馬被抽得右眼冒血，悲鳴一聲，撒腿就跑。身後的車廂瞬間被拖動，飛一樣沿著橋面衝向長安城，兩隻寬大的木頭輪子忽高忽低，左搖右晃，包裹在輪輻邊緣的護鐵，跟路面上的石頭相撞，濺起一團團淒厲的火花。

「我的車，我的車！娘子，我娘子還在車上！救人，救人，誰來救救她，救救她！」陰盛被嚇得魂飛天外，跌跌撞撞衝上橋頭，試圖追趕馬車。被策馬而過的另外一名少年揮鞭抽倒在地，摔了個頭破血流。

「娘子，娘子……」他手腳並用向前爬了幾步，大聲哭喊。眼睜睜地看著自家馬車衝過了灞橋，越跑越遠。

「啊——」馬車中傳來兩個淒厲的女聲。不光有陰盛的妻子王氏，還有他的堂妹陰麗華也在車中。事發突然，兩個力氣單薄的小女子，根本無法從車廂裡跳出來逃生，更沒有可能翻到車轅上，去重新控制住拉車的挽馬。

第二波衝上橋頭的錦衣少年們，卻好像發現了全天下最好玩的事情。一個接一個，「嘻嘻哈哈」地從失去控制的馬車旁衝過。誰也不肯出手去救人，反而故意揮舞皮鞭嚇唬挽馬，以便測試馬車的堅固程度，看看到底什麼時候它才會散架。

眼看著，一場車毀人亡的慘禍就要在不遠處出現，橋東眾百姓紛紛紅了眼睛。不敢言而敢怒。王家人，顧名思義，便是王氏家族的子弟，大新朝皇帝的至親。

皇帝老人家德行超過周文王，武功不輸漢高祖，自然也是多子多孫。再加上其同族兄弟的兒子、侄子、曾孫。林林總總，生活在長安城內的王氏子弟如今已經有數百之巨。那兩個小家小戶女娃所乘坐的馬車讓路不及時，擋了王家人的道，今天注定要在劫難逃。

「跳，跳下來，小爺接著妳！」

「跳，快跳，打開車門往外跳！」

「跳，跳下來就沒事了，路邊有乾草……」

眾王氏少年橫行慣了，根本不在乎自己這番看似玩鬧之舉，會不會給兩個「草民」帶來滅頂之災。一邊策動坐騎包夾在馬車兩側，一邊向著車廂裡邊尖叫的女子大聲慫恿。

少女和少婦的尖叫聲，還有即將出現的血光，讓他們每個人，都像吃了一斗春藥般興奮。正殷切盼望著慘劇發生，忽然間，身後卻傳來了幾聲清脆的弓弦響，「嘣，嘣，嘣……」

緊跟著，最靠近馬車處，幾個少年各自麾下的坐騎，相繼失去了控制。嘴裡發出一聲悲鳴，撒腿甩開馬車，逃之夭夭。

正在全神貫注慫恿車內女子自尋死路的王氏少年們大驚失色，想要重新控制住戰馬，哪裡做得到？只能慘白著臉鬆開韁繩，俯下身軀，雙手緊緊抱住馬脖頸，以免被戰馬甩落在地，摔得筋斷骨折。

「老十七，二十二郎，你們怎麼了！」跑在不遠處，先前揮鞭抽瞎了馱馬眼睛的鮮衣少年聽到身後的聲音不對，吃驚地回過頭，大聲追問。

說時遲，那時快，還沒等他看清楚自家兄弟的坐騎為何而失控，有名身穿素袍，虎背熊腰的良家子，忽然策馬如飛而至。雙腳發力，縱身上失控的馬車。一隻手奮力扯動韁繩，另外一隻手緩緩拉緊了繩索控制輪衡[注二十八]，「吁，吁，吁……」

「唏吁吁，唏吁吁，唏吁吁……」瞎了一隻眼睛的挽馬，嘴裡發出十數聲委屈的悲鳴，終於在韁繩和車衡的雙重控制下，緩緩停住了腳步。雙輪馬車的車軸，也徹底到了支撐極限。幾乎在挽馬將四蹄慢下來的同時，「喀嚓」一聲，從中央折為了兩段。

車廂墜地，借著慣性向前滑動。車轅上的良家子劉縯翻身落地，躲開三尺，然後猛地轉身，跨步，發力，嘴裡同時爆出一聲斷喝：「哈！」

連裡邊的人在內，足足有六七百斤重的車廂，被推得晃了晃，穩穩停在了駑馬的後腿旁，再也無法向前滑動分毫！

「好！」灞橋東側，喝彩聲宛若驚雷。親眼看到一場慘禍被化解於無形的百姓們，毫無吝嗇地將讚美聲給予了挺身而出的英雄。

這一刻，他們不分左右。人為安放在他們之間那道無形的牆，瞬間土崩瓦解。

「裡邊的人沒事吧！」劉秀、馬三娘、鄧奉、朱祐四人收弓下馬，快步衝到車廂前，七手八腳拉開車門。

「哇——」剛剛從鬼門關前走了一圈的王氏和陰麗華兩個，乍見陽光，哪裡還記得什麼男女大妨？在車門被拉開的瞬間就撲了出來，趴在救援者的懷中，放聲大哭。

「這，這……」馬三娘懷裡抱著孕婦王氏，推開也不是，不推也不是，滿臉尷尬。求援般將目光轉向劉秀，她本以為後者足智多謀，可以幫自己出個主意。誰料卻恰恰看到，當初在趙家莊被大夥救過一次的美麗少女，正將頭伏在劉秀的胸口處，哭得梨花帶雨。而小秀才劉三兒，此時此刻，臉色卻紅得宛若熟透了的柿子。雙手和雙臂也繃得緊緊，像兩根多餘的樹枝般僵在身側，不知到底該安放於何處！

剎那間，有股又酸又冷的滋味，就從心底直上馬三娘的鼻梁。然而，還沒等她來得及想清楚自己到底該怎麼面對，就聽見身背後傳來的一擊銳利的皮鞭破空聲，「嗚——」

「啪！」久經戰陣的人，很多反應都成了本能。根本不需要考慮，馬三娘單手抱緊王氏小娘子，一個側步躲開了來自背後的皮鞭，緊跟著，擰身，回頭，右手從腰間抽刀上撩，所有動作宛若行雲流水，「喀嚓」一聲，將皮鞭齊根兒切成了兩段。

「哪來的一群野狗，敢……啊！」叫罵聲戛然而止，先前抽瞎了挽馬一隻眼睛的錦衣少年手握著半截黑乎乎的鞭子柄，兩眼圓睜，滿臉難以置信。

「野狗罵誰？」朱祐最恨別人從背後偷襲，更無法容忍被偷襲的對象是馬三娘。毫不猶豫地將騎弓抽了出來，用弓梢指著錦衣少年斷喝。

「野狗罵你！」錦衣少年在長安城橫行霸道慣了，幾時遇到過真正的硬茬兒。正握著鞭子柄兒不知道該如何收場之際，忽然聽到有人跟自己對罵，順嘴就罵了回去。

「轟！」橋頭上，立刻響起了一陣大笑。早就積了一肚子不滿的旅人們，扭頭捧腹，個個笑得前仰後合。

注二十八、輪衡：橫在車輪前的木棒，中央繫有繩索，從車尾繞向車前，拉緊後可加大木棒對車輪的摩擦。作用類似於現在的煞車系統。

錦衣少年這才意識到，自己被別人帶進了陰溝裡頭。氣得火冒三丈，將鞭子柄狠狠朝地上一擲，順手從馬鞍下抽出一把明晃晃的寶劍，照準朱祐的胸口，分心便刺。

如果換了長安城的小門小戶百姓，即便能躲過這一劍，至少也會裝作被嚇癱了的模樣，跪在地上叩頭求饒。而朱祐來自千里之外，哪裡知道錦衣少年的後臺是誰？見對方居然敢在光天化日之下動手行凶，立刻毫不猶豫地揮動弓臂，反手外撩。

「噹啷！」寶劍側面被弓臂砸中，發出一聲脆響，蕩起半尺多高。緊跟著，還沒等錦衣少年來得及變招，朱祐握弓的手臂已經順勢回抽，「啪」地以聲，正中此人的鎖骨。

若是將木弓換成了刀劍，這一下，足以將錦衣少年直接送回老家。好在朱祐先前氣歸氣，卻沒有生出殺人之心，所以只是用弓臂給了對方一個小小的教訓。饒是如此，那錦衣少年也被打得半邊身子都失去了直覺，手中寶劍再也把握不住，「噹啷」墜落於地。緊跟著，人也跟著一歪，像塊朽木般從馬鞍上掉了下去，四腳朝天。

「九哥！」

「九弟！」

「小子，竟然敢打我九哥！」

「小子找死，竟然敢當街行凶！」

「來人啊，你們沒長著眼睛嗎？有人當街行刺皇族，趕緊將他們幾個拿下！」

五名錦衣少年的同伴一擁而上，手握寶劍，將朱祐、馬三娘、鄧奉、劉秀，以及驚魂未定的王氏和陰麗華圍在了中央，大聲怒喝。

負責看守灞橋的官兵一個個看得滿臉發苦，想要拒絕少年們的命令，卻又擔心被上司們秋後算帳。只好先將良心和良知丟進水裡，拎著刀矛蜂湧而上。一邊小步慢跑，一邊大聲咋呼：「大膽外鄉莽夫，居然敢當眾襲擊公侯之後。速速下馬就擒，否則，必讓爾等後悔來世上一遭！」

實在弄不清幾個外鄉人的路數，當值的軍官，也不願意將渾水蹚得太深。所以故意放縱手下弟兄們報出錦衣少年的身份，以求幾個外鄉人看到勢頭不妙趕緊策馬逃走。從今往後，是亡命天涯也好，是找人送禮物說情取得公侯之子們的原諒也罷，都徹底與自己無關。

誰料，他們不咋呼還好，一咋呼，馬三娘的眼睛頓時就開始發紅。果斷將懷中王氏少婦朝劉縯身畔一推，撥馬，舉刀，朝著距離自己附近一名少年兜頭便剁，「殺的就是你們這群王八蛋，受死！」

「啊——！」那少年雖然身材與馬三娘相若，歲數也不相上下，但平素只懂得仗勢欺人，幾曾認真練過半天武藝？見有名美女瘋虎般朝自己衝來，環首刀亮如閃電。頓時嚇得手腳發軟，將眼睛一閉，大聲慘叫。

「三娘住手！不要惹禍！」好在劉縯及時喊了一嗓子，讓刀光在最後關頭歪了歪，貼著王姓少年的肩膀斜劈而下。無聲無息，帶起一片暗紅色的衣衫。

「啊——！」那少年死裡逃生，不敢睜眼，繼續扯著嗓子淒聲慘叫。手中百煉精鋼寶劍掌握不住，像木棍一樣掉在了地上。

「孬種，閉嘴！」馬三娘最看不起這種窩囊廢，側過刀身，朝著少年臉上輕輕拍了拍，大聲喝令。

這下，少年的慘叫聲終於戛然而止。兩眼一翻，當場昏了過去。

其他幾名正欲帶著官兵趁機殺人的王氏少年，也被嚇了個魂飛魄散。這才發現，如果對方不肯拿他們的皇族身份當一回事兒的話，他們立刻就會變得屁都不如。一個個手舉寶劍，策馬前衝也不是，轉身逃命也不是，進退兩難。

「不要打，不要打，住手，住手，誤會，這全都是誤會！」就在眾王氏少年不知所措的時候，一個充滿驚慌的聲音，從橋頭東側響起。緊跟著，司倉庶士陰固帶著自己的兒子陰盛，像兩隻撒掉了一半兒氣的豬尿包般，連滾帶爬地衝了過來。

「少公爺，這是誤會，誤會！」先雙手從地上攙扶起來被朱祐打下馬背的王姓少年，交給自己的兒子攙穩。然後，司倉庶士陰固，朝著此人躬身及地，「我的幾個同鄉擔心我侄女和兒媳受傷，所以才策馬前來相救。誤會，誤會，少公爺息怒，下官曾經在令尊帳下做過事情，知道您剛才，只是順手開了個玩笑，絕不會傷害我的侄女和兒媳分毫。還請少公爺念在下官曾經在令尊帳下奔走的份上，饒恕同鄉們這一次！」

「你是我阿爺的手下？」被朱祐打下馬的少年，原本摔得就不重，先前沒勇氣爬起來，只好閉著眼睛在地上裝死。如今，忽然見對方當中有人主動出來服軟求饒，立刻就精神大振。把眼皮一翻，沉聲反問。

「曾經，曾經！」陰固不敢怠慢，繼續彎著腰向「少公爺」行禮。「下官司倉庶士陰固，見過少公爺！」

太學高材生陰盛，也趕緊將雙手，從此人肩膀上鬆開。先不去管自家娘子是否動了胎氣，斜著身體轉過半個圈子，與陰固並肩下拜，「後學末進陰盛，見過師兄。」

唯恐別人認不出自己的高貴身份，在距離長安還有一百多里遠的時候，陰盛就把特製的書生冠和儒袍穿戴了起來。所以「少公爺」只是拿眼睛匆匆一掃，就看出了陰盛是自己的同窗。頓時心中的怒火和勇氣又同時暴漲了一倍，冷著臉，不理睬在正對著自己施禮的陰固，只管對著陰盛繼續厲聲質問：「你也是太學生？哪年入學的，師從何人？」

「末進陰盛，字懷讓，乃是前年入學，僥倖拜在嘉新公他老人家門下，久聞子安師兄大名！」陰盛正愁跟對方搭不上關係，趕緊又行了個禮，老老實實地回應。

「噢，那你倒是我的師兄了！」少公爺王子安撇了撇嘴，不陰不陽地回應。嘉新公劉秀也算個人物，但跟王家比，卻不夠看。如果自己想收拾他的弟子，相信那老頭兒不敢多說一句廢話！

「不敢，不敢，學無止境，達者為先！」陰盛哪有膽子做王家人的師兄？立刻又躬身下去，大聲補充。

「呵呵，你倒是聰明，你說，剛才的事情，咱們怎麼了結？」

「單憑師兄一句話，我父子莫敢不從！」陰盛沒絲毫勇氣跟對方討價還價，一邊作揖，一邊腆著臉回答。

「但憑少公爺一句話！」司倉庶士陰固甭看一路上，在劉縯等人面前裝得有模有樣。此刻來到真正的高官子弟面前，立刻現了原型。垂首齊膝，願意任憑對方宰割！

「不知死活的東西，可惜了這身太學袍服！」當值的軍官恰好慢吞吞地走近，聽到陰氏父子跟「少公爺」王子安的對話，知道接下來真的沒自己和弟兄們什麼事情了。偷偷冷笑著搖搖頭，轉身帶隊撤到了一邊。

他心裡非常清楚眼前這幾個王家人的路數。正在裝腔作勢盤問陰家根柢的「少公爺」，名字喚作王衡，表字子安。而被嚇昏過去的那名少年，名叫王固。這二人，與先前馬屁股中箭，不知道被坐騎帶往何處的王延、王麟，俱出身於王氏皇族，並稱「長安四虎」。平素仗著皇家血脈橫行無忌，從來沒吃過任何虧。無論是誰不小心得罪了他們，即便有官職在身，如果官職不足夠顯赫，也難保會身敗名裂。

如今，陰家父子居然不知道好歹，主動自報家門，豈不是提著腦袋瓜子往猛獸嘴裡塞嗎？那「長安四虎」，摸不清楚他們的根柢，過幾天也許還有可能忘了今日之事，提不起精神來掘地三尺。此刻既然知道了他們一個司倉小吏，一個正在太學就讀，連人帶老巢都摸了個通透，怎麼可能會輕易放過。即便不拿這蠢貨父子兩個的腦袋立威，至少也得讓他們妻離子散，流放千里去徒手捕捉大象！

果然，沒等他走出十步之外，就聽見王衡冷笑著給出了條件：「也罷，既然你父子已經知錯，本公子也不為已甚！這兩個小娘嗓音不錯，剛才叫得頗為動聽。就送給我和舍弟二十三郎為婢，以顯你父子賠罪的誠意。陰師弟，不知你意下如何？」

那聲音，要多淫蕩有多淫蕩，絲毫不顧其家族長輩，當今皇帝王莽的任何臉面。

「郎君！」話音落下，王氏小娘子立刻被駭得淚不敢流，小貓般竄到自家丈夫陰盛身側，扯著對方衣袖苦苦哀求，「郎君不要，妾身懷著你的骨肉，妾身懷著你們陰家的骨肉！」

「你想得美，我寧可一死！」陰麗華早已從劉秀懷裡離開，正在旁邊偷偷觀望。聞聽此言，也頓時大驚失色。從腰間拔出一把短刃，毫不猶豫地橫在了自家喉嚨前。「堂哥，伯父，別聽他的，我寧死亦不受此辱！」

那太學高材生陰盛，卻遠不如自家堂妹有骨氣。先一把將妻子甩到旁邊，然後雙膝跪地，朝著小公爺王衡連連叩頭：「師兄，師兄饒命。此女乃是末學的髮妻，正懷著身孕，又蠢又笨，怎堪送去伺候師兄。還請師兄高抬貴手，念在咱們乃是同窗的份上，高抬貴手。」

「高抬貴手？好啊，誰讓你是王某的同窗呢！」小公爺王衡原本也沒看上陰盛的妻子王氏，只是想先羞辱他們父子一番，然後再慢慢將其殺死而已。見對方果然上當，立刻裝作非常大度的模樣，笑著點頭，「不過，你堂妹還沒嫁人吧？她呢，送入本公子府上做個丫鬟如何？」

「這……」陰盛迅速扭頭，看了一眼滿臉悲憤的堂妹陰麗華，然後猛地咬了咬牙，大聲回應，「師兄能看上堂妹，是堂妹的福氣……」

「陰盛，你到底有沒有臉皮！」早知道自家堂兄不是個東西，卻沒想到其無恥如斯。陰麗華怒不可遏，啞著嗓子大聲打斷，「要去，送你親妹去。我又不是你親妹，你如何做得了我的主？」

「醜奴兒，王師兄乃是正經的皇家血脈！」陰盛被罵得臉皮發燒，然而為了自保，卻顧不得任何廉恥和親情，雙膝著地，向陰麗華爬了幾步，大聲強調。

「要去送你親妹子，別攀扯我。否則，我拚將一死，也讓你身敗名裂！」陰麗華毫不猶豫，再度給出答案。

如果能得到「長安四虎」的原諒，甭說犧牲一個堂妹，就是把自己的幾個親妹子，全都雙手送上，陰盛都不在乎。更何況，陰麗華做了王衡的婢女之後，一旦哪天被拉上了床，陰家就有可能直接成了皇親國戚，還用自己苦哈哈讀什麼破書？

想到這兒，陰盛果斷拉了妻子王氏一把，朝著陰麗華不住磕頭：「堂妹，救全家一救，救全家一救，咱們全家生死，都在妳一念之間！」

「醜奴兒……」王氏心領神會，也立刻雙膝跪倒，朝著自家小姑放聲大哭。

「侄女，伯父也給妳跪下了！」唯恐遭到拒絕，司倉庶士陰固也跑上前，不顧身份，朝著陰麗華連連叩頭。

這一招，果然厲害，頓時把陰麗華逼得兩眼發紅。正準備咬著牙先答應下來，待救了家人，然後再自我了斷。卻不料那王衡忽然哈哈大笑：「罷了，罷了，當街逼迫你等交出侄女，若是傳到皇上耳朵裡，本公子豈不是要被推出去嚴正刑典。這種事情，說說而已，本公子絕對不會做。」

「多謝師兄！」

「多謝小公爺！」

「小公爺千壽，千壽，千千壽！」

沒想到「債主」會突然改變主意，陰固、陰盛和王氏三人，喜出望外。一邊磕頭，一邊大聲向王衡道謝。

小公爺王衡，不過是想玩一回貓捉老鼠，哪會真心將他們放過？搖搖頭，笑著道：「你們先別著急謝我，本公子可以放過你家小妹，但是還有一個條件，你等必須答應。否則，咱們就去長安縣衙，把今日之事交給官府秉公而斷。」

跟鳳子龍孫打官司，雖然是不怎麼受待見的鳳子龍孫，陰固和陰盛父子，也絕不敢認為自己有絲毫打贏的可能！立刻雙雙叩頭，迫不及待地答應，「單憑小公爺吩咐，我等莫敢不從！」

「好！」王衡笑了笑，再度施施然點頭。「今日之事，本公爺只想跟你們開個玩笑，下手自有分寸，絕對不會傷到車裡人分毫。然而，卻有那魯莽之輩，突然從身後下手，先射傷了幾個兄弟的坐騎，讓他們跑得不知去向，又悍然向本公子和二十三弟出手偷襲，這個仇，本公子若是不報，豈不是丟盡我祖父的臉面？你們父子兩個過去，把出手之人，每人砍一隻胳膊下來謝罪，今日之事，咱們就算徹底了清。本公子保證，過後絕不再派人追究！」

「啊？」陰固、陰盛兩父子回頭看了一眼手握兵器，嚴陣以待的馬三娘等人，目瞪口呆。借他們一百個膽子，他們也沒勇氣向劉縯、馬三娘這樣的萬人敵下手。可他們更畏懼，皇家的莫測天威。猶豫再三，終於，搶在王衡徹底翻臉之前，咬著牙走向劉秀等人，再度雙膝跪地，淚流滿面：「伯升、三郎，你們幾個怎麼如此魯莽？小公爺先前根本沒有傷人之意，卻不料被你們……」

先前王衡一直沒針對自己，劉縯也就主動選擇了冷眼旁觀。反正人已經得罪了，求饒也未必有用。且看陰固會不會記得他沿途吹噓的那些話，在長安城內有的是人脈可用，手眼通天。

誰料此人竟然孬種如斯！居然打起了讓大夥自己獻上一條手臂，以助他們父子脫難的主意！是可忍孰不可忍？當即，劉縯把雙目一瞪，大聲斷喝：「陰子虛，你沒長心嗎？剛才是誰父子兩個，哭喊著求劉某出手救人？」

「這……」陰固被問得老臉發紫，卻堅決不肯承認自己曾經主動求救。咬了咬牙，搖著頭道：「伯升，你我乃是鄉親，照理，這個時候，我該幫你。然而，國法在上，容不得絲毫人情。你和令弟等人魯莽出手，衝撞了……」

「放屁！」馬三娘忍無可忍，舉起環首刀，策馬直奔陰固，「忘恩負義的狗賊……」

「小公爺救命！」陰固曾經親眼看到過馬三娘如何殺人，頓時嚇得亡魂大冒，撒開腿，朝著小公爺王衡的身側奪路而逃，「小公爺救命啊，賊人翻臉無情！」

「小公爺救命！」陰盛眼珠一轉，也撲上前，雙手抱住了王衡的大腿，苦苦哀求。

王衡原本打算，就是看這些衝撞自己的人，是如何自相殘殺。非但不救，反而抬起腳，直接將陰盛踢到了馬三娘的刀下，「接著這個，殺了他。妳殺了他，本公子就饒……」

他的話，沒等說完，就卡在了喉嚨裡。

先前將他擊下馬背的朱祐，不知道什麼時候悄悄地靠了上來，用弓弦纏住了他的脖頸。而馬三娘，卻策馬跳過了軟骨頭陰盛，將環首刀直接橫在了他的耳朵岔子上。

「大膽刁民，爾等要造反嗎？放下我九哥！」沒想已經亮出了皇族身份之後，「鄉巴佬」們居然還有膽量動刀子，幾個王氏少年再度大驚失色。策馬揮劍，就準備上前搶人。

只可惜他們的身手，甭說跟萬人敵劉縯相比，就是跟被馬三娘訓練了一路的劉秀、鄧奉兩個相比，都絕對不夠看。還沒等胯下坐騎加起速度，就相繼被後者打下了馬鞍。一個個抱頭捧腿，躺在冰冷的橋面上，疼得痛不欲生。

「來人啊，抓刺……」先前被馬三娘嚇暈過去的王氏少年無賴，同代人排行第二十三的王固恰恰醒來，看到自家兄弟落馬，立刻扯著嗓子呼救。早已心生死志的陰麗華此刻距離他最近，立刻一個箭步過去，將手中短刃比在了此人脖子上。

「啊！」王固根本哪裡還顧得上分辨陰麗華的年齡到底有多大？哪怕她使出全身力氣，都未必能用利刃捅破自己的喉嚨。兩眼一翻，乾淨俐落地又嚇昏了過去。

「住，住手！」橋上當值的軍官李威，再度被驚得魂飛魄散。結結巴巴地叫喊了一聲，帶領麾下兵卒一擁而上。

「站住，否則，咱們魚死網破！」事情到了這種地步，劉縝心中知道已經無法善了。把心一橫，從地上拉起一名慘叫著打滾的無賴少年，將寶劍架在了此人脖子上。

「狗官，你再動一個試試！」馬三娘也將環首刀下壓，直接在王衡耳根處壓出了一道細細的血線。

「站住，站住，不要過來！千萬不要過來，啊！」王衡從小到大連揍都沒怎麼捱過，怎麼受得了如此劇痛？不用任何人逼，就扯開嗓子，大聲阻止。

灞橋上當值的軍侯李威無奈，只要伸開雙臂，主動將原本就不情不願的弟兄們攔在了身後。啞著嗓子，結結巴巴地對劉縝叫嚷：「壯，壯士，切，切莫衝動。把人，把人放下，咱們，咱們有話好說。他們，他們幾個都未成年，官府，官府定罪時肯定會網開一面！」

「別，都別衝動。皇家，皇家的人，你們，你們根本惹不起！」眾兵丁也滿臉苦澀，揮舞著刀槍不停地嚷嚷。

今天大夥，可真是倒了大楣。先遇到了整個長安城中最不靠譜一群鳳子龍孫，又遇到了另外一群不知道天高地厚的鄉下莽漢。被夾在中間，誰都惹不起。稍有閃失，就會搭上性命。

「狗屁！」沒等劉縝回應，馬三娘立刻破口大罵。「又使這招，先騙我等放下兵器，然後再翻臉不認帳。這種伎倆，老娘我早就見識過了。才不會上當！」

「我，我沒有騙你們，我，我真的沒有騙你們！」當值的軍侯李威，欲哭無淚，真恨不得昏過去的人是自己。

以「長安四虎」的無法無天性子，脫險之後，不滅了眼前這夥外鄉人的九族，都算大發慈悲。所以，他先前所說官府判案時，會考慮外鄉少年們的歲數，的確是在撒謊。可如果真的一絲生路都不給眼前這夥外鄉楞頭青留，對方情急之下，肯定會拉著「王家人」一起去死。到那時，不但他這個軍侯因為救援不力，難逃軍法。手下的這群弟兄們，恐怕誰也免不了脖子上那一刀。

正束手無策之際，忽然又聽到對面的那名身材高䠷，將環首刀壓在小公爺王衡耳岔子上的少女，大聲說道：「大哥，劉三兒，咱們走，押著這群王八蛋做人質。官兵若是敢追，就一步殺一個，殺光拉倒！」

「別，女俠，千萬別……」軍侯李威嚇得魂飛天外，差點沒直接跪在地上。再也不敢再想任何么蛾子，只求別逼得對方鋌而走險。「有話好商量，好商量，千萬別殺人，殺了皇族，你們舉族都難逃一死！」

「有話好商量，好商量，千萬別殺人！我們不追，絕都不追！」

有道是，橫的怕楞的，楞的怕不要命的。眾兵丁也知道，今日大夥真的遇到了狠茬子，趕緊先選擇保住「人質」的平安。

「老三、豬油、燈下黑，帶上俘虜，咱們走！」劉縯對他的話充耳不聞，深吸一口氣，果斷採納了馬三娘的建議。

既然已經惹上了皇族，書是不用再想讀了。乾脆殺回老家去，接上族人，一道去綠林山投奔馬武算了！只是不知道，等自己返回新野之時，此番在灞橋所做的事，傳沒傳回當地官府耳朵。劉、鄧兩姓，到底有幾人能逃出生天？

「走！」劉秀和鄧奉、朱祐三個，雖然考慮得沒有劉縯那麼長遠，但聽見大哥連自己的名字都不敢叫，各自心裡就將其中的用意猜了個八九不離十。每人押起一個王氏無賴子，相繼跳上了馬背。

「劉家三哥，帶上我！」陰麗華抬手抹了一把眼淚，快步跟了上來。自家伯父和哥哥都是軟骨頭。如果此時不走，過後說不定會有什麼恥辱的結局在等著自己。所以，還不如跟著劉縯大哥和劉秀三哥一起去浪跡江湖。

「這……」雖然最近一段時間幾家人結伴同行，劉秀已經知道了少女的名字和來歷。卻萬萬沒想到，此女做事居然如此乾脆。楞了楞，不知該不該答應。

「我也會騎馬！」陰麗華唯恐遭到拒絕，牽了王固的坐騎，翻身跳了上去。雙腳根本夠不到絆腿繩，暗紅色的鹿皮小靴子，在半空中晃晃蕩蕩。「我不會拖累你們，如果被官兵追上了，我，我自己抹脖子！」

「帶上她！」剎那間，馬三娘彷彿看到了當年跟在哥哥身後苦苦哀求的自己，眼睛一紅，扭頭向劉秀命令，心中再也感覺不到任何酸澀！

劉秀知道小女孩陰麗華留在陰氏父子身邊，肯定落不到好結果。想了想，咬著牙點頭。然而，還沒大夥開始策動坐騎，灞橋東岸，忽然又傳來一陣激烈的馬蹄聲。「的的，的的，的的的的的的的的……」

隨即，道路上煙塵大起。有群武裝到牙齒的侍衛，簇擁著幾輛銀裝馬車，如飛而至。轉眼間，就將下橋的道路，封了個嚴嚴實實。

橋東口看熱鬧的旅人和流民們，幾曾見過如此陣仗，頓時大叫一聲，紛紛作鳥獸散。橋西口手足無措的眾官兵，也立刻又來了精神，不待其軍侯李威的吩咐，就「呼啦啦」擺出陣勢，將西側下橋的道路，也堵了個水泄不通。

剎那間，整座灞橋上，就只剩下了劉縯、劉秀等人、陰氏父子夫妻和幾名王氏無賴子，各懷一種心事，誰也不知道該如何化解眼前的危局！

「大膽刁民，光天化日之下，竟敢劫持皇族！速速放下兵器就擒，免得禍及全家！」橋東側的護衛中，很快就衝出一名白白胖胖的首領，用又尖又細的聲音，發出威脅。

「竟然是個中官！」劉縯聞聽，心臟瞬間沉到了水底。

中官乃是皇家的奴僕，銀裝馬車，也非公卿之下的官員能用！車中人物的身份，可想而知！然而，劫持鳳子龍孫已經是死罪，就不必再懼怕什麼衝撞真龍。猛地把心一橫，布衣之俠劉縯高高舉起寶劍，大聲回應，「橋下的人聽著，速速讓開道路。否則，劉某只好先殺了這群縱馬傷人的無賴子，然後再與爾等決一死戰！」

「讓路，否則就一決生死！」馬三娘一腳將王衡踢給朱祐，策馬護在劉縯身旁，高高舉起了環首刀。

沒想到橋上的「刁民」死到臨頭了，居然還敢罵皇家子侄為無賴子。橋東口統領親衛的中官，頓時聽得就有些發懵。一時間，竟不知道該如何是好。

眾列陣待戰的侍衛裡頭，其中有不少是王衡等人的親隨。先前因為不敢打擾鳳子龍孫們比試坐騎腳力的雅興，才拖在後面悄悄地偷了個懶。沒想到，這一個懶，竟然偷出了潑天大禍。所以不敢再等中官決策，紛紛張開嘴巴，大聲叫嚷：「大膽刁民，居然連皇族服色都分辨不出！趕緊下馬受縛，念在爾等愚昧無知的份上，也許可以饒過一死！」

「劉某今日，只見到縱馬肆意衝撞百姓取樂，當街掠人妻女的無賴，沒見過什麼皇族！」

大難臨頭，劉縯早把生死置之度外。扯開嗓子，朝著橋上橋下所有人大聲揭露。「爾等置國家律法於不顧，非要冤枉劉某。那咱們就只能拚個魚死網破！」

說罷，單手拎起一名俘虜，像拎小雞一般舉在半空中。另外一隻手橫過寶劍，作勢欲割。把對面的若干偷懶的侍衛們，頓時給嚇了個魂飛魄散。爭先恐後扯開嗓子，大聲祈求：「別，別殺，別殺我家少主。有話好好說，咱們有話好好說！」

「劉某跟爾等，還有什麼廢話好說？」劉縯又是失望，又是鄙夷。拎著被嚇暈過去的王家無賴子，大聲冷笑。「今日，要麼放我等離開，要麼他們死，爾等任選其一。」

「別，別傷我家少主。咱們，咱們有話，有話好商量！好商量！」幾名侍衛打扮的傢伙叫喊著跳下坐騎，衝到中官面前連連作揖。

自家少主如果被橋上的外鄉莽漢給殺了，他們幾個誰都難逃一死。而放任莽漢們離開，過後如何追捕，卻是官府的事情，與他們幾個再不相干。

「這，這個叫咱家怎麼做主！」中官皺眉扁嘴，滿臉為難。

橋上「外鄉莽漢」的話，他每個字聽得都非常清楚。再結合幾位鳳子龍孫平素的行徑，頓時就推測出來眼前禍事的來龍去脈。可想要讓他下令放「莽漢」們離開，卻是難上加難。因為那非但涉及到官府對此事將來如何收尾，還涉及到皇家臉面，絕非他一個早已失勢多年的太監所能擔當。

正猶豫間，忽然聽到路邊不遠處的樹林裡，有一個稚氣未脫的童音，大聲喊道：「姐夫，今天這事兒真奇怪？分明是有人縱馬傷人，強掠民女在先，怎麼官兵反而要抓那些制止惡行的仗義出手者？莫非這長安的律法，跟大新朝其他地方都不一樣？」

「住嘴，別給自己惹禍。皇上以身作則，當年連自己的親生兒子都不肯網開一面。長安城的律法，怎麼可能跟其他地方都不一樣！」另一個渾厚的男聲，緊跟著而起，字字如刀。

中官頓時被羞了個面紅耳赤，本能地扭頭，用目光去尋找那兩個冷嘲熱諷者。卻看到不遠處的樹林內，仍有數十名旅人，兀自徘徊著，遲遲不肯離去。很顯然，是準備親眼見證，今天的事情到底如何收場？

「大新律，當街縱馬傷人者，杖四十，囚三個月！官宦子弟敢搶掠民間女子者，斬，其父兄削職為民！」那說話的少年躲在旅人身後不肯露頭，聲音卻又傳了過來，清晰而又宏亮。

「有攔阻驚馬者，賞金十貫！出手擒賊者，賜予銅錢與匾額，以榮耀其鄰里！」朱祐在橋上聽得真切，立刻順著橋下的話音大吼著補充。

是嚴光，橋下大聲申明律法，干擾敵將判斷的少年，是一直沒露頭的嚴光。那個跟他一問一答者，則是劉秀的姐夫鄧晨。有他們二人在橋下策應，大夥脫險的希望，無疑又多了幾分。當即，劉秀、鄧奉、馬三娘等人，個個精神大振，手握兵器，眼睛看著劉縯，等待最後的決戰命令。

「有攔阻驚馬者，賞金十貫！出手擒賊者，賜予銅錢與匾額，以榮耀其鄰里！」橋東樹林裡有旅人氣憤不過，在嚴光和鄧晨兩個的暗中推動下，再度大聲重申。

「有攔阻驚馬者，賞金十貫！出手擒賊者，賜予銅錢與匾額，以榮耀其鄰里！」

「有攔阻驚馬者，賞金十貫！出手擒賊者，賜予銅錢與匾額，以榮耀其鄰里！」

不斷有人加入，聲音越來越高，轉眼就變成了憤怒的咆哮。所有堅持沒有跑遠和還沒來得及跑遠的旅人，都把多年來心中所積累失望和憤懣，化作了怒吼。

想當年，王莽為了塑造一個絕世大賢形象，曾經親自逼迫違法的次子王獲，服下了毒酒。後來又因為長子王宇在家裡擺弄鬼神之物，將其也按律處決。所以，無論內地裡如何徇私舞弊，至少表面上，大新朝的律法甚有威嚴，哪怕王子犯法，也與民同罪！

這，是期許，也是承諾！

雖然從來沒有落於簡牘，但王莽接受劉氏禪讓，所憑藉的民意支持便來自於此。他登基之後例行復古改制，來回折騰，威望至今還沒有被折騰乾淨，所依仗的基石也是此。公然違背，等同於毀約，後果顯而易見。

見旅人們忽然拿律法來說事兒，當眾打皇家的臉。領軍的中官頓時方寸大亂。把眼睛一瞪，就準備下令親衛們衝入樹林抓人，卻聽到身後的馬車中，響起了一個惱怒的女聲，「王寬，算了，放橋上的人離開，別再繼續追究！父皇的臉面與江山，禁不起爾等如此折騰！」

「這，這，室主[注二十九]，他們可是當眾折辱……」中官王寬簡直無法相信自己的耳朵，快步返回第一輛銀裝車旁，彎著腰提醒。

「放他們走！」聲音繼續從車廂內傳來，不帶絲毫遲疑。

中官王寬沒勇氣違背，只好轉過身，先命令眾侍衛們讓開一條窄窄的通道。然後扯著嗓子，朝著橋上的所有人大喊：「兀那鄉下來的莽夫，念在爾等粗鄙無知的份上，室主命令放爾等一

注二十九、黃皇室主，即西漢末代孝平皇后，名王嬿，新朝開國皇帝王莽與其皇后王靜煙所生的長女，是漢平帝劉衎的皇后。

條生路。速速留下幾位少公侯，自行離開，休要一錯再錯，枉自誤了性命！」

「什麼……」絕處突然逢生，非但劉秀、鄧奉、朱祐和馬三娘四個無法相信自己所聽到的內容，萬人敵劉縯，也有點兒接受不了人生如此大起大落。一隻手繼續死死拎住昏迷不醒的王氏無賴子，另外一隻手平舉著寶劍，劍刃在半空中，不停地晃動。

如果他的手臂用力方向稍微不對，就可能將鳳子龍孫的喉嚨一抹而斷！登時，把對面的中官嚇得頭皮發乍。趕緊又扯開嗓子，大聲補充道：「別傷人，千萬別傷人。只要不傷人，爾等，爾等就可以自行離去。室主有令，既往不咎！」

「壯士小心，千萬別誤傷小公爺。先前的事情，已經過去了。黃皇室主的身份是何等尊貴？她說出來的話，絕對沒人敢於違背！」灞橋西側帶隊封堵劉縯等人去路的軍侯李威，也怕橋上的「莽漢」不知道好歹，情急之下再做出什麼狠事來。乾脆丟下兵器，空著手跑上前大聲提醒。

「站住！」馬三娘何等警覺？立刻回首舉刀，制止他繼續向大夥靠近。隨即，又皺緊眉頭，低聲向劉秀追問：「黃皇室主是什麼官兒？難道比皇上還大嗎？」

「這個……」劉秀把嘴巴一咧，哭笑不得地回應，「三姐，小聲些。室主是皇上的女兒，沒皇上大。但，但她的身份很是特殊！」

「特殊，怎麼個特殊法？」馬三娘聽得滿頭霧水，繼續刨根究柢。

「一會兒路上說，總之，咱們這次很可能是有驚無險！」劉秀沒膽子在如此多人的面前，傳播皇家隱私，搖搖頭，低聲解釋。

馬三娘不明就裡，瞪圓了茫然的眼睛四下張望。果然，見到劉縯已經放下了手中昏迷不醒的人質，鄧奉也把寶劍從幾個王家無賴子的後心處悄悄撤開。只有朱祐，兀自不放心別人的承諾。用撿來的寶劍比著王衡腰眼兒，一邊策動坐騎押著此人向前走，一邊低聲威脅：「繼續跟我們走，放誰也不能先放你這個罪魁禍首！什麼時候我們都徹底安全了，什麼時候再放了你！」

「你，你把劍拿穩些，別，別捅我。我，我姑母從來不騙人！」王衡早已被折磨得氣焰全無，帶著哭腔，大聲抗議。然而，他終究沒膽子違背朱祐的命令，像個馬童般，委委屈屈走在了後者的坐騎之前。

馬三娘覺得好生解恨，平生第一次，主動朝著朱祐笑了笑，輕輕點頭：「豬油，還是你最仔細。他們這種人，說話像放……」

「三姐，咱們趕緊走！免得夜長夢多！」朱祐被她嚇了一大跳，立刻出言打斷。「別辜負了室主一番好心！」

到了此時，馬三娘才終於意識到，銀裝車裡那名讓太監俯首帖耳的室主，恐怕身份真的不簡單。吐了下舌頭，策馬跟在了大夥之後。

不多時，大夥就已經下了橋，在上百道刀子般的目光中，緩緩穿行。眼看著就要跳出牢籠，身背後，卻又傳來幾聲氣急敗壞地叫嚷，「傷了我們的坐騎還想走，天底下哪有如此便宜的事情！拿下，來人，給我統統拿下！」

卻是先前馬屁股上中箭的那幾名王家無賴子，不知道什麼時候終於控制住了坐騎掉頭返回。看到劉秀等人的背影，問都不問就命令橋頭東口的親衛們動手抓人。

劉縯、劉秀和馬三娘幾個，原本心中就暗存戒備。聽到來自背後的叫喊聲，立刻又紛紛握緊了兵器。就在此時，身邊不遠處被侍衛們重重保護著的銀裝馬車裡，又傳來了黃皇室主憤怒的聲音：「誰在發號施令！王寬，我的話，難道沒人聽了嗎？」

「不敢！奴婢不敢！」中宮王寬額頭冒汗，躬下身體，大聲解釋，「啟稟室主，是幾位小公侯。他們剛剛跑過來，不清楚情況，奴婢這就命人攔住他們！」

說罷，又迅速將目光轉向橋頭，用手快速一指，沉聲吩咐：「去幾個人，替小主人們牽馬。當心他們驚擾室主！」

「是！」原本已經打算節外生枝的親衛們，不敢為了幾個公侯繼承人，得罪黃皇室主，大聲答應著，向前走去。將氣急敗壞的王家無賴子們，全都堵在了橋上。

「姑母，姑母！」幾個王家無賴子急得眼睛發紅，扯開嗓子大聲抗議，「他們，他們射傷了侄兒的坐騎。姑母，千萬別上了他們的當，這群鄉巴佬，鄉巴佬侮辱了咱們王家的臉面！」

「咱們王家的臉面，早就被你們幾個丟盡了！」車廂中，忽然爆發出一聲怒叱，「老老實實滾回家去，否則，休怪我帶你們去見父皇！」剎那間，就將幾個無賴子的叫嚷，全都憋了回去。

眾侍衛見黃皇室主發怒，也都沒膽子再去拍幾個無賴子的馬屁。紛紛拉緊坐騎，將離開長安的道路，放得更寬。

「王寬，拿一份我府上的腰牌，賜予那位仗義攔阻驚馬的壯士！」將眾侍衛的表現看在了眼中，車廂中的黃皇室主知道自己還是低估了族中晚輩們的「膽子」。嘆了口氣，沉聲吩咐。

「是！」中宮王寬不明白那個距離自己不遠處的「外鄉莽漢」，到底走了什麼狗屎運，竟令黃皇室主如此青睞。低著頭答應了一聲，從身邊侍衛腰間扯下一塊玉牌，快步送到了劉縯面前，「拿著，室主賜給你的。從此，天下關卡，你都暢通無阻！」

「這？多謝室主！」劉縯先是微微一愣，隨即，接過腰牌，躬身向馬車內行禮。「舂陵劉伯升，多謝室主厚賜！」

「你姓劉？」車廂內的聲音忽然一變，帶著幾分驚詫，迅速追問。

「是！」劉縯被問得一楞，忽然想起有關車中這位黃皇室主的過往，福靈心至，又躬身行了個禮，用很小的聲音補充道：「勞長者問，草民乃前朝長沙王之後，家道早已中落多年，在舂陵務農為業。今年幸得聖上開恩，令太學廣開大門。才欣然送舍弟前往長安就讀。本指望他能學有所成，將來報效皇家。誰料陰差陽錯，唉——」

他長得模樣成熟，在旅途中又頗勞累，此刻看上去足足有三十歲。然而，銀裝車中的黃皇室主，卻絲毫不以被他稱作長者為意，竟然也跟著幽幽嘆了口氣，低聲道：「原來如此，唉！也罷，好在你今天遇到了我。王寬，你去跟我那幾個不爭氣的侄兒說，今天的事情，誰也不准再去找茬！否則，一旦被我得知，絕不放過！」

「是！」中官王寬暗暗乍舌，低著頭大聲答應。

正感慨幾個外鄉人鴻運當頭，闖出如此大的禍事，居然都能逢凶化吉。又聽見黃皇室主對著車廂外的外鄉莽漢，柔聲說道：「我乃無福之人，不敢給你等過多庇護。但是，你儘管送令弟繼續去太學就讀，只要本室主尚在，應該沒人敢再節外生枝。」

「這……」沒想到自己試探性發出了幾句求救的話，居然收到了如此好的回應。劉縯又是吃驚，又是感動，紅著雙目拱手做謝。「多謝室主，室主大恩，草民沒齒難忘！」

「什麼恩不恩的，算是本室主，給幾個不爭氣的侄兒賠罪就好！」車廂中的黃皇室主又幽幽地嘆了口氣，非常客氣地回應。然後，唯恐王家幾個無賴子再生是非，竟然吩咐中官王寬將他們全都集中到一處，由侍衛貼身「護送」著，與自己一道迤邐過橋而去。

很久，很久，劉縯手握玉牌站立於灞水河畔，一直到完全看不見馬車的影子，依舊無法相信，自己和幾位親人們，居然平安逃過了一場大劫！那些先前被嚴光鼓動，壯著膽子幫他們說話的旅人們，也都無法相信自己的耳朵和眼睛。一個個望著長安城的方向，不斷翹首張望。

只有司倉庶士陰固，此刻又恢復了他平時的模樣。大搖大擺走到劉縯面前，滿臉堆笑地拱手：「恭賀伯升，恭賀伯升，有黃皇室主替你撐腰，這一關，咱們算是徹底過了。你放心，令弟等人入學之事情，包在陰某身上。」

「子虛兄客氣了！」劉縯強忍心中厭惡，側身還禮。要不是念在此人有個弟弟陰方位列四鴻儒之一，今後有可能影響到劉秀的前程。真恨不得現在就一拳砸過去，將此人打個滿臉開花。

陰固心裡也明白，今天自己做事非常不地道。但官場規矩就這樣，他相信日後劉縯會理解自己的「苦衷」。笑了笑，將頭又轉向劉秀等人，「三郎、鄧賢侄、朱兄弟，犬子比你們幾個早入學兩年，有什麼不明白的事情，你們盡可以找他這個師兄。大家都是同鄉，有事互相幫個忙，是……」

「多謝了！」劉秀等人一抖繮繩，不待陰盛上來套近乎，就策馬逃之夭夭。

短短二十幾里路，一衝而過。巍峨的長安城，很快就出現在大夥眼前。

太學，終於快到了。

其中館舍萬間，終將有大夥一席之地。

一路上歷盡各種艱險，如今終於要如願以償。這份發自內心的喜悅與輕鬆，一時間，又如何用語言表達得出！

「春風得意馬蹄疾，一日看遍長安花」，雖然眼下正值深秋，天色也隱隱開始擦黑，用這句七百年後的唐代大詩人孟郊詩來形容此刻劉秀等人的心情，最是恰當不過。

從舂陵一路走來，他可謂歷盡磨難，甚至到了距離長安城不到三十里的灞橋，還差點丟掉小命。如今烏雲散去，前途一片光明。再看到長安城內樓臺高啟，畫棟連綿。往來百姓衣著整齊，神態悠閒。東西兩市店鋪鱗次節比，貨物琳琅滿目。更有峨冠博帶的才子，跨馬狂歌而行。花枝招展的西域歌姬，依樓輕揮紅袖。頓時有一種劫後餘生，從地獄一步踏上了天堂之感。

唯一美中不足的是，城內不能縱馬，結果讓陰固一家又跟了上來。陰盛那烏鴉一般的噪聒，也在大夥耳畔縈繞不散，「聖上在前朝就有聖人之稱，乃是當世第一大儒。應天命接受禪讓之後，更大力弘揚儒學，倡導以經治國，力求野無遺賢。並在太學之外，又興建明堂、辟雍兩處治學之所，廣納天下向學之士。還出巨資為遠道而來的學子，建造了館舍萬間，提供晨昏兩餐，定時發放衣物，讓他們安心學問，以期將來成為國之棟梁。所以，才有了我等的造化，遠在新野，卻可到長安來聆聽大賢教誨！」

「陛下聖明！」不想將陰家得罪太狠，劉縯瞪了一眼自家弟弟，笑著朝皇宮方向拱手。

「陛下聖明！」劉秀、嚴光、朱祐、鄧奉四個敷衍地抱了抱拳，目光飛速又轉向了路邊的碧瓦飛檐。

馬三娘更是連敷衍都懶得敷衍，只顧板著臉，蹙著眉，全身戒備。這一刻，長安城內的所有繁華和熱鬧，都與她好似沒有任何關係。只讓她感覺四處看向自己的目光裡頭充滿了敵意，彷彿隨時都有人會衝過來將自己索拿下獄，嚴刑拷打之後亂刃分屍。

陰麗華心細，見這位在路上縱馬殺賊都眉頭不眨一下的「劉」氏三姐，忽然變成了一隻受驚的狸貓。就主動策馬湊上前，低聲跟她說話。馬三娘雖然心中因為陰麗華分走了劉秀對自己的一部分注意力，對其頗為不滿。但畢竟是個少女心性，敷衍著聊了幾句之後，就將戒備放到了腦後。很快，二人就湊成了一對，不再理劉秀等人，自顧在一旁小聲嘰嘰喳喳。

「這份造化來之不易，爾等定要好好珍惜！」見劉秀等人對自家兒子的話不當回事兒，陰固忍不住又大聲補充，「若是放在前朝，博士子弟每年招收名額只有區區數十，選拔極其嚴苛。不知道有多少人想要進入太學讀書，都摸門不著！爾等造化大，生逢盛世，又蒙聖上下旨廣納四海少年英才……」

「這話，您已經在路上說過不下二十遍了！」實在被煩得難受，鄧奉扭過頭，大聲提醒。

「二娃，閉嘴，不得對長輩無禮！」鄧晨對自家侄兒期許甚高，立刻皺著眉呵斥。

「是！小子出言無狀，長者勿怪！」鄧奉拱手謝罪，肩膀卻同時聳了聳，暴露出了此刻內心中的不屑。

鄧晨見狀，少不得又出言教訓道：「你別以為到了長安，就可以任性胡為了！朝廷大興太學，取的是廣種薄收之道。你切記不可如此，定要學有所成。學生多了，必然良莠不齊。很多人在裡邊，不過是混日子虛耗光陰罷了。你切記不可如此，定要學有所成。將來即便不能滿腹經綸，至少也得明智，識禮，六藝精熟，不能再是一個渾渾噩噩的白丁。否則，即便族中長輩不怪你，我也會打爛你的屁股！」

「你等也是如此，否則，有何顏面與族中長輩相見？」聽鄧晨說得在理，劉縯也掃了劉秀和朱祐二人一眼，大聲補充。

調門雖然高，然而他臉上的表情，卻不見半點嚴肅。一則是因為對自家三弟和朱祐、嚴光都極有信心，知道三人都是懂得上進的，將來絕不會像陰盛那樣，空帶著一頂儒冠，腹中卻沒半點兒墨水，更無絲毫浩然之氣。

二來，自打元始三年父親劉欽去世以後，劉家迅速衰落。劉縯自己雖然因為行事頗有古代先賢孟嘗君之風，在新野周圍闖出了一些名頭，卻終究敵不過官字兩張嘴。等他明白這個道理，自己想以讀書入仕卻已經太晚，只好把寄託放在了劉秀身上。如今弟弟劉秀即將進入太學，將來只要能得到一官半職，便可取代自己，重振劉氏門楣。如此算來，自己終究還是沒有辜負父親生前的期許，此時此刻，心中豈不釋然？

「那是自然，哥哥儘管放心！」劉秀知道哥哥心中一直以未能出仕而遺憾，所以無論其說的話是否鄭重，都笑著點頭。同時在心中暗自許諾，一定會讀出個模樣來，別辜負了全家人的期待。

大夥談談說說，不知不覺中，就走到了城北孔廟附近。那陰家頗有財力，宅院就買在距離孔廟不到兩百步的位置。房屋建造得也極為講究，既不逾制，卻又處處透著奢華。讓人一眼看去，就知道裡邊住的不是尋常人物。

早有管家帶著數十名奴僕等在家門口，見眾人到來，急忙迎上前，「呼啦啦」跪了小半條街。劉秀和鄧奉等一眾少年，雖然算不得出身貧寒，卻也從沒見過如此陣仗，頓時就驚得拉住了坐騎，不敢繼續策馬向前。而那陰固和陰盛父子，要的就是這種效果，立刻就像吃了半斗五行散般，滿面紅光地發出邀請：「伯升兄、偉卿兄，還有各位兄台，一路上承蒙照顧，陰某感激不盡！先請進來稍事休息，待陰某換過衣衫後，再帶著全家老少當面拜謝！」

「不敢，不敢，舉手之勞爾，子虛兄用不著客氣！」劉縯頓時臉色微變，笑著拱手。

「天色不早了，我等也得去找地方安頓，就不打擾陰庶士了！」鄧晨乾脆搖了搖頭，直接拒絕。

其他同行的旅人，向來以劉縯和鄧晨兩個馬首是瞻。又看到陰家如此不做掩飾地露出了豪門氣派，即便先前打算跟他們父子多相往來的，此刻心中多了幾分隔閡。於是，便紛紛跟在劉縯身後，笑著拱手謝絕。

陰固一招得手，精神百倍，立刻又笑了笑，大聲說道：「既然如此，那陰某就不強行相邀了。大夥隨時可來，陰某屆時必奏樂相迎，盛宴以待！」

「一定，一定！」劉縯含笑答應，然後與鄧晨眾人，拱手與陰氏一家作別。

陰麗華年紀小，心思單純。見劉秀等人連家門都不進就要走，本能地策馬追了上去。然而，才追了不到十步，就被兩名膀大腰圓的僕婦，衝上來拉住了馬繮繩。然後一個牽馬，一個抱腿，連聲責怪道：「小姐，到了自家門口兒，怎麼不先去給老太爺磕頭，反而要跟著外人一起走？這事情被老太爺知道，豈不會傷透了心。回去，大老爺要妳現在就回去。小姐，妳別亂動，否則我們兩個不好向大老爺交代！」

陰麗華無奈，只好先進門去拜見自家祖父。臨轉過身前，卻又念念不忘向劉秀和馬三娘二人招手，「三哥、三姐，有空到我家中坐啊。我自己有個小院子，自己會烹茶，保管不會讓你們覺得掃興！」

「一定，一定！」劉秀聽她說得有趣，趕緊笑著回頭答允。

「等我安頓下來，便去找妳！」馬三娘也笑著，向陰麗華揮手。待轉過身，卻忽然冷了臉，朝著劉秀低聲奚落，「做不到的事情，就不要答應得那麼滿！這陰家的大門，恐怕你今後連臺階都邁不上。只要靠近，就被人給拿著棒子打斷腿！」

「怎麼可能，他們父子兩個先前還一再套近乎？」劉秀雖然不喜歡陰氏父子，卻不認為對方會涼薄如此。皺了皺眉，低聲反駁。

「不信你問大哥！」馬三娘也不跟他爭，直接將問題丟給了劉縯。

劉秀聽得心裡好生困惑，本能地就將目光轉向了自家哥哥。只見大哥劉縯笑了笑，搖著頭道：「三娘的話，有道理，但是只說對了一半兒。我等將來再去陰家，若是提著禮物，進門倒也不難。若是兩手空空，恐怕即便踏上了臺階，也是門口等待通稟的結果，沒有任何機會邁過門坎兒？」

「他，他們怎麼能，怎麼能這樣？」劉秀越聽越糊塗，仰起頭，額頭汗津津的，目光迷茫，彷彿身外整個世界都忽然變得無比陌生。

「他在路上和城中跟咱們談笑炎炎，那是做給外人看的。」鄧晨在旁邊看得心裡難受，抬手在他的頭上輕輕抹了一把，然後又看了看同樣滿臉茫然的自家侄兒鄧奉，苦笑著替劉縯解釋，「讓外人，特別是黃皇室主的人，看到他跟咱們同來同往，有始有終。但跟咱們關係走得太近了，他又怕惹得王家人生氣。所以表面功夫做足，然後偷偷安排人去通知家中早做準備，擺出豪門大戶架勢，讓咱們自己明白高攀不起。如此，裡裡外外，他就都做圓潤了，不會得罪任何人，也不會有任何損失！」

「啊——」劉秀聽罷，忍不住嘆息出聲。這才明白，外邊的世界，比自己已經一再提高了警惕的，還要複雜十倍！

驚愕之餘，忍不住又回過頭，向陰家大宅怒目而視。卻看到，陰麗華不知什麼時候，擺脫了僕婦的羈絆，策馬追到了自己身後。此刻正仰著頭，看著自己和眾人，白生生的小臉兒凍僵在夜風中，上面滿是淚水。

忽然間，劉秀覺得猶如被人當胸捶了一圈，心口悶悶地疼。「不關妳的事情，醜奴兒！」他揮動手臂，大聲安慰，「我大哥和姐夫是瞎猜的，不一定對。即便對，也不關妳的事情！」

「對，也許是我們幾個多心了！妳，妳別哭。這不關妳的事情！」馬三娘雖然心裡頭又覺得酸酸的，卻不願意落井下石。也笑了笑，低聲補充。

陰麗華既不替自家伯父辯解，也不掉頭離開，只是抬起手，迅速在臉上抹了一把，然後強笑著問道：「三哥，三姐，等你們安頓好了之後，我，我還可以去找你們嗎？」

朦朧的淚眼裡，充滿了期待。

「可以，當然可以！」劉秀哪有勇氣拒絕，立刻用力點頭。根本不去考慮對方一個十二歲的小女孩，沒有家人陪伴的話，怎麼可能滿長安亂跑。

「可以，等安頓下來之後，歡迎妳隨時過來！」馬三娘猶豫了一下，也笑著答應。忽然間，她發現陰固這個惡人，也並非惡得完全一無是處。

「那我回家去了。三哥、三姐、大哥、姐夫，你們都多保重！」陰麗華艱難地朝所有人行了個禮，迅速調轉了坐騎。逃命一般，奔向了陰家的大門口。再也沒勇氣回頭。

劉秀望著她失魂落魄的影子，好生難過。忽然間，心裡就湧起了一種衝動，追上去將其拉回來，然後一道去浪跡天涯。然而，下一個瞬間，他又苦笑著連連搖頭。

這種幻想太不可理喻了，根本沒有任何實現的可能！且不說陰麗華今年只有十二歲，比自己的妹妹還小，對自己的依戀，十有八九是因為沿途缺乏大人保護，而其伯父和哥哥又都是軟骨頭而已。就是自己，歷盡千辛萬苦才來到長安，花了家族那麼多錢財，背負著長輩們那麼多希望，怎麼可能一走了之？

這個理由很充分，充分到劉秀自己都將其信以為真。很快，就又振作起了精神，跟著其他人一道，去尋找客棧安歇。

馬三娘心裡也很不舒服，所以在路上故意躲得他遠遠，免得自己萬一忍不住發作起來，又被大夥看了笑話。朱祐向來是馬三娘的跟班兒，後者到哪裡，他就跟到哪裡，亦步亦趨，百折不撓。嚴光則忽然詩興大發，坐在馬背上，對著燈火長街，搖頭晃腦，反復吟哦。只有鄧奉，不願讓劉秀心裡頭太難過，瞅了個恰當機會，悄悄地湊到他身邊，用手指捅了捅他的腰，低聲問道：「劉三兒，那個嬌滴滴的小不點兒到底有什麼好？除了哭，啥都不會！身子骨又細又高，臉蛋也沒張開，還不如三娘的一半兒好看。你放著三娘這種大美人不顧，卻被她給勾得魂不守舍？真是心眼兒全都被黃土給堵了！」

「你胡說！你才被勾得魂不守舍，你的心眼才被黃土給堵了！」劉秀被說得大窘，立刻紅著臉反駁。話音落下，卻又嘆了口氣，搖頭苦笑。

他也弄不清自己到底怎麼了，居然對一個才十二歲的小女娃娃，心中生出如此多憐惜？鄧奉說得其實一點兒都沒差，馬三娘絕對是個一等一的美女，特別是不生氣的時候，目光靈動，一顰一笑都如嬌花照水。自己即便動了春心，也應該對馬三娘動才對，無論如何，也不該去喜歡一個尚未長大的小娃娃！

然而，劉秀卻始終無法忘記，自己與馬三娘初次相遇的場景。背著一個血淋淋的大活人，二話不說就把刀刃壓在了自己脖子上。只要自己膽敢說半個不字，剎那間，就會人頭落地……

正恍恍惚惚地走著，前面已經響起了姐夫鄧晨的聲音，「好了，別走了，就這兒吧！一會就該宵禁了。大夥在這裡湊合一晚上，其他事情等明天天亮了再說！」

「好，這就好。這就好！」眾旅伴們個個人睏馬乏，立刻紛紛答應著跳下坐騎。早有一群熱情的店小二衝到，先給每個客人，無論男女老幼，送上一塊熱乎的葛布巾子擦臉，然後又七手八腳將牲口牽到了後院，將行李幫忙抬進了大堂。

當晚，大夥隨便湊合著吃了一口飯，就分頭各自睡下。第二天一大早起來，劉縯和鄧晨先將旅伴們分別送走；然後從行李中拿出乾淨衣衫，讓大夥換好，把幾個少年自頭到腳收拾了個乾淨整齊；最後，才又將馬匹寄存在客棧裡，帶領眾人，徒步走向了太學。

他們兩個早年四處遊歷，曾經多次來過長安。所以對城內的街巷和建築，倒也不太陌生。不多時，已經來到了太學的大門口。正準備詢問到哪裡去投遞薦書和名帖，卻看到就在大門旁邊不遠處，有一道隊伍，沿著牆根，迤邐排出了二十幾丈長。隊伍中，每一名少年都雙手捧著一疊薄絹，踮起腳尖兒，不停地向前探頭探腦。

「老三，去看看大夥為何而排隊？」劉縯微微一楞，立刻感覺到隊伍盡頭必有玄機，果斷將劉秀派過去打聽情況。

「好！」劉秀點點頭，走向正在貼著牆根兒緩緩前進的隊伍。其餘三名少年按捺不住心中好奇，也主動快步跟上。

四人都長得眉清目秀，文質彬彬，一看，就知道是前來入學的少年才俊。所以，正在排隊的同齡少年們，也不故意對他們隱瞞。先迅速朝四下張望了一番，就七嘴八舌地將實情合盤托出。

「排隊，排隊當然是投卷啊！你不知道要先投了自己所寫的文章，給老師們挑選點評，然後才會被老師們決定是否收入自己的門下嗎？」

「雖說師父領進門，修行在個人，可是，誰不想挑一個好的師尊？」

「有個好恩師帶著，將來出人頭地的機會也多一些！」

「這麼多學生，國師和鴻儒加起來才只有六個，大夥不先投卷，怎麼可能被老師看上眼？」

「投卷好，投卷好。比往年全靠父輩們的面子強多了！」

「我倒不指望拜在兩國師和四鴻儒門下，能有個秀才肯做授業恩師，就心滿意足！」

「老天爺保佑，別落在哪個韋編手裡，那下場簡直是生不如死！」

……

很顯然，陰固父子兩個人品雖然差了些，途中卻也曾經說過幾句實話。這太學裡頭，果真是門內有門，山內有山。想要投在一個合適的老師門下，竟比入學還難。

劉秀等人在家中時，也曾經在詩賦方面下過很多功夫，雖然寫出來的東西語言甚為稚嫩，意境也未見得有多高遠，但跟同齡其他學子所做的詩賦相比，倒也未必差得許多。因此，四人匆匆向指點迷津者道了聲謝，便掉頭拉著劉縯和鄧晨，一道跑出了太學。然後豁出錢財，買了上好的白絹和筆墨，將各自這輩子最得意的作品重新謄寫了一份，在陽光下曬乾之後，再度折回太學排隊投卷。

如此來回多耽擱了些功夫，待輪到他們四個時，隊伍已經變得短了許多。那負責收卷的小吏核對完了薦書和路引之後，信手翻開劉秀、鄧奉、嚴光、朱祐四人的卷子，見上面的字個個寫得端端正正，遒勁有力，心裡就先叫了聲好。再看內容，竟不是少年人常見的傷春悲秋，而是多少涉及了一些民間疾苦，對這四份卷子，就忍不住又多看了數眼。

鄧晨在旁邊見狀，連忙將身體朝前探了探，借著少年們的胸口遮擋，將兩塊薄薄的銀餅壓在了卷子上，口稱：「舍弟四個乃是外鄉末進，初次來到長安，什麼都不懂。卷子上若有缺失之處，還請長者多多指點！」

「好說，好說，這四份卷子，不敢說一定都列在甲等，至少乙等裡頭往前頭數！」那小吏見鄧晨如此「懂事兒」，眼睛立刻笑成了一條縫。大袖一揮，如會「五鬼搬運」之術般，瞬間就將銀餅變沒了蹤影。隨即，又笑呵呵地補充道：「閱卷大概需要五天時間，待所有卷子排出了大致檔次，才會由國師和鴻儒複審，以確定最後的名次。你等如果想遠遠地瞻仰一下我朝國師風采，不妨五天後再來！」

「多謝長者指點，晚輩沒齒難忘！」鄧晨立刻心領神會，又深深地給小吏行了個長揖，然後才拉著滿頭霧水的劉縯、劉秀等人，施施然離開。

倒了僻靜處，大夥便再也憋不住心中好奇，圍住鄧晨刨根究柢。後者先四下看了看，然後笑著解釋道：「哪不上油哪裡就不轉，這太學雖然是書香之地，其實也跟天底下其他衙門沒啥兩樣。我剛才偷偷觀察，好些人都在卷子下夾帶了禮物。所以乾脆下一記猛藥，別人給銅錢、絹布，咱們直接給銀餅。別讓你們四個，一進太學的門，就落在別人身後！」

「這，多謝姐夫！」劉秀眨巴著圓溜溜的大眼睛，向鄧晨拱手施禮。內心深處，卻覺得自家姐夫此舉未必真的有什麼效果。想那兩國師、四鴻儒和三十六秀才，俱是何等驚才絕豔人物？心中自然應該有一股浩然正氣在，怎麼可能為了些許賄賂，就連最基本的公平和公正都不顧，胡亂評判文章的優劣？更何況，收錢的都是底下的小吏，最後未必會給國師、鴻儒和秀才們分潤，現在就忙著送束脩，未免太急。

鄧晨知道自家這個小舅子向來想法多，見他道謝時的敷衍模樣，頓時就猜到他心中不服。於是乎，又笑了笑，非常認真地解釋道：「自古以來，都是官做得越大，看上去越和藹可親。而越到底下的小吏，越是凶狠刁滑。此為何理？不過是官做得越大，你平素越見不到，所以給你個好臉色，對他來說又有何難？而底層小吏，卻是真正做事的，所以待人接物時，就難免把本性暴露了出來。我想，既然世道如此，這太學雖然是清雅之地，就未必能夠免俗。」

「這……」劉秀等人無言反駁，只能瞪圓了眼睛苦笑。

看到少年們滿臉單純模樣，鄧晨忍不住也笑了笑，繼續低聲補充道：「這幾天，前後足有三四千學子來太學投卷，如果一份份看，早把國師和鴻儒們給累死了。肯定是先由小吏篩選一遍，選出比較出色的幾十份出來，然後再交給國師和鴻儒們評定名次，優中選優！所以小吏這關，尤為重要。否則你文章寫得再好，送不到國師、鴻儒和秀才們面前，他們怎麼可能慧眼識珠？」

「哦！」劉秀、鄧奉、嚴光、朱祐四人終於恍然大悟，齊齊欽佩地點頭。

馬三娘卻氣得連連撇嘴，冷笑著道：「連太學裡頭，都需要花錢買路。將來到了官場上，還不是一個比一個撈得狠？我看，這種書，不讀也罷！免得學問沒做好，一個個全都黑了良心。」

「不讀書，我們將來出路在哪？總不能都去打家劫舍？」鄧奉聽得不順耳，忍不住翻了翻眼皮，大聲反問。

「你？」馬三娘被他戳中了心中痛處，頓時眼睛裡就見了淚光。朱祐見了，少不得又要幫她去向鄧奉「討還公道」。幾個年輕人走一路吵鬧一路，倒也省得寂寞。待回到客棧之時，已經又和好如初。

接下來四天，劉縯和鄧晨兩人，一邊替少年們置辦各種生活所需，一邊帶著大夥遊覽長安城內外的風光名勝，日子幾乎是一晃而過。到了第五天，又起了個大早，匆匆吃了一口早飯，將全身上下收拾乾淨，然後就迫不及待地朝著太學趕去。

早有另外一些消息靈通的學子，在當初投卷的房子前等待。見了劉秀等人，也不覺得奇怪。大家夥兒彼此相視而笑，然後心照不宣地繼續對著屋門發呆。

大約等到了上午巳時前後，太學正門外，忽然傳來一陣清脆的馬蹄聲。緊跟著，有一輛四匹栗色駿馬所拉著的高車，沿著青石板鋪就的道路，徐徐而入。卻沒有在大門附近做絲毫停留，直接奔了坐落在院子深處，一座看上去甚為巍峨的殿堂。緊跟著，護送馬車的隨從自外邊拉開車廂，鋪好腳踏，將一個峨冠博帶，仙風道骨的長者攙扶了下來。

那長者雙腳落地之後，立刻甩了下衣袖，轉身向著跟隨過來的眾學子，微笑而視。隨即，又朝著大夥點了點頭，嘴裡發出一聲低低的「唔」，倒背著手，緩緩踏上了殿堂的臺階。五縷長髯，被秋風一吹，飄飄蕩蕩，不惹纖塵。

「國師，國師看到我了！」

「國師，國師朝著我點頭了！」

「國師，國師肯定看中了我的卷子……」

幾個追隨在馬車之後的學子，幸福得幾乎要當場暈倒，一個個手捂胸口，淚流滿臉。

劉秀心中也覺得剛剛下車的長者氣度不凡，然而卻不知道此人姓劉還是姓楊，到底是哪個國師？興奮之餘，便忍不住想找人請教。然而，還沒等他來得及發問，便有一個洪亮的聲音傳入了耳朵：「嘉新公，他一定是嘉新公。你們看，你們看這輛馬車，絕對是駟駕，非公侯不得乘坐！」

「當然是嘉新公他老人家！」四周圍，立刻有人不屑地撇嘴，「這還用你說，兩師四儒裡頭，只有他老人家才封了公。」

「當世大儒，嘉新公不愧是當世大儒，這行止氣度，著實讓人看一眼就心折！」

「那當然，若論學問，當世除了皇上，恐怕就得是嘉新公了！」

「是嘉新公，只有嘉新公他老人家，才會親自來看我等的卷子！」

原來剛才那位仙風道骨的長者，正是兩國師之一，嘉新公劉歆。無論學問還是做人的本事，在當朝都數一數二。早年間，為了避大漢哀帝的名諱，特地將自己的名字改成了劉秀。如今大新朝取代大漢已有多時，他卻依舊沒有改回原名。當朝皇帝王莽知道後，非但沒怪他心懷前朝，反而親口讚其「忠直」。將他的封爵一路高升，最終位列大新朝四公之一。

「也不知道今年嘉新公他老人家，肯收幾個弟子？要是能聆聽他的教誨，哪怕天天用戒尺打我的手心，我都甘之如飴！」驚嘆之餘，有學子就開始做起了白日夢。

「想得美，沈定，就你那兩筆臭字，嘉新公看一眼就得熏暈過去。怎麼能天天都看！」有人嘴巴尖刻，立刻對走白日夢者大聲奚落。

「嘉新公收徒，看的是學問和人品，又不是看字！」做白日夢的沈定不服，扭過頭大聲反駁。

「字如其人，你沒聽說過嗎？」對方顯然跟他相熟，繼續不留情面地打擊。

「牛同，你又皮癢了不是！」沈定忍無可忍，舉拳欲打。

「養氣的功夫太差，小心被嘉新公他老人家看到，就更不會收你了。」一名字喚作牛同的尖刻嘴巴學子向後竄了一步，搖頭晃腦地威脅。

「嘉新公才不會看到！即便看到，你也逃不到這頓打！」沈定聞聽，肚子裡的怒火更盛，舉著白白胖胖的拳頭追上去，朝著牛同的脊背猛捶。才剛剛捶了兩三下，就忽然聽到了一聲怒喝：「呔！你這白首窮經的腐儒，休要信口雌黃！若《說命》為偽，《尚書》當中，還有幾字為真？總不能我等治學一輩子，用的卻是一部假書！」

眾學子被嚇了一跳，顧不上再議論，打鬧，趕緊朝聲音來源處匆匆回頭。卻見殿堂的大門被人用腳奮力踹開，剛剛進去沒多久的嘉新公劉秀，鐵青著臉匆匆而出。五縷長髯捲了兩縷，另外三縷扛在了肩膀上，也顧不得去撣，很顯然被氣得不輕。

而緊跟在他身後，則是一名五十歲上下，頭髮斑白，面帶愁苦的老學究。一邊追，一邊義正詞嚴地補充道：「子俊，我輩治學，去偽存真乃為第一要務。豈能因為怕損了《尚書》的完整，就拿偽作來濫竽充數。那非但有愧先賢，而且終將誤人子弟。到頭來，世人都以偽為真，真正的古聖遺篇，反倒被當成偽書了！」

「那也不能，隨便拿幾份舊竹簡來，就號稱真書！」嘉新公劉秀擺脫對方不下，只能停住腳步，大聲駁斥。

「孤證為偽，群證可論。況且我手裡這些，乃是從先秦墓葬中所出，裡邊的禮器，皆有年代可考？」頭髮斑白的老學究，揮舞著手中竹簡，大聲提醒。

二人你一句，我一句，各不相讓。將臺階下的學子們，聽了個目瞪口呆。原來，國師也有跟人吵架的時候，並且風度全無，就差沒有捋胳膊，挽袖子，互相飽以老拳。

「雖然出自先秦墓葬，卻不能說它就是《命書》。」

「這麼大字，你怎麼能不認識！」

……

「你休要強詞奪理，劉某今日被你突然襲擊，無力駁斥你的歪理邪說。且回去找足了證據，再讓你知道今日之言，如何大錯特錯！」忽然意識到門外還有一大堆學子在看著，嘉新公劉秀不想再繼續爭論下去，徑直上了馬車，隨即從人策動了挽馬。

白髮老學究甚為執著，居然又追著馬車跑出了數十步，才喘息著停了下來。一手扶著自己的腰，一手緊握卷冊，像寶劍般指著馬車的背影，大聲叫喊：「劉秀，你個無膽匪類。居然又不戰而逃。三日之內，你若不露面，許某就登門拜訪，看你到底能躲到哪裡去！」

「這人是誰啊，居然把嘉新公給氣跑了！」劉秀看得好生有趣，輕輕拉了拉距離最近的學子，低聲請教。

「還能有誰，許夫子唄，四鴻儒之首。除了他，誰敢如此對待嘉新公！」那學子見他也是一身儒衫，知道彼此將來有可能是同窗，就壓低聲音，如實解釋。

「哦！」劉秀一邊輕輕點頭，一邊偷眼打量許夫子。正準備仔細看看，這老學究手中的卷冊，到底是何物？不料想，許夫子的目光剛好朝他這邊掃了過來，與他的目光恰恰對了個正著！

「咯噔！」劉秀就覺得自己的心臟墜了一下，頭皮緊跟著就是一麻。趕緊將目光側開去，假作欣賞周圍的風景。

「哼！」那許夫子在人群裡找不到對手，餘興難盡。冷哼了一聲，仰起頭，大步走回了屋子。對身後所有年輕學子，都不屑一顧。

大堂前再無名師可供仰視，眾學子又等了一會兒，便三三兩兩，回到了太學門口當初大夥投帖的屋子前，繼續等待放榜。

也許是因為第一次接受新生投卷的緣故，把大傢伙等得飢腸轆轆，榜單卻依舊沒有掛出來。直到時間臨近傍晚，才有七八個小吏，捧著數塊巨大的紅色絹布，姍姍來遲。然後隨便用了些漿糊，將寫有學子名姓的絹布朝屋子外的牆壁上一貼，就宣告完事。

「走，看看我們拜在了哪位夫子門下！」劉秀和一眾學子們，沒有功夫去計較小吏的態度，紛紛叫喊著圍攏到紅色絹布前，尋找自己的名字。

不多時，朱祐就第一個跳了起來，「找到了，找到了，我的名字在甲榜第十二位，追隨劉龔，啊，是劉夫子，主修《周禮》。」

四周圍，頓時響起了一片祝賀之聲。無論先前相熟不相熟，學子都由衷地替朱祐感到慶幸。

「我排在甲榜二十三位，恩師姓陰，竟然是陰方！主修《春秋》。」嚴光也很快找到了自己名字，興奮得大喊大叫。

在路上，他們都曾經從庶士陰固嘴裡聽說過，兩國師和四鴻儒的名字，以及治學側重。其中劉龔和陰方兩個，恰恰位列於四鴻儒之內。教出來的弟子日後出路雖然未必及得上兩國師，卻也是前途一片光明。

鄧奉的排名稍稍靠後，列在了甲榜的最末。所以找起來多少花費了一些時間，老師也不再是四鴻儒之一，而是一名姓周的秀才。即便如此，依舊讓周圍許多連乙榜都沒挨上的學子們，羨慕得眼睛發紅。

找完了自己的名字之後，朱祐、嚴光和鄧奉三個，就開始在榜上尋找劉秀兩個字。以他們四個人平日的切磋結果，劉秀的水平即便比不上朱祐，至少跟嚴光能保持齊平，絕不在鄧奉之下。誰料，從甲榜的榜首，一直找到了丁榜最末，卻始終不見任何一個「秀」字！

眼看著天色漸漸擦黑，眾學子或興高采烈，或垂頭喪氣，但都已經有了師門，唯獨自己一個人被遺漏在外。劉秀心裡就著了急，快走進步，來到一名前來發榜的小吏身前，先行了個禮，然後低聲請教：「敢問長者，所有學子的名字都在榜上嗎？怎麼晚輩找不到自己的名字？」

「有這事兒？」小吏被問得微微一楞，旋即，歪著頭反問，「你叫什麼名字，可在卷子上寫過什麼違禁之詞？」

「沒有！」劉秀猶豫了一下，用力搖頭，「晚輩姓劉，單名一個秀字。晚輩可對天發誓，絕不敢信筆胡寫！」

「那，那就怪了。照理，既然有了地方上的薦書，就已經被太學錄取。充其量，授業恩師名氣差一些而已！」小吏眉頭緊鎖，同樣百思不得其解。

就這時，旁邊的另外一名小吏忽然回過頭，厲聲問道：「你再說一遍，你叫什麼名字？」

「晚輩劉秀，見過長者！」劉秀有求於人，不能計較態度，趕緊走過去，一邊施禮，一邊再度自我介紹。

「我記得你的名字！」小吏側了側身子，面沉似水，「不用再找了，你被黜落了，回家去吧！明年改了名字之後，再想辦法從頭來過！」

「啊——」彷彿晴天裡打了個霹靂，劉秀被驚得身體僵直，目瞪口呆！

「敢問長者，劉秀他犯了什麼錯，為何要單獨將他黜落？」

「敢問長者，黜落劉秀的理由是什麼？」

「敢問長者，是誰下的令？為何要黜落劉秀，總得有個理由？」

鄧奉、嚴光、朱祐三個，也被嚇得魂飛天外，好在受害者不是自己，所以還能勉強保持住些許心神。不約而同圍攏上前，先後發出質問。

「理由，你們有什麼資格向我問理由。小小年紀，管那麼多閒事做什麼？莫非你們三個也不想入學了？也想跟他一起回家？還不速速退下！否則，休怪李某對你等不客氣！」那小吏脾氣甚大，立刻瞪起眼睛，厲聲威脅。

「你……」鄧奉、嚴光、朱祐畢竟年齡還小，也都知道求學機會來之不易，頓時，就被小吏的威風給鎮住了。紅著臉，敢怒不敢言。

緊跟在三人身後的馬三娘卻不管那麼多，彎腰從地下抄起一塊秤砣大的石頭，直奔小吏的面門拍了過去，「惡賊，敢壞劉三的前程，找死！」

「啪！」好在劉縯反應足夠快，衝過來托了一下她的手腕。那小吏才沒有被石頭給開了瓢。但其頭頂兩尺高的磚牆，卻被石頭砸出了一個三寸深多的大坑，碎磚屑夾雜著火星四下飛濺，轉眼間，就將他頭頂的儒冠染成了灰綠色。

「殺人啦，殺人啦！」那小吏嚇得亡魂大冒，雙手抱著腦袋蹲在了地上，慘叫連連。周圍的其他小吏見狀，立刻一擁而上，將劉氏兄弟、馬三娘和鄧奉等人，圍了個水泄不通。隨即，又一名士吏注三十帶著三十餘名當值的巡街兵士拎著刀矛趕到，在不遠處迅速結成一個方陣，朝著圈子內的劉縯等人虎視眈眈。

「小妹一時情急，差點出手傷到長者，死罪，死罪！」劉縯雖然心裡跟馬三娘一樣怒火萬丈，畢竟年齡長了幾歲，知道今日之事絕非武力所能解決。趕緊躬身下去，朝著正在慘叫的小吏行禮謝罪。

「我家小妹性子野，剛才一時情急，就想嚇唬長者一下。死罪，死罪！」鄧晨心思遠比劉縯活泛，也緊跟著躬身下去，將一個裝滿銅錢的荷包，遞到了小吏手裡，「這點錢，您老拿去買杯水酒壓驚。還請念在舍妹年幼無知的份上，別跟她一般見識。三妹，楞著幹什麼，還不趕緊過來給長者賠罪？」

馬三娘心裡豈會服氣？然而，當著這麼多人的面，她卻不好讓劉秀的姐夫下不了臺。於是乎，委委屈屈地上前一步，朝著小吏斂衽為禮。「長者在上，民女剛才一時情急，還請長者不要跟民女計較！事實上，民女也沒想這就砸死您老，否則，這麼近的距離，絕對不可能失了準頭！」

「妳……」那小吏被嚇得又打了個哆嗦，然後一隻手死死抓住鄧晨所給的荷包，另外一隻手捂著腦袋站起身，掉頭就朝人群外走，「老子不跟你們一般見識！這都是上頭的決定，你們

注三十、士吏：底層軍官，低於當百（百人長），高於什將（十人長）。王莽反覆改制，其軍制頗為複雜。通常認為次序是，前、後、左、右、中，共五名大司馬，其下另有大將軍、偏將軍、裨將軍、校尉、司馬、侯、當百、士吏、什將。地方郡兵，與中央部隊有所區別。與士吏大致相同的為屯長。

把氣發在老子身上算什麼本事？哼，一群粗痞，還想學別人沐猴而冠，真是不看看自己什麼模樣！」

「長者慢走！」鄧晨手疾眼快，閃身擋住又要發作的三娘，向著小吏的背影深深俯首。

「多謝長者寬宏大量！」劉縯也強壓怒火，躬身相送。唯恐小吏繼續拿頭頂上的磚屑做文章，徹底讓劉秀被太學黜落的事情，徹底失去了轉圜餘地。

眾太學小吏，原本就有些心虛。見事主都選擇拿著賠償走人了，自然也不願意再蹚這份渾水。一個個朝著劉縯兄弟幾個撇了撇嘴，相繼離開。

聽到動靜趕來彈壓的官兵們，卻不敢怠慢，依舊刀出鞘，箭上弦，嚴陣以待。直到劉縯兄弟幾個拉著劉秀，一道耷拉著腦袋地出了太學大門，才悄悄鬆了一口氣，在當值士吏的帶領下收隊離開。

那萬人敵劉縯，先花費了不菲的錢財替自家弟弟弄到了入學薦書，又力盡千辛萬苦將劉秀等人送到長安，豈肯就這麼稀裡糊塗地看著劉秀被太學除名？一邊放慢腳步，一邊偷偷回頭，待看到巡邏的兵士們已經走遠，立刻停住腳步，低聲說道：「老三，你先不要難過。待我和你姐夫兩個去打聽清楚，太學到底為何要把你除名，然後咱們再想辦法。咱們劉家三代沒出過匪類，相信老天爺不會讓好人沒了活路。」

「三弟，聽你哥的。此事從頭到尾透著古怪，應該有解決的辦法。」唯恐劉秀想不開，鄧晨也緊跟著停住腳步，手按著劉秀的肩膀安慰。

此刻的劉秀，不過是個初出茅廬的少年，驟然挨了當頭大棒，哪裡還有什麼準主意？聽哥哥和姐夫說話的語氣肯定，也只好抬起頭，苦笑著咧嘴：「行，我聽大哥和姐夫的。姐夫和大哥也別太為難了，反正，鄧奉他們三個已經入了學，將來有他們三個在，我入不入學其實都一樣。」

「你能夠看得開就好。」鄧晨見劉秀小小年紀就如此懂事，心中忍不住一酸。笑了笑，用力點頭。

「放心，凡事有哥在。」劉縯又朝著劉秀的肩膀上按了按，轉過身，與鄧晨兩人，大步流星再度殺回學校。

這回，兄弟倆多了個心眼兒，沒專門去找人爭執。而是等在張貼紅榜的屋子附近，悄悄地查看動靜。不多時，果然看到一名小吏帶著兩個隨從，信步從裡邊走出。兄弟兩個立刻湊上去，先深深地行了個禮，然後滿臉堆笑的問候：「長者請了，在下新野劉縯（鄧晨），有一事情不明，想向長者當面求教。」

「你們？」恰巧這名小吏，就是最初收了劉秀等人卷子的那位。心裡對劉縯和鄧晨兩個以及他們的銀餅子，印象頗深。此番見二人突然從陰影裡冒了出來，先是被嚇了一哆嗦，然後皺著眉頭呵斥：「你們兩個，送完了子弟入學，不馬上回家，還賴在這裡做什麼？小心被巡街的兵士當作無賴子抓去修河堤，死了都變成孤魂野鬼。」

「長者有所不知，非我們兄弟兩個故意逗留不去，而是舍弟入學之事，忽然遇到了一些麻煩。舍弟劉秀，自幼讀書用功……」見對方是熟悉面孔，劉縯趕緊又行了個禮，將劉秀被太學除名的事情，從頭到尾以最簡單的話語說了清楚。

「這，這是上頭的決定，我哪敢隨便打聽。」小吏聞聽，頓時臉色大變。擺擺手，轉身就走。劉縯和鄧晨兩個，哪裡肯放。齊齊追了上去，一人拉住小吏的衣袖躬身苦求，另外一人，則趕緊又從口袋裡掏出原本預備留在回鄉路上的部分盤纏，偷偷塞進了小吏衣袖當中。

那小吏是個收禮的行家，僅憑著溫度、形狀和重量，就知道今天自己所得不菲。於是乎，迅速朝周圍看了看，壓低了嗓子提醒，「你們兩個當兄長的，也真是糊塗！劉秀這個名字，豈是隨便取的？嘉新公他老人家乃太學祭酒，名姓裡帶一個秀字。你弟弟居然敢跟他同名同姓！沒等入學，就不把祭酒[注三十一]放在眼裡，對師禮輕視如斯，哪個博士敢收你入門？」

「這……」劉縯和鄧晨兩個，只知道要避皇帝的諱，哪裡想到，連太學祭酒的諱，都冒犯不得。當即，又是驚愕，又是後悔，額頭上，冷汗滾滾而下。

「回去改了名字，然後明年再來就讀吧！」那小吏極為「敬業」，看在袖子裡銀餅重量不輕的份上。丟下一句話，匆匆轉身。

光是今年給劉秀和朱祐兩個買薦書的花銷，就讓劉縯跟族中長輩們差點吵翻。如果今年的錢財打了水漂，明年族裡豈肯再做第二次投入？況且那南陽令尹衙門，又不是劉家所開，入學的薦書怎麼可能說拿就拿？是以，明年即便族裡依舊豁得出去，劉秀也沒任何可能再來一趟長安！

想到這兒，劉縯和鄧晨兩個，趕緊又快步追上。雙雙擋住小吏的去路，不停地打躬作揖說好話，請對方幫忙看看是否還有轉圜餘地。那小吏見他二人實在模樣可憐，便又迅速四下看了看，壓低聲音迅速點撥：「避諱這事兒，說輕也輕，說重也重。你們哥倆與其跟我在這裡糾纏，不如趕緊想辦法托人向祭酒去討個情面。如果祭酒他老人家自己都不在乎，別人怎麼可能再拿令弟的名字做文章？」

「啊！多謝長者，多謝長者！」劉縯和鄧晨二人都是老江湖了，立刻就從小吏的話語裡，聽出了雙重涵義，趕緊雙雙躬身施禮。

「唉，趕緊去想辦法吧，趁著太學還沒正式開學，最後名單還沒報到皇上面前。否則，你們做什麼都晚了！某是看在令弟文章頗佳，讀書不易的份上，才多幾句嘴。爾等切莫再胡攪蠻纏下去，徒耗時間！」小吏嘆息著向二人擺了擺手，帶著兩袖銀風，迅速離開。唯恐走得慢了，再被二人纏住追問其他細節。

劉縯和鄧晨相視苦笑，嘆息著，快步走出太學大門。到了現在，他們二人才終於明白，所謂冒犯了太學祭酒，嘉新公劉秀的名諱，不過是個藉口而已。中間肯定有人打著太學祭酒，嘉新公劉秀的旗號，故意壞自家三弟劉秀的前程。

至於劉秀到底得罪了哪個？誰有這麼大本事，把手直接伸到太學裡頭來，答案，也隨即呼之欲出！

只是，知道了答案，又能如何？

且不說劉縯和鄧晨兩個，只是地方上普普通通的良家子，連南陽郡大尹衙門的小吏都認不得幾個，一時半會兒，怎麼可能跟長安城內的高官攀上交情？更何況暗地裡對劉秀出手的，極有可能是數日前在灞橋上策馬橫衝直撞的某位王姓少年，長安城內的高官得欠劉縯和鄧晨多大的人情，才會為了送劉秀入學去得罪皇上的族人？

注三十一、祭酒：就是校長。戰國時荀子曾三任稷下學宮的祭酒，晉代開始正式有國子監祭酒這一常設官職。

正如常言所說，錢到用時方恨少，官大一級壓死人。此時此刻，終於得知了事實真相的劉縯和鄧晨兩個，除了哀嘆命運對自家弟弟不公之外，竟做不了任何事情！雙雙垂頭喪氣出走出了太學，正不知道該如何去安慰無辜受害者劉秀，耳畔卻忽然聽到了一聲尖酸刻薄地公鴨嗓兒：「哎呦呦，有人自不量力想附庸風雅，卻被太學掃地出門嘍！就是不知道此番回鄉下去之後，是繼續扶犁耕田呢，還是殺豬屠狗？」

抬頭看去，不是當日灞橋之上被馬三娘用刀身兒輕輕拍昏過去的那位王家二十三郎，又是何人？只見此子，邁著四方步，在五六名身強力壯的家丁衛護下，像舔飽了糞便的野狗般，堵在了劉秀、鄧奉、朱祐、嚴光和馬三娘五人的必經之路上。一雙洗不乾淨的三角眼裡，充滿了身為「上位者」的傲慢。

「姓王的，你好生卑鄙！」一眾少年都是何等聰明，立刻就猜到劉秀今天被太學黜落，一定是王二十三郎在背後搗鬼，不約而同地抬起手，指著此人的鼻子大聲怒叱。

「卑鄙？我做了什麼卑鄙的事情？你們幾個敢說預先連太學祭酒的名姓都沒打聽過？既然知道嘉新公的名諱，還腆著臉叫什麼劉秀！既然他心裡頭連一點兒尊師重道的概念都沒有？豈不是活該被掃地出門？」

這番歪理邪說雖然屬胡攪蠻纏，卻並非一點譜兒都不占！登時，竟然把劉秀等人都給問住了，誰也不知道該如何反駁。只能氣紅了臉，繼續指責王二十三郎欺人太甚。

「呵呵，欺人太甚？小爺我今天就欺負你們了，你們能怎麼著？」王二十三撇著嘴，滿臉洋洋得意，「有本事再去我姑母面前告我的狀去啊？你們又不是沒幹過？知道我姑母住在哪兒嗎？我叔祖父心疼她自小沒了丈夫，一直把她養在皇宮裡頭，地位與其他未出嫁的公主等同！」

「你？」眾少年聞聽，愈發怒不可遏。其中脾氣最爆的馬三娘和鄧奉乾脆直接掄起了拳頭，就準備讓王二十三郎知道知道什麼叫國士之怒。

誰料那王二十三郎前幾天在灞橋上吃了一次大虧之後，早已徹底學了乖。察覺馬三娘眼神不對，果斷將身體一縮，快速藏在了自己的家丁背後，「動手啊！動手打我啊！當街毆打皇族，看誰還能救得了你們！」

「呔！爾等休得對小公爺無禮！」六名家丁同時叫喊著跨步，手按腰間刀柄，拉出了一個偃月狀臨戰陣形。

為了表示對師長的敬意，劉秀、鄧奉、朱祐和嚴光四個最近幾天出門時根本沒有佩劍。在他們的極力阻止下，馬三娘也把環首刀寄放在了客棧當中。如今被六名手按刀柄的壯漢一逼，立刻就處在了下風。

本不願意再去招惹「王家人」的劉縯和鄧晨見狀，不得不大叫一聲「住手」，從兩側迂迴撲上。只要家丁們敢傷害劉秀等人，就立刻繞過偃月陣，將躲在後面的王二十三拖出來直接打死！

眾家丁擔心王二十三的安危，只能先撤開對劉秀等人的圍攻，變陣護主。劉縯和鄧晨也迅速橫向跨步，像兩隻護雛的大鳥般，將劉秀、馬三娘等人死死擋在背後。

「大哥、姐夫，你倆照顧他們四個就行，不用管我！我今天拚著千刀萬剮，也要拉姓王的蟊賊陪葬！」馬三娘自幼父母雙亡，除了哥哥馬武之外，第一次被兩個外人當作保護對象。登時，紅著眼睛大喊一句，繞過劉縯和鄧晨，直撲被家丁團團護在核心處的王二十三。

她一個妙齡少女，即便武藝再高，在手無寸鐵的情況下，也不可能突破六名持劍家丁的防線去殺掉後面的人。然而，王二十三郎心中卻仍餘悸未散，聽她喊得凶狠，竟然連想都顧不上想，就本能大聲叫道：「攔，攔住她！別，別讓她過來。救命，救命啊，有人刺殺皇族了！」

「三娘住手！」劉縯和鄧晨哪敢真的讓馬三娘去拚命？搶在雙方正式發生衝突之前，果斷各自拉住了馬三娘的一隻胳膊，「這裡是長安，誰都得講王法！」

六名王氏家丁被來自背後的呼救聲，叫得心煩意亂。也顧不上再持刀威脅別人，紛紛後退數步，紅著臉大聲安慰：「小公爺，小公爺！別叫，求求您別再叫了。對方沒過來。那小娘子在故意嚇唬你！長安城內，誰敢對您不利，皇上知道後肯定會誅他九族！」

「不，不，不，她敢，她真敢。你們沒聽她說，她要拉著我一起去死嗎？保護我，保護我離開這兒。我要回家去叫人，我要讓我阿爺派人將他們統統下獄抄家。」那王二十三年齡跟劉秀差不多，又沒經歷過任何風浪，竟被馬三娘先前的氣話，給再度嚇丟了魂兒。只管繼續啞著嗓子大聲哭喊。

見他孬種到了如此地步，馬三娘反倒不屑去跟他拚命了。而六名王氏的家丁，大概也覺得自家小公爺今天的表現實在有些丟人，一時間，竟沒有臉繼續跟劉縯、劉秀等人做更多的糾纏。

「走吧，算了，好鞋不踩臭狗屎！」劉秀雖然年紀輕輕，又突遭重擊，卻未曾被徹底擊垮。見雙方之間的衝突，已經被王二十三的哭聲無意間化解，趕緊扯了下哥哥劉縯和馬三娘衣袖，低聲提醒，「大哥、三姐，走吧！蛆已經被他下了，此刻就算打死他，也於事無補。犯不著為了替我出氣，把大夥的前程和性命全都搭上。」

「也罷！就放過他這一回！」劉縯楞了楞，忽然想起即便劉秀被掃地出門，鄧奉、朱祐和嚴光三個，卻仍要繼續在太學裡苦熬數年時光才能出人頭地。嘆了口氣，斷然轉身。

鄧晨和三個少年，心裡都知道好歹。聽劉秀說得理智，頓時鼻子都隱隱發酸。咬著牙壓下了心頭怒火，準備先回到客棧之後再一起想辦法。

唯獨馬三娘，自小被其哥哥馬武帶在身後刀叢中快意縱橫，直來直去慣了，心中忍不下隔夜仇。臨被鄧晨強拉著轉身之前，忽然又扭過頭，朝著剛剛停止哭泣的王二十三大聲斷喝：「姓王的，你聽好了！我不姓劉，無父無母，跟他們幾個也都不是一家。要是劉秀最後入不了學，我一定要割了你的腦袋！哪怕最後被你們王家千刀萬剮，也是一條命換你一條命，看誰吃虧！」

「哇……」小公爺王二十三長這麼大，就有他仗著家族勢力欺負別人的份，幾曾受過如此威脅？當即，又嚇得把嘴巴一歪，放聲嚎啕。

「孬種！」馬三娘朝地上不屑地吐了一口吐沫，掙扎著，被鄧晨和劉縯兩個，硬生生拖走。

當她的身影漸漸去遠，腳步聲徹底微不可聞。先前正在哭號的小公爺王二十三，忽然又恢復了勇氣。猛地一個高跳起來，指著劉縯等人的背影大聲咆哮，「反了，全都反了。逆賊，此仇不報，我就不姓王！王秋、王冬，去調兵。去找我堂叔王濟調兵，調兵把那女的給我抓來。我王固今晚要讓她在床上求生不得，求死不能！」

「這？」名字喚作「王秋」和「王冬」的兩名家丁，紅著臉咧嘴。

自家主人是皇族不假，可這長安城裡，王姓皇族沒一千也有八百。如果隨便一點兒小事兒，就讓掌控全城治安的五威中城將軍王濟出兵捕殺，那長安城裡，除了官員和將士們之外，豈還剩得下任何活人？更何況，眼前這位小公爺，根本不是皇上的嫡親子孫，跟五威中城將軍王濟也不是親叔侄。為了這點兒欺男霸女的事情找上後者門去，恐怕話沒等說完，搬兵的人就得被王將軍給砍了腦袋！

「去，速去！讓我堂叔親自帶著兵來，讓我堂叔親自帶兵來將劉秀碎屍萬段！」二十三郎王固，才不管自己到底有沒有資格請得動當朝五威中城將軍出馬，只顧著繼續大聲吩咐。

「哎！哎！小人遵命！」兩名家丁無奈，只好硬著頭皮拱手。正準備找個僻靜出處上幾圈兒，等眼前這位小公爺發夠了瘋再回來糊弄了事。然而，還沒等他們挪動腳步，眼前卻忽然一黑，緊跟著，一卷竹簡劈頭蓋臉地就砸了下來。

「混帳，混帳，一群混帳東西。聖上苦心孤詣，不惜冒天下之大不韙，以古制教化萬民，以求三代之治重現。爾等卻在長安城內倒行逆施！」有名鬢髮斑斑，眼角總含著數絲愁苦不散的老學究，手持簡書，將眾家丁連同被他們所保護的王固，一道打得抱頭鼠竄。「搬兵，我叫你再去搬兵。等會兒老朽親自去五威中城將軍面前問問，是誰給了他的膽子，不去彈壓匪類，反而為虎作倀？」

「行了，許老怪，再打下去，當心皇上顏面不好看！」老學究身邊，還有一個頭頂青冠，鳳目蠶眉的中年儒士，笑呵呵走上前，低聲勸解。

「皇上要知道有人仗著是他的血脈至今仍在長安城內橫行不法，更是饒不了他們！」被喚作許老怪的老儒，一邊繼續用書簡砸人，一邊大聲回應。

此人正是上午時把嘉新公劉秀氣得拂袖而去的許夫子。單名一個「商」字，表字子威。曾經官拜中大夫，跟皇帝王莽同殿稱臣。彼此之間詩賦唱合，相交甚厚。王莽登基之後，知道他學問功底頗深，所以才特地把他請到了太學指點學子。

然而許子威跟王莽雖然私交不錯，對其哄騙無知小兒禪讓帝位之舉，卻不甚贊同。所以在太學裡只教幾天書，便告辭回了老家。本想對著幾千斤書卷了此殘生，誰料造化弄人，他的小女兒卻在八歲那樣不幸夭折。

巨大的打擊之下，許子威性情大變。看哪個都不順眼，跟誰一言不合都敢開罵。地方官員知道他跟王莽兩人之間的交情，不敢治他的「妄議」之罪，只敢不斷地寫奏摺向皇帝訴苦。王莽也不願意許子威這麼大一個賢才流失於野，損害自己的聖名。於是，乾脆把事情交代給了太學副祭酒、國師揚雄，勒令後者在三個月之內必須將許子威請回。

國師揚雄被逼無奈，靈機一動，借著周易解命的由頭，「算」出許子威與他的小女兒塵緣未了。而重續父女之緣的地域，卻應在京畿四周。結果，那許子威明知道揚雄可能是在撒謊，卻不敢放棄心中的最後希望，竟騎著四匹駿馬，日夜兼程趕回了長安。然後就一頭扎進了太學內，一邊繼續教書育人，一邊靜等著女兒的「重生」。

他如此不把朝廷和太學當一回事，太學的祭酒嘉新公劉秀，當然看他不會順眼。二人非但在學術上撕扯，在俗務上也每每對著幹。害得副祭酒揚雄終日替二人做和事佬，被折騰得苦不堪言。

說來也怪，那許子威雖然特立獨行，見誰奚落誰。甚至在同行當中，得到了一個許老怪的稱號。對門下的弟子和太學裡的其他學子，卻頗為友善。哪怕一些油嘴滑舌的學生，偷偷叫他「許老怪」被他聽見了，他也不惱。

被這樣一個蠻橫、固執、瘋癲，且跟自家叔祖父相交莫逆的「怪老頭」掄著書簡砸，王固哪裡有膽子還擊？先哭喊著哀求了幾聲，然後趁著「許老怪」不注意，從地上爬起來，撒腿就跑。對留下來繼續挨打的家丁們不聞不問，更沒膽子繼續要求家丁們去搬兵報仇。

「好了，正主兒都跑了，你打底下的家丁有什麼用？」跟許子威一道出門同行的青冠儒士，笑著又勸了一句。然後望著落荒而逃的王固連連搖頭。

這種人，居然也身負皇家血脈。真的見證了那句話，龍生百子，子子不同。不過今天被王固給坑害了的那個名叫劉秀的學子卻非常有趣，分明年紀輕輕，卻已經懂得了制怒。為了保住三個好友的前程，竟然硬生生壓下了心頭仇恨。

這樣的年輕人，如今世間可不多見。若是能收到門下親手教導一番，恐怕將來的成就不亞於范蠡和張良。只可恨那豎儒王修，居然為了小孩子們之間的胡鬧，就豁出去了臉皮下令，剝奪了此子的入學資格。還假裝是在替嘉新公劉秀抱打不平，宣稱什麼維護師道尊嚴！

正笑呵呵地想著，許老怪已經打出了一身大汗，悻然停手。一邊彎著腰喘粗氣，一邊大聲數落：「揚子雲，你休要在一旁看老夫的笑話。剛才若不是你忽然心血來潮，非要拉著老夫出門透氣。老夫怎麼可能看到這等無聊的事情？還有，王修那豎儒，今天分明是假公濟私。你揚子雲身為副祭酒，難道就真的不聞不問，由著他胡作非為，把乾淨的讀書之地，弄得烏煙瘴氣？」

「呵呵，呵呵，天機不可洩漏！」先前陪著許老怪出門，恰巧親眼目睹了王固和劉秀等人整個爭執過程的太學副祭酒，國師揚雄揚子雲，忽然詭異一笑，手捋鬍鬚，搖頭晃腦。

「你！」許子威被他故弄玄虛的模樣，氣得火冒三丈，立刻手舉書簡，作勢欲撲。那國師揚雄身手何等敏捷，迅速一個斜向滑步躲了開去。隨即，又在五尺之外站定，笑著反問：「既然是無聊之事，你為何要管？並且出手那麼重？頭幾下，都砸在了無賴小兒的臉上！常言道，打人不打臉……」

「老夫就是打了他的侄孫，他又能怎地？」許子威受不得激，立刻大聲怒吼。然而，吼過之後，全身的力氣，卻又忽然一洩而盡，雙目含淚，用力搖頭，「子雲，我看到了，我今天上午就看到了，他身邊那個女娃兒跟他們幾個當中任何人，都非親非故，三娘已經過世整整七年了，如果三娘活著，如果三娘還活著，恰恰，恰恰跟她一樣大……」

話說到一半兒，竟再沒勇氣繼續。緩緩蹲了下去，雙手掩面，泣不成聲。

國師揚雄自己也有女兒，深知為人父之不易。此刻見許夫子忽然因為傷心過度而蹲在了地上，趕緊伸手拉住了對方的胳膊：「子威，子威兄，節哀，請節哀！這裡是太學大門口兒，小心被學子們看見！」

「看見又如何？有七情六欲，方稱為人！」許子威抹了把老淚，大聲怒吼。然而，終究還是顧忌為人師表者的形象，雙腿重新蓄力，借助揚雄的拉扯緩緩站起。然後掉頭反顧，踉蹌而歌：「粔籹蜜餌，有餦餭些。瑤漿蜜勺，實羽觴些。挫糟凍飲，酎清涼些。華酌既陳，有瓊漿些。歸來反故室，敬而無妨些……」注三十二

揚雄見他如瘋似癲模樣，知道此人因為思念愛女心切已經接近瘋魔，趕緊追上前去，拉住此人的肩膀，大聲安撫道：「子威，子威兄，你不能動不動就這副模樣。若是被令愛在冥冥中看到，必會為此感到不安。」

「看到？她若真的能看到，又怎會忍心與我相見不相識？」許子威苦等七年與愛女重聚，

注三十二、出自《楚辭・招魂》，大意是甜麵餅和蜜米糕做點心，還加上很多麥芽糖。美酒摻和蜂蜜，供你大杯品嘗。冰鎮的酒釀，可以讓你感覺清涼……歸來吧，返回故居，我不會因為你的立刻而介意。

卻年年希望落空，此時此刻，無論精神還是身體，都早已到了崩潰的邊緣。是以根本聽不出揚雄話語裡的安慰之意，反而轉身一把將對方扯住，大聲哭訴，「從巳時一刻到現在，從巳時一刻直到現在，我至少在她身邊經過了六次，咳嗽了二十多聲，就差伸出手去摸她的額髮了。可她，她卻根本不知道我是她的父親。她，她已徹底忘記了自己是誰，徹底跟我形同陌路！」

「誰？你說的可是劉秀身邊的那個女娃？」揚雄被許子威通紅的眼睛嚇了一哆嗦，本能地開口追問。

「不是她還能有誰？你看，你看他跟三娘多像！還有，還有她的名字，恰恰也是三娘。我聽到了，我聽那個大個子喊了她不止一次！」許子威大聲叫喊，語無倫次。

「我，實不相瞞，我真的沒看出來……」揚雄哭笑不得，搖著頭回應。

想當年，他寫信跟許子威說：自己通過易書，推算出後者與其早夭的女兒父女之緣未盡，重聚之地應在京畿。一方面是為了向皇帝王莽交差，另外一方面，則純粹是不忍心看著老友徹底沉淪下去，想給後者心裡頭留一點兒生機。而事實上，揚雄自己，對當初用《易書》推算出來的結果，卻是半點兒都不信！

「她就是三娘，你再仔細想想，你再仔細想想。三娘小時候跟我一起到你府上做客，你抱過她，你抱過她！」許子威大急，一把揪住揚雄的脖領子，連聲提醒。唯恐對方因為眼神不好，耽擱了自家父女兩個相認。

見許子威一副隨時準備跟自己拚命模樣，揚雄無奈，只好苦笑著答應：「好，好，我想，我想，小時候我的確抱過令愛，還記得她當時的模樣。可女大十八變……」

「萬變不離其宗！」許子威另外一隻手捏成拳頭，在身邊用力揮舞。

「對，對，萬變不離其宗！」揚雄一邊敷衍地點頭，一邊努力在心中回憶當年那個白白淨淨的許家三娘模樣，然後再跟今天看到的「三娘」仔細比較。

還甭說，先前他光顧著看劉秀遭到意外打擊時的表現，根本沒仔細留意其他任何人。此刻被許子威一提醒，竟然真的發現，今天跟在劉秀身側那個差點用石頭給太學小吏開了瓢的壞脾氣女娃，眉眼之間，竟和六歲時的許家三娘，隱約有四分相似。

四分相似不算太多，卻足以讓一個思念亡女成魔的父親，徹底失去理智！怪不得許子威一見之下，就毫不猶豫地認定其是自己的親生女兒！幾乎在短短數個彈指間，聰明博學的揚雄，心中就有了確定答案，此三娘並非彼三娘！然而，他卻絲毫鼓不起揭開真相的勇氣。

那最後一份重逢的期盼，正是支撐老朋友許子威不淪為瘋子的唯一寄託。如果自己將這份寄託也狠心抹除，揚雄清楚地知道，接下來等待著老朋友許子威的，將會是什麼結果！

「怎麼樣？你想起來了嗎？她是不是三娘，是不是三娘？」許子威自己，卻一點不體諒老朋友揚雄的為難，見後者忽然楞楞地良久無語，便迫不及待地大聲追問。

「這……」揚雄同樣不敢冒「指鹿為馬」的風險，眉頭緊皺，左右為難。「我，我不確定啊。是有幾分相似，但當初你帶著令愛去我家拜年時，她才六歲。而白天掄石頭砸人的女娃，卻已經及笄！」

為了一點點兒把許子威將誤會中拉出，還不至於刺激太過。他故意將「掄石頭砸人」的畫面大聲強調。本以為借此，可讓好朋友察覺到今日之三娘和昔日許家三娘兩人在性格上的天壤之別，卻不料，許老怪既然諢號裡占了一個「怪」字，想法豈能用常理揣度？

當即，後者就跳了起來，瞪圓了眼睛大喝：「廢話，都七八年過去了，三娘能不長大嗎？

至於拿石頭砸人，這才是我許某人的女兒，跟我一樣嫉惡如仇！換了我，恐怕要撿一塊更大的石頭，當場將那群為虎作倀的鼠輩統統砸死，一個不留！」

「行了，行了，你狠，你跟皇上交情深，想砸死誰就砸死誰，有司沒膽子管！」揚雄一番苦心徹底白費，哭笑不得地回應。

「可惜沒有砸中！否則，出了事情，老夫正好可以替她收拾殘局，讓她先念我的好，然後再找機會父女相認！」許子威忽然又嘆了口氣，滿臉遺憾。

「現在你也可以啊，她身邊那個姓劉的小子今天被王修給除了名，你只要出手幫忙，她定然對你感激不盡！」實在無法跟上一個瘋子的思路，揚雄只能順著對方的想法出主意。

「要去你去，你是副祭酒，許某不敢越俎代庖！」許子威卻堅決不肯領情，豎起眼睛，大聲回敬，「老夫今天是看在三娘的份上，才出來管一管。否則，老夫才懶得理睬你們如何折騰。況且進了太學如何？到最後，還不是為了自己升官發財，就變成一個殘民自肥的混帳王八蛋！」

這一棒子，攻擊範圍可太廣了。幾乎將整個太學的學子都給掃了進去。揚雄身為副祭酒，聽了之後，心裡頭當然不會太痛快。本能地皺了下眉頭，就想開口反駁。

誰料，還沒等他組織好自己的說辭，卻又看到許子威那張滿是滄桑的臉上，露出了如假包換的舔犢之情。「子雲，子雲老兄，你幫我出個主意。我如何才能接近三娘，讓她慢慢認出我來，不至於把我當成一個不知廉恥的老色鬼！你學識淵博，又素通權謀機變。你教教我，我下輩子變成牛馬來報答你！」

「我說子威兄，你再著急，也得先確定她到底是不是你女兒吧？」揚雄被逼得實在沒了辦法，只好婉轉地將話挑明。

本以為，以許子威的聰明，應該立刻理解自己的真實意思。自己並不認為兩個三娘是同一個人。然而，他卻再度低估了一個父親對亡女的思念之深。

許子威非但絲毫沒有理解到他的本意，反而，猛地拍了下自家腦袋，大聲說道：「對啊，你說得對，我得先保證她肯定是三娘，不能有絲毫錯誤，否則，雖然是父親想接近自己失散多年的女兒，也等同於欺心。子雲，你精通易經，當年就算出我們父女定然能在京畿重逢。快，你趕緊再算一算，她到底是不是三娘轉世還魂！」

「這，我，我哪有那麼大本事！」揚雄又一次被許老怪的怪誕想法，驚得矯舌不下。隨即，拚命地擺動雙手，「不行，不行，子威兄不要逼我。在下對《周易》的理解，也是皮毛。絕對不能以盲導盲！」

「子雲兄是嫌我平素對你多有不敬，故而不肯出手相幫？」許子威的臉色頓時一黯，搖著頭追問。「這樣好了，我向你叩頭謝罪。子雲兄在上，請念在許某思女成疾的份上，不要跟小弟一般計較！」

說罷，雙膝一曲就要跪倒磕頭，為了「找回」自家女兒，願意付出任何代價。

揚雄跟他相交多年，豈敢受他的如此大禮？立刻彎下腰去，雙手用力攙扶，「子威，切莫如此，切莫如此，我算，我算就是！」

「多謝揚兄！」許子威含著淚俯身，大聲道謝。

「也罷，也罷，你且隨我來，咱們去鳳巢，那裡高，剛好借助地勢勾動天機！」揚雄又無奈地嘆了口氣，拉起許子威，大步流星走向太學內的鳳巢山。

那鳳巢山，乃是當年太學擴建之時，挖出來的泥土堆積而成。原本只是個高大的黃土堆，上面生滿了各種雜草，只待施工結束，有司就會著民壯將其移出長安城外。然而，就在太學即將落成之際，卻有工匠報告說，半夜裡，看到一雙鳳凰翩翩舞於山上，且歌且鳴。新朝皇帝王莽聞之大喜，認為這是天降祥瑞。非但厚賜了「鳳凰舞於太學」的唯一目睹者，並且將黃土堆以鳳巢為名。

此刻已經日薄西山，因為尚未正式開課，白天尚算熱鬧的太學裡頭，人跡罕見。揚雄和許子威兩個的隨從，知道兩位夫子的脾氣一個比一個古怪，也不敢跟得太近，只能遠遠地在後面綴著，以便隨時提供保護。就這樣，依舊惹得許子威老大不快，非要隨從們滾得更遠些，以免在揚雄測算時干擾了天機。

不多時，二人來到鳳巢之頂。借助傍晚的霞光，開始以石塊、泥巴以及梧桐樹枝等各類物品，開始推算兩個三娘之間的關係。

那揚雄在最初之時，態度還有些敷衍，權當是在幫老朋友開解心結。然而算著算著，他卻忽然臉色大變，幾步一停，一步一停，雙眉緊鎖，額頭見汗，雙目深邃如淵。

許子威見狀，知道推算到了關鍵時候，本能地退開數步，雙拳緊握，雙膝微曲，不知不覺間，整個人就緊張得大氣都不敢出。

就在他即將因為呼吸不暢而暈倒的時候，忽然，揚雄迅速抬頭，看了他一眼，大聲追問：「子威，你家三娘當年可曾取名，是就叫三娘，還是有別的什麼稱呼？」

「啊？取了，取了。不止是一個稱呼。三娘前面，還有兩個哥哥，小弟不願因為她是女娃，就另眼相看，所以順著兩個哥哥，稱其為三娘。其母生前，還另外給她取了個正式的名字，叫做小鳳兒。」聽揚雄問得鄭重，許子威不敢怠慢，先做了個揖，然後彎著腰大聲回應。

話音剛落，二人頭頂的晴空當中，就炸響了一聲響雷，「轟隆！」緊跟著，地動山搖！

二人猝不及防，被震得雙雙跌倒於地。本能地手腳並用往前爬，猛抬頭，恰看見西方的晚霞，像烈火般翻滾了起來。

有一隻巨大的火焰鳳凰，在落日之側，徐徐張開了翅膀。

「三娘，三娘，果然是妳，為父終於等到妳了，為父終於把妳給等回來了！」許子威身子一歪，再度癱坐於地，放聲嚎啕。

再看揚雄，比他受到的驚嚇更大。竟趴在地上，手腳並用，將推測之物劃拉得一片大亂。隨即，抬頭拱手，對空而拜，「蒼天在上，無知小子擅自測算天機，死罪，死罪。請念在小子是因為不忍看老友傷心欲死的份上，饒恕小子這一回。小子發誓，此生再也不敢隨意替人起卦。如有下次，必不得善終！」

說來也怪，那晚霞翻滾，火鳳展翅的奇景出現得突然，結束得也極快。就在揚雄話音剛剛落下的剎那，便迅速消失不見。整個西方的天空，也跟著恢復如初。

揚雄見了，心中更是忐忑。雙手從地上拉起哭成淚人一個的許子威，低聲求肯道：「子威兄，今日之事，你知，我知，且不可再大肆宣揚。否則，你還不如直接一刀砍了揚某的腦袋！」

「我懂，我懂，子雲兄，救命之恩尚未報答，許某豈能故意害你性命！」此時此刻，許子威對揚雄的感激根本無法用語言表達得出，哪怕後者要他的命，他都會一眼不眨當場拔劍自刎。更何況，只是區區的保守秘密？

於是乎，今日之三娘乃為許家三娘轉世涅槃而來，在揚雄和許老怪二人心中，便成了不容置疑的事實。至於揚雄先前所說的假話卻變成了真實的原因，則更為簡單，無他，一語成讖而已！

二人一個思女成魔，一個驚魂難定，倒也誰都不必再同情對方。雙雙站在鳳巢山上發了一會兒呆，便互相攙扶著走下了山。在回家途中，少不得又湊在一起商量，該怎麼在不洩漏今晚推算之秘的情況下，讓「三娘」與許老怪這個父親相認。商量來，商量去，卻拿不出太好的主意。畢竟雙方先前素不相識，若是大街上看到隨便一個豆蔻年華的少女，便走過去告訴對方「我是妳父親」，即便身為太學博士，恐怕也得被對方當作為老不尊的臭流氓。

「這樣吧，我看令愛與那劉家兄弟關係頗近。咱們不妨送那姓劉的小子一個人情，廢了王修的亂命，讓他順利入學。然後再一點點接近他們，以便讓三娘想起她自己到底是誰？」實在不忍心讓許子威愁得吃不下飯，臨送對方下車之前，揚雄小心翼翼地說道。

「這……」許子威心裡頭恨不得現在就將「三娘」接回家，卻也知道此事不能操之過急。否則，一旦讓「三娘」心裡生出誤會，恐怕就要弄巧成拙。猶豫再三，輕輕點頭，「也好。只是不能將人情送得太便宜了，讓那姓劉的小子覺得我們就該幫他。」

「那是自然，先讓他急上幾天！反正最後的名單，還得老夫與嘉新公一道用了印，才能報到聖上那邊。」揚雄想了想，繼續低聲補充。

「嗯，就拜託楊兄。不過，還請揚兄務必派幾個人悄悄盯上那劉氏兄弟。免得他們失望之下，帶著我家三娘一起走了！」許子威患得患失，不斷給整個方案查缺補漏。

「不會，如果那劉家哥倆被這麼點兒小事兒給打擊得落荒而逃，那你以後可得讓三娘離他們遠一些。你別急，別急，我派人盯著，我派人盯著就是！」

……

兩個老傢伙都是太學裡的頂尖人物，想要恢復劉秀入學資格當然是舉手之勞。因此，整個計畫都是圍繞讓「許三娘」如何肯接受許老怪這個父親而定，從頭到尾，都沒太把劉秀的入學問題當一回事兒。結果，他們兩個心裡頭是踏實了，而計畫的當事人之一劉秀，卻倒了大楣。當晚急得整整一夜沒睡，第二天早晨起來，兩隻眼眶全都青裡透黑。

劉縯這個大哥，如何能捨得讓劉秀回家去做一輩子農夫？無奈之下，只好去買了份頗為貴重的禮物，與鄧晨一道提著，強忍屈辱前去陰家拜訪。本以為至少能求得陰固這個地頭蛇指點迷津，結果，在門房裡喝了一整天白水，卻連陰固的影子都沒見到。

劉縯不肯放棄，第二天，拖了鄧晨帶著大夥去逛街，自己再度忍辱負重去叩陰家的門環。這回，待遇更差。居然連門房都沒給進，直接被一個叫做陰壽的管事給頂下了臺階。

唯恐劉縯拿昔日的救命之恩說事兒，那陰壽一邊推著劉縯向下走，一邊低聲道：「你這莽漢，怎麼一點兒都不懂事兒？你們在路上殺的馬賊到底是真是偽，莫非心裡一點路數都沒有嗎？我家主人這幾天，為了替你們擺平此事，上下打點，已經是焦頭爛額。哪有力氣，再去管你弟弟能否上學？去休，去休，切莫再來糾纏。」

「你……」劉縯早就知道陰固無恥，卻沒想到對方無恥如斯，頓時氣得火充頂門。然而，看看周圍寬敞的街道和高大巍峨的建築，再看看不遠處匆匆而過的巡街士兵，終究還是壓下了怒氣，跺了跺腳下的泥土，大步離去。

回到客棧，眾人在痛罵陰家無恥之餘，免不了又是一番長吁短嘆。唯獨馬三娘，非但臉上不帶半點著急，反倒敲了下桌案，大聲說道：「大哥，姐夫，不讀就不讀唄，讀成岑彭那般模樣，有什麼好處？還不如去找我哥，大夥一道反了。或者像傅道長那樣，一輩子自在逍遙。」

實在跟這鳳凰山女寨主沒話可說，劉縯和鄧晨只能咧嘴苦笑。馬三娘卻兀自不肯消停，想了想，又繼續說道：「其實你們真想讓小秀才入學，也不是沒辦法。我那天見到有個姓許的老色鬼，跟劉秀，不是說你，小秀才！我說的是那個假道學，許老色鬼跟嘉新公兩個互不服氣。咱們想辦法去求他，說不定，他肯出手幫忙！」

「這，這怎麼可能！」劉縯和鄧晨兩個，繼續苦笑著搖頭。

除去「老色鬼」三個字不算，馬三娘的其他話，可就全是異想天開了。且不說許夫子與嘉新公兩人，那天乃是學術之爭，彼此之間並無任何私怨。即便二人有私怨，非親非故，他又為何替劉秀出頭？

「怎麼不行？」接連兩個提議，都被否決，馬三娘大急，紅著臉低聲叫嚷，「你們都看到了，許老色鬼與嘉新公勢同水火，而那嘉新公早已改名為劉秀，咱家三郎也叫劉秀。若是三郎能成為老色鬼的弟子，就相當於是劉秀成為他的弟子。在外人面前，許老色鬼一口一個劉秀你去做這兒，劉秀你去做那兒？無論是捶腿，還是捏肩膀，甚至厲聲呵斥教訓，都可以理直氣壯。而那嘉新公劉秀聽了，卻好像是在教訓他，豈不是得活活氣死？」

「妙，妙！」朱祐、鄧奉兩個，拍案叫絕。看向馬三娘的目光裡，也瞬間寫滿了崇拜，「三姐之計甚妙，如果我是許夫子，也會借此噁心死那個什麼嘉新公。」

「你們兩個，當然不會是許夫子！」劉縯和鄧晨，被馬三娘的餿主意，逗得搖頭莞爾。笑過之後，連日來積壓於肚子裡的鬱鬱之氣，瞬間也消散了許多。

正欲開口跟少年們解釋，為何馬三娘的主意行不通。冷不防，卻看到自己弟弟劉秀站了起來，緊皺著眉頭撫掌：「大哥、姐夫，我看三姐的話，未必毫無道理。那許博士高居太學四鴻儒之首，照理說，應該是滿腹經綸，不該控制不住自己脾氣。他那天能當面讓嘉新公下不了臺，並且一路從明堂裡追殺到馬車旁，絲毫不管周圍有多少人在看熱鬧，可見性情已經怪異到了極點。非常之人，必行非常之事。所以，咱們不妨去許夫子府上試試，反正即便被趕出來，結果也不會比現在更差！」

「是啊，結果不會比現在更差！」劉縯和鄧晨兩個立刻又雙雙紅了眼睛，嘆息著點頭。事情已經都到了如此地步，即便被許夫子的家僕打出門外，劉家還能損失什麼？況且劉秀的話，也的確有幾分道理，當年堯帝曾欲讓位於高士許由，那許由連拒絕堯帝的功夫都沒有，直接跑到水邊洗耳朵，生怕洗的晚了，耳朵會因聽到這種話而爛掉。許子威雖然在太學教書，未必不是「大隱隱於市」，這種高人的心性最是難懂，自己豈能以普通人的心態度之？

長長吐了口氣，劉縯先看了看鄧晨，然後將目光轉向自家弟弟劉秀，低聲道：「老三，是哥哥沒用，哥哥對不起你，平素總覺得自己本事通天，誰料想真的遇到了麻煩，卻連求人都找不到家門，哥哥……」

「哥，你說什麼呢？你已經為我做得夠多啦！」一句話沒等說完，已經被劉秀微笑著打斷，「入學名額可是你弄來的，還為此跟族裡長輩差點兒打起來！況且誰能想到這聖明天子腳下，當官的居然比新野那邊還黑？」

「是啊，劉世伯，這一路上若沒有你，我們早就被土匪給綁了去！」

「劉大哥是真的英雄豪傑，不屑於鑽營，所以才被小人擋了道！」

「劉大哥你別難過，陰固那種小人，早晚會遭到報應！」

……

鄧奉、嚴光、朱祐等人，也相繼強笑著上前，大聲安慰。

話說得都沒錯，卻始終無法令劉縯釋懷。總覺得如果自己以前不假清高，努力交往幾個官府中的朋友，也不至於今天提著禮物都不知道該往何處送！

這一路上他又要照顧五個少年飲食起居，又要隨時縱馬揮劍與強盜拚命，原本精神和身體就都已經疲憊到了極點。此刻眼睜睜看著自家弟弟被小人擋在了太學之外，而自己偏偏無能為力，心中的焦慮和自責接踵而生。結果，在內外各種因素作用下，當夜，竟然發起了高燒，整個人像遭到雷擊的大樹般迅速「枯萎」。

劉秀和鄧晨等人被嚇得失魂落魄，不敢等到天亮，就跑出外邊去找名醫救命。醫生來了之後，對劉縯的病情也拿不出太好的辦法。只管順嘴說了一大堆誰也聽不懂的術語，然後大筆一揮，在白絹上開了十幾味安神補虛的藥，讓鄧晨去買來煎製。

大夥在鄧晨的指揮下，陀螺般又忙活了大半天，眼看著到了下午未時，才勉強讓劉縯的身體，不再像火炭般滾燙。而劉縯的神智稍微回復了一些清明之後，也不出意料地，立刻催鄧晨帶著劉秀去許夫子家，登門拜師。

「姐夫留下照顧大哥吧！」劉秀搖搖頭，大聲跟哥哥商量，「既然是拜師，我這個做弟子的親自去，才顯誠意。有姐夫跟著，反而會被許夫子看低了。」

「是啊，伯升，拜師的事情，讓老三自己出馬，比讓大人帶著他好！」鄧晨心裡，對劉秀能拜入許子威名下，根本沒抱太大希望。所以也笑了笑，大聲附和，「他年紀小，即使許子威猜出了咱們的用心，也不至於做得太過分。而我留下照顧你，等你儘快養好身體，咱們倆還可以試試能不能走通黃皇室主的門路！」

「我去，我去見公主殿下。我練過幾年提縱之術。只要找到兩把匕首借力，多高的牆也能翻得過去！」馬三娘通過這些日子的「逼供」，早就從朱祐嘴裡，得知黃皇室主，便是皇帝王莽的長女，曾經的大漢末帝皇后，立刻上前主動請纓。

拿著兩把匕首翻皇宮的牆，這世間也只有她能想得出！劉縯被逗得莞爾一笑，搖搖頭，低聲道：「三娘，不要胡鬧！黃皇室主按輩份算是我的嬸嬸，又曾經對咱們有救命之恩，咱們豈能半夜翻牆……」

「那我今天陪劉秀去見那許老怪！」不等他把話說完，馬三娘立刻大聲打斷。

「行！妳陪劉秀去拜師，記住，不能再叫別人老色鬼！」劉縯怕她耐不住性子，真去硬闖皇宮。只好兩害相權取其輕。

「不叫，不叫！」馬三娘等的就是他這句話，當即連連點頭。但轉過身去，卻又小聲嘀咕道：「他那天像隻蒼蠅般，圍著我轉了至少六圈兒，還自以為做得縝密。哼！這次就算了，若是他敢不收劉秀入門……」

「三娘！」鄧晨忍無可忍，大聲呵斥。

「我去換衣服，劉秀你們幾個等我，誰也不准先走！」馬三娘吐了下舌頭，奪門而出。

望著她雀躍的背影，劉縯和鄧晨兩個，忍不住又相視搖頭苦笑。心中不約而同地想道，三娘這種性子，也就虧了他大哥是馬武。否則，根本沒有任何可能，在土匪窩子裡頭活到了現在。

不多時，劉秀等人準備停當。又小心翼翼地探了一回大哥劉縯的體溫，才帶著幾分不捨出發。

除了馬三娘之外，其他四人都知道這幾乎是劉秀最後的翻身機會，所以都打起了十二分精神應對。半路上，就商量出了一個可行辦法，先去太學找人摸清楚老怪物的底，然後再去他家投其所好。

所以此行的第一目的地，就換成了太學。以送鄧奉和嚴光兩個去辨認館舍的名義混進了大門之後，大家夥兒立刻抖擻精神，四下尋找合適的請教對象。

經歷了昨天的放榜大喜，幾乎所有新生都已經知道自己即將拜入哪位恩師的名下。所以，大夥今天忙著認同門的認同門，拜師兄的拜師兄，人來人往，把整個校園都攪動得熱鬧非凡。

如此環境下，當然不愁找不到詢問目標。只用了短短幾個呼吸時間，劉秀就在距離大夥二十步外遠的位置，找到了一個穿著青袍子的同齡人，快步上前，一揖到地：「這位兄台可好，在下春陵劉……」

不等他把名字報出，青袍子已經側開身體，驚叫連連：「你是劉秀！你是劉秀！我認得你，你昨天被太學給除了名！」

「正是在下！」劉秀被叫得滿臉青黑，卻無法發作。只能硬著頭皮解釋，「非劉某品行上有所虧缺，而是不小心犯了祭酒大人的諱！」

「你不用解釋，不用解釋，我猜到了！我們都已經猜到了！」青袍子反應快，說話速度也快。一邊擺手，一邊大聲補充，根本不給劉秀等人任何反應時間，「我們還專門為此打過賭，猜你因何而被除名。兄弟，你可真夠倒楣的！」

聲替他出主意。

「更倒楣的是，今天遇到你！」劉秀心中小聲嘀咕來一句，苦笑著搖頭。

「不怕，還有五天才正式開學，也有好多人沒來得及投帖子，你可以現在就改了名字，然後托人去說項。」青袍子除了嘴巴快之外，居然還是個熱心腸，同情地拍了下劉秀的肩膀，大聲替他出主意。

「劉某正有此意，多謝學兄提醒！」劉秀強行壓下打人的衝動，苦笑著拱手。

「這就對了，男子漢大丈夫，如果被這點兒挫折給打垮了，將來如何成得了大器？」青袍子聽聞劉秀跟自己「英雄所見略同」，更是興奮得無以名狀。又狠狠給劉秀肩膀來一下，然後推開半步，拱手還禮：「在下沈定，就是長安人士。今年十六歲，拜在三十六秀才之首周玨門下。周師今天上午還說……」

迅速朝周圍看了看，他又壓低了聲音補充：「說你小子文章比我寫得好十倍。我卻是不服，等你入了學之後，咱們兩個再當面較量。」

「南陽鄧奉，見過沈師兄！」沒等劉秀接茬，鄧奉已經閃身殺至。先向著快嘴沈定做了個揖，然後大聲補充，「在下的恩師，好像也是周博士。與沈兄幸為同門！」

「你就是甲榜的吊馬尾鄧奉！」沈定立刻躬身以平輩之禮相還，嘴裡說出來的話，卻依舊像抹過毒藥一般，專門朝人不舒服的地方扎。

「正是在下！」通過短短的交談，鄧奉已經發現這位沈師兄是個被慣壞了的直心腸，所以不怒反喜。又拱了下手，笑著問道：「師兄既然是長安人，想必對太學裡頭的各種情況都了如指掌。小弟有位親戚來年想拜在許子威博士門下，卻不知道他教的是哪一科，師兄可否為小弟指點迷津？」

「啥！連許老怪教什麼，你們都不知道！」沈定先是大聲驚叫，隨即，就擺出一副世外高人模樣，腆起肚子，搖頭晃腦：「虧你今天遇到的是我。否則，肯定被人當了笑談。那許老怪，嗯，許博士位列四鴻儒之首，畢生專治一部《尚書》。你們既然能被地方官推薦入學，《尚書》是什麼，應該知道吧？」

「略知，略知！」鄧奉接替劉秀位置，帶頭繼續從沈定嘴裡套話。「但夫子畢生專治尚書，恐怕所傳授之物，與他人會有所不同！」

「那是自然！」沈定嘉許地點點頭，笑著補充，「尋常所見，雖然名為《尚書》，但眾所周知，其並非原本。是以，博學者多稱其為《今文尚書》。此書乃是根據前輩鴻儒之女伏氏口述整理而成，原著毀於暴君嬴政的焚書令。當時焚書令下，我輩儒士皆向曲阜而哭。其中與書冊一道赴火者，不知凡幾……」

那沈定的嘴巴如同連珠箭般，也不管劉秀等人知道不知道，就從頭開始解釋《尚書》的偉大傳世經歷。

秦朝時，因為始皇帝焚書坑儒，很多儒家典籍都被付之一炬。《尚書》也無法倖免於難。多虧了有一位曾任秦博士的濟南人伏生，私藏了一部於牆壁，才不至於讓《尚書》成為絕響。秦末戰亂，伏家被烈火所焚，尚書原本徹底消失。但伏生卻早已將其內容背得滾瓜亂熟。在九十歲高齡時，伏生見世道太平，又重新出山，並且借其女兒羲娥之口，將《尚書》傳於前朝文帝時的御史大夫晁錯，終於令這部經典重現於世。

晁錯變法未終，受反撲而死，《尚書》卻迅速流傳天下。伏生及其弟子，也順理成章地，成為今文經學派的中流砥柱。伏生本人，借此與漢武帝時期的大儒董仲舒，被並稱為「董伏」，受無數儒者景仰。

伏氏所傳《尚書》，共二十九篇，內容十分精微艱澀。世人所讀，也都為這一部經典。那許子威前半生致力於解讀《尚書》中每一個字，務求不失古人本意。而最近五年，許子威卻認定了伏氏所傳《尚書》，因為伏生年邁，記憶力不佳，存在多處錯誤。為此，許子威不惜與天下儒者展開論戰，雖然不至於每戰必勝，但取勝的概率也高達九成。

「所以，你那親戚如果想拜入許老怪門下，千萬不能死讀尚書，而是要讀出自己的心得才行。最好能讀出其中哪一段兒，與原文本意不符。然後請人幫忙直接投卷給許老怪。一旦被他看中，說不定能獨闢蹊徑！」前後花費了小半個時辰，沈定終於過足了指點末學師弟的癮，以一句「獨闢蹊徑」作為總結。

「多謝沈兄！」鄧奉和劉秀等人，個個眼睛發亮。堅決不再給此人說話機會，齊齊行了個禮，落荒而逃。

甩掉了快嘴沈定，眾人一鼓作氣，又找了另外兩個看模樣比較好說話的同齡學子，跟對方打聽清楚了許老怪家的位置。然後提著早已準備好的束脩，直奔目的地。不多時，便已經來到了許宅門口兒。

那許子威曾經做過數任上大夫，如今雖然已經躲進太學裡埋頭教書，不問政治。可宅邸的規格，卻依舊比陰家大了數倍。門口的青石臺階，也又寬又高，並且還有一對說不出名字的石頭猛獸臨門而立，面目猙獰，彷彿隨時都要擇人而噬！

少年們一見著這陣仗，心中所爆燃的士氣，頓時就為之一挫。然而，已經「兵臨敵軍城下」，這個時候豈有退縮之理？於是乎，互相用眼神鼓舞，一道邁上臺階，伸手去拍大門旁邊側門的門環。

「吱呀」，還沒等在最前面的鄧奉手指和門環接觸，側門已經從內部被人拉開。一顆圓圓的腦袋，從裡邊忽然探了出來。帶著幾分生人勿進，大聲喝問：「你們是什麼人？可曾與我家主人有約？我家主人已經致仕多年，向來不見生客！」

劉秀等人被嚇了一跳，趕緊躬身施禮：「後進晚輩仰慕許師賢名，特來登門請求指點。還請小哥幫忙通稟！」

「哦，是來找我家主人討教學問的？你們四個，還有那個女娃，年紀也忒小了點兒！」圓腦袋年紀也就十五、六歲模樣，架子卻一點兒都不小。略作沉吟，皺著眉頭質疑。

「好像你年紀很大一般！」劉秀在肚子裡小聲嘀咕，臉上卻依舊保持著禮貌的微笑，再度躬身施禮：「古人有云，學問無先後。又云，有教無類。在下劉秀，年齡的確尚未及冠。但自束髮讀書以來，從未敢因為年紀小而偷懶。所以此番路過長安，特地登門請許師指點！」

「你也叫劉秀？」圓腦袋一聽劉秀的名字，態度立刻大變。帶著幾分雀躍，大聲道：「有趣，有趣，居然跟嘉新公重名。你等著，我去問問，我家主人有沒有心情指點你！」

說罷，也不安排其他僕人帶少年們到門房暫且安歇，轉身便走。把劉秀、鄧奉和馬三娘等人，丟在蕭瑟秋風中，一個個滿臉凌亂。

連許子威家中一個看門的僕人，都知道嘉新公的本名為劉秀。先前劉秀一廂情願用自己名字滿足許子威好勝之心的想法，恐怕沒多少實現的希望。而許子威如果不願意蹚這坑渾水，大夥就只剩下去皇宮門口碰運氣，看看能不能恰好堵到黃皇室主的車駕了。前提是別讓御林禁衛當成刺客，直接拿弩箭射成刺猬。

正悶悶地想著，忽然，門內又傳來了一陣急促的腳步聲。緊跟著，許家平素專用來迎接貴客的正門，居然被四名健壯的家丁奮力拉了個全開。緊跟著，前朝上大夫，今朝太學四鴻儒之首，名滿天下的尚書大家許子威，在那名圓腦袋的攙扶下，顫顫巍巍地出現在大門口兒。兩隻發紅的眼睛直勾勾地看著劉秀身後，用顫抖的聲音說道：「三，三位，你，你們來了？進來，快快進來。老夫，老夫正，正，正愁，正愁中午睡不著覺。這，唉，進來就是。唉，老夫睡得糊塗了，說話語無倫次，幾位貴客勿怪！」

「是夠糊塗的，把五個人楞數成了三個！」馬三娘偷偷抿了下嘴，跟著劉秀等人邁步入內。她自幼在鄉野長大，又做過好幾年無法無天的山大王，自然不懂得，也沒機會去懂得凡間的諸多禮節。而走在她身前的劉秀和嚴光四個，心裡頭卻警兆徒生。

大夥跟許子威非親非故，又都無官職在身，按道理，能被圓腦袋從側門帶進許家的客房問話，已經是幸運中的幸運。怎麼會忽然享受到了貴客或者上司待遇，居然令許家中門大開，家主親自出迎？

事物反常必為妖怪，少年們一路上吃了那麼多虧，又有跟陰固父子倆打交道的經歷在先。驟然被許家待若上賓，豈能不多留幾個心眼兒？結果不多留心眼兒還好，越留，越覺得情況不妙。那許子威肯定是中午吃多了「五行散」注三十三，非但言談舉止乖張，眼神也極為可怕。彷彿

注三十三、五行散，古代中國方士煉製的仙藥，據說服用後能成仙。有興奮作用，相當後世的毒品。因服用五行散而死的名士，屢屢見於史書。

一頭母獅子，忽然看到了失散多年的小獅子一般。並且十眼當中，至少有七眼是落在劉秀和馬三娘兩人身上，對另外三個少年，權當是添頭，基本上不屑一顧。

待走入了許家正堂，重新見過了禮，分賓主落了坐。情況就變得愈發令人詫異。只見四五名老僕和僕婦，像走馬燈般，一盤接一盤將瓜果點心往上送。從眼下正當季的葡萄、柿子，到秋天市面上根本買不到的蘋果、青梅，琳琅滿目。甚至還有幾樣水果，劉秀等人甭說以前沒機會吃，連名字都叫不出來，居然也毫不吝嗇地被僕人們端到了面前。

「吃，每樣都吃一些。這些，都很甜，很甜。都是你以前，都是你們，你們幾個以前不常吃到的。不用客氣，我，我一個人平素根本吃不完！」許子威依舊處於「服藥過量」狀態，一邊不停地上下打量劉秀和他身邊的馬三娘，一邊絮絮叨叨地發出邀請。如果不是顧忌形象，真恨不能親手將水果往某個目標手裡塞。

馬三娘縱然膽大包天，也被許老怪的舉止和眼神，弄得渾身發毛。勉強陪了一會兒笑臉，就偷偷用手指捅了捅劉秀的腰，小聲催促：「老三，三郎，趕緊把事情說完，我，我肚子不舒服！」

她雖然把聲音故意壓得極低，卻不料許老怪耳朵靈，隔著一丈遠的距離，居然聽了個清清楚楚。隨即，後者就像火燒了屁股般跳了起來，大聲詢問：「怎麼了？是，是果品沒洗乾淨，吃壞了肚子嗎？阿福，趕快去請郎中！趕緊去請郎中給，給劉秀身邊這位女公子診治。阿忠，去看剛才是誰偷懶沒洗乾淨果蔬，給我拖出去狠狠地打。」

「不用！不用，真的不用！我，我剛才只是岔了氣，岔了氣！」馬三娘雖然脾氣急，本性卻甚為淳良。被許老怪的惡狠狠模樣嚇了一大跳，趕緊也站了起來，用力擺手。

「三，馬姑娘，妳，妳真的沒事？」許老怪的臉上，明顯露出了輕鬆之色。關心地看著馬三娘，小聲詢問。彷彿唯恐自己說話的聲音稍高，將對方像小鳥般嚇飛，從此一去不歸。

「沒事兒，我真的只是岔氣兒，你不要胡亂打人！在鳳凰山裡的時候，果子向來摘下直接就吃，根本顧不上洗，我也沒壞過一次肚子！」不想因為自己一句謊話就害許家的僕婦們挨打，馬三娘擺了擺手，大聲補充。

「鳳凰山，妳這些年一直住在鳳凰山中？」許子威的心臟頓時又是猛地一跳，瞪圓了紅色的眼睛大聲追問。

鳳凰山，鳳巢，小鳳兒，再加上那晚天空中的鳳凰涅槃之象。此三娘怎麼可能跟自己的女兒不是同一個人？老天爺，您居然真的開了眼，知道我許子威捨不得跟愛女陰陽相隔，居然把她用這種方式送了回來！

剎那間，情緒徹底失控，兩行熱淚自許子威的眼睛中奪眶而出。正在跟他說話的馬三娘哪裡知道，許子威居然一廂情願地將自己當成了女兒，頓時又被嚇了一跳。一邊快速拉開彼此之間的距離，一邊結結巴巴地回應：「當然了，我不住在鳳凰山，還能住哪？我，我說的都是真話，你別哭！你哭什麼？我不叫你打人你就哭，你，你又，又不是小孩子！」

「我，我不哭，不哭！不打人也不哭！」許子威非常狼狽地抹了幾把眼淚，強行裝出一副笑臉兒，大聲保證。「妳說不哭就不哭！」

「別聽我的，我可管不到你！」馬三娘被他又哭又笑的模樣弄得好生無奈，翻了個白眼兒，快速劃清界線。

「我，我……」許子威沒辦法用三言兩語就解釋清楚二人之間的「父女」關係，心中一急，眼淚又開始在眼眶中打轉兒。

「南陽末學劉秀，久仰許師之名，今日特地登門請求指點！」劉秀見狀，唯恐接下來許子威的「瘋癲」情況愈發嚴重，趕緊趁著此人還算清醒的時候，上前轉移其注意力。

「我知道了，你跟劉秀，跟劉歆那個馬屁鬼同名！」許子威此刻眼睛裡只有自己的「女兒」，哪有功夫再去看別人？像趕蒼蠅般揮了下胳膊，大聲回應。

沒想到許子威第一句話，就把自己的名字與嘉新公後來改做的新名字聯繫到了一起。劉秀肚子裡原先預備好的計畫和說辭，頓時被打得七零八落。嚅囁著嘴，紅著臉，不知道接下來該怎麼提拜師之事。

好在嚴光反應快，立刻從旁邊走上前，深深向許子威行禮，「許師果然目光如炬，劉秀並非有意要冒犯劉祭酒。而是其父母賜名在先，而劉祭酒改名在後。」

「是啊，許師，太學不講理，把劉秀除名了。您老德高望重，又素來照顧晚輩。豈能看到如此荒唐之事發生？」

「許師，我等知道您不會畏懼權勢，才斗膽前來相求，請務必替劉秀主持公道！」

鄧奉、朱祐兩個，也相繼上前幫腔。

「你們這幾個娃兒倒是很講義氣！」許子威皺著眉頭掃了三人一眼，不置可否。然後又迅速將目光轉向馬三娘，彷彿後者在他眨眼的瞬間，就會憑空消失一般。

「晚輩因為不小心犯了劉祭酒的諱，被太學拒之門外！」有了嚴光做配合，劉秀終於緩過來一口氣，重新組織起語言，低聲向許子威彙報。「但晚輩的文章做得並不差，也得到老南陽大尹的薦書。所以，完全斗膽，想……」

「我知道了，不就是想入學嗎？小事兒一樁，阿福，現在就帶著他去太學重新報名。」許子威根本沒把劉秀入學的事情放在眼裡，沒等他把話說完，就又揮了下衣袖，大聲吩咐。

「是！」書童阿福大聲答應著，上前對劉秀發出邀請，「走吧，劉公子，你儘管跟我去報名就是。有了我家主人這句話，誰也不敢再拿你的名字做文章！」

「這……」事情解決得太容易，不光劉秀一個人無法相信自己的耳朵，嚴光、鄧奉、朱祐三個，也都楞住了，一時間，居然誰也沒對書童阿福的邀請作出回應。

只有馬三娘，心中原本沒把太學看得多重，又巴不得離「老色鬼」越遠越好。立刻跳了起來，一把拉住了劉秀的胳膊，「三郎，老三，小秀才，你喜歡傻了？趕緊去太學報名，趁著今天太陽還沒落山！」

「啊，呃，噢！」接連扯了兩三下，劉秀才終於從驚愕中緩過了心神。雙手抱拳，對著許子威長揖及地，「多謝許師成全，劉秀感激不盡！」

「小事，小事！你儘管去報名，儘管去！小小年紀，怎地如此囉嗦！」許子威巴不得他早點兒「滾蛋」，擺擺手，一臉不耐煩地催促。隨即，又將目光快速轉向馬三娘，換成了極為溫柔的語氣，低聲詢問：「三，三娘一直住鳳凰山中嗎？」

「我又不是鳥，怎麼可能一直住在山中！」馬三娘心中對許子威的不耐煩，絲毫不比許子威對劉秀等人的不耐煩少，皺了下眉頭，低聲嗆道。

「那，那，那妳原來住在哪？是跟劉秀，是住在劉秀他們家附近嗎？妳，妳爺娘，妳爺娘他們，他們對妳好不好？」許子威絲毫沒有眼色，繼續痴痴地詢問不休。

「我當然住自己家中！不是劉秀他們家，隔著上百里距離呢。至於我爺娘，他們去得早，我已經沒多少印象了。應該對我還好吧！」馬三娘急於脫身，冷著臉，用最生硬的語氣回答。

「原來三娘妳受了這麼多的苦！」許子威聽得心中大痛，本能地伸出一隻手，想安慰「自家女兒」。

馬三娘哪裡肯被「老色狼」碰，一個倒縱飛出了門外，同時嘴裡大聲補充：「不苦，不苦，我是鄉下人，苦日子早就過習慣了。劉秀，你自己去報名，我先回客棧向大哥報喜。咱們回頭見！」

說罷，又是接連幾個縱身，搶在任何人出言阻攔之前，「飛」出了許家大門。

「三……」許子威的手臂僵在了半空中，欲哭無淚。

以他身為當世大儒的智慧，到了這時候豈能想不到是自己操之過急，讓「女兒」心生誤會，被嚇得逃之夭夭？然而，理智歸理智，感情歸感情。忽然與「去世多年的女兒」在人間重逢，有哪個父親還能控制住自己不上前相認？有哪個父親能裝作若無其事，徐徐圖之？

他這邊心裡有苦說不出，在劉秀等外人眼裡，則愈發顯得行止怪異，居心不良。好歹劉秀已經重新拿到了入學資格，大夥便沒必要再想著得寸進尺拜在許老怪門下。否則，萬一這「老色鬼」哪天突發奇想，用學業為要挾，讓劉秀交出「三姐」，大夥少不得又要拚個魚死網破！

想到這兒，四少年互相看了看，立刻齊齊向許子威行禮告辭。而許子威的心神，卻早就不知道飛去了什麼地方，不耐煩地揮揮衣袖，任四少年自行離去。

出了許家大門，來到熙熙攘攘的街道上。劉秀等人被撲面而來的紅塵之氣一衝，這才稍稍緩過了幾分心神，扭頭相顧，都在彼此眼裡看到了幾分茫然。

將大哥劉縯逼得硬生生病倒，將司倉庶士陰固嚇得躲在家裡不敢露頭，將大夥個個都逼得束手無策，恨不得敲登聞鼓告御狀的入學問題，在許老怪這裡，卻只需要揮揮衣袖！

而那許老怪，才不過是一個致仕多年的上大夫，地位和影響力，都遠不如其在職時的一半兒！

這就是權勢，簡單、粗暴而又赤裸！

在它面前，所有規則，無論明面上的還是水底下的，都顯得那樣孱弱可笑。怪不得陰盛寧願把自己妹子獻給王家去暖床；怪不得岑彭為了討好甄家，毫不猶豫對馬氏兄妹舉起了屠刀。怪不得新安縣宰哀牢，敢讓自己的家丁在光天化日之下明火執仗！

正感慨間，耳畔忽然聽到一個清脆的聲音喊道：「三哥，劉家三哥，前面可是劉家三哥？這幾天你去了哪？人家到處在找你！」

「醜奴兒？」劉秀那顆已經灑滿灰塵的心臟上，忽然重新燃起了一絲亮色。猛地回頭，帶著幾分驚喜張望。

是醜奴兒，醜奴兒陰麗華。整個陰家上下，唯一一個讓他不覺得討厭的人。只見此女坐在一輛精緻鮮亮的馬車內，素手推著車窗，探出來的笑臉上寫滿了陽光，「劉家三哥，你入學事情，我已經知道了。你別著急，我求了我三叔，他已經答應去替你斡旋！他的名字叫陰方，嚴光就被他收在了門下。」

「多謝你，醜奴兒！」儘管這份幫助來得稍遲了些，並且未必能夠兌現。劉秀還是站直了身體，笑著向陰麗華拱手。

陰麗華的臉色卻頓時紅成了一顆大蘋果，搖搖頭，帶著幾分扭捏說道：「你，你跟我這麼客氣做什麼？如果不是為了救我和嫂子，你們怎麼會被王家的人盯上？算起來，還是我拖累了你。三哥，我伯父是我伯父，我是我，這句話我早就想告訴你，希望你不要因為討厭他而討厭我！」

說罷，猛地將頭往車廂裡一縮。放下車窗，再也不敢跟劉秀對視。

「這！不會，絕對不會！」劉秀抬手，笑著朝馬車輕輕揮動。然後笑著目送其越駛越遠。

「那小女娃對你動了心！」朱祐從側面擠了他一下，帶著幾分促狹眨眼。

「你別缺德行不行，她才十二歲！」劉秀狠狠瞪了朱祐一眼，話語裡帶著幾分無奈。「況且我們兩家門不當戶不對，根本沒有可能之事，沒必要想得太多！」

話說得雖然理智無比，然而，心中那抹亮色，卻始終無法消散。並且隱隱透出了幾分暖意，在這寒冷的秋天裡，讓人不再覺得身影蕭瑟。

「你到底是跟我去太學報名，還是等著陰博士的援手！」一個略帶醋意的聲音忽然在耳畔響起，將劉秀的心神，從馬車後硬生生拉回身體。

「啊，噢，當然是跟小哥您去報名。」劉秀知道自己沒有不受「嗟來之食」的資格，趕緊陪了個笑臉，大聲回應。

「這就對了！」圓腦袋書童阿福撇嘴擠眼，滿臉不忿。「那陰方怎麼跟我家主人比？雖然他也名列四鴻儒之內，平素見了嘉新公，卻畢恭畢敬，連個大氣都不敢出。哪像我家主人，每次都殺得嘉新公落荒而逃！」

「噗！」眼前忽然出現了嘉新公當日被許老怪從大堂內追殺出來，毫無還手之力的情景，四少年忍不住都搖頭而笑。

「你們不信嗎？不信今天看我的好了。劉秀，你想投在哪位博士門下，一會兒儘管說，除了兩國師和四鴻儒之外，其他老師，你儘管挑？」圓腦袋阿福不知道大夥為何而發笑，還以為少年們不相信自己的話，頓時被激起了好勝之心，晃著腦袋補充。

「真的？」聞聽此言，劉秀頓時再也無法保持鎮定，年少的臉上，寫滿了驚喜。

拜在許老怪門下的念想，他早就自動掐掉了。他劉秀即便再不要臉皮，也做不出犧牲三娘，換取自家前程之事。原本以為，此番肯定要落在某個「韋編」門下，畢業後成為第二個吳漢。誰料想天無絕人之路，眼前這個書童居然主動提議，借著許老怪的名字狐假虎威！

「當然真的，不信咱們打賭好了！如果我輸了，就，就請你們吃長安城內的百雀樓！」書童阿福年紀跟劉秀等人差不多，好勝之心一起，立刻煞車不住。豎起圓溜溜的眼睛，大聲說道。

「哪敢勞阿福兄破費！」劉秀見狀，心中愈發感到安穩。笑著拱了下手，大聲回應，「能拜在某位秀才門下，劉某已經喜出望外。不敢挑三揀四！」

「好說，好說，就周博士門下好了，剛好跟你兄弟湊做同門！」阿福身上，頗有其主人之風，甩了下衣袖，大包大攬。

劉秀連忙再度躬身道謝，同時板上釘釘，以免阿福到了太學之後又忽然反悔。鄧奉和朱祐，也同時開口，一口一個「福兄」，將那書童阿福誇得天上少見，地下無雙。只有嚴光，在四人當中最為仔細，同時心思也轉得最快，忽然笑了笑，快速追了一句：「阿福兄真厲害，居然知道鄧奉拜在了周博士門下。」

劉秀等人心中頓時一凜，迅速由驚喜轉為了警覺。那書童阿福卻依舊因為朱祐和鄧奉兩人的誇讚而興奮，甩了下袖子，帶著幾分炫耀回應：「這算什麼，紅榜出來的第二天，我就知道了。名單還是我替我家主人抄錄的呢！包括劉秀的文章，都是我親手從廢料堆裡撿回來的！」

「是許師派你去撿回來的嗎？阿福哥真是我們幾個的福星！」嚴光不動聲色，順著阿福的口風往下追問，「你家主人對劉秀也是恩同再造。就是不知道劉秀他積了幾世的福，居然能得許師如此垂青？」

「當然是我家主人派我去的！」阿福畢竟年齡小，閱歷淺，哪裡是嚴光這種「人精」的對手，被後者連誇帶捧，立刻竹筒倒起了豆子，「我原來也不知道，主人為什麼會關心你們幾個，直到今天主人開了正門，才發現，原來跟在你們身邊的，乃是我家失散多年的三小姐。主人是因為三小姐才愛屋及烏！」

「三小姐？哪個三小姐！」答案忽然就出現在了眼前，劉秀等人齊齊被嚇了一大跳，異口同聲追問。

「當然是三娘了，你們……」阿福詫異地看了眾人一眼，順口解釋。話說到一半兒，卻忽然想起來，主人從沒跟對方說明過原因。急得抬起手，狠狠朝自己額頭來了一巴掌，「哎呀，真是糊塗！我家主人高興過頭了，我也是個小糊塗蟲。居然忘記了你們不知道三娘正是三娘！」

圓圓滾滾的額頭上，立刻出現了一個紅彤彤的巴掌印兒。劉秀等人卻誰也沒心情發笑，以目互視，滿臉愕然。

誤會！天大的誤會！許老怪將馬三娘當成了其自己的女兒，所以今天才大開府門，親自出迎，將馬三娘身邊的所有人都視若上賓。而大夥，卻將他對馬三娘的舐犢之情，當作了老怪物發花痴，進而唯恐避之不及！

今日在許家所遇到的所有怪異之事，瞬間就有了答案！不是五行散服用過量，不是老怪物發花痴，而是一個思女成疾的父親，再正常不過的真情流露。

「我家三小姐七年前生病不治，下葬之後第二天，墳墓卻被天雷擊垮，遺體從棺材中不翼而飛。」唯恐劉秀等人心中產生什麼誤會，阿福無需嚴光追問，就迫不及待地大聲解釋，「所以我家主人一直認為，三小姐是昏迷中被下葬，然後被某位奇人異士救了去。然後主人就動用各種辦法尋找三小姐的下落，卻始終沒有任何收穫。直到你們幾個今天突然找上門來！」

「啊——」劉秀等人越聽越吃驚，不知不覺間，一個個就將嘴巴張得老大。

誤會，天大的誤會！馬三娘姓馬，不姓許，她是巨盜馬子張的親妹妹，她本人也早就上了朝廷頒發的通緝令，江湖綽號勾魂貔貅。她除了自己和哥哥的名姓之外，不識任何多餘的字！她的手只懂得揮刀，根本不懂握筆，更甭提畫畫作詩。她！她怎麼可能是許博士的女兒，又怎麼做得了許博士的女兒？

惶急間，眾人本能地朝許家方向回頭。卻愕然發現，不知道什麼時候，身背後已經濃煙瀰漫。有團猩紅色的火光正從許家的位置跳了起來，借著風勢扶搖而上。

「是我家。主人，主人有難了！」阿福嚇得魂飛魄散，再也顧不上領劉秀去太學報名。轉過身，撒腿就跑。

劉秀、鄧奉、嚴光和朱祐四個，也趕緊邁動雙腿，跟阿福一道朝來路上跑。許老怪並非老色鬼！所有誤會已經徹底澄清。許老怪對劉秀有恩，無論其出於什麼目的，是不是僅僅揮了一下衣袖，這份恩情都實實在在，大夥不能眼睜睜地看著他家化作一團灰燼。

少年們的想法很單純，心腸也極為善良。然而，水火無情！

幾乎是狂奔中眼睜睜地看著，烈火迅速燒紅了半邊天空。許家和許家附近，全部被濃煙和烈火籠罩，木製的雕梁畫棟，一幢接一幢變成了火把，紅星亂冒。

早有五城軍兵趕到，在當值將領的指揮下，拆除附近院落和建築，以免火勢向周圍肆意蔓延。趕回來救火的所有人，包括阿福和劉秀等少年在內，都被兵丁們拉開繩索隔離在數百步之外，以防他們衝進去幫倒忙。

濃煙和烈火中，不停有呼救聲和哀哭聲傳出，但是，誰也沒辦法衝進去施以援手。木製建築起火，蔓延極為迅速，往往好心衝進火場裡的勇士沒等救出別人，自己就會被煙霧熏得全身發軟，然後將性命也白白搭了上去，徒留一個悲壯的身影。

「主人……」阿福在僥倖逃脫的鄰居當中，找了半晌也沒看到許子威，急得兩眼一翻，當場暈倒。

「許博士——唉！」劉秀等四位少年，紅著眼睛相顧扼腕。一方面因為許子威的慘死，另外，也為劉秀的命運多舛。

太學的大門，剛剛打開，就又關上了。彷彿老天爺已經下定了決心，無論如何，都要將劉秀拒之門外。

就在此時，周圍的人群中，忽然爆發出一陣劇烈的吶喊，「有人，還有人在裡邊，還有人在裡邊救人！英雄，英雄，加把勁兒！快，快拉他出來，拉他出來！」

「有人在救人！」四少年大驚失色，帶著滿心的欽佩抬頭。

只見一個熟悉的身影，背著個白髮蒼蒼的老頭，在烈火中左衝右突。忽然，奮力一躍，像展翅高飛的鳳凰般，從兩團烈焰之間衝了出來，衣角髮梢青煙縈繞，腳步卻不做絲毫停頓，

水浸泡的命運。一張俏麗的面孔在身體重新站直的同時，也迅速變得蒼白如雪。

畫面上的那名女娃，分明就是小時候的她！然而畫中的衣服和首飾，她小時候甭說穿戴，甚至連摸都沒資格摸上一次。記憶中，她的所有表姐表妹，堂姐堂妹，每天都是飢一頓飽一頓，連口踏實飯都沒吃過，怎麼可能有餘錢聘請畫師畫像？

正驚愕間，耳畔卻傳來了一聲怒喝：「哪裡來的野丫頭，竟敢在火場中亂闖？這場大火是否與妳關聯，速速跟我回衙門接受查問！」

「放你娘的狗屁！」馬三娘正為畫像之事而心煩意亂，根本沒功夫看怒叱自己的人是誰，本能地扭頭怒罵。

「你，你竟然敢侮辱朝廷命官？來，來人，給我把這放火的女賊拿下！」怒喝她的人是一名校尉，這輩子幾曾被平頭百姓給罵過？頓時火冒三丈，揮舞著手中寶劍，大聲喝令。

立刻有三十幾名五威中城府的軍兵拎著繩索與兵器湧上前，試圖將「縱火嫌疑犯」捉拿歸案。劉秀等人豈肯眼睜睜地看著馬三娘被人捉走？也彎腰從地上撿起木棒石頭，在馬三娘周圍並肩而立，「住手！你們哪隻眼睛看到火是她放的？莫非救人還救出錯來了！」

「住手，太過分了！」

「她如果是縱火犯，怎麼可能冒死救人？」

「太過分了，你們五威中城府的人，全都沒長眼睛嗎？」

「救人反被誣陷放火，你們眼瞎，心也瞎！」

……

周圍百姓先前曾經親眼看到馬三娘如何背著一名老者在火場中左衝右突，差點把命搭上。

「三姐！」四少年齊齊越過官兵拉起的隔離繩，不顧一切衝向救人者，將她連同背上的老者，一起架著衝出烈焰的邊緣。脫身的瞬間，兩棟建築在不遠處轟然而倒。

「拿水來，拿水來！」不知道是誰喊了一嗓子，周圍的百姓們紛紛湧上前，用清水朝著馬三娘和四個少年迎頭亂潑，瞬間就將大夥身上的火星全都澆滅，再也無法構成任何傷害。

「三姐，妳怎麼會在裡邊？」驚魂稍定，劉秀立刻大聲追問。聲音裡充滿了他自己也察覺不到的緊張。

「還不是被這老色鬼給害的！」馬三娘顧不上擦臉上的水，從背後解下昏迷不醒的老者，大聲抱怨，「我怕他難為你，就回去找你們，恰好看到有人朝他家丟火把。我阻攔不及，只好大聲示警。沒想到，沒想到這老色鬼居然不朝外邊跑，而是跑回屋子裡去收拾細軟！」

「呸！這貪心鬼，妳就不該救他！」周圍的百姓聽了，忍不住對老者嗤之以鼻。

劉秀等人定神細看，這才發現，獲救的正是老怪物許子威！只見此人雙目緊閉，滿臉惶急。雙手卻抱著一幅卷軸，死死不放！

「死到臨頭卻捨不得一幅破畫，差點被你給害死！」馬三娘也終於看清楚了，許子威捨命去拿的，不是什麼細軟，而是一幅卷軸。愈發覺得氣兒不打一處來！蹲下身，將卷軸從後者手中奪下，隨手丟向了腳邊的水坑兒。

卷軸失去控制，在半空中徐徐展開，一個七八歲女娃的身影，緩緩出現。眉眼間，依稀與馬三娘有五分相似！

「啊！」馬三娘眼尖手快，猛地使出一招野鶴渡江，把絹布畫軸抄了起來，避免了其被泥

如今卻又看到負責維護長安秩序的五威中城府校尉非但不獎勵救火的英雄，反而要顛倒黑白將她當作縱火犯抓走，立刻齊齊大聲鼓噪。

那校尉是受人暗中指使，要找個茬將馬三娘抓走，才故意找茬誣陷她縱火。被周圍的百姓圍住大罵，頓時心裡頭就開始發虛。然而，想想幕後主使者所許下的豐厚回報，心中剎那間又勇氣陡升。將寶劍在半空中虛劈了一下，再度厲聲斷喝：「閉嘴！你們怎知她不是縱火犯的同黨，故意假裝救人，以混淆視聽？你們誰認識她？誰知道她叫什麼名字？住在哪兒？與你們所有人非親非故，卻突然冒了出來，她不是縱火犯，又能是誰？」

「這……」周圍的百姓頓時被問楞住了，彼此以目互視，都在對方臉上看到了濃重的懷疑之色。

此時的長安城，雖然是天下第一大國都，也不過才二十餘萬戶。有資格住在許子威這個前任上大夫家附近的，更是千裡挑一。這些人家的家主和僕人，經常在同一街巷進進出出，彼此之間即便沒打過招呼，記憶裡多少也會有些印象。而救火女英雄和她身邊的四位少年，卻是如假包換的陌生面孔，誰都不知道其來歷如何！

「他們是我家主人的客人！」正狐疑間，卻有七八個驚魂未定的家僕，大聲喊道。「我家主人是太學博士許公。校尉切莫胡亂猜疑！」

「是啊，校尉，冤枉，真的冤枉！」另外幾名丟下許子威這個主人不顧，自己逃出火海的家僕，帶著滿臉的慚愧擠上前，從馬三娘腳邊扶起許子威。「家主醒來，家主醒來！」

「他們是來拜訪許博士的！」

「許博士的客人，怎麼可能是縱火犯！」

「就是，你這個校尉，怎地如此糊塗？」

……

眾百姓心中頓時就又有了底氣，指著校尉的鼻子，大聲反駁。

那校尉理屈詞窮，心中好生惱怒！想要發狠下令動手抓人，卻又在百姓們身後，看到了四五個峨冠博帶者，正在朝著自己微微冷笑。頓時，氣焰再度矮了下去，楞在原地不知所措。

就在此時，在不遠處的街道拐角後，忽然有人大聲提醒：「客人怎麼了？客人就可以洗脫放火的嫌疑了嗎？誰知道他們不是求人不成，惱羞成怒放火燒屋！」

「王二十三，你血口噴人！」馬三娘立刻辨識出了說話者的聲音，緊握拳頭就要找其拚命。

「給我拿下！」那校尉卻再度找到了主心骨，把寶劍一橫，帶著兵丁擋住馬三娘的去路，「妳，何方人氏，姓氏名誰？可有路引？」

「你管我是誰！」馬三娘被問得微微一楞，旋即停住腳步大聲回應，「火不是我放的，人卻是我所救。我就不信，長安城這麼大，就沒人長著眼睛？」

表面上，她的氣勢雖然絲毫都沒有輸，但內心深處，卻是焦灼萬分。

路引那東西，她一個通緝要犯怎麼可能有？從棘陽到長安，大夥都叫她三娘，也故意模糊了她姓馬，還是姓劉！如果不遇到刻意盤查，她當然可以永遠模糊下去，反正官府的通緝文告上，把馬三娘畫得更像鬼一般，與她本人毫無相似之處。然而，萬分不幸的是，她今天被王固這條毒蛇給盯上了，並且誤打誤撞，一口咬了個正著！

「妳，聽妳口音不似長安人，路引何在？速速拿出來讓本校尉查驗！」那校尉雖然為人奸惡，卻是個辦案的行家。見馬三娘居然主動停住了腳步，立刻察覺出事情有異。揮舞著寶劍大聲命令。
「我們是太學生！」
「她是我姐姐，特地送我來入學！」
「路引那麼重要，怎麼可能隨身攜帶？」
「路引在客棧裡，三姐，妳且回去拿給他看！」
劉秀等人不肯讓馬三娘被校尉抓走，相繼湧上前，將其擋在了背後。
那校尉好不容易才得到拍長安四虎馬屁的機會，豈肯放馬三娘離開。立刻指揮著麾下爪牙，繼續上前抓人。眼看著，一場惡戰就在所難免。人群中，忽然又響起了書童阿福的稚嫩聲音：
「住手！我家主人是上大夫許子威！誰敢動我家三小姐，主人就讓他吃不了兜著走！」
「上大夫」三個字，比起「許博士」三個字，威力大了何止十倍？頓時，就讓眾兵丁全都停住了腳步，眼巴巴地望著自家校尉不敢寸進。
上大夫位列三公九卿之下，沒有什麼實權，卻可以在皇帝面前彈劾任何官吏，每年僅僅正常俸祿就高達兩千石。而中城校尉雖然權力頗大，卻只是個五百石的中下級官吏，平素連皇帝的面兒都沒資格見！奉校尉之命去抓上大夫的女兒，傻瓜才會衝在最前頭！
然而，那校尉卻早已經騎虎難下，揮舞著寶劍，親自上陣，「是前任大夫，不是現任。都已經致仕許多年了，許多年了！給我上，惹出來麻煩我一人承擔！」
話音剛落，一個冷冷的聲音緊跟著響起，「噢！原來不在任的大夫，就可以任由爾等折辱了！還好老夫這個中大夫還沒有卸任，來來來，爾等乾脆把老夫也一起抓走！」
「你，揚，揚大夫，您老怎麼會在這兒？」彷彿雙腳被釘在了地上，校尉打了個趔趄，差點當場栽進泥坑。

「許大夫的家被人放火燒了，老夫豈能不過來看看？」國師揚雄狠狠瞪了校尉一眼，帶著數名家丁走進人群。蹲在許子威身側，用右手上下替老朋友活血順氣。

「嗚——」許子威長吐一口氣，緩緩睜開眼睛。第一句話，卻不是向老朋友揚雄詢問究竟，「三娘，為父終於找到妳了！妳不要走，為父有畫像為證，這就拿給妳看！這就拿給妳看！」

「啊！她果真是許博士的女兒！」

「許三小姐，她竟然是許三小姐！」

「許家三小姐捨身救父！」

「那校尉眼瞎，居然要抓許博士的女兒！」

……

周圍百姓又驚又喜，在旁邊大聲議論，指指點點。

很多人眼睛都不錯，先前都看到畫像上的女娃與馬三娘相似。很多人都堅決不肯相信，捨命救了許子威的少女，會是黑心放火者。更多的人，則對長安四虎的作為早有耳聞，只要能讓長安四虎吃癟，就願意接受任何理由！

那校尉敢惹已經致仕多年的許子威，卻惹不起正在任上的揚雄。驚惶地回過頭去，想找王固替自己拿主意，卻不幸地發現，先前暗中指使他抓走馬三娘的王固，早已不知所終！

正進退兩難間，卻又聽見揚雄大聲喝道：「妳這女娃，還不上前見過令尊！莫非妳身上有什麼寶貝，值得我們兩個老頭子聯合起來，冒認親戚嗎？」

「這……」馬三娘雖然是個直心腸，卻並非傻瓜。在被官兵抓去驗明正身和暫時將錯就錯，蒙混過關之間，很快就做出了正確選擇。轉過頭，緩緩走到許子威身邊，斂衽施禮：「阿爺？您真是我阿爺？請原諒女兒不孝，對小時候的事情，絲毫都不記得了！」

「三娘，阿爺這些年，找得妳好苦！」許子威一把抓住馬三娘的胳膊，老淚縱橫。

「阿爺！阿爺莫哭！阿爺，我真的不記得了！阿爺——」馬三娘從小父母早喪，根本沒感覺到過什麼父愛。最初還是小聲地敷衍、安慰，轉瞬間，卻是心裡頭一酸，也跟著泣不成聲

「果真是親父女！」

「原來是女兒偷偷回來找父親相認！」

「怪不得許博士這些年來一直瘋瘋癲癲的，原來是被人拐走了女兒！」

「那沒長眼睛的校尉呢，這回，看他還怎麼說！」

……

周圍的百姓一邊抹淚，一邊小聲議論。都被許子威和其「女兒」相認的情景，感動得無以復加。

那中城校尉知道再繼續糾纏下去，自己肯定在劫難逃。猛地把心一橫，走到許子威面前，躬身施禮：「許博士，在下張宿，祝賀你與令愛父女重逢。火災的起因，在下還得仔細勘查，就不打擾你們了。請容在下就此告辭！」

說罷，掉轉頭，倒拖著寶劍，灰溜溜地逃之夭夭！

「哈哈哈……」四下裡，爆發出一陣哄堂大笑，所有趕過來救火的百姓，都對中城校尉張宿的行徑嗤之以鼻。

那許子威思念愛女成癲，如今終於「得償所願」，哪有功夫跟一個中城校尉去較勁兒？稍微緩過一口氣來之後，就要帶著「女兒」回家。

然而，他哪裡還有什麼家？偌大的許博士府連同周圍的四五棟深宅大院，早就都被燒成了一堆殘磚碎瓦，僥倖活下來的鄰居們相抱痛哭，誰也不知道，上輩子自己究竟造了什麼孽，居然遭此無妄之災？

好在國師揚雄財力豐厚，見眾人可憐，便將自己在長安城內兩座空著的院落拿了出來。一座暫時借給幾戶受災人家共同安身，另外一座宅院，則乾脆就送給了許子威，算是慶祝他們「父女重逢」的賀禮，

許子威與揚雄相交多年，知道此人生財頗為有道，所以也不跟老朋友客氣。一手拖著滿臉尷尬的馬三娘，另外一隻手搭在書童阿福的肩膀上，就直接去了新家。結果剛剛抵達新家門口，還沒等進院，身後就傳來了一陣悲悲切切地哀告聲。卻是先前起火時，丟下他各自逃命的男女奴僕們，因為沒有放良文書，無法在長安周圍安身。看到自家主人還活著，又可憐巴巴地跟了過來。

「如此不忠不義之輩，要爾等何用？來人，給我全送長安縣衙裡去，著官府隨意發賣了換錢！」沒等許子威開口，揚雄就毫不猶豫地越俎代庖。

「是！」立刻有四五名揚府的家丁拎著大棍子一擁而上，將許家的奴僕像趕羊般趕做一堆兒，然後用繩子攔腰拴成了串，就準備往長安縣衙裡頭牽。那些男女奴僕問心有愧，也不敢掙扎求饒。只能手抱腦袋，放聲大哭。

許子威雖然已經致仕多年，卻畢竟曾經身為兩千石俸祿的高官，絲毫都不覺得揚雄的處置

決定有什麼不妥。然而，馬三娘卻被男女奴僕們哭得心中好不落忍，皺了皺眉頭，低聲勸道：「他們都沒練過武，大火一起，自家能活著跑掉已經不錯了，哪裡還顧得上救人？況且即便救，也救不了你，不過平白搭上自己的一條命而已！要我看，還是算了吧！反正您老人家已經平安脫離了險境，就算給自己積德，饒了他們這回算了！」

「那可不行，此例一開……」揚雄眉頭一皺，立刻大聲反駁。

「行，三娘說行就行。算了，反正老夫原本也沒指望他們來救！」許子威卻毫不猶豫地站在了「自家女兒」一邊，鬆開阿福，揮舞著左臂大聲宣告。

「隨你！」揚雄無奈，只好揮揮手，下令家丁們放人。眾許氏奴僕感激不盡，一個個爭相上前，向「三小姐」磕頭謝恩。把個馬三娘窘得受也不是，不受也不是，一甩胳膊丟下許子威，先逃進院子裡頭去了。

「哼，若不是三娘心善，老夫才不會再要你們這群廢物！」許子威越看馬三娘，越覺得順眼。得意洋洋地衝著奴僕們呵斥了一句，也緊跟著快步踏上了臺階。恍然間，整個人彷彿年輕了二十幾歲，渾身上下充滿了活力。

「鳳凰浴火，果然是鳳凰浴火！」國師揚雄神神叨叨地回頭看了一眼尚在冒煙的許府舊址，然後又看了看宛若新生的老友，嘴裡不停地嘟囔。從此刻起，愈發覺得自己推演《周易》有成，慢慢技近於道。

至於劉秀、嚴光等人，今天肯定來不及去太學報名了。心中又擔心一會兒誤會揭開之後，馬三娘被許老怪怨恨。互相看了看，也跟在揚雄之後快步走進了許子威的新家。

早有揚雄提前留在這裡的奴僕們迎上，先將主人和客人分別迎入不同的房間，拿來熱水和乾爽的新衣，伺候他們各自收拾。待大夥都把臉上的煙熏火燎痕跡擦洗乾淨之後，又將所有人領到正堂，擺宴壓驚，順便去除晦氣。

到了此時，馬三娘確信自己已經平安脫險。便不忍心再繼續將錯就錯。先倒了一杯酒，雙手捧著送到許子威面前，蹲身致歉：「夫子，先前我不想被官兵當縱火犯冤枉，就順勢冒認了您的女兒。事實上，我姓馬，不姓許，畫上的女孩，也不可能是我。冒犯之處，還請夫子原諒則個！」

說著話，畢恭畢敬將酒水舉過了眉心。

「三，三娘，妳，妳不，不肯認我啦！」許子威大驚失色，剛剛恢復了生機的臉孔，迅速變得灰敗不堪，「我知道，我知道，我知道妳是怪我稀裡糊塗，就把妳給當死人給入了葬。我知道，我知道那次做事匆忙，對不起妳。可我，可我真的不是故意的啊，我……」

「我沒資格怪你，夫子，真的沒資格！」馬三娘抬起頭，慘笑著打斷，「那畫卷上的女娃，真的不是我。我像她那麼小的時候，連飯都吃不飽，更甭提穿綢緞衣服，戴金鎖子！不怕您老笑話，我之所以練武，最初就是為了能順利抓到兔子和野雞，能跟全家吃上一口肉湯。」

「三娘，妳受苦了，為父當年對不起妳！」許子威哪裡聽得進去，只是一廂情願認為，女兒被別人撿走之後，沒吃沒喝。卻主動過濾掉了，馬三娘話語裡所說的年紀。

「我真的不是妳女兒！我記得我小時候的大部分事情，真的從三歲起就沒吃過飽飯，對你也沒有任何印象！」馬三娘無奈，只好先將酒盞放到一邊，繼續大聲補充。

許子威卻拒絕相信。任由馬三娘說了一條又一條，直到把嘴巴都說乾了，他卻依舊堅持認為女兒是因為當年被他「活埋」，而故意在騙他。最後把馬三娘終於氣得忍無可忍，猛地用手

明白事理，稍微壓下了一些心中的不耐煩，冷著臉道。

「這就是老夫的疑問所在，不知三娘師從何人？居然練就了如此高明的身手？」揚雄立刻打蛇隨棍上，繼續乾笑著大聲追問。

「我不能告訴你。你知道了也沒任何好處！」馬三娘當然不能直說，我的武藝是跟我哥學的，我大哥叫馬子張！只能皺著眉頭掃了揚雄一眼，然後給出一個硬邦邦的答案。

若是換做平時，有人拿這種態度相待，揚雄肯定立刻拂袖而去。但是今天，他卻用無以倫比的耐心，繼續笑臉相陪，「噢，原來是個不能說名字的世外高人。失敬，失敬。但是，三娘，妳那師父武藝雖然高，卻有些不食人間煙火。居然連一份戶籍或者路引都忘記給妳弄，讓妳今後如何一個人在外邊行走？」

「這？」馬三娘被問得楞住了，頓時又想起先前被校尉追查路引的尷尬。但是，作為赫赫有名的勾魂貔貅，她豈能被這點兒小事給難倒？稍做猶豫之後，便冷笑著說道：「你猜得沒錯，我師父的確忘了給我弄一份戶籍。不過也無妨，等劉秀入了學，我就回山去找師父便是。只要不進城，誰有閒工夫天天盯著我？」

「高，高，這的確是世外高人之風。飢而獵，渴而飲，世間律法與我何干？」揚雄立刻挑起了大拇指，做心馳神往狀。隨即，又對著兩眼發直的馬三娘快速追問，「那三娘回山之後，就不再來長安了嗎？我是說，不再理睬他們幾個野小子？」

幾個野小子？當然指得是劉秀、鄧奉、朱祐和嚴光。特別是劉秀，此刻位置正好與揚雄翹起的下巴頦遙遙相對。登時，馬三娘就被問得又是一楞，秀目當中，瞬間湧上了幾分黯然。

劉三郎馬上就要進入太學讀書了，以後就會做官，像揚老頭和許老怪二人一樣住豪宅，穿

拍了下矮几，大聲斷喝：「你不信就算了，反正我不是你女兒！你若覺得自己的性命還值一點兒錢，明天就去太學裡替劉秀說句公道話。你若是像姓陰的那樣翻臉不認人，那也隨你，我就當今天又瞎了一回眼！」

說罷，轉身招呼劉秀等人，就要一道告辭。

國師揚雄見了，心中大叫一聲不好。趕緊一邊連連向許子威使眼色，一邊站起身，大聲喊道：「三娘，且慢！老夫還有一件事不明！」

「火不是我放的，信不信隨你！我到他們家附近的時候，火頭已經點起來了。一幫子蒙著臉的壞人丟完了火把正在四散逃走！」馬三娘以為揚雄想從自己這裡追查烈火的起因，頭也不回，大聲解釋。

「老夫，老夫豈是那黑白不分之輩？」揚雄被說得臉色微紅，一邊用力擺手，一邊大聲補充，「三娘妳誤會了，老夫早就知道放火者另有其人。否則，老夫剛才也不會主動出面把妳從那校尉手裡救下來！」

「多謝了！」馬三娘還記得先前自己差點兒當街跟官兵發生衝突的場景，停住腳步，轉身向揚雄輕輕拱手。

揚雄老臉再度發紅，很是為自己剛才故意表功的行徑感到羞恥。然而，為了不讓老友許子威活活急死，也為了心中對《周易》的無比痴迷，他乾脆徹底豁了出去。又擺了幾下手，乾笑著說道：「不用謝，不用謝，妳剛剛冒死救了我這老友的性命，我豈能眼睜睜地看著妳被人冤枉！」

「也不算冒死，我是練武之人，耐力比常人好，憋氣也能憋得久一些。」馬三娘見他還算

華服，使奴喚婢。而自己，馬家三娘，終究還是個沒有戶籍的江湖女匪，即便回來相見，結果又能如何？既然注定沒有結果，見與不見，又有什麼分別？

「不如這樣，妳幫我一個忙，我幫妳弄一份長安上等人家女兒的戶籍，方便妳今後自由來去，如何？」揚雄早就猜到馬三娘會如此反應，強忍住心中的負罪感，低聲誘惑。

「真的？」馬三娘即便再聰明，也不是這種老狐狸的對手，立刻兩眼發亮，大聲追問。

「兩份，一份給妳，一份給妳師父，或者妳指定的任何人！」唯恐誘餌的分量不夠，揚雄迅速舉起兩根手指，大聲強調。「老夫是陛下親口封的國師，正式官職為中大夫。這點小事兒，還不至於說了不算！」

「那你想讓我幫你什麼忙？」馬三娘眼中，早已閃現出哥哥馬武跟自己一道以正常人身份在長安街頭閒逛的情景，帶著幾分期許繼續追問。

「噓——」揚雄將手指豎在嘴邊，故作神秘狀，「小聲！妳到我跟前來說！妳看，我那老友因為思念女兒，早就變得瘋瘋癲癲。妳今日如果不顧而去，我敢保證，半月之內，他就會絕望而死。三娘，不如妳救人救到底，委屈一下，做他的義女如何？這樣，我這老友不會因為絕望而死。而妳在長安城內也有了落腳地，還能再得到兩份上等人家的戶籍。咱們各取所需，誰都算不上吃虧！」

說是小聲，事實上，這幾句話卻讓在場所有人都聽得清清楚楚。那許子威的臉上，頓時就又有了血色，手扶著面前矮几，身體因為過度緊張而微微顫慄。而劉秀、鄧奉、朱祐和嚴光四個，雖然覺得揚雄此舉有些乘人之危，但既然許子威對馬三娘並非色心大發，而是舐犢情深，他們也覺得沒必要出言阻止。反正這筆交易，從整體上馬三娘並不吃虧。

「可以，但是，我還有一個條件！」馬三娘做事永遠都乾脆俐落，迅速看了劉秀一眼，發現後者臉上並沒有反對之色，立刻就給出了準確答覆。

「三娘請講！」揚雄心中大笑，立刻滿口子答應。「只要能做得到，老夫絕不推辭！」

「甭說一個，多少個都行，只要你不走，即便不叫我父親都沒關係！」許夫子紅著眼睛，結結巴巴地補充。

「你收劉秀為弟子，親自教他。我可以既做你的義女，也做你的女弟子，跟你學如何讀書寫字！」馬三娘狠狠剜了故作可憐的許老怪一眼，大聲給出最後的答案！

「不可！」劉秀的臉，瞬間漲成了豬肝般顏色，不顧一切地大聲否決。

他不反對馬三娘拜許夫子為義父，因為此事對馬三娘有百利而無一害。但是，他卻不能容忍馬三娘以拜許夫子為義父為條件，替自己謀取親傳弟子資格！這關乎他少年人的自尊，也關乎他劉秀的立世原則！

然而，在此刻的馬三娘心裡，少年人那孱弱的自尊和原則，遠不如生存重要。扭頭瞪了劉秀一眼，皺著眉頭說道：「你別亂插嘴，這回必須聽我的！指使人放火燒毀許家大宅的人，十有八九便是王二十三。你若是投到其他教書匠門下，即便這次能順利入學，將來也免不了再遭到別的暗算。還不如直接拜了許夫子，好歹他能鎮得住場子，讓姓王的不敢再明著對付你。」

「三姐！我，我怎麼能……」劉秀被瞪得腦海裡一涼，拒絕的話頓時就卡在了嗓子眼兒。

「你怎麼能什麼？莫非嫌棄老夫學識差，教不得你這個小秀才嗎？」許子威忽然拍了下矮几，朝著劉秀怒目而視。

他堅信只要把三娘留在身邊，假以時日，肯定能證明自己這個父親並非「冒認」。而三娘剛才所說的那些窮苦的回憶，全是發生於她被人「撿走」之後，並非發生在八歲之前。所以，甭說是收劉秀為弟子，就是跟劉秀結拜為異姓兄弟，他都不會拒絕。至於劉秀本人此刻的想法和感受，則根本不需要考慮。

「這，夫子誤會了，晚輩，晚輩不是這個意思！」劉秀即便再心高氣傲，也沒膽子說四鴻儒之首不配做自己的老師，只好紅著臉，躬身解釋，「晚輩，晚輩只是覺得自己才疏學淺，能進太學讀書已經是萬幸。絕對，絕對不敢……」

「那你先前帶著束脩來我家做什麼？」好不容易才將三娘留下，許子威豈肯讓劉秀節外生枝？冷冷一笑，沉聲質問。

「這……」劉秀頓時語塞，找不出任何藉口來回應。

他先前提著束脩去許家拜訪，的確打的主意是：拜入許子威門下，借此解決「衝撞」嘉新公名諱的麻煩。並且預先還探聽清楚了許子威的治學方向和性格喜好。然而，後來的事態發展，幾乎每一步都超出了他的預想，讓他在目不暇接的同時，對自己的謀劃能力，也產生了深深的懷疑。

「提著束脩登門，然後又另投他人，莫非你小子先前是想故意羞辱老夫！」見到劉秀滿臉窘迫模樣，許子威心裡大樂。一張老臉上卻依舊陰雲密布，彷彿隨時準備跟少年人拚命模樣！

「沒，沒有！晚輩，晚輩不敢！」劉秀哪裡知道許子威在故意嚇唬自己，臉紅得愈發厲害，擺著雙手，小心翼翼地解釋，「晚輩，晚輩的確曾經想過拜入您老門下。但，但是您老當時命令阿福兄帶著晚輩去太學……」

「老夫是想考驗一下你的心性！」許子威老臉一紅，大聲打斷。「連這點兒考驗都禁受不起，將來怎麼成得了大器！」

誰說讀書多就會講道理？讀書多的人胡攪蠻纏起來，更是花樣百出，黑白顛倒！一瞬間，劉秀再度失去了語言能力，楞楞地看著許子威，額頭上熱汗滾滾。

「好了，子威兄，既然誤會已經揭開了。你就不用繼續考驗他了！」好在揚雄心軟，不忍見半百老頭欺負稚嫩少年，笑著走了兩步，站在劉秀身側。「劉秀，你也別抹不開面子！你的投卷老夫看過，無論見識和文筆，都堪稱一流。無論拜在誰的門下，都不算倖進！也不用覺得欠了三娘的人情！」

「這……」劉秀知道自己先前的小心思，一點兒都沒能逃過別人的眼睛，紅著臉不敢抬頭。

揚雄見此，索性好人做到底，笑了笑，又柔聲補充道：「況且三娘剛才說得也沒錯，許宅之火，十有八九是王固派人所放！以報復他當日被子威兄用竹簡痛毆之仇！他既然連許宅都敢燒，太學裡頭，還有哪個夫子保得住你？與其去拖累別人，還不如直接拜在許夫子門下，好歹子威兄做過上大夫，當年跟陛下也頗有些交情，這長安城內，誰也不敢明著對付他！」

「多謝國師指點，晚輩茅塞頓開！」劉秀知道揚雄的話句句在理，終於放下了少年人的自傲，紅著臉道謝。

「孺子可教，孺子可教，揚某先恭賀你終於找到名師了！」揚雄笑著受了他一拜，然後輕輕還了個半揖。

嚴光、朱祐、馬三娘相繼點頭而笑，都為劉秀的入學問題最終得到圓滿解決而感到高興。只有鄧奉，依舊眉頭緊皺，非常不合時宜地插了一句：「國師，既然您也知道大火是王二十三派人所放，難道就不能將其繩之以法嗎？您老可是在任的中大夫，有權利彈劾文武百官！」

「這，呃呃，呵呵，呵呵！」揚雄被問得好生尷尬，楞了半晌，才苦笑著連連搖頭，「捉賊捉贓，更何況對方是皇親國戚？況且即便抓到了是王家的家丁動手放火，王固也可以推說是底下的家奴私自行事。然後隨便交幾顆人頭上去，案子就能徹底了結。」

「可，可陛下當年，當年連親兒子都殺，只是為了維護律法尊嚴！」鄧奉聽得心裡好生不是滋味，咬著牙，遲遲不願接受揚雄給出的答案。

「此一時，彼一時也！」揚雄又笑了笑，繼續滿臉遺憾地搖頭，「陛下再英明，也終究是一個人。刑不上大夫，卻是持續了千年的傳統。以一人之力，挑戰千年傳統，一時半會兒，怎麼可能定得下輸贏？況且王固終究姓王，除了陛下親自動手之外，誰又能真的將他怎麼樣？少年人，這長安城裡的水深著呢？你們就慢慢學，慢慢看吧，一切都不會像你們想的那般簡單！」

原來很多事情，天底下最大的那個皇帝也做不了主！原來所謂王法，只是為平頭百姓而設，對達官顯貴根本不適用！原來殺人放火，還可以拿著奴僕的腦袋頂罪，真正的犯罪者永遠自在逍遙……剎那間，四名少年對外部世界的認識，再度被刷新了底線。一個個失魂落魄，茫然不知身在何處！

那揚雄卻怕他們失了銳氣，少不得又口不對心地補充道：「不過，世間之事，有人做，總比沒人做好。爾等未聞北山之愚公乎？日壑一萁土，尚能挪太行而遷王屋。子子孫孫無窮匱也，而山不加增，何愁其不平？」

「你這老貨，又扯這些沒譜之事！有那功夫，還不如替我去準備一下，讓劉秀正式拜入師門！」許子威卻嫌揚雄囉嗦，急不可待的大聲催促。

到了現在，他總算看明白了。想拴住三娘，就必須先拴住劉秀。所以父女相認這事情可以暫且不提，跟劉秀的師徒名份卻必須儘早確定下來。

「你這老貨，多等一天會死人嗎？既是拜師，總要請上幾個飽學鴻儒做見證，並且讓劉秀的家人也在場才好。」揚雄佯裝發怒，笑著回敬。

許子威一楞，旋即明白，揚雄是準備以這種方式，「委婉」地向外宣告，劉秀從此歸許某人來教導了。請先前拿劉秀名字做文章的傢伙自行收手，免得雙方真的正面起了衝突，彼此都不好看。於是乎，便欣然點頭。

「三娘，反正都要請人來觀禮，不如把妳拜老怪物做義父的事情，安排在劉秀拜師的同一天，如何？」揚雄做事向來滴水不漏，解決了劉秀拜師的問題，立刻又開始成全老朋友的心願。

「晚輩但憑長者安排！」馬三娘對揚雄隨手就送出一棟大宅院的豪爽舉動印象頗佳，想了想，蹲身施禮。

「那就好，那就好，且讓老夫來算算，哪天是黃道吉日！」揚雄大笑著撫掌，然後掐指閉眼，裝神弄鬼。不多時，便算出來三天之後，正是百事皆順的上上吉日。剛好可以用來操辦拜師和認父二禮。

馬三娘在山寨中做事，向來百無禁忌。劉秀對什麼黃道黑道，也是懵懵懂懂。二人權當是在哄著長輩開心，無論揚雄怎麼說，都只管笑著點頭。於是乎，接下來的時間裡，賓主盡歡。

當晚返回客棧，劉秀將自己拜入許子威門下的消息一說。劉縯的病頓時就好了大半兒。待第二天劉秀被許子威的書童阿福拉著去正式落了學籍，劉縯身上剩下的那一小半兒病情，也迅速緩解。結果，到了以劉秀和馬三娘二人的大哥身份，正式去許家新宅觀禮那天，劉縯的病情竟然完全不治而癒，整個人都重新變得生龍活虎。

許子威雖然已經卸任上大夫之職多年，但因為其學識高深的緣故，在儒林當中，影響力絲毫都沒有減弱。揚雄作為中大夫和太學副祭酒，人脈更是不可小瞧。所以觀禮這一天，許府賓客雲集，非但兩國師和三十六秀才齊至，其餘三鴻儒也來了兩個，只有先前下令將劉秀踢出太學門外的鴻儒王修，因為「臨時有事」，不能來賀。但是也派奴僕送來了一卷絕世古冊，算是給了許子威和揚雄二人交代，暗示自己不會再繼續拿劉秀的名字做文章。

席間自然有賓客，有意或者即興考校劉秀的學問，劉秀也不肯給許子威丟臉，抖擻精神，有問必答。雖然不至於每一次回應，都語驚四座。但九成半以上回應，都與正確答案大抵相合，並且每每有一些「童稚」之語，令聞者耳目一新。

眾賓客聽了，心中愈發覺得鴻儒王修當日胡鬧，差點兒就毀掉了一名少年英才的前程。對許子威不畏權勢，替劉秀出頭的舉動，也愈發地感到佩服。除了揚雄這個知情者外，竟然誰都沒有想到，劉秀這個弟子，其實不過是個添頭。許老怪的真正心思，其實全都放在了其接下來要認的義女身上。

熱熱鬧鬧一直折騰到日落，拜師禮和認女禮，才宣告結束。劉縯、劉秀和馬三娘等人，都筋疲力竭。但心中的石頭，也總算正式宣告落地。從此之後，劉秀就有了許博士親傳弟子身份，再也不用擔心被人從太學掃地出門。馬三娘也在長安有了固定居所，不至於在劉縯走後，還繼續住在客棧裡，不倫不類。至於馬三娘的戶籍，對揚雄和許老怪來說，更是舉手之勞。根本不用二人親自出馬，門下隨便一個弟子或者書童跑一趟長安縣衙，就可以把戶籍文書帶回來。根本沒人去問，馬三娘原本戶籍落在何處，家中長輩姓氏名誰。

眼看著開學日期漸漸臨近，劉縯和鄧晨兩個，也開始著手準備返鄉時的乾糧和物品。劉秀第一次離家，當然心中對大哥十分不捨。只要不去學校，就終日跟在劉縯身邊，亦步亦趨。劉縯自小把幾個弟弟妹妹帶到大，真的做到了長兄如父，猛地要跟最有出息的弟弟劉秀分別，心裡也好生割捨不下。因此，在臨行之前，他儘量把能替劉秀安排的事情，都安排到，唯恐有絲毫遺漏，害得弟弟一個人在長安城內挨餓受凍。

這一日，劉縯特地買好了禮物，叫上劉秀，去拜會一名意氣相投的老友。準備替自家弟弟多找一個照應，以免後者將來在長安遇到麻煩，連個可以幫忙的人都尋不到。劉秀雖然覺得哥哥此舉，純屬多餘。如果有什麼麻煩連許子威都解決不了，其他人更是不可能幫得上忙，卻也不忍心說破。只管跟在哥哥身側，一路左顧右盼欣賞街頭風景。

「你別不當回事！先前太學入學，涉及到了官場，我的朋友有力氣也使不出。可這長安城中，畢竟不是所有麻煩，都需要讓你的老師親自出馬。所以，多一個照應，總比沒有的好！」劉縯很敏銳地察覺到了劉秀的敷衍態度，笑了笑，帶著幾分疲倦說道。

「那是自然，如果事事都麻煩許夫子，恐怕夫子很快就會將我這個弟子看扁了。」劉秀不想傷哥哥的自尊，順著劉縯的口風回應。「況且夫子的人脈，僅限於太學。而揚國師是看在三娘和夫子的面子上，才對我青眼有加。能不求他們，還是不求他們為好。」

「你這麼想就對了。」劉縯見劉秀「孺子可教」，非常高興地點頭，「待會兒我帶你去拜見的人，是長安最著名的遊俠，千里追鷹萬鐔。我前年外出訪友，曾與他在洛陽附近，攜手對付過一幫盜賊，算是曾經生死與共。先前之所以不去求他，是弄不清他在官府裡，人脈究竟有多深，也不想拖累他去得罪王家。如今你入學的問題已經解決了，今後在長安城裡，再遇到一些許夫子不方便出面的事情，儘管去找他。以萬大哥的本事，大部分麻煩，應該都能順利幫你擺平！」

「嗯，我知道了，就像咱們在棘陽城裡遇到的馮大哥和劉大哥！」劉秀眼前，立刻湧起了馮異和劉植二人的高大形象，點點頭，笑著回應。

「對，就像他們。都是一等一的好漢子，講義氣，也有真本事。該出手時，絕不推三阻四！」劉縯大笑，大病初癒的臉上，寫滿了陽光和驕傲。

他在故鄉舂陵，乃至整個南陽郡，都算是一號響噹噹的人物。在故鄉無論走到哪兒，都有人設宴款待，並尊尊敬敬叫一聲「小孟嘗」。而此番來到長安，面對弟弟劉秀被惡人剝奪入學資格之事，卻束手無策，甚至求告無門。因此，這些日子裡，內心深處所承受的打擊，不是一般的重。

如今，弟弟劉秀的入學問題徹底解決，前途一片光明。大哥劉縯，自然也要努力擺脫連日來的陰影，重新展示自己的能力，恢復自己的信心。如此，長安城內同為布衣之俠的萬譚，無疑是最好的依托。

兄弟兩個談談說說，不多時，便來到了城南。從兩排桂樹中間，策馬徐徐穿過，踏著清冷的餘香，來到一處幽靜的巷子。只見不遠處，幾所雖然不算太寬闊，卻也乾淨素雅的宅院，連接成排。院門前青石鋪地，落葉滿街，平添幾分安寧。

「最裡頭一家，應該就是萬府了。萬兄親口跟我說過地址，叮囑我如果哪天有空來長安，一定到他府上喝酒！」帶著幾分自豪，劉縯用馬鞭指著巷子深處最大的一座宅院，大聲介紹：

「萬大哥父親，跟咱們的父親一樣，也做過一任縣令。後來家道中落，萬大哥就做了遊俠，從官府領捉賊的賞金養家。這些年仗著三尺青鋒和滿腔熱血，不知斬了天下間多少盜匪的項上人頭，這才在長安城裡站穩了腳跟，不僅買了個三進的大宅子，名下還有間百雀樓，位在長安城內最熱鬧處，每天從早到晚，都是一座難求！」

「百雀樓，我知道，阿福說那是長安城內最好的飯館，許夫子經常去。還答應帶著我和朱祐去開眼界！」劉秀記憶甚好，立刻想起了書童阿福當日曾經的承諾。

「原來許博士也知道百雀樓！」劉縯聞聽此言，愈發為好友萬譚而自豪，笑了笑，大聲補充，「原本我打算帶著你直接去樓裡找他，後來轉念一想，你若去了，他少不得又要為你專門擺酒相賀，實在太麻煩了。耽誤他的生意不說，還累得你憑空欠了許多人情。」

「大哥想得周到！」劉秀做五體投地狀，輕輕送上一記馬屁。

「江湖中人雖然豪爽，但若要人人都把你當朋友，必須要時時注意，莫失了分寸，否則散漫慣了，久而久之，朋友們都當你是楞頭青，刺兒頭，這關係也就逐漸疏遠了。」臨別在即，劉縯恨不得把所有本事，都傾囊相授，壓低了聲音諄諄教導。

「嗯！」劉秀一邊聽，一邊扭頭東張西望。原本想比較一番，這南城的宅院，除了規模之外，格局和建制方面，與許家究竟有多少不同。卻在無意之間，忽然感覺到了一絲寒冷。猛地拉住了坐騎，踟躕不前。

「怎麼了，三兒？」劉縯對自己弟弟極為關心，立刻也拉住了馬繮繩，扭頭追問。

「大哥，這巷子，怎麼如此安靜？大白天的，竟然家家大門緊閉，未見有任何人來往……」劉秀眉頭緊鎖，滿臉狐疑。許家當日的大火，給他的印象實在太深刻了。他可不想，被王二十三盯上，再稀裡糊塗經歷一場祝融之災。

「這……」劉縯一經提醒，也迅速感覺到巷子裡安靜的實在太過分，果斷將手按在了腰間的劍柄之上。

「吱呀——」就在兄弟二人全神戒備地舉頭四顧之際，巷子深處的萬府大門，忽然被拉開了一條縫隙，有一個滿臉是血的老漢，跌跌撞撞從門內竄了出來。一邊手腳並用向前爬，一邊撕心裂肺的大喊道，「救命啊，救命啊！各位高鄰，請救萬家一救。有賊人欺門趕戶，夫人，夫人和少爺都被賊人堵在了裡邊！夫人和少爺都被賊人堵在了家裡頭了！」

「汪汪汪……」四下裡，立刻響起了數聲狗吠。但是，很快，狗吠聲就被鄰居們強行喝止。所有人家的大門牢牢緊鎖，誰也不敢出來做任何回應。

兩個惡漢緊跟著衝出萬府，如同拎小雞一般，揪住老漢的後脖領子，用力往院子裡拖去，同時嘴裡不乾不淨的罵道：「老東西，閉嘴，我家的事情，哪個敢管！回去，回去勸那娘們簽字畫押，畫了押，自然會放了你！」

「救命，救命，哪位好心高鄰，幫忙報官。我家老爺屍骨未寒，惡人就又欺上門來……」老漢雙手勾住青石板縫隙，繼續大聲哀告，寧死不肯聽從惡棍們的擺布。

「找死是吧？找死就成全你！」兩惡棍怒從心起，抬起毛茸茸的大腿，朝著老漢的脊背猛踹。兩腳下去，就令老漢嘴裡噴出了鮮血。

「住手！」劉縯實在看不下去，大喝一聲，飛身下馬。

「哪來的野狗，敢在長安城裡亂吠！」兩惡棍聽劉縯不是當地口音，立刻抬起頭，大聲斥罵，「識相就滾遠些，切莫自誤。否則，打死你，也不過是兩吊錢的事情！」

「我就不信長安城裡，就真沒了王法！」劉縯剛才還在自己弟弟面前，滿臉自豪地介紹萬大哥如何如何，轉眼，卻看到萬府被惡棍打上門來，毫無還手之力。這份落差和屈辱，如何還忍得下？毫不猶豫地將佩劍連鞘舉起，對著兩個惡棍的手臂抽了過去。

「啊——，你，你敢打我。你，你找死！」兩個惡棍大怒，再也顧不上毆打地上的老漢，從腰間拔出短刀，就要跟劉縯拚命。他們那三腳貓功夫，哪裡擺得上檯面兒？還沒等貼近劉縯身前半尺之內，膝蓋處就相繼傳來一陣劇痛。緊跟著，雙雙失去了平衡，摔成了滾地葫蘆。

「老丈，這裡可是萬府，千里追鷹萬譚可在裡邊？」劉縯收劍，俯身，從地上攙扶起口吐鮮血的老漢，大聲追問。

「這裡，這裡當然是萬府。公子，請，請速速報官，再晚一些，萬家所有人，都死無葬身之地！」老漢一邊大口吐血，一邊語無倫次地求肯。

「三兒，你去報官！老丈，萬譚在哪？他到底怎麼了？」劉縯扭頭對劉秀大聲吩咐。先前好不容易才剛剛恢復了一些熱度的心臟，瞬間再度涼了個透。

「萬譚早就死了，咱們這就送你去見他！」兩名被劉縯用劍鞘敲傷了膝蓋的惡棍，猛地從地上爬起。朝著他的後背，高高地舉起了尖刀。

「砰！」「砰！」兩聲巨響，劉縯一個神龍擺尾，將倆惡棍相繼踢進了路邊排水溝。一雙虎目楞楞地看著老漢，淚光盈盈，「老丈，萬大哥，萬大哥到底怎麼了？誰，誰害了他？」

「好漢啊，您來晚了啊！」老丈終於恢復了一絲理智，張開嘴巴，放聲嚎啕，「我家主人，我家主人的百雀樓被西城的魏家看上，他，他不願出讓，被官府以窩藏賊人的罪名給抓了去，然後第二天，就，就沒了啊——」

「啊——」縱使劉縯心裡已經有了一些準備，依舊被驚得眼前陣陣發黑，腳步踉蹌不穩。千里追鷹萬譚死了！只是因為捨不得將辛苦了半輩子才攢下來的百雀樓轉讓給別人，就稀裡糊塗死在了獄中。他那一身精湛武藝，他積累了半輩子的人脈，他那比「春陵小孟嘗」絲毫不弱的名頭，沒起到半點作用！

「兀那外鄉莽漢，你有幾顆腦袋，敢管咱們西城魏家的閒事？」正驚怒交加之際，耳畔卻又傳來了一聲囂張的質問。抬起頭看去，恰看到一名惡少在十餘名家丁的簇擁下，從萬府的大門走了出來，站在臺階上，如石鯪俯視著螻蟻。

「大路不平有人鏟！」劉縯放下正在嘔血的老丈，長身而起，劍鞘落地，手中三尺青鋒潑出一片秋水。

一步，一劍。

五步，五人。

眨眼之間，從臺階下殺到了大門口。將沿途五名衝上來攔路的家丁，挨個放翻於地！

「殺人啦，有人當街殺人啦！」剩下的七八名家丁被嚇得慘叫一聲，四散奔逃。

心中念著自家弟弟劉秀，劉縯不敢下死手，因此劍鋒所刺，要麼是大腿，要麼是肩窩，沒有一處致命。饒是如此，依舊令臺階上染滿了紅。把先前俯視他的那名惡少也給嚇得魂飛天外，尖叫一聲，轉身就朝院子裡逃。

「欺門趕戶的狗賊，哪裡跑！」劉縯恨此人歹毒，舉劍快步追上。雙腳剛剛邁過門檻，便看到有七八名惡奴，手舉棍棒砍刀，迎面撲將上來。

似這種為虎作倀的貨色，劉縯以前不知道放翻過多少，哪裡肯給他們包圍自己的機會？看到衝在最前方的惡奴個子稍矮，立刻收腹吸氣，雙腿拔地而起。整個人如同鷂子般，跳過此人的頭頂，隨即，劍鋒向下，信手後抽，「啪——」

那矮個子惡奴一招走空，避無可避，被劍身抽了個結結實實。整個人像肉球般，向前滾去，從大門口一路滾下了臺階，兩眼一翻，當場暈厥。

第二名惡奴恰恰趕到，欺劉縯人在半空中無法轉向，揮舞個棍子朝天猛砸。好劉縯，不慌不忙，先用劍身隔了一下，隨即用左手迅速握住棍梢。借著對方回奪之勢，從天而降。提起的雙腿不偏不倚，正中此人小腹。緊跟著繞木棍為軸快速轉身，手中劍柄像鐵錘般，砸上了第三名惡奴太陽穴。

「啊——」兩名惡奴慘叫著倒下，劉縯的雙腳也緊跟著落地，順勢下蹲，劍鋒橫抹，「嚓，嚓，噗——」

兩根木棒齊手而斷，一條胳膊也緊跟著掉在了地上。受傷的惡奴手捂斷臂，慘叫著快速後退，才跑出來三五步遠，就痛得摔倒在地，生死難料。

最後兩名惡奴到了此刻，終於明白今天真的踢上了大鐵板，果斷丟下兵器，轉身便走。劉縯恨他們欺人太甚，抬腳逐次撩起地上的木棒，「嗖——」「嗖——」

木棒打著鏇子追上去，將兩名逃命的惡奴從背後砸暈在地。

「我大哥是魏寶關，我大哥是茂德侯府的二管事！我姐姐是茂德侯的第十三房小妾！」先前俯視劉縯的那名惡少再度失去了爪牙相助，雙手抱著腦袋，邊跑邊喊。

「我管你是茂德侯還是缺德侯，謀財害命者，死！」劉縯急怒攻心，血往上撞，提著寶劍追上去，就要讓此人血濺當場。

「恩公，使不得，使不得啊！」忽然間，橫向裡卻竄過來一個蒼老的身影，恰恰擋在了他的必經之路上，放聲大哭。

「你！」劉縯已經踹出去的的腿迅速回收，差點把自己閃了個跟頭。手持寶劍，對著跪在地上的老漢怒目而視。

此老漢正是先前被劉縯所救的那名老者，只見他，哭泣著向劉縯磕了頭，大聲哀告：「恩公，我家主人雖然已經被害死了，可主母和小主人卻還在，主母和小主人還在。您這一劍下去固然痛快，魏家追究起來，他們孤兒寡母可怎麼辦啊！」

「這，這，這，你這老窩囊廢，劉某剛才真的不該管你！」劉縯被問得兩眼冒火，舉著寶劍破口大罵。然而，罵歸罵，他卻知道對方說得有道理。自己一怒之下殺了姓魏的惡少，固然解恨。可過後自己的弟弟劉秀、萬譚的老婆孩子，恐怕都得被官府給抓了去，像萬譚本人一樣，死的不明不白。

一陣寒風捲著樹葉扶搖而過，吹得人心瓦涼瓦涼。迅速恢復了冷靜的劉縯，停止了對惡少的追殺，扭過頭，四下張望。

只見偌大的院子裡，除了魏家的惡奴之外，只剩下兩名女僕，兩名男僕和腳下的老漢，個個鼻青臉腫，渾身是傷。而正堂門口的臺階上，則有一名全身縞素的少婦，與一名七八歲的幼兒，相擁而哭。

如此懸殊的實力對比，若是他現在轉身不顧而去，少婦母子兩個，肯定又得成為惡少的板上之肉。想到這兒，劉縯猛地吸了一口氣，繞過攔路的老漢，三步兩步追上正在試圖翻牆逃走的惡少，從背後一把拎住此人脖領子，像老鷹抓兔子般，給提了起來。

「我姐是茂德侯的愛妾，我哥是茂德侯的二管家。你惹了我，就是惹了茂德侯！」那惡少被嚇得手腳發軟，嘴巴卻依舊保持著原有硬度，像臨被殺死的鴨子般，不停地噪聒。

「閉嘴！」劉縯豎起劍身，啪啪兩下，抽得此人滿嘴冒血。「再敢囉嗦，老子殺了你為民除害！」

那惡少平素仗勢欺人，哪裡遇到過如此狠角？被嚇得身體一抽，兩行熱尿順著褲腿兒淋漓而下。

劉縯嫌他骯髒，隨手將其丟在正堂門口，然後放下寶劍，朝著縞素少婦拱手施禮，「前面可是嫂子？此賊該如何處置？還請嫂子示下。」

「整個長安城，都沒人敢接我家的狀子，我還能如何處置於他？」那縞素少婦終於等到了主心骨，哀哭一聲，用力搖頭。「壯士，你的好意，嫂子領了。嫂子不敢給你萬大哥報仇，只求他拿了百雀樓和這處院子之後，放我們母子離開，我就心滿意足！」

「只求放你們母子平安離開！這個人渣，我剁了他！」劉縯原本以為，那魏姓惡少只是想搶百雀樓和萬譚的宅院，卻萬萬沒想到，惡少非但謀財害命，還打起了萬譚遺孀的主意。頓時，又被氣得兩眼發紅，伸手就去抓地上的寶劍。

「饒命，不是我要妳。是，是茂德侯家二公子看上了妳。我，我只是替他出來跑腿的，我只是個跑腿的！」那魏家惡少膽子雖然小，反應卻一點兒都不慢。一個翻滾，逃離劉縯的寶劍攻擊範圍，啞著嗓子大聲求饒。

「好漢爺爺饒命，我家公子只是個跑腿的！他真的只是個跑腿的！你即便把他剁成肉醬，也依舊解決不了麻煩。」先前在門外被劉縯打跑的惡奴，又返回來幾個，不敢上前救自己的主人，跪在門口大聲哀求。

「這……」劉縯高高舉起的寶劍，再度無力地落下。看看哀哭不止的萬氏母子，再看看滿臉恐慌的魏姓惡少，左右為難。

左鄰右舍聽到哭聲，知道情況出了變化。一個個悄悄將頭探過高牆，查看究竟。待看到一名壯漢在萬府女主人身前持劍而立，而先前欺門趕戶的惡少魏某及其爪牙或跪或躺，一個個如喪家之犬，頓時知道有人在替萬府出頭，一個個嘆息著，不停搖頭。

那茂德侯甄尋，官居侍中，兼京兆大尹。其父親甄豐官拜大司空，其叔父甄邯官拜大司馬。萬譚的百雀樓被甄家看上，卻不肯拱手相送，怎麼可能不人財兩空！至於此刻院子中的壯士，甭看仗著一身好武藝，可以暫時收拾下十幾個替甄家斂財的爪牙。等會兒官兵聞訊趕來，肯定會稀裡糊塗被抓進監獄中，然後迅速步了那萬譚的後塵。

正忐忑不安地想著，耳畔忽然傳來了一陣凌亂的馬蹄聲。眾人扭頭望去，只見一男一女，如飛而至。在萬府門前跳下坐騎，旋即快速衝入門內。

「老三，你怎麼來了，不是叫你報官嗎？」正在舉棋不定的劉縯迅速抬頭，見來人是自己的弟弟劉秀，還有剛剛拜了許子威做義父，順勢化名為許三娘子的馬三娘，忍不住皺起了眉頭。

「若是官府肯管，早就有差役衝過來了，哪裡還用等到現在？」劉秀雖然年紀小，學習適應能力卻是極強，才短短幾天，就已經弄清楚了長安城內的許多門道。撇了下嘴，不屑地搖搖頭。

「那，那你也不該再回來！」劉縯被說得眼神一暗，垂下寶劍，低聲數落。

如果不是怕牽連到劉秀和家人，他真想現在就一劍下去，給魏姓惡少來個透心涼。然後再殺到那個「缺德侯」府邸，仿效當年聶政刺殺俠累注三十四，仗劍自大門長驅而入。那樣，自己最後即便當場戰死，也不枉了與萬譚相交一場，也沒辜負江湖朋友們所贈「小孟嘗」之名。但是，現在，他卻像落入牢籠般的虎豹般，徒生了鐵爪鋼牙，卻絲毫動彈不得！

「我原本打算回去找揚祭酒，不料半路上剛好碰見三姐和阿福，就把三姐給拉了過來。阿福已經知道這事兒，馬上去找夫子想辦法！」劉秀怕的，就是哥哥一怒之下暴起殺人，趕緊笑了笑，低聲補充。

「義父讓阿福帶著我去挑些衣服和首飾，沒想到會在半路上遇到劉秀。」馬三娘臉色微微發紅，也微笑著向劉縯拱手，「萬大哥的事情，劉秀已經跟我說了。是哪個狗賊謀財害命？讓我來收拾他！大哥您別髒了手，讓我來！先殺了他，然後再跟他家人去長安縣衙打官司！」

她眼神極好，剛才邁入院子的瞬間，已經將裡邊的大致情況看了個清清楚楚。心裡也迅速判斷出，劉縯目前所處位置的尷尬。所以乾脆主動出面接手，把麻煩都引到自己身上，看對方的後臺到底有多硬！

「三娘，休要給夫子惹麻煩！」劉縯豁得出去自己，卻不願意拖累他人，立刻苦笑著擺手，「這廝說他只是個跑腿的，正主……」

話才說了一半兒，門外忽然響起了一陣淒厲的銅鑼聲，「咣，咣，咣，咣……」，緊跟著，牆頭上看熱鬧的鄰居們，全都像鵪鶉一般將身體藏了回去。其中有人心好，一邊藏，還一邊故意掐尖了嗓子，低聲示警：「好漢，快跑！官兵來了，他們跟當官的向來都是一夥兒。你可千萬別指望能有地方說理！」

「救命啊——」沒等劉縯做出及時反應，那姓魏的惡少，忽然猛地一翻身，像只轆轤般，再度滾出了兩丈多遠。藏在自家惡奴腿後，扯開嗓子大叫。「救命啊，救命啊，有強盜殺人了。有強盜殺人啦！官爺，有強盜殺人啦！啊——」

呼救聲戛然而止，卻是馬三娘手急眼快，彎身撿起半塊兒磚頭丟將過去，砸飛了他半嘴的牙齒。

「救命啊，救命啊！有強盜殺人了，有強盜殺了我家二老爺！」其餘惡奴不敢上前跟馬三娘爭鬥，抱著腦袋蹲在地上，大聲呼救。那模樣，要多可憐有多可憐！

「你們這群賊喊捉賊的王八蛋！」馬三娘被氣的哭笑不得，拎著帶鞘的寶劍衝上去，朝著惡奴們身上猛抽。

眾惡奴被打得鼻青臉腫，卻堅決不肯還手。只管將滿嘴是血的魏姓惡少護在身下，繼續抱著腦袋裝受害者，「救命啊，救命啊！有強盜殺人了，有強盜殺了我家二老爺！」

本以為，自己被打得如此淒慘，聞訊趕過來的官兵，會立刻一擁而上，將「女強盜」繩之以法。誰料把嗓子都喊啞了，官兵們卻遲遲沒有上前幫忙。只是站在大門外，非常謹慎地勸阻道：「兀那姑娘，還請注意分寸。打死別人家奴僕，即便妳占足了道理，也要罰金十貫！」

「一百貫，我先打死了他們，然後付錢！」馬三娘被說得先是一楞，旋即滿臉狂喜。帶鞘的寶劍高高舉起，劈頭蓋臉打了個痛快。

注三十四、聶政，春秋戰國時著名刺客，刺殺韓國宰相俠累。仗劍從大門入，殺數人，然後殺俠累於階下。隨即自己毀容，自盡，以免被認出身份，連累家人。

眾惡奴終於明白遇到了「惡人」，一個個嚇得魂飛魄散。不敢再蹲在地上賣慘，同時哭喊著跳起來，四散奔逃。然而他們跑得再快，又怎麼可能快過勾魂貔貅？轉眼就又被馬三娘從背後追上，劍抽腿踹，挨個放倒！那帶著官兵趕來的中城校尉看了，居然也不肯管，只是抱著膀子，在旁邊看起了熱鬧！

「三姐，小心濺血上身！」倒是劉秀心好，怕馬三娘被氣急下手沒輕沒重，真把某個惡奴給打死。快步追了過去，大聲提醒，「剛買的新衣服，為他們弄髒了不值！」

這句話，比直接勸馬三娘住手效果好過十倍。頓時，少女就想了起來，自己身上如今穿的是蘇綢而不是粗麻注三十五，果斷向後撤了半步，低聲抱怨：「你怎麼不早點兒說。老怪如果看到了血跡，肯定又要數落我不顧斯文。」

「等會兒找阿福拿些錢，偷偷買身新的。這身先藏起來，然後找僕婦把血跡洗掉！」劉秀強忍笑意，低聲給馬三娘出主意。

倒在地上的眾惡奴聽了，一個個更是欲哭無淚。平素仗著魏家的勢力橫行霸道，如今被人狠狠「欺負」了一次，他們才終於明白，受盡屈辱卻求告無門，究竟是何等滋味！

偏偏那魏姓惡少腦子笨，到了此時此刻，居然還想著仗勢欺人。猛地從地上跳了起來，三步並作兩步逃出門外，然後一手拉住當值中城校尉的衣袖，另外一隻手搖搖指向劉縯、劉秀和馬三娘：「抓起來，把這三個惡賊給我抓起來，我要告他們私闖民宅，蓄意行凶。張校尉，我是西城魏家的，我大哥是茂德侯府二管家魏寶關，我大姐是茂德侯的第十三房小妾！」

如果他是茂德侯甄尋的親兒子，當值校尉也許還真的會下令動手抓人。而小妾也好，二管家也罷，終究屬奴僕一類。借著甄家的勢力欺負尋常百姓沒問題，想要說動官府去抓前上大夫許子威的女兒和弟子，卻實在差了許多斤兩。

當即，那校尉用力甩了下胳膊，將魏姓惡少甩了個趔趄。然後整理了一下臂甲，笑著向馬三娘抱拳：「三小姐，在下張宿，沒想到今天又遇到了您！你們之間，是不是有什麼誤會？能不動手，還是儘量不要動手為好。否則，若是有人跑去報官，在下也不能不管！」

「誤會，我跟他能有什麼誤會？」馬三娘對這個校尉印象頗為深刻，眉頭緊鎖，沉著臉回應，「他害死別人的丈夫，霸占別人產業，還連孤兒寡母都不放過。你們這些當官的，就全是瞎子嗎？」

「這，這，下官只管維持城中治安，不管審案啊！」中城校尉張宿，當然知道魏姓惡少今天因何會出現在萬譚的家，否則他也不會故意來得這麼晚。然而，他心裡更清楚的是，官場上的許多道理和規矩，跟眼前這急脾氣少女根本講不通，也不該把這些檯面下的規矩，傳到許子威和揚雄等「清流」耳朵裡。所以，乾脆苦著臉裝起了委屈。

「那此事到底誰管？長安城到底還有沒有說理的地方！」馬三娘彷彿一拳砸在了絲綿包上，渾身上下說不出的難受。扯開嗓子，繼續大聲質問。

「沒有，絕對沒有，您還真猜對了！」校尉張宿心中嘀咕，臉上，卻擺出一副小心翼翼模樣，繼續低聲敷衍，「三小姐，打官司，也得苦主出面才行啊！您跟苦主非親非故，即便去了衙門，也替他們申不了冤。不如，您今天消消氣兒，然後找人寫了狀子遞到長安縣衙去？反正

注三十五、粗麻，漢代沒有引進棉花，百姓通常穿麻布和葛布衣服。中等以上人家才穿得起絲綢。

姓魏的家就在西城，跑得和尚跑不了廟！」

「也罷，今天就讓他多活一會兒！」馬三娘不知道對方在逃避責任，還以為真的可以去長安城裡跟姓魏的惡少打官司。用力點了下頭，轉身走向萬譚的妻子，「大嫂，您別光顧著哭。咱們寫狀子告他們去。您放心，要是長安縣衙不接，我就替您去敲登聞鼓。就不信，皇上自己也不想要江山了，放任這些惡賊胡作非為！」

本以為，有自己撐腰，再拉上義父許子威、中大夫揚雄，怎麼也能替萬家討還公道。誰料那萬夫人聞聽，卻猛地抹了把眼淚，用力搖頭：「不告了，姑娘，謝謝妳的好心，我不告了。亡夫命中，也是該有此劫。我們娘倆現在只求轉讓了這棟宅院，平安回扶風老家就行了。不想再給任何人添麻煩！」

「妳，妳這……」馬三娘哀其不幸，怒氣不爭，氣得柳眉倒豎。

萬夫人卻又擦了把眼淚，柔聲打斷，「他剛才也說過，看上百雀樓的是甄家。亡夫和我千不該，萬不該，最不該的是沒有儘早把百雀樓賣出去，賺到了無福享受的錢財。告他，我既沒物證，也沒人證。告甄家，更是痴心妄想。姑娘，多謝您了，我，我認命了！」

「妳，妳，妳……」馬三娘氣得直哆嗦，卻找不出任何語言來說服對方。就在此時，劉秀默默地從身後走了過來，拉了一下她的衣袖，低聲道：「三姐，我看師父不是個喜歡多事的人，妳就別給他老人家惹麻煩了。更何況，師父即便使出全身力氣，也未必揪出真正的凶手。就像揚大夫當日說得那樣，官司打到最後，結果頂多也是拿幾個惡奴出來頂賬而已。還不如聽萬大嫂的，先保住他們母子平安返回故鄉！」

「你，你居然也跟她一樣想法！」明知道劉秀說得對，馬三娘依舊無法甘心，跺著腳，低聲咆哮。

正懊惱間，卻看到大哥劉縯默默地走到了門外，一劍刺向了魏姓惡少的大腿根兒。那惡少沒想到劉縯當著官兵的面兒依然敢對他下狠手，躲閃不及，慘叫一聲，當場疼得昏了過去。

「劉某無能！」劉縯將劍刃在傷口處擰了個圈子，咬著牙說道，「無法替萬大哥報仇，但是，誰要是敢再打孤兒寡母的主意，劉某即便拚著性命不要，也會讓他血濺五步。有本事，他就整天躲在家中，或者出門時永遠帶足了侍衛。否則，早晚有被劉某找到機會那一天！」

說罷，猛地從傷口中抽出血淋淋的寶劍，朝著頭頂奮力一揮。只聽「喀嚓」一聲，半個樹冠應聲而落。百煉精鋼打造的寶劍，也從正中央斷成了兩截！

「呀——」眾官兵蹦跳躲閃，然後眼望劉縯，個個倒吸冷氣。

大夥平素在軍中，也曾經聽人說起過什麼千人敵，萬人敵，但真正以一當百的勇士，卻從來沒親眼見過。如今看到了落在地上的小半座樹冠，還有那斷成了兩截的寶劍，才終於相信，這世間真的有聶政、豫讓一樣的猛士存在！誰若是惹急了他們，縱使每天身邊上百名侍衛環繞，也一樣寢食難安！

劉縯卻沒功夫理睬周圍官兵的態度，赤手空拳，轉身返回院子。沿途所有人都自動把身體向後躲避，唯恐不小心惹怒了這頭老虎，落到跟樹冠一樣的下場。那中城校尉張宿更是心驚膽戰，暗道：「這長安城可真不是人待的地方，等滿了此任，老子趕緊要求外放。否則，再這樣下去，不夾在達官顯貴中間被活活擠死，也得死在這等亡命徒手裡！真是何苦來哉！」

「嫂子，這幾天，我會每天都過來看您。您儘管派人聯繫牙行去賣掉宅子。等拿到錢，我立刻送你們母子回扶風！」劉縯的聲音再度響起，憤怒中透著淒涼與無奈。

「明天，叔叔只需要等一天，明天咱們就走。」萬夫人早把長安視作龍潭虎穴，先前是被魏家的奴僕盯著，才遲遲無法逃離。如今終於看到了活著返回丈夫老家的希望，立刻毫不猶豫牢牢握緊。

只是，一天時間，哪裡夠賣掉這麼大一座宅院？分明存的是豁出去折本的心思，能賣多少就算多少。

劉縯聽了，忍不住又雙拳緊握，怒火中燒。就在此時，門口處，忽然有人大聲說道：「不用聯繫牙行了，這宅子老夫買了！」

眾人齊齊扭頭，只見一名身高八尺，鬢髮斑白的老者，帶著四名親隨，大步流星走了進來。而那中城校尉張宿，則像三孫子般佝僂著腰，跟在此人身後。嘴裡不停地念叨：「侯爺，侯爺您慢一些。小心腳下，腳下有血跡，路滑！」

「老夫這輩子殺人無數，還在乎這點兒血？」老者回頭橫了張宿一眼，大聲呵斥，「滾門外蹲著去，別給老夫添堵。」

「哎，哎！您老走慢些，您老走慢一些！」中城校尉張宿連聲答應著，緩緩後退，最後，竟真的像隻狗兒一般蹲在了門口兒，臉上看不出絲毫屈辱之色。

「舂陵劉伯升，敢問老丈名姓？」劉縯見老者氣度不凡，走路帶風，立刻知道其絕非尋常百姓。先拱手施了個禮，然後帶著幾分警惕詢問。

「老夫孔永，官拜寧始將軍，你們在路上砍下來的馬賊首級，都是由老夫派人查驗並接受登記在冊！」老者稍稍側下身體，大模大樣地回應。

「原來是寧始將軍，草民劉縯，見過將軍！」劉縯聽得心中一凜，趕緊退開半步，再度躬身施禮。

外人也許不明白，他心裡卻非常清楚。那批所謂的馬賊，全是新安縣宰哀牢派人假冒。而孔永將「馬賊的頭顱」查驗登記，就相當於坐實了賊人的身份。任憑哀牢再門路通天，也無法公然說出馬賊是他的手下，更無法明目張膽地替馬賊們報仇。

此乃一份天大的人情，雖然並非劉縯所欠，他卻是直接受益者。所以，不能不對孔永表示感謝。而寧始將軍孔永，也的確與劉縯平生所見的任何大新朝官員都不一樣，明知道劉縯今天只是草民一個，卻不肯再受他的拜見。而是笑著又側開了身體，以長輩身份，拱手還了一個半揖：「罷了，老夫今天穿的是便裝，你不必如此拘束。老夫當日還奇怪，以陰固的本事，怎麼可能在馬賊手裡逃出生天？今日終於明白，不是他長了本事，而是他運氣實在太好！」

「晚輩當時只是路過，卻被馬賊圍住要殺人滅口，不得已，只好拔劍自保。晚輩跟陰庶士雖然為同鄉，以前卻從無往來，更不知道他當時被馬賊困在莊子裡邊！」劉縯不想再跟陰家產生任何瓜葛，笑了笑，快速解釋。

「老夫就知道，姓陰的蠢材交不到真正的豪傑！」寧始將軍孔永眼睛裡閃過一絲讚賞，笑著頷首，「此宅院內外三進，占地兩畝半，老夫就占萬家一個便宜，以五十萬錢買了，壯士意下如何？」

「這……」劉縯對長安城的房價一無所知，猶豫著將目光轉向萬譚的遺孀。「嫂子，您意下如何？」

那萬夫人雖然家中遭了難，卻不肯平白占仗義援手者的便宜。輕輕抹乾眼淚，放下孩子，朝著老者斂衽施禮：「多謝老丈，但此宅位於城南下閭，頂多能值三十萬錢。民婦急著携子返鄉，您讓人給民婦二十八萬錢就足夠。」

「那老夫豈不是與姓甄的成了一路貨色？」孔永楞了楞，笑著搖頭，「這院子裡的亭台都是半新，根本無需再收拾。五十萬妳不肯收，老夫與妳四十萬好了，切莫再爭！否則，老夫就不敢買了！」

「民婦多謝長者恩典！」萬夫人知道對方是個有底線的人，不敢再多謙讓，垂淚拉起兒子，向老者叩頭道謝。

萬家小兒年紀尚幼，根本分不出四十萬錢與二十八萬錢的多少，更分不清，早走一天與晚走一天的有什麼差別。見母親忽然對老者跪倒，也緊跟著跪了下去，哭泣俯首。

寧始將軍孔永看得心裡好生難受，又嘆了口氣，從腰間解下一片玉玦，輕輕按在了幼兒手裡：「老夫不白占妳家便宜，這塊玉，就送你做個護身符。孔雙，你回去找管家取錢，換銀餅，不要大布和大泉。孔奇，你今天就留在萬家，免得有什麼蛇鼠之輩再來囉嗦，弄髒了老夫的宅院！」

這，可是的的確確護身符！萬夫人聞聽，抱著兒子，再度給孔永叩首。孔永卻不肯受他的禮，閃開半步，嘆息著道：「老夫只是從妳手裡買了處院子而已，不值得妳如此感激。妳速速去收拾吧，別再耽擱了。這長安城內，蛇蟲太多，老夫雖然有心管上一管，卻未必顧得過來！更保不住某些人會鋌而走險。」

萬夫人知道他說的是實話，又堅持磕了三個頭，起身抱著兒子走入後宅。寧始將軍孔永目送她們母子背影消失在門內，才又扭過頭，將目光轉向若有所思的馬三娘，笑著搖頭：「妳這女娃，可是真能惹禍！老夫跟你們，只是走了個前後腳，沒想到短短幾天功夫，妳就把能得罪的，不能得罪的人，全都給得罪了遍！許老鬼今後是有的頭疼了，居然找回了妳這麼一個女兒！」

「晚輩見過長者！」馬三娘從孔永說話的語氣上，隱約判斷出此人與許老怪的關係，皺著眉頭，上前施禮。「不知道您老跟我義父……」

「三小姐，孔將軍跟主人是同門師兄弟，主人早年曾經拜在孔將軍父親的門下。」書童阿福從門外飛快地竄進來，帶著幾分得意大聲表功，「我去找主人的路上，剛好看到孔將軍，就直接攔住了他老人家的車駕！」

「侄女小鳳，見過世伯！」馬三娘雖然性子野，卻並非不知道好歹之輩，立刻再度斂衽下拜。

「好，好，好！」孔永手捋鬍鬚，含笑點頭。「妳居然也叫小鳳兒，這真是冥冥當中，自有天定！以後打人時，記得多少問一下對方的來路。長安城裡的官員比王八還多，有些人妳父親惹得起，有些人，妳父親和老夫綁在一塊兒，也不夠人家一隻手指頭。」

如果他擺起長輩架子，直接教訓馬三娘不要惹事生非，馬三娘還真未必聽得進去。而直接實話實說，告訴馬三娘自己和許老怪的大腿不夠粗，馬三娘反倒覺得這位世伯和藹可親。於是乎，趕緊紅著臉點頭：「世伯教訓的是，以後侄女打架時，先讓對方通名報姓，惹得起就打，惹不起就跑！」

「這就對了，哈哈，哈哈！」孔永被馬三娘的話，逗得展顏大笑。笑過之後，又將目光轉向劉縯，「我看你身手不錯，到老夫帳下做個侍衛如何？此番陛下招老夫回來，是想發兵剿滅各地悍匪。你跟在老夫身側，也好殺敵立功，博個封妻蔭子。」

說罷，目光直直地落在劉縯身上，裡面充滿了對青年才俊的期許。

如果這個提議發生在三個月之前，劉縯肯定會當場下拜謝恩。然而今天，他卻選擇了拱手婉拒：「多謝長者厚愛，但草民還有老母在堂，不敢輕易投軍！」

兩個多月來，他已經看清楚了大新朝的官員是什麼模樣。更看清楚了所謂「反賊」，是何等的慷慨豪邁。而以孔永的身份地位，能讓皇帝親自點他為將前去征討者，名氣肯定不會輸於翟義、馬武。在劉縯心目中，這些人都是響噹噹的英雄好漢，自己雖然不願跟他們為伴，卻也不屑拿他們的腦袋去換功名。

「那，老夫也不勉強，只是，可惜了你這一身武藝！」沒想到劉縯竟然拒絕得如此乾脆，孔永臉色微變，然後笑著搖頭。「也罷，隨你。反正老夫也未必還能管得了幾年事兒。你先送萬夫人返鄉，路上如果改了主意，儘管再來找老夫。老夫跟三娘的父親是師兄弟，你找到他家，自然就有人把你帶到老夫家門口兒。」

說罷，也不管劉縯是答應還是拒絕。又搖頭苦笑了幾聲，轉身大步離去。

「恭送侯爺！」中城校尉張宿帶領眾兵丁，齊齊向孔永的背影施禮。直到馬蹄聲徹底消失不見，才敢再度將身體挺直，不知不覺中，大夥兒看向劉縯的目光裡，就帶上幾分惋惜。

可惜了，太可惜了！院子裡那姓劉的鄉下莽漢，恐怕根本不知道寧始將軍是什麼來頭？更不知道，他剛才錯過了多大的機緣。

要知道，孔永這個寧始將軍，可不是那種拿一份俸祿，然後養在長安城內混吃等死的擺設，而是手握數萬精銳，隨時可以替皇帝征討不臣的實權大將。如果他想要全力栽培某個人，甭說是區區校尉，就算偏將軍，也是抬抬手的事情，根本不用耗費太多力氣。

此外，這孔侯爺，還是正根正葉的聖人後裔。全天下的讀書人，只要還自認為儒門子弟，就都會對他禮敬有加。而大新朝，上到皇帝，下到鄉間的亭長，十個官員裡頭有八個，都是儒家弟子！大新皇帝之所以能毫無阻礙地從漢末帝手裡接過皇位，也仰仗儒林甚多。

換句話說，如果姓劉的鄉下莽漢剛才不是故作清高，而是欣然接受了崇祿侯孔永的招攬，半年之內，其官職就能跟張宿齊平，一年之後，就能對張宿發號施令。而此人，居然選擇了婉言相拒。此人，真的是腦袋被馬蹄子踩過，傻到了極點。

「殺人啦，有強盜大白天當街殺人啦！救我，救我，你們五城將軍府的人不能袖手旁觀！」魏姓惡少忽然從昏迷中醒來，扯開嗓子大聲呼救。

「閉嘴！」中城校尉張宿乾脆俐落地舉起劍鞘，直接將魏惡少再度抽暈了過去。「都怪你這廝多事兒，再叫，再叫老子把你直接送去盧龍戍邊！」

與普通士兵不同的是，此刻他心裡除了羨慕、嫉妒和惋惜之外，還多出了幾分畏懼。上一次受王固的指使污蔑三娘，已經引起了中大夫揚雄的反感。正費盡心思托人說小話，希望能把此事翻過去，誰料今日又惹上了崇祿侯。

那崇祿侯孔永今日雖然沒有故意為難他這個區區校尉，可大人物們的心思，有誰琢磨得透？若是許家三小姐哪天忽然想起來了，再去侯爺面前添把柴火，張某人這個中城校尉，恐怕就徹底當到了頭！

全長安城誰不知道，負責維護秩序的五城兵馬府將佐們，個個屁股底下都坐著一大堆屍骨。

上面不查則已，只要一認真查，根本無須栽贓嫁禍，就能讓大夥個個腦袋搬家。

「我先送舍弟和許家姑娘去許夫子家，免得他老人家擔心。稍微晚些時候還會過來看一眼。既然孔將軍已經出錢將宅子買下，就麻煩您老組織人手儘快把行李收拾好。咱們儘量趕在明天中午之前，啟程離開長安！」

正急得火燒火燎間，耳畔又傳來了劉縯的聲音。卻是此人將萬府管家拉到了一邊，帶著幾分憂慮大聲叮囑。

「劉大哥儘管去忙，小弟今天就帶人守在這裡。您放心，只要小弟還剩一口氣在，誰也動不了萬大嫂母子半根寒毛。」忽然間靈機一動，校尉張宿大聲表態。崇祿侯走了，他身邊的親信孔奇卻留了下來。此刻不趕緊選邊兒站隊，更待何時？

「有勞校尉了！」劉縯略作遲疑，就明白了張宿的「良苦用心」，所以也不說破，笑著向此人拱手。

「應該的，應該的！」張宿瞬間眉開眼笑，從頭到腳透著陽光，「這本來就是下官份內之事！下官今天之所以來得晚了些，是因為上頭臨時有差遣，並非有意耽擱。」

這話，同樣是說給孔奇聽的，與其他人無關。劉縯聽了，忍不住又笑著搖頭。不過，這樣也好，至少自己不必總是為萬夫人母子的安全而過於擔憂。接下來可以專心安排護送母子二人返鄉的旅程。

他原本就沒打算在長安逗留太長時間，先前是因為劉秀入學受阻，才不得不多住了幾天。如今自家弟弟的入學問題已經徹底宣告解決，馬三娘也有了安身之所，再加上萬夫人母子急於返鄉這一重要因素，乾脆決定第二天上午就動身離去。

回到客棧，劉縯把自己的打算跟鄧晨一說，鄧晨毫不猶豫地就表示了贊同。事實上，雖然未像劉縯那樣急出病來，最近的一連串打擊，使得鄧晨的心情也極為沉重。在長安一天都不想多待，巴不得早點兒離開這個令人窒息的地方。

劉秀和鄧奉兩個自然非常捨不得，但是，他們卻不能因為捨不得大哥和叔叔，就置萬家母子的安危與不顧。在客棧裡陪著劉縯和鄧晨收拾了一晚上東西，第二天，含著淚將後者連同萬家的馬車，一併送出了長安城外。

「你生性善良耿直，做人的道理，從小就不需我這個做叔父的多教！」眼看著十里長亭在望，鄧晨緩緩拉住坐騎，扭頭看了看跟在後面的鄧奉，笑著叮囑，「但學業上，卻需要加倍努力才行。切莫因為恩師不在四鴻儒之列，就喪失了進取之心。須知自古師父領進門，修身在個人。」

「侄兒記下了，叔父放心。」鄧奉自幼便跟鄧晨關係最為親密，此刻臨別在即，立刻紅了眼圈兒。朱祐瞧見之後，卻難得沒有趁機打擊他，也紅著眼睛將頭看向了路邊，默默無語。內心深處，忽然覺得自己向來煢煢孑立也好，至少免了與親人分別的刻骨之痛。

正傷感間，卻又聽見劉縯低聲說道：「行了，你們幾個也趕緊回去吧！記得把坐騎賣掉，或者托付在三娘家。沒事兒別總想騎著馬四處亂跑。長安城人多，萬一碰到哪個，難免又是一場麻煩。」

「知道了，哥，你也，你也保重身體，別——」分別在即，劉秀本不想像鄧奉那般哭哭啼啼，然而，話一出口，卻立刻變了聲調。

劉縯心中，又何嘗捨得？長長嘆了一口氣，將一隻手放在劉秀肩上，沉聲道：「三兒，哥哥沒啥真本事，你以後的路，得你自己走了。注意多加小心，少出門，多讀書，將來做官也好，不做官也罷，學問總是自己的，學問向來不辜負人。」

「我知道，哥！你不要這樣說，我知道，我知道你已經盡全力了。你是，你是天底下最有本事的大哥！」劉秀紅著眼睛，不停地抹淚，轉瞬間，就把自己抹成了一隻花臉貓。

「唉！連個照顧你的人都沒找到，反而給你惹了一堆麻煩，哪有臉說什麼本事。」劉縯又嘆了口氣，苦笑著搖頭。

知道萬譚的遭遇，對哥哥打擊甚重，劉秀本能地就想出言安慰。然而，嘴巴張了又張，卻找不到任何恰當的言詞。到最後，終究又重複了一句：「無論如何，你都是天底下最好的大哥。至少，至少在我，在二哥和姐姐他們心裡也永遠都是！」

「廢話，咱們家我排行最長。」劉縯望著弟弟，忽然展顏而笑，「好了，不說這些了。大哥這次離去，再來看你時，就不知道要等到何年何月了。好好讀書，莫辜負了光陰。你不要怪哥哥囉嗦，萬家的事你也看到了，官大一級真的可以壓死人。還有在棘陽時，岑彭是如何捉拿馬家兄妹的，你也曾親眼所見！咱們家不求你日後出將入相，光宗耀祖。至少你有了官身，不會像萬大哥一樣，坐在家中禍從天降！」

「嗯！」劉秀近日對「權勢」二字，感觸頗多。含著淚，用力點頭。

「不過，你將來真的做了官，也切莫仗勢欺人。」稍微沉吟了一下，劉縯繼續低聲叮囑，彷彿劉秀才七八歲年紀，第一次由自己拉著手去念私塾一般，「像甄家和王家那種官，表面上的確威風，暗地裡，卻不知道傷了多少陰德。現在是，沒人敢管他們，他們可以在長安城裡橫著走。可萬一哪天遭了難，恐怕全長安的人都會拍手稱快。落井下石者，更是不知凡幾！」

「嗯！」劉秀又抹了把眼淚，挺直胸脯，雙手抱拳，「大哥儘管放心，我知道你看不起那種人，我這輩子，都不會做那種你看不起的人！」

作為弟弟，他無法幫哥哥任何忙，但至少，可以讓大哥放心回家。

「還有，沒事儘量少出門，你終日不出太學，別人總不能到學校裡找你麻煩。」劉縯笑了笑，繼續低聲補充，「夫子收了你為門生，一方面是看了三娘的面子，另外一方面是想傳承學問。你且不可認為有夫子撐腰，就能在長安城裡招搖過市！咱們劉家不出那種紈絝子弟，家中長輩，也時時刻刻關心著你的前途！」

「知道，大哥，您放心好了！」劉秀紅著眼睛，繼續鄭重點頭。同時心裡暗暗發誓，一定要讀出個模樣來，不辜負大哥和家族對自己的殷切期盼。

誰料，還沒等他在心中把誓發完，卻又聽見自家哥哥劉縯把語風一轉，用極低的聲音快速補充道：「還有，學業和前程固然重要，卻什麼都不如你的小命重要。記住，如果將來真的惹上了什麼厲害的人，或者惹上了惹不起的麻煩，你什麼都不用多想，直接跑回舂陵就是。回家，有哥在，誰也不能把你怎麼樣。」

「哥……」劉秀心裡猛地一暖，低下頭，瞬間淚流滿面。

回家，有哥在，誰也不能把你怎麼樣？

這份暖意，伴著他一生一世，永遠難忘。

大漢光武　卷一　少年遊（上）　完

PLP0078

大漢光武・卷一・少年遊（上）

作　者—酒徒
編　輯—黃煜智
校　對—魏秋綢
行銷企劃—張燕宜
內頁排版—綠貝殼資訊有限公司

發 行 人—趙政岷
出 版 者—時報文化出版企業股份有限公司
10803 台北市和平西路三段二四〇號七樓
發行專線—（〇二）二三〇六六八四二
讀者服務專線—〇八〇〇二三一 七〇五
（〇二）二三〇四七一〇三
讀者服務傳真—（〇二）二三〇四六八五八
郵撥—一九三四四七二四時報文化出版公司
信箱—台北郵政七九～九九信箱

時報悅讀網—http://www.readingtimes.com.tw
思潮線臉書—https://www.facebook.com/trendage
法律顧問—理律法律事務所　陳長文律師、李念祖律師
印　刷—勁達印刷有限公司
初版一刷—二〇一八年十一月二日
定　價—新台幣三八〇元
（缺頁或破損的書，請寄回更換）

時報文化出版公司成立於一九七五年，
並於一九九九年股票上櫃公開發行，於二〇〇八年脫離中時集團非屬旺中，
以「尊重智慧與創意的文化事業」為信念。

大漢光武・卷一，少年遊／酒徒作. -- 初版. --
臺北市：時報文化，2018.11
上冊；14.8×21 公分
ISBN 978-957-13-7567-0（上冊：平裝）
857.7　　107016571

本書《大漢光武》繁體中文版　版權提供　網易文學

ISBN 978-957-13-7567-0
Printed in Taiwan

漢[illegible]

大[illegible]